ELLE KENNEDY

BRIAR U

O DILEMA DE
BRENNA E JAKE

Tradução
LÍGIA AZEVEDO

7ª reimpressão

paralela

Copyright © 2019 by Elle Kennedy

A Editora Paralela é uma divisão da Editora Schwarcz S.A.

Grafia atualizada segundo o Acordo Ortográfico da Língua Portuguesa de 1990, que entrou em vigor no Brasil em 2009.

TÍTULO ORIGINAL The Risk: Briar U
CAPA E FOTO DE CAPA Paulo Cabral
PREPARAÇÃO Paula Carvalho
REVISÃO Renato Potenza Rodrigues e Larissa Lino Barbosa

Dados Internacionais de Catalogação na Publicação (CIP)
(Câmara Brasileira do Livro, SP, Brasil)

Kennedy, Elle
　　The Risk : O dilema de Brenna e Jake / Elle Kennedy ; tradução Lígia Azevedo. — 1ª ed. — São Paulo : Paralela, 2019.

　　Título original: The Risk : Briar U.
　　ISBN 978-85-8439-146-2

　　1. Ficção canadense (inglês) I. Título. II. Série.

19-27895   CDD-813

Índice para catálogo sistemático:
1. Ficção : Literatura canadense em inglês 813

Cibele Maria Dias — Bibliotecária — CRB-8/9427

[2022]
Todos os direitos desta edição reservados à
EDITORA SCHWARCZ S.A.
Rua Bandeira Paulista, 702, cj. 32
04532-002 — São Paulo — SP
Telefone: (11) 3707-3500
editoraparalela.com.br
atendimentoaoleitor@editoraparalela.com.br
facebook.com/editoraparalela
instagram.com/editoraparalela
twitter.com/editoraparalela

The Risk

BRIAR U

1

BRENNA

Ele está atrasado.

Não sou uma vaca completa. Em geral, dou cinco minutos de tolerância a um cara. Posso perdoar cinco minutos de atraso.

Com sete, talvez ainda esteja receptiva, principalmente se tiver sido avisada do atraso com uma ligação ou mensagem. Trânsito é algo incontrolável. Às vezes ele te ferra.

Com dez, minha paciência já vai estar se esvaindo. Se o babaca sem consideração tiver se atrasado dez minutos sem nem ligar, já era. Vou embora no mesmo instante.

Com quinze, aí o problema sou eu. Por que ainda estou no restaurante?

Ou, neste caso em particular, na lanchonete.

Estou sentada a uma mesa no Della's, uma lanchonete estilo anos 1950 em Hastings, a pequena cidade que vou chamar de lar pelos próximos anos. Por sorte, não preciso chamar a casa do meu pai de "lar". Podemos estar na mesma cidade, mas antes de me transferir para a Universidade Briar deixei claro que não moraria com ele. Já deixei o ninho. De jeito nenhum vou me sujeitar de novo à superproteção e à comida péssima dele.

"Mais café?" A garçonete, uma jovem de cabelo cacheado em um uniforme branco e azul de poliéster, me dirige um olhar solidário. Parece ter vinte e muitos anos. A plaquinha em seu uniforme diz "Stacy". Tenho certeza de que sabe que furaram comigo.

"Não, obrigada. Só a conta, por favor."

Ela se afasta, e aproveito para pegar o celular e mandar uma mensagem rápida para minha amiga Summer. É tudo culpa dela. Por isso, deve encarar minha ira.

EU: *Ele me deu um bolo.*

Summer responde na mesma hora, como se estivesse sentada ao lado do celular esperando notícias. Na verdade, esqueça o "como se". Certeza que estava fazendo exatamente isso. Minha nova amiga não tem vergonha de se intrometer.

SUMMER: *NÃO ACREDITOOOO!!*
EU: *Pois é*
SUMMER: *Que babaca! Sinto muito mesmo, Bee*
EU: *No fundo não fiquei surpresa. O cara é jogador de futebol americano. Eles são babacas por definição*
SUMMER: *Achei que Jules fosse diferente*
EU: *Achou errado*

As reticências que aparecem na tela indicam que está escrevendo algo. Já sei o que é. Outro pedido de desculpas enfático, que não estou no clima para ler. Não estou no clima para nada além de pagar pelo café, voltar para meu apartamento minúsculo e tirar o sutiã.

Cara idiota. E me maquiei por causa dele. Tudo bem que era só um café à noite, mas me esforcei mesmo assim.

Abaixo a cabeça para revirar a carteira atrás de alguns trocados. Quando uma sombra recai sobre a mesa, imagino que é Stacy voltando com a conta.

Imagino errado.

"Jensen", ouço uma voz masculina insolente dizer. "Levou um bolo, foi?"

Argh. Ele é a última pessoa que eu gostaria de ver neste momento.

Jake Connelly escorrega pelo banco do outro lado da mesa, e eu o recebo com um franzir de cenho desconfiado em vez de um sorriso. "O que está fazendo aqui?", pergunto.

Connelly, mais conhecido como o INIMIGO, é capitão do time de

8

hóquei de Harvard, nosso maior rival. Meu pai é o técnico principal da equipe da Briar. Em dez anos de trabalho, foi campeão três vezes. Vi uma reportagem recente em um jornal da Nova Inglaterra com a manchete "A era Jensen". Tratava-se de um texto de página inteira sobre como a Briar está detonando nesta temporada. Infelizmente, Harvard também, graças ao astro do outro lado da mesa.

"Estava por perto", ele responde, e noto em seus olhos verde-floresta que parece achar graça.

Da última vez que o vi, Connelly e um colega de time estavam nos espionando nas arquibancadas da arena da Briar. Pouco depois, acabamos com eles no confronto direto. O que foi motivo de muita satisfação e compensou a derrota que havíamos sofrido antes na temporada.

"Ah, é. Tenho certeza de que está em Hastings totalmente por acaso. Você não mora em Cambridge?"

"E?"

"Fica a uma hora daqui." Sorrio torto para ele. "Não sabia que eu tinha um stalker."

"Me pegou. Estou stalkeando você."

"Fico lisonjeada. Já fazia um tempo que ninguém ficava tão hipnotizado por mim que precisava ir até outra cidade para me stalkear."

Os lábios dele se curvaram em um sorriso. "Olha, por mais gata que você seja..."

"Ah, você me acha gatinha?"

"... eu não gastaria gasolina vindo até aqui só para ver você arrancando os meus colhões. Desculpa se te decepcionei." Connelly passa uma mão pelo cabelo escuro. Está um pouco mais curto agora, e uma barba por fazer cobre seu maxilar.

"Você fala como se eu tivesse qualquer interesse pelos seus colhões", respondo, fofa.

"Meus colhões metafóricos. Você não daria conta dos reais", ele diz. "*Gatinha.*"

Reviro tanto os olhos que quase distendo um músculo. "Sério, Connelly. Por que está aqui?"

"Vim visitar um amigo. E aqui pareceu um bom lugar para pegar um café antes de voltar pra Cambridge."

"Você tem um amigo? Nossa, que alívio. Já te vi com os caras do time, mas imaginei que tinham que fingir que gostavam de você porque é o capitão."

"Eles gostam de mim porque sou legal pra caralho." Connelly volta a abrir um sorriso.

De arrancar a calcinha. Foi assim que Summer descreveu o sorriso dele uma vez. A garota é totalmente obcecada pelo visual arrumadinho. Outros termos que já usou para descrever o cara incluem: caminhão de gostosura, ovulação instantânea, boydelícia e totalmente pegável.

Summer e eu nos conhecemos faz só alguns meses. Passamos de desconhecidas a melhores amigas em uns trinta segundos. Ela veio de outra faculdade depois de ter colocado fogo sem querer na casa da fraternidade em que morava. Como eu podia não adorar aquela maluca? Ela estuda moda, é muito divertida e tem certeza de que estou interessada no Jake Connelly.

Mas está errada. O cara pode ser lindo e um jogador de hóquei fenomenal, mas também curte jogar fora das pistas de gelo. É o padrão, na verdade. Muitos atletas têm um grupo de fãs que fica perfeitamente contente em 1) dar uns pegas, 2) não ser exclusivas, e 3) sempre vir depois do esporte.

Mas não sou uma delas. Não me incomodo de dar uns pegas, mas os números dois e três são inegociáveis para mim.

Sem mencionar que meu pai arrancaria minha pele se eu saísse com O INIMIGO. Ele e o técnico de Harvard, Daryl Pedersen, estão em disputa há anos. Segundo meu pai, Pedersen sacrifica bebezinhos em nome de Satã e faz magia negra em seu tempo livre.

"Tenho muitos amigos", Jake diz e dá de ombros. "Inclusive um bem próximo que estuda na Briar."

"Sempre acho que quando alguém se gaba muito de seus amigos é porque não tem nenhum. Não está querendo compensar nada, não?" Sorrio, inocente.

"Pelo menos não levei um bolo."

Meu sorriso se desfaz. "Não levei um bolo", minto. A garçonete se aproxima da mesa no mesmo instante, estragando tudo.

"Você chegou!" Ela parece aliviada ao se deparar com Jake. Então, dá uma boa encarada nele com um olhar de aprovação. "Estávamos começando a ficar preocupadas."

Estávamos? Não tinha me dado conta de que estávamos juntas na humilhação.

"A estrada estava escorregadia", Jake disse a ela, indicando com a cabeça a vitrine da lanchonete. Pequenos córregos desciam pelos vidros embaçados. Então, um raio iluminou momentaneamente o céu escuro. "É preciso tomar cuidado redobrado quando se dirige na chuva, sabe?"

Ela assente com vontade. "A estrada fica bem molhada quando está chovendo."

Jura, gênia? *As coisas ficam molhadas quando chove.* Alguém precisa avisar o pessoal do comitê do Nobel.

Os lábios de Jake se contorcem.

"Quer beber alguma coisa?", a garçonete pergunta.

Eu o fulmino com o olhar.

Connelly responde com um sorriso torto antes de piscar para a garçonete. "Eu *adoraria* um café..." Ele aperta os olhos para a plaquinha com o nome no uniforme dela. "Stacy. E pode encher a xícara da minha namorada ranzinza."

"Não quero mais café, e não sou namorada dele", rosno.

Stacy pisca, confusa. "Não? Mas..."

"Ele é um espião de Harvard que foi mandado para descobrir tudo sobre o time de hóquei da Briar. Não cai na dele, Stacy. É o inimigo."

"Que exagero." Jake ri. "Ignora, Stacy. Ela só está brava porque me atrasei. Dois cafés e uma torta, por favor. Quero um pedaço de..." O olhar dele recai sobre a vitrine no balcão. "Ah, droga, não consigo escolher. Todas parecem uma delícia."

"Nem me fala em delícia", ouço Stacy murmurar.

"O que você disse?", ele pergunta, mas seu sorrisinho deixa claro que a ouviu bem.

Stacy fica vermelha. "Ah, hum, só que tem torta de pêssego e noz-pecã."

"Hum..." Jake passa a língua no lábio inferior. É ridículo de sedutor. Tudo nele é. Por isso odeio o cara. "Quer saber? Um pedaço de cada, por favor. A gente vai dividir."

"Vamos nada", digo, veemente, mas Stacy já está correndo para providenciar as tortas idiotas do rei Connelly.

Caralho.

"Olha, por mais que eu goste de conversar sobre como seu time é ruim, estou cansada demais para te insultar esta noite." Tento disfarçar o cansaço, mas ele transparece na minha voz. "Quero ir para casa."

"Ainda não." A atmosfera leve e levemente irônica que ele emanava até então de repente se transforma em algo mais sério. "Não vim para Hastings por sua causa, mas agora que estamos tomando um café..."

"Contra minha vontade", corto.

"... quero conversar sobre um negócio."

"Ah, é?" Fico curiosa, apesar de não querer. Tento disfarçar com sarcasmo. "Mal posso esperar para ouvir o que é."

Jake abre as mãos sobre a mesa. São grandes. Tipo, muito, muito grandes. Tenho meio que uma obsessão por mãos masculinas. Se são pequenas demais, perco o interesse de imediato. Se são grandes e fortes demais, fico meio apreensiva. Mas Connelly foi abençoado com o par perfeito. Os dedos são compridos, mas não ossudos. As palmas são grandes e poderosas, mas não robustas. As unhas estão limpas, mas as juntas de dois dedos estão vermelhas e rachadas, provavelmente de raspar no gelo. Não consigo ver as pontas dos dedos, mas aposto que são cheias de calos.

Adoro a sensação de calos passando pela minha pele nua, roçando um mamilo...

Argh. Não. Não posso ter pensamentos picantes perto desse cara.

"Quero que você fique longe do meu amigo." Connelly mostra os dentes depois de dizer isso, mas não é nada que possa ser chamado de sorriso. É selvagem demais.

"Ele quem?" Mas ambos sabemos de quem está falando. Posso contar em um dedo de uma mão com quantos jogadores de Harvard eu fiquei.

Conheci Josh McCarthy em uma festa de Harvard para a qual Summer me arrastou há um tempo. Ele deu um chilique quando descobriu que eu era filha de Chad Jensen, mas então reconheceu que agiu errado, pediu desculpa pelas redes sociais e nos encontramos algumas vezes depois. McCarthy é bonitinho, meio pateta, e um forte candidato a amigo colorido. Como mora em Boston, não tem nenhuma chance de me sufocar ou de aparecer em casa sem avisar.

É claro que McCarthy não é uma opção no longo prazo. E nem é porque meu pai ia me matar. A verdade é que não sou tão ligada nele. O cara não sabe o que é sarcasmo, e pode ser meio chato quando a língua dele não está na minha boca.

"Estou falando sério, Jensen. Não quero você mexendo com o McCarthy."

"Recolhe essas garras, mamãe-urso. É um lance casual."

"Casual", ele repete. Não é uma pergunta, só quer dizer que ele não acredita em mim.

"É, casual. Quer que eu peça pra Siri definir a palavra pra você? Significa que não é sério. Nem um pouco."

"Mas pra ele é."

Reviro os olhos. "Bom, não tenho nada a ver com isso."

Mas, por dentro, fico preocupada com a resposta franca de Jake. *Mas pra ele é.*

Droga. Espero que não seja verdade. Tudo bem, McCarthy me manda bastante mensagem, mas tento não dar muita corda a menos que tenha caráter sexual. Nem mando risos quando ele me envia vídeos engraçadinhos, porque não quero encorajar o garoto.

Mas... talvez eu não tenha deixado tão claro o estado da nossa situação quanto achei que tivesse.

"Estou cansado de ver McCarthy indo de lá para cá como um cachorrinho apaixonado." Jake balança a cabeça, irritado. "Ele está acusando o golpe, e essa bobagem toda o distrai nos treinos."

"De novo: e eu com isso?"

"Estamos no meio do campeonato. Sei o que está fazendo, Jensen, e precisa parar."

"Parar o quê?"

"De zoar com a cabeça do McCarthy. Diz pro cara que não está a fim e que não vão se ver de novo. Fim."

Faço um beicinho. "Ah, papai... Você é tão severo."

"Não sou seu papai." Seus lábios se curvam de novo. "Mas poderia ser, se quiser."

13

"Afe... Não vou te chamar de 'papai' na cama."

Provando que é a rainha do timing ruim, Stacy volta à mesa no exato instante em que essas palavras deixam minha boca.

Sua passada vacila. A bandeja que está carregando tremula. Talheres batem. Eu me preparo, esperando uma chuva de café quente escaldar meu rosto. Mas Stacy se recupera rápido, se endireitando antes que o desastre aconteça.

"Café e torta!" O tom dela é alto e forte, como se não tivesse ouvido nada.

"Obrigada, Stacy", Jake diz, educado. "Desculpa a boca suja da minha namorada. Dá para ver por que não saio muito em público com ela."

As bochechas de Stacy estão rosadas de vergonha quando vai embora.

"Você traumatizou a garota com suas fantasias sexuais bizarras", ele me informa antes de mergulhar na torta.

"Desculpa, papai."

Connelly ri em meio à mastigação, e migalhas voam da sua boca. Ele pega um guardanapo. "Não me chama assim em público." Seus olhos verdes brilham travessos. "Guarda pra depois."

A outra torta — de pecã, pelo visto — permanece intocada à minha frente. Pego o café. Preciso de outra dose de cafeína para aguçar meus sentidos. Não gosto de estar aqui com Connelly. E se alguém nos vir?

"Talvez eu guarde pra McCarthy", contra-ataco.

"Não. Sei que não vai fazer isso." Ele engole outro pedaço de torta. "Vai terminar com ele, lembra?"

Tá, o cara realmente precisa parar de mandar na minha vida sexual como se tivesse alguma coisa a ver com ela. "Não pode decidir as coisas por mim. Se *eu* quiser sair com McCarthy, saio. Se não quiser, não saio."

"Tá." Ele mastiga devagar, então engole. "Você quer sair com o McCarthy?"

"Não quero *sair*."

"Então, ótimo. Estamos de acordo."

Aperto os lábios antes de dar um golinho no café. "Hum... Acho que não gosto de estar de acordo com você. Talvez mude de ideia... Deveria pedir McCarthy em namoro. Sabe onde posso comprar uma aliança de compromisso?"

Jake quebra a massa da torta com o garfo. "Você não mudou de ideia. Já tinha esquecido McCarthy cinco minutos depois de ficar com ele. Só tem dois motivos pra ainda estar com o cara: ou está entediada ou tentando sabotar a gente."

"É mesmo?"

"É. Nada prende sua atenção por tanto tempo. E conheço McCarthy, é um cara legal. Divertido, bonzinho, mas é aí que ele se dá mal. 'Bonzinho' não serve pra alguém como você."

"E lá vai você, achando que me conhece."

"Sei que você é filha de Chad Jensen. Sei que aproveitaria qualquer oportunidade para mexer com a cabeça dos caras do time. Sei que provavelmente vamos enfrentar Briar na final em algumas semanas, e quem ganhar vai direto para o nacional..."

"E vai ser a gente", digo.

"Quero meus garotos alertas e focados no jogo. Todo mundo diz que seu pai é capaz de qualquer coisa. Imaginei que a filha poderia ser igual." Ele faz *tsc-tsc*, em reprovação. "E você aí, brincando com o pobrezinho do McCarthy."

"Não estou brincando", digo, irritada. "Às vezes, a gente fica. É legal. Ao contrário do que pensa, minhas decisões não têm nada a ver com meu pai ou com o time."

"Bom, *minhas* decisões têm a ver com o *meu* time", ele retruca. "E decidi que quero que fique longe da gente." Connelly engole mais um pedaço de torta. "Porra, isso é muito bom. Quer provar?" Ele me oferece o garfo.

"Prefiro morrer a colocar a boca nesse garfo."

Connelly só ri. "Quero experimentar a de pecã. Se importa?"

Fico olhando para ele. "Foi você que pediu essa porcaria."

"Nossa, você está mal-humorada esta noite, gatinha. Eu também estaria, se tivesse levado bolo."

"Não levei bolo."

"Qual é o nome e o endereço dele? Quer que eu vá lá ensinar uma lição?"

Cerro os dentes.

Connelly pega um pedaço da torta intocada à minha frente. "Porra, essa é ainda melhor. Hum... Cara, que delícia."

De repente, o capitão do time de hóquei de Harvard está gemendo e grunhindo de prazer como se fosse uma cena de *American Pie*. Tento não me afetar, mas aquele pedaço traidor entre minhas pernas não obedece, formigando com os ruídos sexuais de Jake Connelly.

"Posso ir agora?", rosno. Só que, espera aí. Por que estou pedindo *permissão*? Não sou refém dele. Não posso negar que estou me divertindo um pouco, mas o cara também acabou de me acusar de dormir com os caras de Harvard para que não consigam ganhar da Briar.

Amo meu time, mas não *tanto*.

"Claro. Pode ir se quiser. Mas primeiro manda uma mensagem pro McCarthy dizendo que acabou."

"Desculpa, mas não tenho que obedecer."

"Tem, sim. Preciso que a cabeça de McCarthy esteja no jogo. Termina com ele."

Levanto o queixo com teimosia. Tudo bem, preciso esclarecer as coisas com Josh. Achei que tivesse deixado claro que nosso envolvimento era apenas casual, mas pelo visto ele acha que é muito mais, se o capitão do time dele diz que está "apaixonado".

No entanto, não quero dar a Connelly a satisfação de achar que me convenceu. Sou assim mesquinha.

"Não tenho que obedecer", repito, colocando uma nota de cinco dólares debaixo da xícara de café pela metade. Deve cobrir o que tomei, a gorjeta da Stacy e qualquer estresse pelo qual ela tenha passado esta noite. "Faço o que quiser com McCarthy. Talvez ligue para ele agora mesmo."

Jack estreita os olhos. "Você é sempre difícil assim?"

"Sou." Sorrindo, saio do banco e visto a jaqueta de couro. "Tome cuidado na viagem de volta a Boston, Connelly. Ouvi dizer que a estrada fica molhada quando chove."

Ele ri baixo.

Puxo o zíper da jaqueta, então me inclino e falo em seu ouvido. "Ah, e Jake?" Acho que posso ouvir sua respiração falhar. "Vou guardar para você um lugar atrás do banco de reservas da Briar na final."

2

JAKE

São umas nove e meia quando chego em casa. Nunca poderia bancar sozinho o apartamento de dois quartos que divido com Brooks Weston, que também é do time, mesmo com o belo contrato que assinei com os Oilers. Fica no alto de um prédio de quatro andares, e é ridículo: tem ilha na cozinha, *bay window*, claraboia, uma área aberta e vaga privada para a Mercedes do Brooks.

Ah, e eu não pago aluguel.

Brooks e eu nos conhecemos algumas semanas antes do primeiro ano. Foi num evento do time, um jantar do tipo "conheça seus companheiros antes que as aulas comecem". Nos demos bem logo de cara, e, quando a sobremesa foi servida, Brooks já estava me chamando para morar com ele. O cara tinha um quarto sobrando em seu apartamento em Cambridge. E insistia que eu não precisava pagar nada.

Brooks já tinha recebido permissão para morar fora do campus, uma das vantagens de ser o filho rico de um ex-aluno cujas doações fariam muita falta caso a universidade o desagradasse. O pai de Brooks mexeu mais alguns pauzinhos para que eu tampouco precisasse ficar no dormitório. Dinheiro realmente abre portas.

Quanto à questão do aluguel, a princípio fiquei com um pé atrás, porque nada nessa vida é de graça. Mas, quanto mais conhecia Brooks Weston, mais ficava claro que para ele *tudo* era de graça. O cara nunca precisou trabalhar um dia na vida. Tem uma poupança imensa, e tem tudo o que quer entregue em uma bandeja de prata. Os pais dele, ou um de seus funcionários, conseguiram esse apartamento e insistem em pagar o aluguel. Então, nos últimos três anos e meio, tive um vislumbre do que é ser um jovem rico em Connecticut.

Não me entenda mal, não sou um aproveitador — tentei pagar Brooks. Mas nem ele nem seus pais aceitaram nem um centavo. A sra. Weston ficou horrorizada quando levantei o assunto uma vez que vieram visitar. "Vocês precisam se concentrar nos estudos", ela disse, "não se preocupar em pagar as contas!"

Reprimi uma risada, porque venho pagando contas desde que consigo lembrar. Tinha quinze anos quando comecei a trabalhar, e era esperado que assim que recebesse meu primeiro cheque passasse a contribuir com a casa. Fazia compras, pagava a conta do meu celular, a gasolina do carro e a TV a cabo.

Minha família não é pobre. Meu pai constrói pontes e minha mãe é cabeleireira. Dá pra dizer que estamos bem estabelecidos na classe média baixa. Nunca nadamos em dinheiro, então experimentar o estilo de vida de Brooks é um pouco chocante. Já prometi que assim que for para Edmonton e estiver recebendo os frutos do meu contrato com a liga profissional de hóquei, a primeira coisa que vou fazer vai ser mandar um cheque para os Weston pelos mais de três anos sem pagar aluguel.

Meu celular vibra enquanto tiro meus sapatos Timberland. Eu o pego do bolso e vejo que recebi uma mensagem de Hazel, com quem jantei mais cedo em um dos refeitórios chiques da Briar.

HAZEL: *Chegou bem?? Tá chovendo mto*
EU: *Acabei de entrar. Valeu pela janta*
HAZEL: *Imagina. Te vejo sábado no jogo!*
EU: *Ótimo*

Hazel envia emojis mandando beijos. Outros caras talvez achassem que tem algo mais aí, mas não eu. Não tem nada de romântico entre a gente. Nos conhecemos desde o ensino fundamental.

"Ei!", Weston grita da sala. "Estamos esperando você faz um tempão."

Tiro a jaqueta molhada. A mãe de Brooks contratou um decorador antes de nos mudarmos para garantir que tivéssemos tudo aquilo em que os homens não pensam, como cabideiro, sapateira e escorredor — aparentemente homens não se importam muito com onde meter as coisas, exceto, bom, o próprio pau.

Deixo minhas coisas na entrada e pego o corredor que leva ao cômodo principal. O apartamento não tem muitas paredes, então o pessoal do time se aperta entre a sala de estar e a de jantar, sendo que alguns poucos estão acomodados nas banquetas da bancada da cozinha.

Olho em volta. Nem todo mundo apareceu. Deixo passar, porque convoquei a reunião de última hora. Quando estava voltando de Hastings, fiquei pensando na provocação de Brenna a respeito da final e em como estou preocupado com a maneira como ela anda distraindo McCarthy. O que me levou a considerar todas as outras distrações que poderiam nos atrapalhar. Como sou um homem de ação, mandei mensagem para todo mundo: *Reunião do time, em casa, agora.*

Mas a maior parte dos jogadores enche o lugar — somos quase vinte —, o que significa que minhas narinas são presenteadas com o aroma de diferentes sabonetes, perfumes e o cê-cê dos babacas que não tomaram banho antes de vir.

"Oi", cumprimento. "Obrigado por virem."

Alguns assentem, muitos dizem "beleza" e outros só grunhem.

Quem não faz nada é Josh McCarthy. Ele está apoiado na parede, perto do sofá de couro marrom, com os olhos grudados no celular. Sua linguagem corporal transmite frustração, considerando os ombros um pouco rígidos.

Brenna Jensen provavelmente mantém o cara na coleira. Tenho que lidar com minha própria frustração por conta disso. Ele não deveria estar perdendo tempo com aquilo. Está no segundo ano e até é passável, mas não é nada perto de Brenna. A garota é um show. É de longe uma das mulheres mais gostosas em que já pus os olhos. E aquela boca... é do tipo que precisa ser silenciada de vez em quando, talvez com outra boca a pressionando... ou com um pau entrando por entre seus lábios vermelhos.

Caralho. Afasto esse pensamento. Tá, Brenna é linda, mas também é uma distração. O fato de McCarthy não ter nem levantado a cabeça desde que entrei prova isso.

Pigarreio. Alto. Ele e os outros que estão mexendo no celular levantam a cabeça para mim. "Vou ser rápido", digo.

"É melhor mesmo", Brooks diz do sofá. Está só de calça de moletom preta. "Deixei uma garota me esperando na cama."

Reviro os olhos. É claro que Brooks estava comendo alguém. Ele está sempre comendo alguém. Não que eu possa falar muito. Já recebi minha cota de garotas no apartamento. Tenho pena dos vizinhos de baixo, que têm de lidar com o desfile de sapatos subindo e descendo as escadas. Para sorte deles, não damos muitas festas. É sempre uma péssima ideia — quem quer ter a casa destruída? É para isso que servem casas de fraternidade.

"Parabéns pra você", diz Dmitry, nosso melhor defensor. "Também saí da cama por causa dessa reunião. Mas estava descansando. Porque estou *exausto*."

"Todos estamos", diz um ala esquerda do terceiro ano chamado Heath.

"É, cara, bem-vindo ao clube", diz Coby, um dos veteranos do time.

Atravesso a sala e pego uma garrafa de água na cozinha. Eu sei. O último mês foi intenso. Os campeonatos de todas as conferências da nossa divisão estão no momento crucial, o que implica um mês inteiro do hóquei mais competitivo que há. Todos estamos tentando entrar direto no nacional. Se não der certo, confiamos em números bons o bastante para passar à final. A temporada toda está em jogo.

"Sim", concordo, abrindo a garrafa. "Estamos cansados. Mal consigo manter os olhos abertos nas aulas. Meu corpo todo é um hematoma enorme. Os playoffs são o ar que eu respiro. Fico pensando em estratégia toda noite antes de dormir." Tomo um gole de água devagar. "Mas a gente sabia que seria assim, e estamos perto da nossa recompensa. A partida contra Princeton vai ser a mais dura que enfrentamos até agora nesta temporada."

"Não estou preocupado com Princeton", Coby diz, sorrindo com arrogância. "Já ganhamos deles este ano."

"No comecinho da temporada", aponto. "Eles embalaram depois daquilo. Ganharam fácil da Union nas quartas."

"E daí?" Coby dá de ombros. "Também ganhamos."

Ele está certo. No fim de semana passado jogamos bem como nunca. Mas estamos nas semifinais agora. A coisa é séria.

"Já passamos da fase de melhor de três", lembro. "É um jogo só. Se perdermos, caímos fora."

"Perder, depois da temporada que fizemos?", diz Dmitry. "Vamos para o nacional mesmo se não avançarmos à final da conferência."

"Apostaria toda a temporada nisso?", eu o desafio. "Não prefere ter a classificação garantida?"

"Claro, mas..."

"Mas nada", corto. "Não vou apostar nossas chances na *possibilidade* de que nosso desempenho este ano tenha sido bom o bastante para irmos ao nacional. Prefiro acabar com Princeton este fim de semana. Entendido?"

"Sim, senhor", Dmitry murmura.

"Sim, senhor", alguns dos mais jovens ecoam.

"Já falei que não precisam me chamar de 'senhor'. Jesus..."

"Quer que a gente te chame de Jesus?", Brooks pergunta, então pisca inocentemente.

"Não, só quero que ganhem. Quero que *a gente* ganhe." E estamos tão perto que quase posso sentir o gosto da vitória.

Faz... porra, nem sei quantos anos faz que Harvard não ganha o nacional universitário. Não foi na minha época, pelo menos.

"Quando foi a última vez que ganhamos o campeonato?", pergunto a Aldrick, nosso especialista em estatística. O cara é uma enciclopédia. Sabe todas as curiosidades que há sobre hóquei, até mesmo as mais insignificantes.

"Foi em 1989", ele diz.

"Foi em 1989", repito. "Faz quase trinta anos que não somos campeões nacionais. Não estou falando de ganhar o regional. Não estou falando de sermos campeões de conferência. Temos que mirar no prêmio máximo."

Passo os olhos pela sala de novo. Para minha irritação, McCarthy está de novo conferindo o celular, sem nem disfarçar.

"Cara, tem ideia do que estavam fazendo com meu pau quando você mandou a mensagem sobre esta reunião?", Brooks diz. "Envolvia calda de chocolate."

Alguns caras vibram.

"E tudo o que você queria era fazer esse discurso tirado diretamente do filme *Desafio no gelo*? Porque a gente já sabia", Brooks continua. "Precisamos ganhar."

"Precisamos mesmo. E o que *não* precisamos é de distrações." Lanço um olhar afiado para Brooks, então o direciono a McCarthy.

O garoto fica visivelmente assustado. "O que foi?"

"Estou falando com você também." Fixo meus olhos nos dele. "Para de bobeira com a filha do Chad Jensen."

Ele parece chocado. Não me sinto mal em falar sobre os dois na frente dos outros, porque tenho certeza de que todo o time — e todo o mundo — já sabe. McCarthy tem orgulho de seu relacionamento com Brenna. Não é tão descuidado a ponto de falar sobre isso para se tornar conversa de vestiário, mas também não para de falar como acha a garota linda.

"Olha, não costumo controlar o pau de vocês, mas estamos falando de algumas poucas semanas. Tenho certeza de que dá pra segurar."

"Então ninguém pode se dar bem?", diz chocado um cara do terceiro ano chamado Jonah. "Porque, se fosse o caso, gostaria que *você* ligasse pra minha namorada pra contar."

"Boa sorte, capitão. Vi é ninfomaníaca", Heath diz com uma risadinha, se referindo à namorada de longa data de Jonah.

"Espera um segundo. Você não saiu do bar com uma ruiva gostosa na outra noite?", Coby pergunta. "Porque não parece que você está pondo isso em prática também, cara."

"Hipocrisia é a muleta do diabo", Brooks diz, solene.

Reprimo um suspiro e levanto uma mão para silenciar a galera. "Não estou dizendo que ninguém pode trepar. Só estou proibindo distrações. Se não conseguir lidar com o lance, evita. Jonah, você e a Vi sempre pareceram dois coelhos e isso nunca afetou seu desempenho no gelo. Então por mim podem continuar. Mas você..." Volto a olhar com severidade para McCarthy. "Você se saiu mal nos treinos a semana inteira."

"Não é verdade", ele contesta.

Nosso goleiro, Johansson, decide falar. "Você não acertou um tiro a gol hoje de manhã."

McCarthy fica estupefato. "Porque você defendeu. Vou ouvir merda porque você é um bom goleiro?"

"Você é nosso principal pontuador depois do Jake", Johansson diz, dando de ombros. "Deveria ter conseguido acertar alguns."

"Como um dia ruim pode ser culpa de Brenna? Eu..." Ele para de repente e desvia os olhos para o celular na mão. Imagino que deve ter recebido uma notificação.

"Cara, você acabou de provar o ponto do Connelly", um atacante chamado Potts diz a McCarthy. "Guarda esse celular. Alguns de nós querem que essa reunião acabe pra poder ir pra casa abrir uma cerveja."

Viro a cabeça na direção de Potts. "Falando em cerveja... Você e Bray estão oficialmente banidos de festas de fraternidade até segundo aviso."

Will Bray fica contrariado. "Qual é, Connelly?"

"Sei que jogos envolvendo bebida são divertidos, mas vocês dois precisam dar um tempo. Porra, Potts está até com uma barriguinha de cerveja."

Todos os olhos na sala vão direto para o abdome dele. No momento está coberto pelo moletom com bolso canguru grosso de Harvard, mas vi o cara no vestiário outro dia. Sei o que tem por baixo.

Brooks faz *tsc-tsc* pra mim. "Não consigo acreditar que você está fazendo Potts se sentir mal pelo corpo que tem."

Franzo a testa para meu colega de quarto. "Não estou fazendo nada disso. Só estou apontando que toda a cerveja o deixa mais lento no gelo."

"É verdade", Potts diz, desanimado. "Ando péssimo."

Alguém desdenha.

"Você não anda péssimo", garanto. "Mas dispensar a cerveja por algumas semanas só vai te fazer bem. E você..." É a vez de Weston. "É hora de um pouco de abstinência da sua parte também."

"Foda-se. É o sexo que garante meus superpoderes."

Reviro os olhos. Faço bastante disso com Brooks por perto. "Não estou falando de sexo. Estou falando das festinhas."

O maxilar dele fica tenso no mesmo instante. Sabe exatamente do que estou falando, assim como os outros caras do time. Não é nenhum segredo que Brooks gosta de curtir drogas recreativas em festas. Um baseado aqui, uma carreira ali. Ele é cuidadoso com relação a quando e quanto, e imagino que ajude o fato de a cocaína só ficar no sangue por quarenta e oito horas.

Isso não quer dizer que eu tolere esse tipo de coisa. Porque não tolero. Mas dizer a Brooks o que fazer é quase tão eficiente quanto falar com uma parede. Uma vez ameacei contar tudo ao técnico, e Brooks disse que eu podia ir em frente. Ele joga hóquei porque é divertido, não porque ama o jogo e quer ser profissional. Desistiria do esporte em um minuto, e ameaças não funcionam com quem não tem nada a perder.

Brooks não é o primeiro a usar drogas de vez em quando e não vai ser o último. Mas parece mesmo que é puramente recreativo, e ele nunca usa em dia de jogo. Só que depois... Vale tudo.

"Se você for pego usando ou no antidoping, sabe o que acontece. Então, parabéns, você vai ficar limpo até o campeonato terminar", informo. "Entendeu?"

Depois de um longo e tenso minuto, ele movimenta a cabeça em concordância. "Entendi."

"Ótimo." Volto a me dirigir aos outros. "Vamos focar em vencer Princeton no fim de semana. Todo o resto é secundário."

Coby abre um sorriso convencido para mim. "E do que é que você vai abrir mão, capitão?"

Franzo o cenho. "Do que está falando?"

"Você convocou esta reunião. Disse ao pobre do McCarthy que não pode mais trepar, colocou Weston na abstinência e mandou Potts e Bray pararem com a cerveja. O que *você* vai fazer pelo time?"

O apartamento fica em silêncio.

Por um segundo, fico sem fala. Ele está falando sério? Marco pelo menos um gol por jogo. Se alguém mais marca, em geral foi com uma assistência minha. Sou o patinador mais rápido da Costa Leste, e um ótimo capitão.

Abro a boca para responder quando Coby começa a rir.

"Você precisava ver sua cara." Ele sorri para mim. "Relaxa. Você já faz o bastante. É o melhor capitão que já tivemos."

Muitos outros concordam.

Relaxo. Mas Coby tem razão. "Olha, não vou pedir desculpas por querer que estejamos todos focados, mas sinto muito por ser duro com vocês. Especialmente com você, McCarthy. Só estou pedindo para manter a cabeça no jogo. Podemos fazer isso?"

Cerca de vinte cabeças assentem para mim.

"Ótimo." Bato palmas. "Podem ir agora. Vão dormir e estejam em seu melhor no treino de amanhã de manhã."

A reunião acaba e o grupo dispersa. De novo, nossos vizinhos são forçados a ouvir a movimentação, agora os passos pesados de duas dúzias de jogadores de hóquei descendo as escadas.

"Posso voltar pro quarto agora, papai?", Brooks pergunta, sarcástico.

Sorrio para ele. "Claro, filho. Eu tranco a porta."

Brooks me mostra o dedo do meio e corre para o quarto. McCarthy se demora à porta, esperando por mim.

"O que eu digo a Brenna?", ele pergunta.

Não sei dizer se está bravo, porque sua expressão não revela nada. "Diz que precisa se concentrar no campeonato. Que vocês podem sair quando a temporada terminar."

Vocês nunca mais vão sair.

Não tenho coragem de falar isso, mas sei que é verdade. Brenna Jensen nunca aceitaria ser deixada "de lado" por ninguém, quanto mais um jogador de Harvard. Se McCarthy terminar com ela, mesmo que apenas temporariamente, vai ser permanente.

"Briar ganhou três campeonatos nacionais na última década", digo apenas. "Enquanto isso, cá estamos nós, sem ganhar nenhum. É inaceitável. O que é mais importante pra você: trepar loucamente com Brenna Jensen ou ganhar do time dela?"

"Ganhar do time dela", ele diz imediatamente.

Sem hesitar. Gosto disso. "Então vamos fazer isso. Faça o que precisa fazer."

McCarthy assente e vai embora. Tranco a porta quando sai.

Talvez eu me sinta um pouco mal a respeito. Mas qualquer um consegue ver que ele e Brenna não estão destinados a ficar juntos. Ela mesma disse isso.

Só estou acelerando o inevitável.

3

BRENNA

"Onde você esteve? Liguei três vezes, Brenna."

O tom brusco do meu pai sempre me deixa tensa. Ele fala comigo do mesmo jeito que fala com seus jogadores — de um jeito seco, impaciente e implacável. Gostaria de dizer que sempre foi assim, que ele latiu e rosnou para mim a vida inteira. Mas seria mentira.

Meu pai nem sempre se precipitava assim comigo. Minha mãe morreu em um acidente de carro quando eu tinha sete anos, o que fez com que ele assumisse a função materna também. E era bom nos dois papéis. Falava comigo com amor e ternura no rosto e na voz. Me colocava em seu colo, bagunçava meu cabelo e dizia: "Me conta como foi a escola hoje, princesa". Ele sempre me chamava assim.

Mas isso faz muito tempo. Agora, sou só Brenna, e não consigo lembrar a última vez que associei "amor" ou "ternura" ao meu pai.

"Eu estava voltando pra casa na chuva", respondo. "Não podia atender."

"Voltando de onde?"

Tirei as botas no corredor bagunçado do porão onde moro. Alugo essa espécie de apartamento subterrâneo de Mark e Wendy, um casal simpático que viaja bastante. Como tenho uma entrada separada, posso ficar semanas sem encontrar os dois.

"Da lanchonete. Fui tomar um café com um amigo", digo.

"Assim tarde?"

"Tarde?" Viro o pescoço para a cozinha que é ainda menor que o corredor e confiro as horas no relógio do micro-ondas. "Não são nem dez."

"Não tem uma entrevista amanhã?"

"E daí? Acha que porque cheguei em casa às nove e meia não vou acordar com o despertador?" Não consigo evitar o sarcasmo. Às vezes, é difícil não ser tão agressiva com meu pai quanto ele é comigo.

A provocação é ignorada. "Falei com Stan Samuels hoje", ele diz. "É operador de controle mestre e um cara muito confiável." A voz do meu pai fica rouca. "Avisei que você iria amanhã e falei bem de você."

Eu me derreto um pouco. "Ah. Que legal da sua parte. Obrigada." Algumas pessoas ficariam incomodadas com isso, mas não tenho problema nenhum em usar os contatos do meu pai para conseguir o estágio. A concorrência é altíssima e, embora eu esteja mais do que qualificada — me matei para isso —, tenho a desvantagem de ser mulher. Infelizmente, é uma área dominada pelos homens.

O curso de TV da Briar prevê estágio no último ano, mas quero me adiantar aos outros. Se conseguir um estágio de férias na HockeyNet, há uma grande chance de poder continuar quando chegar a hora do estágio obrigatório. Isso não só representaria uma vantagem em relação aos meus colegas, mas uma possibilidade de ser contratada assim que me formar.

Meu objetivo sempre foi trabalhar como jornalista esportiva. Sim, a HockeyNet só tem uma década de existência (e a originalidade devia estar em falta quando escolheram esse nome), mas o canal cobre exclusivamente hóquei, e seu lançamento tapou um buraco profundo no mercado da cobertura esportiva. Vejo a ESPN religiosamente, mas uma das minhas maiores reclamações é a cobertura deficiente desse esporte. O que é notório. Quer dizer, na teoria, o hóquei é o quarto maior esporte do país, mas as maiores redes de televisão o tratam como se fosse menos importante que Nascar, tênis ou — credo — golfe.

Sonho em aparecer na tela sentada à mesa-redonda com todos aqueles comentaristas, mostrando os destaques, analisando jogos, fazendo previsões. O jornalismo esportivo é um caminho difícil para uma mulher, mas sei tudo de hóquei e estou confiante para a entrevista amanhã.

"Depois me conta como foi", meu pai pede.

"Conto, sim." Enquanto caminho pela sala, sinto a meia do pé esquerdo molhar e solto um gritinho.

Meu pai fica preocupado na hora. "Tudo bem aí?"

"Desculpa, está tudo bem. É só o carpete molhado. Devo ter derramado alguma coisa..." Paro quando noto uma pequena poça em frente à porta de correr que dá para o quintal. Ainda está chovendo lá fora, as gotas batendo em ritmo constante nas pedras do chão. "Droga. Está acumulando água na porta dos fundos."

"Isso não é bom. Do que se trata? O escoamento está levando a água para dentro?"

"Como vou saber? Acha que estudei o escoamento antes de mudar?" Ele não consegue me ver revirando os olhos, mas faço o meu melhor para que perceba a minha reação na minha voz.

"De onde vem a umidade?"

"Já falei, está perto da porta de correr." Contorno a sala, o que leva cerca de três segundos. Só está molhado perto da porta.

"Certo. É um bom sinal. Significa que provavelmente não é o encanamento. Mas se é o escoamento de água pluvial, pode haver vários culpados. A entrada da garagem é pavimentada?"

"É."

"Os proprietários talvez tenham que considerar drenagem artificial. Ligue para eles amanhã e peça que verifiquem isso."

"Tá bom."

"Estou falando sério."

"E eu disse 'tá bom'." Sei que meu pai está tentando ser prestativo, mas por que sempre tem que usar esse tom comigo? Tudo com Chad Jensen é uma ordem, nunca uma sugestão.

Ele não é um cara ruim, eu sei. Só é superprotetor, e houve um tempo em que tinha motivo para tanto. Mas estou morando sozinha há três anos. Posso cuidar de mim mesma.

"Você vai ao jogo no sábado, certo?", meu pai pergunta, brusco.

"Não posso", digo, genuinamente triste de perder uma partida tão importante. Mas planejei outra coisa há eras. "Vou visitar Tansy, lembra?" Ela é minha prima favorita, filha da irmã mais velha do meu pai, Sheryl.

"É esse fim de semana?"

"É."

"Está bem. Mande oi por mim. Diga que espero ver Tansy e Noah na Páscoa."

"Pode deixar."

"Você vai dormir lá?" A pergunta é feita num tom cortante.

"Duas noites, na verdade. Vou para Boston amanhã e volto no domingo."

"Não faça..." Ele para.

"Não faça o quê?" Desta vez, o tom cortante é meu.

"Não faça nada impensado. Não beba demais. Seja responsável."

Gosto que não diga "Simplesmente não beba", mas isso provavelmente é só porque sabe que não tem como me impedir. Depois que fiz dezoito anos, meu pai não podia mais me forçar a voltar para casa em determinado horário ou a seguir suas regras. Quando fiz vinte e um, já não podia mais me impedir de tomar uma bebida ou duas.

"Vou ficar bem", prometo, porque é a única coisa que posso prometer com segurança.

"Bren", ele diz, então para de novo.

Sinto que a maior parte das minhas conversas com meu pai é assim. Começa e para. Queremos dizer alguma coisa, mas não dizemos. É muito difícil estabelecer qualquer tipo de conexão com ele.

"Pai, podemos desligar agora? Quero tomar um banho quente e me arrumar pra dormir. Tenho que acordar cedo amanhã."

"Tudo bem. Depois me diga como foi a entrevista." Ele faz uma pausa. Quando fala de novo, é para me encorajar, o que é raro. "Vai se sair bem."

"Obrigada. Boa noite, pai."

"Boa noite, Brenna."

Desligo e faço exatamente o que disse — tomo um banho escaldante, porque a caminhada de vinte minutos na chuva me deixou morrendo de frio. Estou mais vermelha que uma lagosta quando saio do box apertado. O pequeno cômodo não tem banheira, o que é uma pena. Banhos quentes de banheira são incríveis.

Não gosto de dormir de cabelo molhado, então me seco rapidamente e vou até a cômoda atrás do meu pijama mais quente. Pego uma calça xadrez e uma camiseta de manga comprida com o símbolo da Briar. Porões costumam ser frios, e o meu não é exceção. É uma surpresa não ter pegado pneumonia nos sete meses em que moro aqui.

Quando entro debaixo das cobertas, desconecto o celular do carregador e vejo que Summer ligou. Desconfio que vai ligar de novo se eu não ligar, provavelmente cinco segundos depois que eu dormir, então ligo para ela antes que estrague uma boa noite de sono.

"Está brava comigo?", é como ela me cumprimenta.

"Não." Eu me encolho de lado, com o celular apoiado no ombro.

"Mesmo eu tendo marcado o encontro com Jules e dito que ele era legal?" Sua voz está cheia de culpa.

"Sou adulta, Summer. Você não me forçou a aceitar."

"Eu sei. Mas me sinto péssima. Não acredito que ele não apareceu."

"Não esquenta. Não estou nem um pouco chateada. Provavelmente me livrei de uma boa."

"Então tá." Ela parece aliviada. "Vou encontrar alguém melhor pra você."

"Não vai, não", digo, animada. "Está oficialmente dispensada de seus deveres de casamenteira. Que foram concedidos por você mesma, aliás. Confia em mim, não tenho nenhuma dificuldade em conhecer caras."

"Você pode ser ótima em conhecer, mas em sair é péssima."

Protesto na hora. "Porque não estou a fim de sair com ninguém."

"Por que não? Namorar é superlegal."

Talvez, se seu namorado for Colin Fitzgerald. Summer está saindo com um dos caras mais gente fina que já conheci. Inteligente, bonzinho, esperto e lindo pra caralho.

"Você e o Fitzy ainda estão obcecados um pelo outro?"

"*Totalmente*. Ele aguenta minhas maluquices e eu aguento as nerdices dele. Fora que é o melhor sexo do mundo."

"Aposto que Hunter adora isso", digo, seca. "Espero que você não seja do tipo que grita."

Hunter Davenport mora com Summer e Fitz, e foi recentemente rejeitado por ela. Summer topou sair com ele uma vez, mas em seguida se deu conta de que seus sentimentos pelo outro eram fortes demais para ignorar. Hunter não levou isso numa boa.

"Nossa, você não tem ideia de como é difícil tentar ficar quieta enquanto Fitz faz sua magia mágica com meu corpo", Summer diz com um suspiro.

"Magia mágica?"

"É, magia mágica. Mas se estiver preocupada que Hunter esteja deitado na cama ouvindo a gente e chorando inconsolável, não precisa. Ele traz uma garota diferente a cada noite."

"Bom pra ele." Dou uma risadinha. "Aposto que Hollis está morrendo de inveja."

"Não sei nem se Mike notou. Está ocupado demais chorando por você."

"Ainda?" Droga. Imaginei que já tivesse passado.

Fecho os olhos por um momento. Já fiz muita coisa idiota na vida, mas ficar com Mike Hollis foi a pior. Estávamos os dois muito bêbados, então só demos uns pegas descuidados e eu dormi enquanto batia uma pra ele. Definitivamente não foi meu melhor momento, nem foi memorável. Não sei por que o cara gostaria de repetir aquilo.

"Ele está apaixonado", Summer confirma.

"Vai passar."

Summer ri, mas seu bom humor morre rápido. "Hunter está sendo muito babaca com a gente", ela admite. "Quando não está trepando com qualquer uma que use saia."

"Acho que ele gostava de verdade de você."

"Sinceramente? Acho que não é por minha causa. É mais o Fitz."

"Entendo total que ele queira pegar o cara", digo, solene. "Quer dizer, quem não quer?"

"Não, sua pentelha. Fitz mentiu na cara dura quando Hunter perguntou se ele gostava de mim. O cara vê isso como uma traição."

"E é mesmo", tenho que admitir. "Especialmente considerando que os dois são colegas de time."

"Eu sei. Fitz diz que os treinos têm sido tensos." Summer geme. "E se afetar o desempenho deles na semi, Bee? E se Yale for pra final?"

"Meu pai vai dar um jeito neles", garanto a ela. "E pode dizer o que quiser sobre Hunter, mas ele gosta de vencer nos jogos. Não vai deixar que uma briguinha por causa de uma garota — sem ofensa — o distraia."

"Será que eu devia..."

Sua pergunta é interrompida por uma vibração no meu ouvido.

"O que foi isso?"

"Mensagem de texto", explico. "Desculpa, pode continuar. O que você estava dizendo?"

"Eu estava pensando se devia falar com ele."

"Não acho que vá fazer diferença. O cara é teimoso. Mas uma hora vai crescer e superar."

"Espero que sim."

Conversamos por mais um tempo, até que minhas pálpebras começam a pesar. "Summer. Tenho que dormir agora. Tenho aquela entrevista amanhã cedo."

"Tá bom. Me liga amanhã. Te amo."

"Também te amo."

Estou prestes a desligar o abajur quando me lembro da mensagem recebida. Clico no aplicativo e estreito os olhos quando vejo o nome de McCarthy.

Oi, B. Foi mto legal curtir com vc, mas preciso parar por um tempo. Pelo menos até o fim do campeonato. Tenho que focar no jogo, sabe? Te ligo qd tudo acalmar. Bjs

Meu queixo cai. É uma brincadeira?

Releio a mensagem, e é aquilo mesmo. McCarthy terminou comigo. Parece que Jake Connelly acaba de declarar guerra.

4

BRENNA

Na maior parte das situações, consigo manter o controle. Nunca sofri de ansiedade e nada me assusta de verdade, nem mesmo meu pai, que é conhecido por fazer homens adultos chorarem só com um olhar. E não é exagero, já vi acontecer.

Mas esta manhã minhas mãos estão suando e meu estômago não para de se revirar, tudo graças a um executivo da HockeyNet totalmente desconcertante, Ed Mulder. Ele é alto, careca e assustador, e a primeira coisa que faz depois de apertar minha mão é perguntar por que uma garota bonita como eu está se candidatando para um trabalho *atrás* das câmeras.

Tento não fazer careta diante do comentário machista. Tristan, que é assistente de um professor da Briar, foi estagiário aqui e me avisou que Mulder é um babaca completo. Ele também disse que os estagiários não respondem diretamente para o cara, o que significa que não vou precisar lidar com ele se passar pela entrevista. É só um obstáculo que preciso ultrapassar para chegar até o estágio.

"Bom, como minha carta de apresentação diz, no futuro gostaria de ser comentarista ou repórter, mas espero adquirir experiência nos bastidores também. Vou me formar em rádio e TV na Briar, como você já sabe. No ano que vem tenho estágio curri..."

"É um trabalho não remunerado", ele interrompe. "Tem consciência disso?"

Sou pega de guarda baixa. Minhas mãos estão escorregadias quando as esfrego, então as apoio nos joelhos. "Ah. Hum. Sim, eu sei."

"Ótimo. Os candidatos homens costumam já saber dos detalhes quando chegam, mas as mulheres às vezes esperam um salário."

Está decidido, ele é totalmente machista. E o comentário nem faz sentido. O anúncio no site especificava claramente de que se tratava de um estágio não remunerado. Por que os homens esperariam uma coisa e as mulheres outra? Ele está sugerindo que as mulheres nem leem o anúncio direito? Ou que não sabem ler de modo geral?

Gotas de suor escorrem pela minha nuca. Não estou no meu melhor agora.

"Então. Brenda. Me fale sobre você."

Engulo em seco. O cara me chamou de Brenda. Devo corrigir?

É claro que deve. Foda-se esse cara. Ele não vale nada. A Brenda confiante — ou melhor, a Brenna — eleva sua cabeça espetacular.

"Na verdade, é Brenna", digo, com delicadeza. "Acho que tenho tudo a ver com este lugar. Para começar, amo hóquei. É..."

"Seu pai é Chad Jensen." Seu queixo sobe e desce, e eu percebo que está mascando chiclete. Quanta classe.

Respondo num tom cuidadoso. "Isso."

"Técnico campeão. Ganhou vários títulos universitários."

Assinto. "Ele é muito bom no que faz."

Mulder assente de volta. "Deve ter orgulho dele. Qual você diria que é sua principal qualidade, além de ter um pai quase famoso?"

Me forço a ignorar o tom malicioso de sua pergunta e digo: "Sou esperta. Não tenho dificuldade de tomar decisões em situações difíceis. Lido bem com a pressão. E, mais que tudo, amo o esporte de verdade. Hóquei é...".

Eeeee, ele não está mais me ouvindo.

Seus olhos foram para o computador. Mulder mastiga o chiclete como um cavalo comendo aveia. A janela atrás da mesa dele reflete a tela de maneira difusa, me permitindo um vislumbre... ele está em um fantasy game de hóquei? E acho que é o da ESPN.

Ele me olha de repente. "Pra quem você torce?"

Franzo a testa. "Universitário ou..."

"Profissional", ele me interrompe, impaciente. "Pra quem você torce, Brenda?"

"Brenna", digo, por entre os dentes cerrados. "E torço para os Bruins, claro. E você?"

34

Mulder desdenha da minha resposta. "Oilers. Sou canadense dos pés à cabeça."

Finjo interesse. "Ah, que legal. De Edmonton?"

"Isso." Os olhos dele voltam para a tela. Em um tom de voz distraído, ele diz: "Qual você diria que é sua maior fraqueza, além de ter um pai quase famoso?".

Engulo uma resposta atravessada. "Posso ser impaciente às vezes", confesso, porque de jeito nenhum vou fazer aquela babaquice de dizer que minha maior fraqueza é me preocupar ou trabalhar demais. Afe...

A atenção de Mulder volta para o joguinho dele. O silêncio recai sobre o escritório espaçoso. Me remexo irritada na cadeira e olho a vitrine onde estão expostos todos os prêmios que o canal ganhou ao longo dos anos, além da parafernália de inúmeros jogadores de hóquei. Tem muita coisa dos Oilers, noto.

Na parede oposta, duas telas grandes mostram programas diferentes: os destaques do fim de semana da liga profissional e um ranking com as dez melhores temporadas de novatos de todos os tempos. Queria que as TVs não estivessem no mudo. Pelo menos poderia ouvir algo interessante enquanto sou ignorada.

A frustração sobe pela minha coluna como uma trepadeira e se enrosca na minha garganta. Ele não está prestando um pingo de atenção em mim. Ou é o pior entrevistador do planeta, ou um cretino mal-educado ou nem está me considerando de verdade para a vaga.

Mas também pode ser D) todas as anteriores.

Tristan estava errado. Ed Mulder não é um babaca — é um cretino da pior espécie. Infelizmente, estágios bons e interessantes em grandes canais como a HockeyNet não aparecem todo dia. Não há muita oferta no mercado. E não sou tão inocente a ponto de achar que Mulder seja um caso especial. Muitos professores e professoras me alertaram para o fato de que o jornalismo esportivo não recebe bem as mulheres.

Vou encontrar caras como Mulder por toda a carreira. Perder o controle ou simplesmente ir embora não vai me ajudar a atingir meus objetivos. E, se bobear, vai "provar" o pensamento misógino dele de que as mulheres são emotivas demais, fracas demais, não contam com as ferramentas necessárias para sobreviver no mundo dos esportes.

"Então." Pigarreio. "Qual vai ser exatamente meu trabalho caso consiga o estágio?" Já sei a resposta — praticamente memorizei o anúncio, sem mencionar o interrogatório digno da CIA que fiz com Tristan. Mas é melhor fazer algumas perguntas, já que Mulder não está interessado em se ocupar disso.

Ele levanta a cabeça. "Temos três vagas no departamento de produção. Sou o chefe."

Me pergunto se Mulder sabe que não respondeu a pergunta. Solto o ar com calma. "E quanto ao trabalho?"

"É bem intenso", ele responde. "O estagiário tem que fazer compactos, separar os melhores momentos, ajudar a produzir teasers e takes suplementares. Ele participa de reuniões de produção, dá ideias de matérias..." Mulder deixa a frase morrer no ar enquanto clica algumas vezes no mouse.

É o trabalho perfeito para mim. Quero isso. *Preciso* disso. Mordo a bochecha por dentro, me perguntando como posso reverter essa entrevista horrorosa a meu favor.

Não consigo. Há uma batida forte na porta, e ela se abre antes que Mulder possa dizer alguma coisa. Um homem animado com barba malcuidada entra voando no escritório.

"Roman McElroy acabou de ser preso por violência doméstica!"

Mulder se levanta da cadeira de couro. "Está brincando comigo?"

"Tem um vídeo rolando na internet. Não da mulher apanhando, mas da prisão."

"Algum outro canal já deu?"

"Não." O cara de barba pula como uma criança em uma loja de brinquedos, embora não possa ter menos do que cinquenta e cinco anos.

"Quem pode dar a notícia?", Mulder pergunta, já a caminho da porta.

"Georgia acabou de chegar..."

"Não", o chefe interrompe. "Não a Barnes. Ela vai tentar dar um jeito de incluir alguma besteira feminista nessa história. Quem mais?"

Mordo o lábio para não dar uma resposta atravessada. Georgia Barnes é uma das duas comentaristas da HockeyNet, e é *ótima*. Seus comentários são sempre certeiros.

"Kip Haskins e Trevor Trent. Mas estão ao vivo agora."

"Dane-se. Faça o Gary escrever qualquer coisa, então Kip e Trevor podem conversar a respeito e destrinchar o vídeo da prisão quadro a quadro. Quero o programa inteiro sobre essa coisa do McElroy." Mulder para à porta, quando se lembra da minha existência. "Terminamos isso na segunda."

Meu queixo cai. "Desculpa, mas... como?"

"Volte na segunda", ele rosna. "Estamos lidando com uma matéria exclusiva importantíssima aqui. A notícia não espera por ninguém, Brenda."

"Mas..."

"Segunda, às nove." E ele vai embora.

Fico olhando incrédula para a porta sem ninguém. O que acabou de acontecer? Primeiro, ele abriu a entrevista com um monte de comentários machistas, então não ouviu nem uma palavra do que eu disse, e agora me abandona no meio da entrevista? Entendo que um jogador de hóquei profissional ser preso por violência doméstica é uma notícia importante, mas... não posso voltar na segunda. Tenho aula. Tristan me avisou sobre Mulder, mas o cara pareceu ainda pior do que eu esperava.

Pego minha bolsa, raivosa, e levanto. Foda-se. Não vou voltar na segunda. Não vou deixar esse cretino...

É seu estágio dos sonhos, lembro a mim mesma, então repito a frase de novo e de novo na minha cabeça. A ESPN e a HockeyNet são os dois maiores canais do país em termos de cobertura de hóquei. E a ESPN não está contratando.

Portanto...

Acho que vou ter que faltar à aula segunda.

Rochelle, a recepcionista loira e bonita de Mulder, levanta os olhos de sua mesa quando chego. Ela remarca a entrevista oficialmente e saio do prédio da HockeyNet com uma sensação horrível na boca do estômago.

Pela primeira vez em muito tempo não está chovendo, então chamo um Uber e fico esperando na rua. Ligo para minha prima enquanto isso. "Oi", digo quando Tansy atende. "Saí da entrevista."

"Já?"

"Pois é."

"Como foi?"

"Um desastre completo. Depois te conto direito. Acabei de pedir um Uber. Posso ir direto pro seu dormitório?" O plano era que eu ficasse lá sozinha enquanto Tansy estivesse em aula.

"Claro. Deixei minha chave com a responsável pelo andar. Ela fica no 404. Bate lá pra pegar a chave e depois vai pro meu quarto. É o 408."

"Beleza." Volto a olhar para o prédio alto do qual acabei de sair, com janelas brilhantes, lobby de vidro e o enorme logo da HockeyNet, em vermelho e branco. Solto um suspiro. "Espero que esteja pronta para encher a cara esta noite, porque preciso beber para esquecer essa entrevista."

"Te odeio muito. Como consegue estar sempre linda sem nem tentar?", Tansy me diz mais tarde.

Estamos no apartamento dela no Walsh Hall, um dos prédios residenciais do Boston College. Tansy mora com outras três garotas, dividindo o quarto com Aisha, que foi visitar os pais em Nova York esse fim de semana. Aisha é das minhas, porque transformou sua escrivaninha em uma penteadeira. Eu faria a mesma coisa em casa se tivesse uma. Sempre preferi fazer a lição de casa esticada na cama ou no sofá.

Sorrio para o reflexo de Tansy no enorme espelho de Aisha, então continuo passando rímel nos cílios superiores. "Estou me maquiando", digo. "Isso é tentar."

Ela grunhe. "Chama isso de maquiar? Você só passa um pouco de corretivo e rímel. Não conta."

"E batom", eu a lembro.

"E batom", ela consente, então revira os olhos para mim. "Sabe que existem outras cores além de vermelho nesse mundo vasto e maravilhoso, né?"

"Vermelho é a minha cor." Aperto os lábios para ela, então mando um beijinho no ar. "Uma amiga da Briar diz que é minha marca registrada."

"Verdade. Nem consigo lembrar a última vez que te vi sem. Talvez na manhã de Natal." Ela faz uma pausa. "Não, espera, estávamos as duas de batom vermelho, pra combinar com o chapéu de Papai Noel. Mas eu fiquei péssima. Lembro bem. Não posso usar batom vermelho."

"Temos o mesmo tom de pele, Tans. É claro que pode."

"Não, quero dizer em termos morais. É preciso ter certo grau de ousadia pra sustentar o vermelho."

Ela não está errada. É um visual que requer confiança. Ironicamente, também é o visual que *me dá* confiança. Sei que parece absurdo, mas me sinto invencível toda vez que passo batom vermelho.

"Posso te emprestar um pouco da minha ousadia, se quiser", ofereço.

Tansy franze o nariz ao rir. O piercing prateado em sua narina esquerda reflete a luz e parece brilhar. "Ah, valeu, Bee. Sabia que havia um motivo para você ser minha prima preferida."

"Bom, as outras não são exatamente candidatas à altura. Leigh e Robbie são religiosas demais. E não vou nem começar a falar de Alex."

Ambas sorrimos. Alex é filha de tio Bill e incrivelmente irritante.

Ouço o toque de mensagem recebida no meu celular. "Pode ver pra mim?" Meu celular está sobre a mesa de Tansy, mais perto dela.

Ela se estica da cama. "Alguém chamado BG diz que sente sua falta. Ele usou uma centena de 'As' e cinco, não, seis, coraçõezinhos. E é o coraçãozinho vermelho, o que significa que está falando sério. Então. Quem é BG e por que não me contou dele?"

Morro de rir. "BG é abreviação de Barbie de Greenwich. É como chamo minha amiga Summer. É uma garota rica de Connecticut."

"Mentira. Nunca ouvi você falando de uma Summer", Tansy acusa.

"Ela se transferiu para a Briar no começo de janeiro." Enfio o pincel no tubo de rímel e fecho a tampa. "A garota é doida, no bom sentido. É muito engraçada e está sempre animada. Mal posso esperar pra vocês se conhecerem."

"Você marcou alguma coisa com ela nesse fim de semana?"

"Infelizmente, não. Ela vai ser uma boa namorada e apoiar o time de hóquei da Briar na semi contra Yale amanhã à noite. O namorado dela é do time."

"E por que ela está com tanta saudade?"

"A gente não sai desde o fim de semana passado. Sei que uma semana não parece muito tempo, mas para Summer é uma década. Ela é meio melodramática."

Meu celular toca de novo.

39

"Está vendo só?" Dou risada, então enfio o rímel e o batom na nécessaire que trouxe comigo. "Me passa o celular? Se eu não responder é capaz de Summer ter um ataque de pânico."

Tansy dá uma olhada na tela. Seus ombros se enrijecem ligeiramente. "Não é ela", minha prima informa.

Franzo as sobrancelhas. "E quem é?"

Há uma longa pausa. O clima muda. De repente, há uma nuvem de tensão entre nós.

Tansy me avalia com cuidado. "Por que não me disse que continua em contato com Eric?"

5

BRENNA

A tensão se instala no meu corpo, transformando meus ombros em pedra e minha coluna em ferro. Meus dedos, no entanto, parecem geleia, e começo a tremer. Por sorte, não estava mais passando rímel, ou teria furado meu olho.

"Ele mandou mensagem?" Fico incomodada com minha voz fraca. "O que diz?"

Tansy me passa o celular. Meu olhar recai de imediato sobre a mensagem. É curta.

ERIC: *Me liga. Preciso falar com vc*

O desconforto desce pela minha espinha como gotas de água pingando de uma torneira vazando. Merda. O que ele quer agora?

Tansy expressa o que estou pensando: "O que ele quer?". Ela parece muito mais desconfiada que eu.

"Não sei. E, respondendo à sua pergunta, nunca mais falei com ele."

Não é totalmente verdade. Recebo notícias de Eric duas ou três vezes por ano, em geral quando está muito louco ou completamente bêbado. Se não atendo, ele continua ligando, de novo e de novo, até que eu atenda. Não tenho coragem de bloquear o número, mas meu coração se enche de farpas sempre que atendo e descubro como ele está mal.

"Ficou sabendo que minha mãe esbarrou nele, tipo, uns seis ou sete meses atrás? Perto do Halloween."

"Sério? Por que ela não disse nada quando nos encontramos nas festas de fim de ano?"

"Não queria te preocupar", Tansy confessa.

O ar fica preso na minha garganta. O fato de tia Sheryl ter pensado que eu ficaria preocupada diz muito sobre o estado de Eric quando ela o viu. "Ele estava chapado?"

"Minha mãe acha que sim."

Solto o ar devagar. "Fico tão mal com isso."

"Não deveria", diz Tansy, com franqueza. "Foi ele quem escolheu continuar com esse estilo de vida. A mãe dele conseguiu um lugar naquela clínica de reabilitação supercara em Vermont, mas Eric se recusou a ir, lembra?"

"É, eu lembro." Fico mal pela mãe de Eric também. É tão frustrante tentar ajudar alguém que se recusa a admitir que tem um problema.

"Ninguém está forçando o cara a beber ou se drogar. Ninguém o mantém refém em Westlynn. Ele pode sair da cidade quando quiser. A gente saiu."

É verdade. Nada prende Eric em Westlynn, New Hampshire, a não ser seus próprios demônios. Eu mesma voei para Boston logo depois de me formar no ensino médio.

Não tem nada de errado com a cidade em que cresci. É um lugar perfeitamente satisfatório, que cumpre todos os requisitos de tranquilidade e excentricidade de uma cidade pequena. Meu pai e os irmãos dele nasceram e cresceram em Westlynn, e tia Sheryl e tio Bill ainda moram lá, com seus respectivos cônjuges. Meu pai esperou eu me mudar para ir ele mesmo para Hastings, em Massachusetts. Antes, levava uma hora para chegar a Briar, porque queria que eu continuasse estudando com meus primos e amigos. Acho que ele é mais feliz em Hastings. A cidade fica a cinco minutos do campus, e ele mora em uma antiga casa vitoriana espaçosa e cheia de charme.

Meu ex-namorado preferiu ficar em Westlynn. Após a formatura, a decadência começou. Ele se envolveu com as pessoas erradas e fez todo tipo de cagada. Westlynn não é controlada por traficantes, mas isso não quer dizer que não se possa conseguir drogas lá. Infelizmente, dá pra conseguir em qualquer lugar.

Eric está empacado. Todo mundo foi embora, mas ele continua no mesmo lugar. Não, ultimamente está num lugar ainda pior. Talvez eu não devesse sentir pena dele, mas sinto. E nossa história torna mais difícil esquecê-lo por completo.

"Acho que você não deve ligar."

As palavras severas da minha prima me trazem de volta ao presente. "Acho que não vou mesmo."

"*Acha*?"

"Tem noventa por cento de chance de não ligar, e dez por cento de ligar."

"Dez por cento é alto demais." Ela balança a cabeça. "O cara só vai te arrastar pra baixo se deixar que volte pra sua vida."

Fico pálida. "Não precisa se preocupar com isso. Tem zero por cento de chance de acontecer."

"Ótimo. Porque pelo visto ele continua obcecado por você."

"Ele nunca foi obcecado por mim", digo, em defesa de Eric.

"Está brincando comigo? Lembra quando você teve mononucleose no segundo ano e teve que faltar à escola por meses? Eric surtou total", ela lembra. "Ligava a cada cinco segundos, não ia às aulas, pirou quando tio Chad disse pra ele parar de aparecer na sua casa. Foi intenso."

Evito o olhar dela. "É, acho que foi meio exagerado. O que acha dessa blusa?" Aponto para minha miniblusa preta. É frente única e deixa minha barriga à mostra.

"Linda pra кст", Tansy declara.

"Você sabe que não economizou nenhum tempo falando кст em vez de 'cacete', né? Só muda a entonação", provoco, enquanto tento não demonstrar alívio com o fato de Tansy ter aceitado minha mudança de assunto tão prontamente.

Não gosto de ficar pensando sobre aquela época da minha vida. A verdade é que falar de Eric é tão exaustivo quanto era lidar com ele. Só de pensar nele, parece que acabei de escalar o Everest. Meu ex suga toda a minha energia.

"Falo a língua das redes", Tansy retruca. "É a única que importa. Bom, você está mesmo ótima e eu estou ótima, então vamos sair e mostrar pra todo mundo como estamos ótimas. Pronta?"

Pego a bolsa de cima da cama da companheira de quarto dela.

"Pronta pra кст."

*

Acabamos em um pub irlandês na região de Back Bay. Chama Fox and Fiddle e é frequentado principalmente por universitários, a julgar pelos rostos jovens. Infelizmente, não tem quase ninguém com roupa de hóquei. Vejo duas camisas vinho e dourado, cores do Boston College Eagles. E só. Fico com saudades do Malone's, o bar em Hastings em que os fãs de hóquei da Briar se reúnem.

Tansy verifica o celular quando entramos. Vamos encontrar o namorado dela aqui. Ou talvez seja o ex-namorado? O pau amigo? Com ela e Lamar, nunca se sabe. O vai e volta do relacionamento deles me deixa tonta.

"Ele não escreveu. Não deve ter chegado ainda." Ela enlaça meu braço e me leva para o balcão. "Vamos pedir shots. Não tomamos shots desde o Natal."

Tem uma multidão esperando para ser servida. Quando consigo a atenção de um garçom, ele me pede um minuto.

"Queria tanto que você estudasse aqui comigo", Tansy diz, tristonha. "Poderíamos fazer isso o tempo todo."

"Eu sei." Eu adoraria estudar no Boston College com ela, mas não fui aceita. Não tirava notas boas na escola; meu relacionamento com Eric detonara minha habilidade de me concentrar nas aulas. Então, fui para uma faculdade comunitária até conseguir transferência para a Briar, onde estudo de graça, já que meu pai é funcionário.

"Boa! Estão passando os Bruins." Olho para uma das telas penduradas no alto. Um borrão preto e amarelo passa conforme os Bruins partem para o ataque.

"Eba!", Tansy diz, com entusiasmo fingido. Ela não liga para hóquei. Seu esporte preferido é basquete. O que quer dizer que só sai com jogadores de basquete.

Tento acenar para o atendente de novo, mas ele está ocupado servindo um grupo de garotas de vestido curto. O pub está surpreendentemente cheio para dez e meia da noite. Em geral, a essa hora as pessoas ainda estão fazendo um esquenta em outro lugar.

Tansy verifica o celular de novo, então escreve alguma coisa. "Cadê ele?", murmura.

"Manda uma mensagem."

"Acabei de mandar. Por algum motivo ele não res... Ah, espera, está digitando agora." Ela espera até que a mensagem apareça. "Tá, ele... Ah, você só pode estar brincando comigo."

"O que foi?"

Noto a irritação em seus olhos escuros. "Um segundo. Preciso ligar para ele para descobrir que porra é essa."

Ih. Torço para que não sejam problemas no paraíso, porque sei que, às vezes, Tansy fica obcecada por seu namorado/ex-namorado/pau amigo. Ainda não tenho certeza do que eles são.

O que eu tenho certeza é de que esperava um fim de semana divertido com minha prima favorita, especialmente depois da entrevista horrorosa esta manhã. Minha nossa, aquilo foi péssimo.

Assisto ao jogo enquanto espero por Tansy. Nenhum dos caras no balcão vem pegar meu pedido, o que provavelmente é uma coisa boa, porque minha prima volta batendo o pé e parecendo raivosa.

"Você não vai acreditar", ela anuncia. "O idiota confundiu o bar. Está no Frog and Fox, perto do estádio de beisebol. Este é o Fox and Fiddle."

"Por que todo bar nesta cidade tem a palavra 'fox' em algum lugar?"

"Né? Nem posso ficar brava com ele, porque acontece." Ela solta o ar exasperada. "Bom, ele está lá com amigos e não quer que todo mundo se desloque até aqui quando nós duas podemos simplesmente pegar um táxi e chegar lá em dez minutos."

"Ele está certo."

"Não se importa de ir?"

"Não." Me afasto do balcão. "Só vou dar uma passada no banheiro antes."

"Beleza. Vou chamar um carro. Me encontra lá fora?"

"Tá."

Tansy sai do pub enquanto me dirijo ao banheiro. Apesar da multidão da sexta à noite, não tem fila. Entro e deparo com duas garotas na frente do espelho, conversando alto enquanto retocam a maquiagem. Assinto em cumprimento e entro numa cabine.

"Se quer ir ao Dime, então vamos", uma das garotas diz.

"Já disse que não quero ir."

"Tem certeza? Porque fica insistindo em falar sobre Jake Connelly e sua língua incrível."

Congelo. Juro que o xixi para no meio como se fosse um truque de mágica.

"Não temos nenhum compromisso hoje", a primeira garota diz. "Então, vamos logo ao Dime para você ver o cara. Talvez vocês acabem juntos de novo..."

"Duvido. Jake não se interessa por figurinha repetida." A segunda garota parece desanimada. "Não tem por que irmos lá."

"Nunca se sabe. Você disse que ele se divertiu."

"Ele ganhou um boquete. É claro que se divertiu."

Aperto os lábios para não sorrir. Olha só isso. Jake se deu bem na outra noite. Bom pra ele.

Então me lembro do que ele fez com McCarthy e não vejo mais graça naquilo. Volto a fazer xixi, louca para sair do banheiro e não ter mais que ouvir aquela conversa.

Um suspiro melancólico ecoa do lado de fora. "Você não tem ideia de como foi..."

"Na verdade, tenho. Porque você não para de falar a respeito."

"Ele beija *tão* bem. E, quando me chupou, fez um negócio com a língua, tipo... nem consigo descrever. Foi meio que um beijo com uma viradinha."

Fico extremamente constrangida. É claro que já tive esse tipo de conversa com minhas amigas, mas essa garota está sendo bem detalhista. E ela sabe que não estão sozinhas no banheiro. Ela me *viu* entrar.

"Fico surpresa que tenha retribuído o favor. Caras assim bonitos, em geral, nem ligam se a garota está curtindo ou não. Muitos deles só aceitam ser chupados e caem fora depois."

Dou a descarga e saio da cabine fazendo barulho. "Licença, vou usar aqui", digo, e aponto para a pia.

Elas se afastam, mas continuam falando. "Bom, ele não é nem um pouco assim", a garota do Jake diz para a amiga. "Queria que eu fosse até o fim."

Presto atenção na aparência das duas. A amiga é uma morena alta. Aquela com quem Jake ficou de pegação é baixinha, com cachos ruivos, peito grande e olhos castanhos enormes. Parece um cervo bem atraente.

Esse é o tipo de Connelly? Bambi sexy?

"Então vamos ao Dime", a morena insiste.

Bambi Sexy morde o lábio inferior. "Não sei. Eu ia me sentir estranha aparecendo no bar favorito dele. Quer dizer, faz quatro dias que rolou. Ele provavelmente nem se lembra de mim."

Coloco minhas mãos ensaboadas debaixo da água quente. Quatro dias e a garota está preocupada que ele tenha se esquecido dela? Ela se diminui tanto assim? Talvez eu deva me intrometer e aconselhá-la a não se dar ao trabalho de perseguir o cara. Jake a devoraria viva, como costuma fazer com pessoas como ela.

"Tá, então vamos ficar aqui", a amiga diz quando estão saindo. "Devíamos encontrar uma..."

Não escuto mais nada quando a porta fecha. Seco as mãos com papel-toalha e penso sobre o que ouvi. Quatro dias atrás, Jake e sua língua maravilhosa deram uns amassos na Bambi sexy. Que hipocrisia!

Como ele tem a coragem de me dizer com quem posso sair e ainda mandar McCarthy terminar comigo? E aqui está ele, fazendo sexo oral em uma mulher-cervo gostosa e passando a sexta à noite em um bar, provavelmente tentando descolar garotas. Enquanto isso, o pobre McCarthy está sentado em casa, sem poder nem bater uma sem a permissão de Connelly.

Dane-se.

A resolução me faz endireitar os ombros quando saio para encontrar minha prima. Ela está na calçada, ao lado do parquímetro, em frente à porta traseira de um sedã esportivo preto. "Pronta?", pergunta quando me vê.

Eu me junto a ela no carro. "Sim, mas houve uma mudança nos planos. Vamos fazer uma parada rápida antes."

6

JAKE

O Dime é meu lugar favorito na cidade. É o epítome do pé-sujo. Lotado. Escuro. Tem três bolas faltando na mesa de sinuca, incluindo a oito. O alvo para os dardos está rachado no meio. O chope sai quase sempre aguado, e a comida é coberta por uma camada de gordura que se transforma em pedra quando chega na boca do seu estômago.

Mas, apesar das falhas, eu amo este lugar. É pequeno, o que significa que grupos maiores em geral não vêm aqui. A clientela é majoritariamente masculina, então é o lugar perfeito para ir quando não se está atrás de garotas.

O que não impede Brooks, claro. Ele consegue mulheres em qualquer lugar. Se for a um convento, vai seduzir uma freira. Se o levar a um funeral, vai trepar no banheiro com a viúva de luto. Ou sobre o caixão. O cara é um vagabundo.

Agora mesmo, está a uma mesa de canto dando uns pegas com nossa garçonete. Só tem duas pessoas trabalhando aqui esta noite, e Brooks está com a língua na boca de uma delas.

A outra é um cara mais velho de barba e óculos, que pigarreia alto o tempo todo. A garçonete o ignora. Quando ele diz: "Rachel, tem uma mesa esperando", ela desgruda os lábios de Brooks por um momento e dispensa o colega de trabalho com um aceno. "Pode atender? A gorjeta é sua."

Imagino que não queira mais trabalhar aqui e esse seja seu jeito de pedir demissão, porque não tem como escapar dessa ilesa. O outro atendente e o cara do bar trocam olhares soturnos, e tenho certeza de que um deles já ligou para o gerente.

Enquanto Brooks fica passando a mão na garçonete no canto, o restante de nós assiste ao jogo dos Bruins e ouve Coby Chilton reclamar do limite de duas cervejas que estabeleci. Ele pode choramingar a noite inteira. Não me importo. Vamos jogar contra Princeton amanhã à tarde e ninguém pode aparecer de ressaca. Proibi Potts e Bray de saírem esta noite. Não confio naqueles dois.

"Se você puder trepar com qualquer jogador de hóquei, morto ou vivo, quem seria?", Coby pergunta a Dmitry. Considerando que há um segundo estava falando de cerveja, a mudança de assunto é chocante.

"Como assim?" Dmitry parece muito confuso. "Está falando de jogadoras mulheres?"

"E quando diz 'morto' está falando em trepar com um cadáver ou com ela quando estava viva?", Heath pergunta.

"Não, estou falando da liga profissional masculina. E sem a parte da necrofilia." Coby parece horrorizado.

"Espera aí, você está perguntando com que *cara* treparíamos?", um defensor veterano pergunta.

Reprimo a risada.

"Isso. Eu escolheria Bobby Hull. Gosto dos loiros. E vocês?"

"Espera aí. Chilton", interrompe Adam Middleton, nosso novato mais promissor. "Você é gay?" O garoto de dezoito anos olha em volta na mesa. "Ele sempre foi e só descobri agora? Todo mundo sabia?"

"Bem que você queria...", Coby retruca.

O calouro parece desconcertado. "Por que eu ia querer isso?"

"Porque sou ótimo na cama. Você está perdendo."

"O que está acontecendo exatamente?", Adam me pergunta.

Pressiono os lábios trêmulos um contra o outro. "Não faço ideia, cara."

"Ouvi um grupo de garotas conversando sobre isso na Harvard Square outro dia", Coby explica, terminando sua segunda (e última) cerveja da noite. Ele revira os olhos de forma dramática. "E elas escolhiam os piores caras. Tyler Seguin! Sidney Crosby!"

"Eu pegaria o Crosby", Dmitry diz. "Nem precisaria visualizar uma garota pra ficar duro. Bastaria pensar nas estatísticas dele."

Todo mundo na mesa começa a rir. Sinto o celular vibrar no bolso e o pego.

HAZEL: *Tá fazendo o quê? Estou em casa entediada*

Respondo dizendo que saí com o time.

HAZEL: *Usa camisinha!*

Minha risada sai alta, chamando a atenção de Coby. "E essa risadinha aí?" Ele faz cara feia. "É melhor não estar de papo com uma garota. Não podemos pegar ninguém, lembra?"
"Só proibi distrações", corrijo.
E até agora funcionou. McCarthy estava em seu melhor no treino da manhã, provando que o rolo com Brenna Jensen era o motivo de seu desempenho ruim recente. Ele não veio esta noite porque queria ficar em casa para assistir às gravações dos jogos de Princeton na temporada para se preparar para amanhã. Viu só o que acontece quando se elimina distrações incômodas?
"E não estou de papo com uma garota", acrescento. "É só a Hazel."
"Ah, legal, diz que mandei um oi", Coby pede.
Hazel foi comigo em um evento do time no ano passado, então a maior parte dos caras a conhece. Coby gostou dela na hora. É claro que ele gosta de qualquer coisa com peitos. E, aparentemente, de loiros também, não importa o gênero.
"Vai me dar o número dela?", ele reclama.
"Não. Você está proibido de sair com minhas amigas." Não quero que Chilton chegue nem perto de Hazel. Ele não leva nada a sério e quebraria o coração dela. Hazel é inexperiente demais para alguém assim.
Para ser sincero, acho que ela nunca teve um namorado de verdade. Imagino que saia, porque é uma garota de vinte e um anos muito bonita, mas nunca a vi com ninguém. No passado, achei que pudesse ser lésbica, mas tampouco a vi com mulheres, e tenho certeza de que já a vi secando um cara ou outro. Acho que só não leva muito jeito pra coisa. E Coby leva jeito demais.

Um assobio alto corta o rock tocando alto no bar. Vem da direção da mesa de sinuca. Os dois homens ali abandonaram o jogo para encarar a porta.

Sigo o olhar deles e... *opa*.

Brenna Jensen está atravessando o salão. E está bem gostosa.

Usa botas de couro de salto alto, saia curta e jaqueta de couro preta. Seu cabelo chocolate cai solto sobre os ombros e seus lábios cheios estão vermelho-sangue.

Outra garota de cabelo escuro a segue. Também é bonita, mas Brenna prende toda a minha atenção. Seus olhos escuros pegam fogo, e cada molécula de calor é dirigida a mim.

"Connelly." Ela chega na nossa mesa com um sorriso falso no rosto que deixa os dentes à mostra. "Garotos. Legal encontrar vocês aqui. Posso me juntar a vocês?"

Finjo que sua chegada não me abalou nem um pouco. Mas a suspeita se enrola dentro de mim como uma cascavel. "Claro." Aponto para a única cadeira vazia. "Mas só tem um lugar."

"Tudo bem, não vamos demorar." Ela se dirige à amiga. "Quer sentar?"

"Não precisa." A garota parece estar achando graça de tudo isso, seja lá o que *isso* for. "Vou ligar pro Lamar. Me encontra quando tiver terminado." Ela vai para o balcão, com o celular grudado na orelha.

"Está tão quente aqui", Brenna comenta. "Todos os corpos apertados nessa caixa de sapato estão gerando um baita calor." Ela desce o zíper da jaqueta.

O que está usando por baixo faz todo mundo arregalar os olhos.

"Porra", ouço Coby murmurar.

A blusa mal cobre a barriga lisa e macia, e tem um decote profundo o bastante pra mostrar peitos impressionantes. Ela não está usando sutiã, então dá para notar a silhueta dos mamilos, dois pontos rígidos despontando no tecido. Meu pau se agita dentro da calça.

Ela avalia meus colegas antes de focar em mim. "Precisamos ter uma conversinha, Connelly."

"É mesmo?"

Ela passa os olhos pela mesa de novo. Cada um, incluindo o modesto novato, Adam, é avaliado cuidadosamente. Para meu desgosto, quem é escrutinado por mais tempo é Coby, cujo queixo está tão caído que quase chega ao chão grudento do Dime.

"Senta logo", digo, sombrio.

"Tudo bem." Ela levanta uma sobrancelha, vai até Coby e senta no colo dele.

Ele solta um ruído estrangulado. Em parte surpreso, em parte curtindo. Estreito os olhos para Brenna.

Ela sorri. "Qual é o problema, Jake? Você me mandou sentar."

"Acho que uma cadeira seria mais confortável." Minha voz sai afiada.

"Ah, mas estou superconfortável aqui." Ela passa um braço esguio pelo pescoço de Coby e apoia a mão em seu ombro largo. Ele tem um metro e noventa e cinco de altura e quase cento e dez quilos, o que a faz parecer pequena em comparação.

Não deixo de notar a maneira como as mãos de Coby envolvem o quadril de Brenna para mantê-la ali.

"Jensen", aviso.

"Jensen! Ei!" Brooks, que interrompe a pegação para respirar, finalmente nota a chegada de Brenna. "Quando chegou? A Di Laurentis veio com você?"

"Não, Summer está em Hastings."

"Ah, que droga." Ele dá de ombros e volta ao hóquei de amígdalas com a garçonete que logo estará desempregada.

"Então", Brenna diz. Pode estar no colo de Coby, mas só tem olhos para mim. "Você mandou Josh terminar comigo."

Levanto a garrafa de cerveja e tomo um gole lento, considerando o que ela disse. "Terminar, é? Achei que não estivessem juntos."

"Não estávamos. Mas tínhamos um lance legal rolando. Eu gostava dele."

Ela é estranhamente franca. A maior parte das mulheres não admitiria o quanto gosta do cara de quem acabou de levar um fora. Sinto um aperto esquisito no peito diante da ideia de que estivesse mesmo interessada em McCarthy.

"Gostava das mãos dele em mim", ela continua com uma voz rouca, e de repente percebo que todos os homens à mesa a devoram com os olhos. "Gostava dos lábios dele... dos dedos..."

Adam, o novato, solta uma tosse estrangulada. Eu o calo com um olhar mortal. Ele toma um gole de cerveja.

"Acho que vai ter que encontrar outros dedos, mãos e lábios para te manterem ocupada", digo a Brenna.

Quando Coby abre a boca, eu o encaro antes que possa se voluntariar. Ele fecha a matraca de imediato.

"Já disse que você não manda em mim", Brenna fala, com frieza.

"Não mandei em você. Foi McCarthy quem decidiu terminar."

"Não acredito. E não gosto que interfira na minha vida."

"Não gosto que interfira no meu time", retruco.

Os caras ficam virando o pescoço para mim e para Brenna conforme nos alternamos.

"Vamos mesmo ter essa conversa aqui?", ela pergunta em um tom entediado. Seu indicador desce pelo braço de Coby.

Os olhos dele se acendem.

Merda. Brenna não só é muito gostosa como é hipnotizante. A bunda perfeita dela no momento está pressionada contra a virilha de um jogador de hóquei cheio de agressividade e ansiedade reprimidas por conta da semi de amanhã.

"Você veio até aqui só pra gritar comigo, gatinha? Porque isso não vai trazer o pobre McCarthy de volta." É uma provocação. Na maior parte porque é divertido ver os olhos escuros dela arderem de raiva, como dois carvões quentes queimando na churrasqueira.

"Tem razão. Não vou conseguir McCarthy de volta. Então, talvez seja hora de encontrar um substituto." Ela pega a mão de Coby que está em seu quadril. Então, entrelaça seus dedos com os dele, e eu franzo a testa quando a vejo acariciar a palma da mão dele com o polegar.

Parece que Coby vai gemer. A música abafa o som, mas sua expressão torturada me diz que está se deixando afetar. Olho para ele. "Foco, cara. É só um joguinho."

"Não é um joguinho. Acho que nosso garoto aqui é uma delícia." Ela joga o cabelo sedoso por cima do ombro e inclina a cabeça para encontrar o olhar admirado dele. "Qual é seu nome?"

"Coby." A voz dele sai grossa.

Merda. Temos problemas. Ele olha para Brenna como se ela estivesse pelada. Aliás, acho que todo mundo no bar a olha assim.

"Eu sou Brenna", ela arrulha. "É ótimo te conhecer."

"É mesmo", ele retruca, engolindo em seco visivelmente.

Brenna sorri para mim, então desenlaça os dedos dos dele e sobe a palma da mão até o peito musculoso de Coby. Ela a pressiona contra o escudo de Harvard estampado no moletom cinza, deixando a palma aberta sobre o peitoral esquerdo. "Seu coração está batendo tão forte. Está tudo bem?"

"Tudo ótimo." Ele está completamente enfeitiçado. Por debaixo das pálpebras pesadas, Coby admira as curvas do corpo dela. Então se remexe na cadeira, provavelmente por causa de uma ereção.

"Foca em mim, Chilton", ordeno. "Não deixa a garota te atrair pro lado negro."

"Não ouve esse cara, Coby. Quer que Connelly controle sua vida? Ele acaba com toda a diversão. Quem gosta desse tipo de gente?" Ela se aproxima dele. "E o que mais você faz além de jogar hóquei? Gosta de dançar?"

"Amo", Coby murmura. Seu olhar está fixo no peito dela.

Sei muito bem que ele é péssimo na pista de dança. "Coby, não cai nessa. Ela não está interessada."

Ambos me ignoram.

"A gente devia sair pra dançar. Ia ser *tão legal*." Ela acaricia o peitoral dele antes de deslizar a mão até a barba. Então, a acaricia também. "Aposto que ter meu corpo mais pertinho do seu ia fazer seu coração bater ainda mais rápido."

Adam volta a tossir. Ao lado dele, Dmitry parece totalmente fisgado. Todos parecem. Brenna tem esse efeito nos homens.

Faço cara feia para Coby. "Ela está brincando com você. Quer dar o troco pelo que supostamente fiz com ela."

Brenna sorri em desafio. "Na verdade, acho Coby bem interessante."

"Tenho certeza disso", digo. Para o idiota, ofereço incentivo. "Você consegue, cara. Se afasta da escuridão."

Quando Coby finalmente fala, as palavras saem estranguladas, como se fossem arrancadas à força de sua boca. "Desculpa, Jake. Acho que estou apaixonado."

Brenna ri e escorrega do colo dele com facilidade.

Coby levanta também. "Vamos dançar", ele diz, animado.

Suspiro. "Fracote."

Brenna suspira também ao tocar o braço do meu colega de time. "Desculpa, mas Connelly estava certo. Eu só estava brincando com você."

Ele olha embasbacado para ela. "Sério?"

"Sério. Estava te manipulando, e peço desculpas. Você era um peão desavisado no pequeno jogo de xadrez entre mim e seu capitão."

Coby parece tão decepcionado que tenho que reprimir uma risada. Não tenho pena dele. Eu avisei.

Brenna vira para mim. "Viu como foi fácil?" Ela balança a cabeça, irritada. "Ó, não vou insistir nessa coisa do McCarthy porque era algo temporário. Mas que sirva de aviso, Connelly. Fica fora da minha vida. Amorosa, sexual ou o que for. Você não tem o direito de forçar alguém a terminar comigo. Foi muito infantil."

"E o que você fez agora não foi?", desafio.

"É claro que foi. Não posso negar. Desci ao seu nível porque estava tentando provar um ponto. Caso se intrometa na minha vida, vou me intrometer na sua. Se continuar me acusando de distrair seus jogadores, vou começar a fazer isso de verdade. E, baseado no que acabei de ver, não vai ser muito difícil." Ela dá um tapinha no ombro de Coby. "De novo, sinto muito por ter te envolvido nisso. Se vale alguma coisa, acho você muito gostoso, e tenho uma amiga chamada Audrey que quero que você conheça. Você é exatamente o tipo dela."

A expressão de Coby se ilumina. "Sério?"

Brenna pega o celular. "Dá um sorrisinho. Vou mandar uma foto sua e ver se fica interessada."

Assisto em total descrença a Coby de fato posar para uma foto. É inacreditável, mas ele flexiona os bíceps. E então, para piorar, diz: "Valeu".

O idiota está *agradecendo* Brenna. Meus colegas de time são inacreditáveis.

Ela guarda o celular na bolsa e seus olhos procuram os meus. "Aproveite o resto da noite, Jake." Então, pisca para mim. "E não esqueça... se mexer comigo, vai ter troco."

7

JAKE

Me vejo na cozinha às três da manhã pegando um copo de água. Não sei bem o que me acordou. Talvez o trovão? Começou a chover quando Brooks e eu saímos do bar e não parou desde então. Tampouco a intensidade diminuiu.

Talvez seja a culpa que tenha roubado meu sono. Nunca vou admitir para Brenna, mas... estou mesmo me sentindo mal por ter me metido na vida dela. Quando confessou que gostava de McCarthy, não posso negar que me senti um completo idiota.

"Ah!", uma voz feminina grita. "Não sabia que tinha alguém acordado."

Levanto a cabeça a tempo de ver uma figura curvilínea parar a menos de dois metros. Ou é um truque de sombras ou ela está só de fio dental. A garota vira e dá alguns passos, com uma cortina de cabelo loiro balançando às costas. Ela acende a luz da cozinha e, sim, está mesmo sem blusa. Seus peitos estão totalmente à mostra.

"Desculpa", ela diz. "Achei que estaria sozinha aqui."

Apesar das desculpas, ela não faz nenhum esforço para se cobrir.

De minha parte, não consigo evitar olhar. Ela tem peitos legais. Mais pra pequenos, mas bonitos e arrebitados, com mamilos rosa-claro no momento enrijecidos por estarem expostos.

Mas a falsa timidez em seus olhos corta meu barato. Não ouvi ninguém entrar, mas imagino que Brooks a tenha chamado. E, como está praticamente nua, imagino que não fossem virar a noite estudando no quarto dele nem nada do tipo. O que quer dizer que não deveria estar me olhando desse jeito.

"Você está no quarto do Brooks?", pergunto enquanto lavo o copo.

"Hum-hum."

Franzo a testa. "Quando chegou?"

"Por volta da meia-noite. E, antes que você pergunte, sim, vim pra transar com ele."

Resisto à vontade de sacudir a cabeça. Brooks Weston é impressionante. Ficou com uma garota a noite toda, então ligou para outra quando chegou.

"Se importa em pegar um copo pra mim? Não sei onde fica." Ela lambe os lábios. "Estou morrendo de sede."

Sei bem como está sedenta...

Abro o armário, pego um copo e o ofereço a ela. A ponta dos dedos da garota toca minhas juntas sugestivamente quando o aceita. "Obrigada."

"Imagina." Puxo a mão de volta. "Você parece estar com frio", digo, olhando claramente para seus mamilos.

"Na verdade, estou com calor no momento." Ela dá uma risadinha. "E vem de você."

"Como?"

"Você me deixa com calor."

Tento não levantar a sobrancelha. A garota é corajosa. Corajosa demais, considerando quem veio encontrar esta noite. "Você não estava com o meu amigo?" Aponto com a cabeça para o corredor.

"E daí?"

"E daí que você não deveria dizer a outro cara que ele te deixa com calor."

"Brooks sabe o que acho de você."

"Ah, é?" Uma sensação incômoda percorre minha espinha. Não gosto da ideia de outras pessoas falando a meu respeito. Espero de verdade não ser parte de algum joguinho que os dois jogam a portas fechadas.

Ela enche o copo de água no filtro da geladeira. Então só fica lá bebendo, sem blusa, como se não tivesse nenhuma preocupação no mundo. Tem um corpo incrível, mas algo nela me irrita. Não é o descaramento. *Gosto* de garotas que falam o que pensam. De garotas que me tiram do sério. Como Brenna Jensen. Ela é a definição de ousadia, e não me faz querer fugir.

Esta garota, por outro lado...

"Como você chama?", pergunto, com cuidado. Não sei de onde vem a desconfiança, mas sua presença me irrita.

"Kayla." Ela toma outro gole e apoia o quadril na bancada de granito. Não se deixa afetar pelo fato de estar usando uma calcinha minúscula e nada mais. "Já nos conhecemos."

"É mesmo?"

Um descontentamento visível desponta em seus olhos. Imagino que não goste de ser esquecida. Mas não tenho nenhuma lembrança dela, de verdade.

"É. Na festa de Nash Maynard."

"Você estuda em Harvard?"

"Não. Falamos disso na festa", ela diz, firme. "Estudo na Universidade de Boston."

Não consigo lembrar. Tem um buraco negro na minha mente onde deveria estar essa suposta alegação.

"Linda!" A voz sonolenta chega do corredor. "Vem pra cama. Estou com tesão."

Abro um sorriso seco para ela. "Estão precisando de você."

Ela sorri de volta. "Seu amigo é insaciável."

"Não tenho como saber", digo, dando de ombros.

"Não?" Ela termina a água e deixa o copo na pia. Então, avalia meu rosto com uma expressão curiosa. "Você e Brooks nunca...?" A garota deixa a pergunta no ar.

"Não. Não é a minha praia."

Ela inclina a cabeça, pensativa. "E se tivesse uma garota no meio, como amortecedor?"

Eeeee já chega. É tarde e estou cansado demais pra discutir ménage à trois com uma desconhecida na minha cozinha. "Não faço isso também", murmuro, já passando por ela.

"Que pena", ela diz para minhas costas.

Não me viro. "Boa noite, Kayla."

"Boa noite, Jake." A cadência é provocante.

Nossa. Tantos convites em um encontro tão insignificante. Eu poderia ter comido a garota na bancada se quisesse. E, se eu curtisse uma suruba, aceitaria dividir a cama comigo e com Brooks ao mesmo tempo.

Mas nada disso me interessa.

Volto para o quarto e tranco a porta, só para garantir.

Logo cedo na manhã seguinte, vou ver meus pais. Isso envolve um trajeto rápido pela linha vermelha seguido de uma viagem não tão rápida na linha que vai de Newburyport a Rockport, que me leva até Gloucester. Seria mais rápido pegar o carro de Weston emprestado e dirigir pela costa, mas não me importo de andar de trem. É mais barato que a gasolina da Mercedes, e me dá tempo para refletir e me preparar mentalmente para o jogo de hoje.

Toda a temporada depende desse jogo.

Se perdermos...

Não vamos perder.

Dou ouvidos à voz muito segura de si em minha cabeça, me apoiando na confiança que venho cultivando desde que era uma criança no gelo. Não há como negar que sempre tive talento. Mas talento e potencial não significam nada sem disciplina e alguns fracassos. É preciso perder para que a vitória signifique alguma coisa. Já perdi antes, nos playoffs e inclusive em finais. Perder não deve acabar com sua confiança. Deve ajudar a construí-la.

Mas não vamos perder hoje. Somos o melhor time da conferência, talvez até o melhor time do país.

O trem chega à estação por volta das nove. Como não está mais chovendo, decido andar até em casa em vez de pegar um Uber. Inspiro o ar fresco da primavera, inalando o cheiro familiar de sal, peixe e alga-marinha. Gloucester é uma cidade pesqueira, o porto mais antigo do país, o que significa que não se pode dar cinco passos sem ver um farol, um barco ou qualquer coisa náutica. Passo por três casas consecutivas com âncoras decorativas penduradas na porta da frente.

A casa de dois andares em que cresci é parecida com a maioria das casas que se alinham nas ruas estreitas. Tem tapume branco, teto inclinado e um belo jardim dianteiro do qual minha mãe cuida religiosamente.

Meu celular toca quando me aproximo da sacada. É Hazel. Paro para atender. Ela ficou de ir ao jogo hoje. "Oi", cumprimento. "Ainda vai pra Cambridge mais tarde?"

"Nunca. Morreria antes de trair minha universidade."

"Ah, cala a boca. Você nem gosta de hóquei. Vai como amiga, não como fã."

"Brincadeira, é claro que eu vou. Só é divertido fingir que somos de grupos rivais. Como se fosse um relacionamento proibido. Bom, amizade", ela se corrige.

"Nossa amizade não é nada proibida. Todo mundo sabe que você é minha melhor amiga e ninguém se importa."

Há uma breve pausa. "Verdade. Bom, o que está fazendo? Se quiser posso ir mais cedo, e a gente fica de boa antes do jogo."

"Estou chegando à casa dos meus pais. Minha mãe vai fazer um café da manhã especial de dia de jogo."

"Ah, você devia ter me avisado. Eu poderia ir também."

"Ah, é. Como se você fosse acordar antes das oito da manhã. Num sábado."

"Eu acordaria, sim", ela contesta.

"'Pra mim o mundo não existe antes das nove.' Foi você quem disse isso, Hazel." Dou risada.

"E o que vamos fazer para comemorar a vitória de hoje? Ei, que tal um jantar chique?"

"Talvez. Mas acho que os caras vão sair pra curtir. Ah, e tenho compromisso às dez. Você pode ir comigo se quiser."

"Depende do que for."

"Lembra do Danny Novak? A banda dele vai tocar na cidade amanhã. É o primeiro show deles, então prometi que ia." Danny jogava comigo no ensino médio. Lidava com o taco como ninguém, e tamanha destreza também é útil para tocar guitarra. O cara nunca conseguia escolher o que preferia, hóquei ou música.

"Que tipo de som eles tocam?"

"Metal."

"Argh. Vou morrer." Hazel suspira. "Te aviso mais tarde, mas neste momento estou tentada a dizer não."

Sorrio. "Te vejo mais tarde?"

"Sim. Manda oi pros seus pais."

"Pode deixar."

Desligo e abro a porta destrancada. No pequeno hall, deixo a jaqueta do time em um dos ganchos de metal em formato de — o que mais poderia ser? — âncora. "Mãe?", chamo enquanto tiro as botas.

"Oi! Estou aqui!" A voz vem da cozinha, assim como um aroma muito apetitoso.

Meu estômago grunhe como um urso ranzinza. Fiquei esperando por esse café a semana inteira. Alguns caras não gostam de comer muito em dia de jogo, mas pra mim é o oposto. Se não tomar um belo café da manhã, me sinto lento e desligado.

Encontro minha mãe ao fogão, com uma espátula vermelha na mão. Minha fome se intensifica. Oba. Ela está fazendo rabanada. E bacon. Aquilo é linguiça?

"O cheiro está incrível." Eu me aproximo e dou um beijo na bochecha dela. Então, levanto as sobrancelhas. "Brincos bonitos. São novos?"

Com a mão livre, ela rola a pequena pérola brilhante na orelha direita com o indicador e o dedão. "Não são lindos? Seu pai me surpreendeu com eles outro dia! Nunca tive pérolas desse tamanho!"

"Ele fez bem." Rory Connelly conhece o segredo para um casamento saudável. Mulher feliz, vida feliz. E nada deixa minha mãe mais feliz que coisinhas que brilham.

Ela vira para me encarar. Com o cabelo escuro preso em um rabo de cavalo liso e as bochechas vermelhas do fogão, parece ter muito menos que cinquenta e seis. Meus pais me tiveram com trinta e poucos, então ela sempre se refere a si mesma como uma "mãe velha". Mas definitivamente não parece.

"Hazel mandou oi. Acabei de falar com ela no telefone."

Minha mãe bate palmas feliz. "Ah, diga a ela que estou com saudades. Quando vai vir visitar? Não veio para as festas."

"Ela passou na casa da mãe este ano." Os pais de Hazel se divorciaram há alguns anos. O pai dela ainda mora em Gloucester, mas a mãe vive em Vermont agora, então ela se alterna entre as cidades nos feriados. "Mas ela vai no jogo hoje. E vocês?"

"Acho que não. Seu pai não chega a tempo, e você sabe que não gosto de pegar estrada sozinha."

Tento esconder a decepção. Meus pais nunca se envolveram muito em minha carreira esportiva. Meu pai sempre esteve ocupado demais para ir aos jogos, e ela simplesmente não tinha interesse. Quando eu era pequeno, me magoava. Eu via a família dos meus amigos na arquibancada e a minha não. A inveja enchia meu peito.

Mas tanto faz. As coisas são como são. É minha atitude em relação à maior parte das coisas. Não posso mudar o passado, não choro pelo presente, não me preocupo com o futuro. Nada disso tem sentido, muito menos arrependimento.

"Bom, tentem ir à final se avançarmos, tá?", digo, com leveza.

"Claro. Agora sai de cima de mim e vai sentar, astro. Eu cuido de tudo."

"Pelo menos me deixa pôr a mesa", peço, tentando pegar os pratos do armário.

Ela afasta minhas mãos com um tapa. "Não. Pode sentar", ordena. "Talvez essa seja a última vez em que vou te servir antes de ter gente para fazer tudo por você."

"Isso não vai acontecer."

"Você vai ser um jogador profissional de hóquei no outono. Vai ser famoso, e gente famosa contrata empregados."

Cometi o erro de mostrar meu contrato com a liga profissional aos meus pais. Quando eles viram quanto dinheiro vou estar ganhando em breve (sem mencionar os bônus de desempenho que meu agente convenceu o clube a incluir), os olhos deles quase saltaram das órbitas. Não posso prever quanto dinheiro vou receber no total, mas o valor do contrato gira em torno de dois milhões, o que definitivamente é bastante para um novato.

De acordo com meu agente, é o que eles pagam para os "prováveis astros". É claro que meu ego inflou ao ouvir isso. Minha mãe gostou também, e é assim que me chama agora. De "astro".

"Não quero ter empregados." Dou risada e sento mesmo assim. Se ela quer me mimar, por que não deixar? Está certa em parte. No ano que vem estarei em Edmonton, congelando no inverno canadense. Vou sentir falta dos sábados em Gloucester com meus pais.

"Cadê o papai, aliás?"

"Trabalhando", minha mãe responde, apagando o fogo.

"No sábado?" Não fico surpreso. Meu pai é superintendente em uma construtora especializada em pontes e túneis, que em geral lida com contratos públicos. E contratos públicos significam prazos apertados e muita burocracia, o que, por sua vez, significa que meu pai está sempre sob um estresse tremendo.

É o tipo de trabalho que acaba com o coração de qualquer um — literalmente. Ele teve uma parada cardíaca durante a construção de uma ponte há alguns anos, e eu e mamãe ficamos muito assustados. Fico surpreso que ela o tenha deixado voltar ao trabalho, mas suponho que ele não tivesse escolha. Não está nem perto da idade para se aposentar.

"Teve algum problema ontem", minha mãe explica. "Não me pergunte o que foi, você sabe que eu desligo quando ele começa a tagarelar sobre pontes. Só sei que o projeto está num momento crítico. Eles precisam terminar antes do inverno, mas talvez não consigam porque parte da equipe está agindo como — e só estou repetindo — 'uns idiotas da porra'".

Solto uma risada. Meu pai é ótimo com as palavras. "Tenho certeza de que vai ficar tudo bem", garanto à minha mãe. "Papai é bom em gritar com as pessoas. E gosta disso, então todo mundo sai ganhando".

Minha mãe começa a levar os pratos para a grande mesa de cedro que meu pai e eu construímos num verão, quando eu era criança. Tento garfar um pedaço de rabanada, mas ela afasta minha mão de novo. "Espera até eu trazer tudo. Bom, pra ser sincera, não sei se ficar dando ordens pra equipe ainda dá algum prazer ao seu pai. Ele está cansado. Faz a mesma coisa há tantos anos."

Ela coloca uma pilha de torradas com manteiga na mesa. "Mas me conta sobre você! Quando vai trazer você-sabe-o-quê para casa?"

Me faço de bobo. "Como assim? Um cachorro? Um carro?"

"Uma *namorada*, Jake. Você precisa de uma", ela bufa.

"Ah, eu preciso, é?" Não consigo levar a sério. Meus pais insistem nesse assunto já faz um tempo.

"Precisa", ela diz, firme. "De verdade. Precisa de uma namorada legal que apoie você. Como Hazel. Ainda não entendo por que não estão juntos. Ela é perfeita pra você!"

Hazel é sempre a primeira opção da minha mãe. "Não vou namorar Hazel", digo, pela décima segunda vez. "Não gosto dela nesse sentido."

"Está bem, então ache *alguém*."

Essa é sempre a segunda opção dela: *alguém*. Está louca para que eu sossegue.

Mas não estou interessado no momento. "Não quero", digo, dando de ombros. "Hóquei é minha prioridade agora."

"Hóquei é sua prioridade desde que tinha cinco anos! Não acha que está na hora de mudar?"

"Não."

Ela balança a cabeça em reprovação. "Você está na faculdade, Jake. É jovem e bonito. Não quero que um dia pense nessa época da sua vida e se arrependa de não ter dividido esses momentos com alguém especial."

"Não me arrependo de nada, mãe. Nunca me arrependi."

Mas, se estiver sendo totalmente honesto, me arrependo de uma coisa neste momento.

Estou me sentindo culpado por ter interferido no relacionamento de Brenna e McCarthy. Não é como se eles estivessem noivos, mas ela tem razão — pedi mesmo que ele terminasse. Foi uma atitude idiota. Não gosto que tentem controlar minha vida amorosa também.

Achei que a culpa fosse simplesmente desaparecer, mas não foi o caso. Revirou minhas entranhas ontem à noite, e ainda me incomoda hoje de manhã.

Dia de jogo, uma voz severa me lembra.

Certo. O jogo contra Princeton é tudo o que importa agora. Precisamos vencer.

Vamos vencer.

Essa é a única opção.

8

BRENNA

"Não acredito que você vai me abandonar." Lanço um olhar furioso para Tansy, mas no fundo não estou surpresa.

Estava torcendo desesperadamente para que ela e Lamar não estragassem meu fim de semana, mas, como meu pai sempre diz, torcer é para os tolos. *Trabalhe duro e transforme seus sonhos em realidade*, ele vive repetindo, *para não ter que torcer para porcaria nenhuma*.

"Vai ser só por uma hora ou duas", minha prima promete.

"Ah, é", desdenho, da cama da colega de quarto dela. De novo, Aisha tinha se mostrado minha heroína. De alguma maneira, havia trocado o colchão padrão do dormitório por um daqueles viscoelásticos que dão a impressão de se estar dormindo nas nuvens. Me enfiei debaixo das cobertas quando Tansy e eu voltamos do almoço seguido por uma tarde de compras. Isso mostra como a cama é confortável.

"É sério", Tansy insiste. "Só vou passar lá para a gente conversar sobre o que aconteceu ontem à noite."

"Ah, está falando de como vocês dois ficaram gritando um com o outro como dois malucos na frente do bar inteiro?"

Pois é. Foi muito divertido. Tansy e Lamar começaram a discutir quase no mesmo instante em que chegamos no Frog and Fox. Fazia tempo que eu não testemunhava um exemplo tão perfeito do efeito bola de neve.

Os dois se cumprimentaram com um beijo, então Tansy o provocou por ter ido para o bar errado, então Lamar disse que *ela* havia passado o nome errado, minha prima negou, ele insistiu, Tansy disse que não era culpa dela se ele era tão burro que não conseguia ler uma mensagem de texto, Lamar disse "Por que você está agindo como uma louca?" e pronto: apocalipse.

Ah, Lamar. Nunca, nunca, diga à sua namorada que ela está agindo como uma louca. Mesmo que esteja.

Os amigos dele e eu decidimos virar alguns shots de tequila. Imaginamos que os dois em algum momento iam se cansar e se juntar a nós, mas isso nunca aconteceu. Tansy me arrancou do bar às lágrimas e fomos para casa antes da meia-noite.

Acordei hoje sem ressaca. Se perguntarem para mim, isso é sinônimo de noite ruim.

"Vamos, Tans, diz que vocês se veem amanhã. Você já estragou nosso passeio trocando mensagens com ele o tempo todo." Deveríamos fazer compras e nos divertir. Em vez disso, passei o dia assistindo à minha prima no celular. Mal falamos durante o almoço, porque as mensagens não paravam de chegar.

"Eu sei, sinto muito mesmo. É só que..." Ela volta seus olhos grandes e suplicantes para mim. "Andamos falando em ficar noivos depois da formatura. Não posso ignorar o cara em uma briga. Temos que resolver isso."

Nem pisco quando ela fala em noivado. Tansy e Lamar terminaram e voltaram tantas vezes que não levo mais o relacionamento a sério. Se você está sempre terminando com alguém, é porque tem motivo. É fato que drama contínuo não leva a compromisso no longo prazo.

Duvido muito que os dois de fato fiquem noivos. E se por acaso acontecer, de jeito nenhum que vai terminar em casamento. Apostaria minhas parcas economias nisso.

Mas reprimo meu ceticismo e digo: "Tá, vocês andam falando em noivar. Isso não tem nada a ver com sua prima, que não vê há meses e que veio até aqui pra passar o fim de semana com você. A noite de ontem acabou sendo um festival de lágrimas. O passeio de hoje virou um festival de mensagens. E, que surpresa, agora está me dando o bolo."

"Não estou dando o bolo, eu juro. Vou perder o jantar, mas ainda vamos sair depois. Você pode usar meu cartão e jantar no refeitório de graça. Então pode tirar uma soneca ou o que quiser. Volto logo mais para ir ao Bulldozer, como planejamos."

Bulldozer é uma casa noturna que estou morrendo de vontade de conhecer. Apesar do nome péssimo, tem recebido críticas entusiasmadas, e parece que a seleção musical é de primeira.

Sinto que não vou ter a oportunidade de confirmar pessoalmente.

"Por favor", Tansy implora. "Não vou demorar muito. Só algumas horas."

Adoro como passamos de "uma ou duas horas" para "algumas horas".

"E prometo que nunca mais vou fazer isso. Da próxima vez que planejarmos um fim de semana das garotas, vou para Briar, e Lamar vai ficar aqui. Vamos nos divertir como nunca."

Engulo uma resposta atravessada. Ela já se decidiu, então de que adianta discutir? "Faça como achar melhor, Tans."

"Vamos, Bee, não fica brava comigo."

"Então não me dá o bolo."

"Brenna..."

Meu celular toca. Em geral, não seria tão mal-educada a ponto de verificar no meio de uma conversa, mas Tansy está me deixando louca, então o faço só de raiva.

Só que... excelente. A notificação na tela é ainda mais irritante que as bobajadas da minha prima.

"Harvard derrotou Princeton", grunho.

Ela me olha com cuidado. "Isso é bom ou ruim?"

Puxo o ar para me tranquilizar. "Se tivesse ouvido uma palavra do que eu disse hoje, saberia a resposta."

TANSY: *Vou daqui a pouquinho.*

A mensagem chega às nove, e fico aliviada. Finalmente. Faz três horas que ela saiu.

Mais cedo, fiz a festa com o cartão do refeitório dela. O jantar estava gostoso e eu fiquei de boa com umas garotas superlegais, evitando os avanços de alguns caras do time de lacrosse. Mas agora o tédio está se esgueirando, e nos últimos quarenta minutos fiquei deitada na cama de Aisha, passando por perfis do Tinder sem prestar muita atenção.

Não costumo usar aplicativos de relacionamento, mas o que mais poderia estar fazendo agora? Não posso ligar para meus amigos — estão todos na Briar, ou vendo a partida da semi contra Yale ou jogando. Não posso assistir ao jogo no canal local porque Tansy e Aisha não têm tv, e não consegui encontrar nenhum site transmitindo ao vivo.

Conversar com caras aleatórios é o que me resta.

Dois minutos depois de abrir o aplicativo, já tenho uns quinze matchs. Catorze desses quinze caras já me mandaram mensagem, variando entre "ooooi" e "oi, linda", muitos emojis de carinhas com coração no lugar dos olhos e um "minha nossa, você existe mesmo??".

A última mensagem me dá vontade de rir. Dou uma olhada no perfil do cara de novo. O nome dele é Aaron, ele tem o corpo esguio de um jogador de basquete e um sorriso incrível. Viro de lado e escrevo de volta.

eu: *Às vezes fico em dúvida*
ele: *hahaha*
eu: *Tipo, o que é real? Somos reais? O céu é real?*
ele: *O céu não é. Sinto muito em informar*
eu: *Sério? E o que é então?*
ele: *O céu é uma redoma. É uma coisa meio O show de Truman.*
eu: *Hum, spoiler total. Nunca vi esse filme!*
ele: *Deveria. É mto bom. Vc ia gostar. Estudo cinema, então vejo um monte de coisa legal na aula*
eu: *Deve ser legal. E qual é a sua? Roteiro? Direção?*
ele: *Direção. Vou ganhar um Oscar um dia :) Na verdade, já tô produzindo meus próprios filmes*

Fico intrigada. Até que ele manda uma carinha piscando.
Ih.
Decido manter minhas respostas vagas, porque já sei para onde isso está indo.

eu: *Legal*
ele: *Não vai perguntar que tipo de filme eu faço?* ;)

eu: *Posso imaginar*

Ele manda mais duas carinhas piscando.

ele: *Vc é tão linda. Adorei seu corpo. Adoraria que aparecesse em um dos meus filmes*

Embora ele ainda não tenha agido oficialmente como um babaca total, é só uma questão de tempo, e eu corto a conversa escrevendo: *Desculpa, não tenho interesse em ser atriz.*

ele: *Aposto que seus peitos são uma delícia. Hummm, e os mamilos. Queria me filmar chupando eles*

Argh. Por quê? *Por quê?*
Desfaço o match na hora e fico encarando o teto.
Estou começando a questionar a evolução, de verdade. Passamos de homem das cavernas a *Homo sapiens* a uma sociedade incrível com mentes brilhantes — Alexander Graham Bell inventou o telefone, Steve Jobs inventou... tudo. E agora estamos regredindo. Voltamos aos homens da caverna, só que hoje os chamamos de escrotos.
A evolução completou um ciclo, o que é um saco.
Grunho alto, querendo que minha prima chegasse logo. Não consigo acreditar que perdi a semi por isso.
Pego o celular para ver como Briar está se saindo. Vejo no Twitter que o segundo período terminou em dois a um pra gente. É uma diferença muito pequena para me deixar tranquila. Harvard ganhou de Princeton com três gols de saldo.
Aposto que Connelly está muito satisfeito consigo mesmo. Talvez esteja com Bambi Sexy agora mesmo, comemorando a vitória com um boquete e o tal beijo com viradinha. Bom pra ele.
Estou abrindo o Tinder de novo quando chega outra mensagem da minha prima.

tansy: *Mudança de planos, Lamar vai com a gente*

Aperto os dedos em volta do celular. Sério? Era o fim de semana *das garotas*. O namorado dela estragou tudo até agora, e minha prima vai deixar que estrague o Bulldozer também? Eu estava animada para ir, droga.

Ligo em vez de mandar uma mensagem, com meu ressentimento saindo pela garganta. "Está falando sério?", pergunto quando ela atende.

"Desculpa", Tansy geme. "É que... fizemos as pazes, aí ele perguntou se podia ir também. O que eu podia dizer? Não?"

"Isso! Você devia ter dito não. Que não é pessoal, mas precisamos curtir um pouquinho só entre as garotas."

"Vamos, Bren, vai ser legal. Eu juro."

Ah, é. Como ontem à noite foi legal. Cerro os dentes com tanta força que eles rangem. Tento relaxar o maxilar soltando o ar lentamente. Estou cansada de discutir com ela. "Beleza. Vocês me pegam aqui ou encontro vocês lá?"

"Pegamos vocês aí. Lamar pode dirigir, porque não pretende beber. Vou me arrumar aqui, então acho que chegamos em uma hora mais ou menos."

"Tanto faz. Me manda uma mensagem quando estiverem vindo. Vou me arrumar."

Deixo a irritação de lado e tomo um banho rápido, então seco o cabelo e o arrumo em ondas soltas usando a chapinha de Tansy. Trouxe um vestido bem sexy, preto cintilante, com uma fenda, colado ao corpo, que deixa à mostra bastante peito e perna. Eu o visto e vou me maquiar à penteadeira incrível de Aisha. Uso mais maquiagem que de costume: além do batom vermelho que é minha marca registrada, esfumaço os olhos, passo delineador estilo gatinho e um rímel grosso.

Quando termino, verifico meu reflexo no espelho, feliz com o resultado. A noite de ontem foi péssima. O dia de hoje também. Mas estou com um bom pressentimento quanto a esta noite. E daí se Harvard foi para a final? Briar também vai, e vamos acabar com eles. Daqui a cerca de uma hora, estarei dançando na Bulldozer, sem hora para acabar.

Meu celular toca. Ótimo. Vamos lá. Tansy está vindo me pegar e...

TANSY: *Não me mata prfv. Lamar e eu não vamos mais*

É o fim do sonho. A Bulldozer literalmente escorre por entre meus dedos. A raiva acelera meu coração. Afundo na beirada da cama de Tansy, sem palavras. Tansy oficialmente roubou a coroa de Alex como a pior prima, disparado. Nada pode superar isso. *Nada.*
Minhas mãos tremem enquanto respondo.

eu: *Você tá de brincadeira, né*
tansy: *Desculpa, mas é que foi um dia TÃO estressante pra nós dois, e ele acha que seria melhor para o nosso relacionamento se ficássemos só os dois esta noite. Vamos ver um filme em casa e nos reaproximar.*

Reaproximar? Eles se veem todos os dias! O ultraje fica entalado na minha garganta. Meu maxilar fica mais duro que pedra.

eu: *Parabéns, vc ganhou o prêmio de pior prima do ano e ainda é abril!*
tansy: *Desculpa, tô me sentindo péssima*
eu: *Tá nada. Ou não me daria o bolo*
tansy: *Vc tá puta?*
eu: *Claro que sim. Vc tem merda na cabeça?*

Não tenho medo de briga, e certamente não vou fingir que está tudo lindo e maravilhoso quando não está. As palavras duras têm um efeito nela, porque, depois de um momento tenso, ela volta atrás.

tansy: *Você tá certa. Tô sendo ridícula. Vou falar com Lamar e a gente te encontra lá, tudo bem?*

Meu queixo cai. Ela está maluca? Como ficaria tudo bem? Com os dentes cerrados, respondo rapidamente. A ideia principal é: vai se foder.

eu: *Não, tudo bem nada. Nem se dê ao trabalho de ir. Fica no Lamar, claramente é o que você quer fazer, e não quero passar meu tempo com alguém que não quer estar comigo. Mudança de planos. Tenho amigos para visitar na cidade, então aproveita sua noite e talvez a gente se veja amanhã.*

Cinco segundos depois, o celular toca.
Ignoro.

Meu vestido cintilante e eu acabamos em um lugarzinho com música perto do estádio de beisebol. Já passei por alguns bares diferentes e, em geral, não tenho problema em sair sozinha e conversar com desconhecidos, mas estou tão de mau humor esta noite que franzo a testa para qualquer um que tenta se aproximar, homem ou mulher. Não quero ficar com ninguém nem conversar. Prefiro que me deixem quieta.

Por isso decidi que precisava de um lugar onde a música fosse tão alta que não deixasse nenhum espaço para conversas.

Seria o caso da Bulldozer, mas não estou mais com vontade de dançar. Quero pedir um drinque e curtir o mau humor em silêncio. Ou melhor, curtir o mau humor ouvindo um heavy metal ensurdecedor, porque é o que a banda do lugar em que entro vai tocar. Perfeito.

O estabelecimento consiste em um salão principal grande o bastante para abrigar um palco estreito e uma pequena pista. Tem algumas mesas altas encostadas a uma parede de tijolos pintada de preto e decorada com grafite. O bar fica na outra parede, mas não tem banquetas, então me dirijo a uma das mesas, que estão todas vazias.

Todo mundo me olha enquanto cruzo o salão, provavelmente porque estou vestida para a noite, enquanto a maior parte do público parece ter vindo de qualquer jeito, com as roupas amassadas, o cabelo sujo e mais camisetas do Pantera e do Slayer do que consigo contar. Por sorte, a iluminação é quase inexistente, então é praticamente impossível distinguir o rosto das pessoas nas sombras. Sinto que estão me encarando, mas pelo menos não vejo.

"Posso ajudar?" Um garçom com cabelo preto até a cintura vem me servir. "A banda vai começar, então é melhor já pedir."

"Vodca com suco de cranberry, por favor."

Ele assente e vai embora sem pedir minha identidade. Eu a trouxe, então não haveria problema se tivesse pedido. Viro na direção do palco e vejo o cantor de cabelo comprido ir até o microfone.

"E aí, Boston? Somos o Stick Patrol e vamos FODER COM A CABEÇA DE VOCÊS!"

Se com "foder com a cabeça de vocês" ele quer dizer que vão tocar seis músicas de estourar os tímpanos com letra truncada e ir embora antes que eu consiga terminar meu primeiro drinque, então missão cumprida.

Resisto à vontade de levar as mãos ao rosto e chorar de verdade.

O que foi isso?

Enquanto o cantor agradece a presença de todos, fico só olhando para ele. Estou embasbacada.

Eles tocaram por catorze minutos. Isso dá cerca de dois minutos e meio por música. Cada música de heavy metal não deveria durar um zilhão de minutos? Juro que todas as faixas do Metallica que já ouvi duravam mais que os filmes do *Senhor dos Anéis*.

Catorze minutos, então acendem as luzes e fico observando a banda guardar os equipamentos. Um cara tira um amplificador do palco. Outro enrola o fio do microfone.

Vai se foder, Stick Patrol. A banda e seu nome idiota. E minha prima por não manter o combinado, e Harvard por ter ganhado hoje à noite, e o aquecimento global por despejar toda essa chuva indesejada. Foda-se tudo.

Viro o resto da bebida em um gole, então sinalizo para o garçom pedindo outra.

É o pior fim de semana da história.

"Ah, não, eu perdi a banda?" Um cara fortão com a cabeça raspada e dois piercings na sobrancelha se aproxima. Ele olha para mim e depois para o palco vazio e de novo para mim. O desejo ilumina seus olhos quando nota meu vestido.

Passo um dedo pelo vidro do meu copo vazio, distraída. "Sinto muito. Eles acabaram agorinha."

"Que absurdo."

"Nem me fala." E nem sou fã de metal. Imagine alguém que queria ver a banda chegar assim que ela deixa o palco.

"Posso me juntar a você?" Ele fecha os dedos sobre a beirada da mesa.

Meu olhar recai sobre suas mãos. São enormes, duas patas consideráveis com juntas vermelhas. Não gosto delas e não quero companhia, mas o cara não me dá a chance de recusar.

Ele se aproxima, apoiando os antebraços na mesa. Seus braços também são enormes, e o esquerdo está coberto de tatuagens tribais. "Gosta de música?"

O cara acabou de me perguntar se eu gosto de *música*? Em geral? A maior parte das pessoas não gosta? "Gosto. Claro."

"Quem é sua banda de metal preferida?"

"Hum, não tenho uma, na verdade. Não sou do metal. Só entrei aqui porque queria um drinque."

"Legal."

Espero que diga mais alguma coisa, mas ele não diz. Tampouco vai embora.

"Você é estudante?", pergunto, me resignando a conversar. Não é como se tivesse algo melhor a fazer.

"Larguei", ele diz apenas.

Hum. Tá. Tanto faz para mim, mas é meio estranho só falar isso. "E onde estudava? Sou da Briar."

"Na St. Michael's."

"St. Michael's?" Vasculho o cérebro. "Nunca ouvi falar dessa faculdade."

"Escola", ele grunhe. "Não é uma faculdade. É uma escola." Ele aponta com os dois dedões para o próprio peito. "Larguei o ensino médio."

Hum.

O que posso dizer depois disso?

Por sorte, o garçom me poupa. Ele aparece com outro drinque para mim e uma garrafa de Corona para o cara. Levo o copo aos lábios com vontade.

O cara toma um longo gole de cerveja. "Como você chama?"

"Brenna."

"Animal."

"Valeu. E você?"

"Não, Animal é meu nome."

Hum.

Reprimo um suspiro do fundo da minha alma. "Seu nome é Animal?"

"Bom, na verdade é Ronny. Animal é meu nome de palco." Ele ergue seus ombros impressionantes. "Eu tinha uma banda. A gente fazia covers do Guns."

"Ah. Legal. Mas acho que prefiro te chamar de Ronny."

Ele joga a cabeça para trás e ri. "Você é durona. Gosto disso."

Ficamos em silêncio de novo. Ronny se aproxima, e seu cotovelo roça o meu. "Parece triste", ele diz.

"Pareço?" Duvido muito. A única emoção que sinto no momento é irritação.

"Parece. Como se precisasse de um abraço."

Forço um sorriso. "Não precisa, obrigada. Estou superbem."

"Tem certeza? Sou ótimo nisso." Ele abre os braços fortes e levanta as sobrancelhas, como se fosse Patrick Swayze em *Dirty Dancing* esperando que eu pulasse em seus braços.

"Não precisa", repito, mais firme dessa vez.

"Posso experimentar seu drinque?"

Oi? Quem pede uma coisa dessas? "Não. Mas posso te pagar um, se quiser."

"Não, nunca deixo a mulher pagar."

Tento me afastar para abrir mais espaço entre a gente, mas Ronny dá outro passo na minha direção. Não me sinto ameaçada por ele. É um cara grande, mas não ameaçador. Não está tentando me intimidar com sua corpulência. Acho que só não se deu conta de todos os sinais de que não estou interessada.

"Então, minha história de vida é... complicada", Ronny confessa, como se eu tivesse perguntado a respeito.

Mas é claro que não perguntei.

"Cresci na costa norte. Meu pai pescava em águas profundas. A vadia da minha mãe fugiu com algum babaca."

Não consigo. Ai, meu Deus, não consigo.

Ronny não é totalmente esquisito ou aterrorizante. Ele se expõe demais, isso é óbvio, mas parece um cara normal, tentando puxar papo.

Mas *não consigo*. Quero que esta noite, este fim de semana inteiro, acabe. Foi terrível. Um horror. De verdade, não consigo ver como poderia piorar.

Assim que essas palavras passam pela minha cabeça o universo decide me dar um tapa na cara colocando Jake Connelly no meu campo de visão.

O desgraçado do Jake Connelly.

Os músculos do meu pescoço ficam tensos de desconfiança.

O que ele está fazendo aqui?

"É uma droga, sabe? Vim para Boston pensando que conseguiria um trabalho irado, mas é difícil sem um diploma."

Ouço só parte do que Animal diz. Quer dizer, Ronny. Jake tem a maior parte da minha atenção. Com jeans desbotado, camiseta verde-escuro da Under Armour e boné dos Bruins, é o único aqui que não usa preto ou camiseta de banda. Também é uns trinta centímetros mais alto que os outros caras.

Cerro os dentes. Por que atletas têm que ser tão grandes e masculinos? O corpo de Jake é incrivelmente atraente. Pernas longas, braços fortes, peito esculturals. Nunca o vi sem camisa, e me pego fantasiando com como seria seu peito nu. Musculoso, imagino. Mas cheio de pelos? Liso como bundinha de nenê? Meus dedos traidores formigam de vontade de descobrir.

Ele ainda não me viu. Está na beirada do palco, conversando com um cara da banda. O guitarrista, acho.

Me pergunto se conseguiria ir embora sem que Jake me notasse. Se Connelly me encontrasse aqui, neste buraco, toda arrumada de vestidinho colado e brilhante... Seria a cobertura podre do bolo vencido em que este fim de semana se transformou.

"E sabe o que é pior? Essa coisa dos aplicativos", Ronny se lamenta.

Tiro os olhos de Jake. "É, esses aplicativos são péssimos", digo, distraída, tentando localizar o garçom.

"Tenho um monte de matches e garotas dizendo: 'Oi, bonitão, você é lindo, tão gostoso'. Então a conversa morre. Não consigo entender."

Sério? Ele não consegue entender? Porque tenho uma suspeita do motivo pelo qual as conversas no aplicativo morrem. Tem várias coisas nele que deixam a desejar. Tipo dizer "a vadia da minha mãe". Ou ficar mencionando o tempo todo que não terminou a escola. Animal pode não estar dando a melhor primeira impressão, mas me recuso a fazer críticas construtivas. Estou ocupada demais com meu plano de fuga.

Meu olhar ruma na direção do palco. Jake continua envolvido na conversa com o guitarrista.

Droga. Cadê o garçom? Preciso pagar e cair fora daqui.

"Você é uma garota legal, Brenna", Ronny diz, meio sem jeito. "É fácil falar com você."

Dou outra olhada no salão. É hora de ir. Se Jake me notar, não vai deixar passar. O vestido, o lugar, a companhia.

Isso. Encontro o garçom atravessando a porta vaivém próxima ao bar. Aceno freneticamente.

"Desculpa, só estou tentando pedir a conta", digo a Ronny. "Eu..."

Paro de falar. Jake não está mais do outro lado do salão.

Para onde ele foi?

"Já vai embora?" Ronny parece decepcionado.

"Estou um pouco cansada e..."

"Aí está você, linda", ouço uma voz familiar dizer. "Desculpa o atraso."

De repente, Jake está ao meu lado, põe a mão no meu pescoço e leva a boca à minha.

9

JAKE

Eu não estava planejando beijar Brenna. Só ia até lá para salvar a garota do cara de quem claramente estava tentando fugir. Mas os lábios dela estavam *bem ali*. Cheios, vermelhos e tão tentadores que não pude resistir.

Roço minha boca na dela no que é mais uma provocação que um beijo. Mas acho que caio mais na provocação do que ela, e logo me arrependo, porque, *porra*, quero mais. Quero língua. Quero tudo.

Mas não posso ter. Vim resgatar a garota, não dar uns pegas.

Já saí com Hazel, e vi minha amiga aguentando as investidas de alguém que não curtia várias vezes para reconhecer o pedido de socorro nos olhos de uma mulher. É algo entre "Deus, acabe logo com isso" e "Alguém me tire daqui, por favor".

Os olhos de Brenna transmitiam esse pânico revelador. Nem pude acreditar quando a vi do outro lado do salão. Meu primeiro pensamento, ainda que insano, foi de que tinha me seguido até aqui, mas logo soube que não podia ser. Não é o estilo de Brenna Jensen. Quando superei o choque de vê-la, notei que tentava desesperadamente chamar o garçom, e entrei em ação.

Conforme afasto meus lábios dos dela, meu corpo inteiro se rebela. Meu pau grita comigo e minha boca exige outro beijo. Um de verdade agora. Em vez disso, vou para trás dela e envolvo seu corpo esguio com meus braços.

"Oi, gatinha", murmuro, inclinando a cabeça para seu pescoço. Minha nossa, o cheiro é bom.

Ela fica tensa por um segundo antes de relaxar. "Ei. Chegou tarde."

Ela levanta a cabeça para olhar em meus olhos. Nos comunicamos através deles, então Brenna diz ao outro cara: "Ronny, este é meu namorado, Jake".

"Ah." A decepção fica clara em seu rosto. "Eu não sabia... Ah, desculpa."

"Não tem problema", ela diz, tranquila.

"Claro que tem." Ele me olha com remorso. "Eu estava xavecando sua garota. Foi mal, cara."

"Tudo bem." Desço uma mão pelo braço nu de Brenna. É um gesto leve, mas também possessivo. Traduzindo: ela é minha.

Noto um toque de inveja no rosto dele. "Há quanto tempo estão juntos?"

"Cerca de um ano", minto.

"E demorou a passar", ela resmunga.

Ronny franze a testa.

"Não liga pra ela." Meus dedos agora sobem pelo braço de Brenna, e sua respiração se altera. Hummm. Ela gosta do toque. Guardo essa informação para usar depois. "Pode acreditar, essa garota é louca por mim. Me liga o dia todo pra dizer que me ama. É o que os psicólogos chamam de obsessão."

"Ah, nem me venha falar em obsessão", Brenna diz, com doçura. "Ele me escreve poemas lindos toda noite antes de ir para a cama. Em geral, sobre meus olhos. E meus lábios."

"E a bunda dela", digo com uma piscadela. Minha mão desliza por seu corpo delicioso para apertar a parte mencionada. É uma péssima ideia, porque a bunda de Brenna é firme e gostosa, e a sensação é incrível. Fico meio duro na hora.

"Nossa. Vocês dois estão... apaixonados mesmo, hein? É legal de ver. Essa cultura de pegação está matando o amor. Parece que todo mundo é descartável, sabe?" Ele sorri para nós com tanta sinceridade que me sinto mal por mentir. "Vocês formam um casal bonito."

Dou um beijo no ombro de Brenna. Outra péssima ideia. A pele dela é quente, e o cheiro é ótimo. "É. Esse amor veio pra durar."

"Pra todo o sempre", ela acrescenta, sorrindo para mim.

Ronny termina a Corona e deixa a garrafa na mesa. "Bom, não vou mais atrapalhar vocês. Mas valeu pela conversa. Aproveitem a noite."

Depois que ele vai embora, Brenna se solta dos meus braços e coloca uma distância de dois passos entre nós. Ela franze os lábios vermelhos. "O que está fazendo aqui?"

"Eu poderia te perguntar a mesma coisa."

"Mas eu perguntei primeiro."

Dou de ombros. "Vim com a banda."

"Sei. Claro que veio. Não deveria estar comemorando a grande vitória com seus amigos de Harvard?" A expressão sombria dela deixa bem claro como se sente quanto à nossa classificação.

"Já falei que sou amigo da banda. Fiz ensino médio com o guitarrista."

Viro para me certificar de que Danny não está bravo por ter sido abandonado. Mas o cara está envolvido em uma discussão animada com um cara usando moletom do Metallica. Quando nossos olhos se encontram, sinalizo indicando que preciso de uns minutos. Ele assente e continua conversando.

"Bom, então você deveria dizer ao seu amigo que eles precisam tocar mais que catorze minutos", Brenna diz. "Pisquei e já tinha acabado."

Dou risada. "Eu sei. Mas é o primeiro show dos caras, não dá pra reclamar." Faço um sinal para o garçom passando e ele para à nossa mesa. "Me traz uma cerveja, por favor? E outro drinque pra minha namorada." Aponto para o copo vazio dela.

"Não sou..." Ela desiste de protestar, porque o cara já foi embora. "Eu não queria outro, Connelly", murmura.

"É por minha conta. O mínimo que pode fazer é beber uma comigo. Acabei de te salvar, afinal de contas."

Ela abre um sorriso seco. "Acha que foi isso que acabou de acontecer?"

"Foi. Sua expressão dizia claramente 'Alguém me tira daqui'."

Brenna dá uma risada profunda antes de passar uma mão pelo cabelo vasto e brilhante. "Eu queria mesmo cair fora", ela confirma. "Porque te vi."

Estreito os olhos.

"É verdade. Quer dizer, por favor... por acaso pareço uma donzela em perigo? Acha mesmo que não conseguiria me livrar daquele cara sozinha?"

Brenna tem razão. Ela não é uma donzela em perigo. Meu estômago se contorce com a ideia de que estava tentando fugir de mim, e não de Ronny. O golpe no ego não é bem-vindo. "Então, não ganho nem um 'valeu' por *tentar* ser legal?"

"É assim que você se vê? Como legal?" Brenna pisca. "Nunca ouviu dizer que caras legais terminam por último?"

"Você ainda não me disse por que está aqui. Usando *isso*." Aponto com a cabeça para o vestido dela — e espero que minha expressão não revele o que penso dele.

Porque, caralho, que vestido. É indecentemente curto, e tão decotado que deixa minha boca seca. Cadê minha cerveja? Estou morrendo aqui. O tecido brilhante se agarra a cada curva tentadora do corpo dela, envolve seus peitos empinados e redondinhos, pelos quais qualquer homem daria seu primogênito para poder tocar. E as pernas... minha nossa. Ela não é muito alta — deve ter estatura mediana, perto de um metro e sessenta e sete —, mas o vestido curto e as botas de salto fazem parecer que as pernas dela não têm fim.

"Eu ia sair pra dançar esta noite", ela responde, firme. "Mas minha prima me deu o bolo no último minuto."

"Que saco."

"Total."

As bebidas chegam, e eu viro um belo gole para recuperar a umidade muito necessária da garganta. Brenna Jensen é gostosa demais, e eu não deveria tê-la em minha presença esta noite. Ainda estou curtindo o barato da vitória de hoje. A adrenalina ainda corre no meu sangue. Acabamos com Princeton. Eles não tiveram chance. Agora o universo colocou Brenna no meu caminho, e isso está mexendo com minha cabeça e me dando ideias.

Quando a vi com Ronny, pensei que salvá-la seria um jeito de me desculpar pela história do McCarthy.

Mas, agora que está à minha frente nesse vestido, não penso em me desculpar. Penso em beijá-la. Em tocá-la. Em pegar sua bunda durinha. Não, mais do que isso.

Uma sucessão de imagens obscenas polui a minha mente. Quero inclinar seu corpo sobre a mesa e comer ela de quatro. Descer minhas mãos por aquela bunda macia. Enfiar meu pau com uma estocada só, devagar... Aposto que ela ia arquear as costas e gemer.

Tenho que morder o lábio para não soltar um grunhido. Por sorte, Brenna não nota. Está ocupada demais tomando seu drinque de canudinho. Ela faz uma careta e devolve o copo à mesa.

"Desculpa, Connelly, mas não consigo. Tomei dois em menos de uma hora, e já estou me sentindo meio tonta."

"Onde vai dormir?", pergunto, com a voz grossa. "Não vai voltar dirigindo para Hastings esta noite, vai?"

"Não, vou de Uber."

"Vai ser uma viagem cara."

"Oitenta dólares", ela diz, pesarosa. "Mas é melhor que voltar para o dormitório da minha prima."

Assovio. O convite para dormir na minha casa está na ponta da minha língua, mas consigo me refrear. É uma das piores ideias que já tive. Além disso, ela nunca toparia.

Firmo meus dedos em volta da garrafa e me forço a aceitar a verdade: estou com tesão.

Continuo ligado por causa do jogo. Meu sangue corre quente, meu pau está duro e Brenna é muito sensual. A presença dela está causando um curto-circuito no meu bom senso.

Quando dedos quentes de repente tocam meu pulso, pulo como se tivesse sido eletrocutado. Abaixo os olhos e encontro Brenna brincando com minha pulseira. Ela toca uma bolinha cor-de-rosa, e seus lábios se retorcem como se tentasse não rir.

"Pulseira legal", ela comenta. "Assaltou o quarto de uma menina de oito anos?"

"Engraçadinha." Reviro os olhos. "É um amuleto. Sempre uso em dia de jogo."

"Atletas e suas superstições." Ela aperta os lábios. "Meu segundo palpite é que encontrou um grupo de escoteiras e as roubou."

"Errou de novo."

"Então você é um viajante no tempo dos anos 1960 e..."

"Sinto muito por decepcionar você", interrompo com um sorriso, "mas a pulseira não tem uma história envolvente. Perdi uma aposta com um colega de time no primeiro do ensino médio, então tive que usar isso por um mês."

O tom dela é seco. "A ideia era ameaçar sua masculinidade?"

"Dá pra acreditar?" Pisco. "Ele claramente não me conhecia muito bem. Tenho total confiança na minha masculinidade." Meu pau duro nesse mesmo instante é um exemplo disso, mas estou tentando não focar nele, na esperança de que passe. Giro a pulseira rosa e roxa. "Mas acho que ele roubou da irmã mesmo. Espero que não fosse muito apegada a ela, porque nunca mais viu a pulseira."

"Ela tem poderes mágicos?"

"Ô se tem. Não perdemos um único jogo naquele mês. Detonamos todos os times. Estou falando de quatro rodadas. Então, quando a tirei..." Um arrepio gelado percorre minha coluna.

Brenna parece fascinada. "O que aconteceu quando você tirou?"

"Não posso falar. Sofro de transtorno do estresse pós-traumático."

Ela deixa uma risada melódica escapar. Não posso negar que gostei de ouvir. Não, gostei de saber que fui eu quem a fez rir. Essa garota linda e irritável, a mais espertinha que já conheci, que não perde a oportunidade de me cutucar.

"O primeiro jogo d.P., depois da pulseira... É como eu marco o tempo agora", explico.

Ela parece estar se divertindo. "Claro."

"Bom, nós perdemos. Não, nós perdermos *feio*. É inacreditável como jogamos mal." A lembrança ainda traz o calor da humilhação às minhas bochechas. "Poderíamos muito bem ter nos deitado e deixado o outro time passar por cima. Foi a derrota do século." Faço uma pausa dramática. "Fomos detonados. Oito a zero."

O queixo de Brenna cai. "Oito a zero? Acho que nunca vi um jogo de hóquei em que um único time marca *oito* gols. Nossa. Nunca tira essa pulseira, ou vocês vão..." Ela se interrompe. "Na verdade... posso pegar emprestado?", Brenna pergunta, abrindo um sorriso doce.

Sorrio também. "Até parece. Ela vai estar no meu pulso quando formos campeões. Falando nisso..." Pego o celular. Estive acompanhando o jogo entre Briar e Yale a noite toda, mas agora faz uma meia hora que não confiro o placar. "Ah, veja só, gatinha. Adivinha quem foi pra prorrogação."

O bom humor dela se esvai. "Quanto está?", Brenna pergunta.

"Dois a dois." Pisco, inocente. "Se me lembro bem, Briar tinha um gol de vantagem até os últimos dois minutos do terceiro período. Parece que seu time amarelou e deixou Yale empatar."

"Não estou preocupada. Briar vai ganhar." Ela dá de ombros de maneira despretensiosa. "Dito isso, vou pra casa. Tenha uma boa noite, Connelly."

Uma pontada de uma decepção peculiar me atinge. Quero que Brenna fique. Que porra é essa?

Volto os olhos para o palco, onde Danny continua conversando. "Eu te acompanho até a porta", ofereço.

"Completamente desnecessário. Não preciso de acompanhante." Ela dá um tapinha no meu braço. "Boa noite, Jakey."

Apesar da recusa, eu a sigo.

"Já falei que não preciso de acompanhante."

"É, você falou mesmo."

Ela para no bar e entrega ao garçom uma nota de vinte. "Pode cobrar a cerveja dele aqui também." Ela olha por cima do ombro. "Agradeça à provedora aqui, Jakey."

"Valeu." Abro um sorriso exageradamente lascivo. "Adoro que tomem conta de mim."

Brenna suspira. "Te odeio."

Eu a sigo pela escada estreita. "Não odeia, não."

A casa de show fica no subsolo de um prédio, então temos que subir um andar até a saída. Brenna vai na minha frente, de modo que sua bunda fica a poucos centímetros do meu rosto. Quase engasgo. Jesus. Quase dá pra ver tudo.

Quando chegamos, eu a paro colocando uma mão em seu ombro. "Você gosta de mim", digo a ela.

Brenna me avalia lentamente. "Acho que é o contrário. *Você* gosta de mim."

Dou de ombros. "Você é o.k."

Um sorriso se insinua nos cantos de seus lábios. "Não... Você acha que sou mais do que o.k. É louco por mim."

"Ah, qual é? Quanta bobagem."

"Então está dizendo que se eu te pedisse pra ir pra casa comigo agorinha você diria não?" Ela lambe os lábios, aqueles lábios vermelhos e sensuais, e se aproxima.

Lambo meus lábios também. "Diria."

Ainda sorrindo, Brenna se aproxima mais. Ela me empurra para a parede, centímetro a centímetro, até que seu corpo esguio fique pressionado contra o meu e o topo de sua cabeça faça cócegas no meu queixo.

"Acho que você diria sim", ela sussurra. Então sobe as mãos pelo meu peito, parando-as nas clavículas.

Levanto uma sobrancelha. "Acha mesmo que vou cair nesse truque? Vi quando fez a mesma coisa com Chilton na outra noite. Não sou tão burro quanto ele."

"Você é homem. Homens são burros." Brenna levanta os olhos para mim, e, porra, é a mulher mais bonita que eu já vi. É ousada e feroz, características que combinadas com sua beleza tornam difícil lutar contra ela.

No entanto... não deixo de notar a maneira como uma veia pulsa forte em sua garganta. Como respira mais rápido. Ela não é inabalável, essa garota. Consigo fazê-la estremecer.

"É fácil falar. Se eu dobrasse a aposta, acho que sairia correndo pela porta."

"Acha que estou blefando?"

"Acho. Você só faz isso." Apoio a mão no quadril dela. Minha pegada é leve, quase descuidada, mas o toque proposital obtém a resposta esperada.

Vejo fogo em seus olhos.

"Se eu deslizasse a mão para baixo do seu vestido, o que aconteceria?", pergunto.

Minha intenção era abalá-la, mas a pergunta me atinge também. Fico de pau duro. Gosto de joguinhos assim, em que um provoca, brinca e desafia o outro até que algo acontece. Até que alguém cede.

"O que aconteceria?", repito. Meus dedos escorregam levemente para brincar com a barra de seu vestido incrivelmente curto.

Brenna não desvia os olhos. "Você descobriria que estou seca como o deserto."

"Hum... Duvido. Acho que descobriria que está prontinha pra mim."

Puxo o tecido elástico, então encontro o local onde começa a pele. Passo o dedão pela coxa dela e vejo seus lábios se abrindo. "O que acha? Vamos ver se minha hipótese está correta?"

Mantemos o olhar fixo no do outro. Roço as juntas da minha mão na pele dela. É inacreditavelmente macia, e meu pau dói de tão duro. É como um ferro quente contra o jeans. Daí, ele começa a vibrar.

Percebo, então, que é o celular. Está no meu bolso, e tão próximo do meu pau sedento que a vibração me dá um arrepio de prazer.

"Não vai atender?", Brenna pergunta como quem sabe o que se passa. Seu corpo ainda está colado ao meu, suas mãos continuam no meu peito, e tenho certeza de que sente minha ereção contra sua barriga.

"Não. Estou ocupado." Minha mão continua abaixo da linha do vestido, a centímetros do paraíso.

Ela estremece de repente, então mexe na bolsinha pendurada no ombro. O celular dela está tocando também? Só pode significar uma coisa...

Tiro a mão da coxa dela. Pego o celular antes e passo os olhos pelas mensagens responsáveis por toda a vibração. Brenna verifica suas notificações e solta um gritinho vitorioso que ecoa pelas paredes pretas da escadaria estreita.

"É!", ela exclama. "Porra!"

Relutante, olho em seus olhos. "Parabéns." Briar venceu Yale na prorrogação. Quem marcou o gol da vitória foi o capitão Nate Rhodes.

O sorriso de Brenna ilumina seu rosto por inteiro. Depois se transforma numa curva presunçosa, mais de desdém do que de alegria, antes de se tornar um sorriso malicioso em desafio.

"Então. Acho que nos vemos na final."

10

BRENNA

Apesar da vitória da Briar em cima de Yale, continuo decepcionada com o fim de semana. Cheguei em casa por volta da meia-noite, depois de uma viagem de Uber que me custou os olhos da cara, e acordei hoje com umas dez mensagens de texto e três de voz de Tansy pedindo desculpas e implorando que a perdoasse. Escrevi que precisava de pelo menos um mês inteiro com ela se rebaixando antes de poder assegurar meu perdão integral, mas como para mim é difícil ficar brava com as pessoas queridas, disse que estamos bem e que ela me deve um fim de semana só entre nós.

Agora estou no brunch com Summer, contando tudo sobre o fim de semana dos infernos. Fora as partes que envolvem Jake Connelly, claro. Summer ia se agarrar a elas como um cachorro a um osso. Só que, diferente do cachorro, que acaba deixando o osso de lado ou o enterra em algum outro lugar, Summer discutiria e dissecaria cada detalhe dos meus encontros com Connelly até o fim da eternidade.

"Desculpa, mas sua prima parece horrível", Summer diz enquanto mastiga uma tira de bacon. O cabelo loiro dela está preso em uma trança solta caindo em cima do ombro. Ela usa uma blusa de caxemira branca e não passou maquiagem nenhuma, não que precise. Summer Heyward--Di Laurentis é repugnantemente deslumbrante. O mesmo pode ser dito do irmão mais velho dela, Dean. Os dois parecem Ken e Barbie, embora Summer odeie ser chamada assim. É por isso que eu chamo, só para irritá-la.

"Ah, ela não é horrível", digo. "Mas foi bem horrível nesse fim de semana."

"Ela te deu o bolo duas noites seguidas. É cruel."

"Bom, estávamos juntas na primeira noite. Mais ou menos. Ela e o namorado começaram a brigar, então passei a maior parte do tempo com os amigos dele."

Pulo o que veio antes — a maneira como embosquei Connelly e seus colegas no bar. Não ouso mencionar o show. Poderia fazer isso e deixar Jake de fora, mas tenho medo de falar algo que não devo revelar.

Como a sensação dos lábios dele nos meus.

Ou como escorregou a mão pelo meu vestido e quase a colocou entre as minhas pernas.

Ou o alívio que me atingiu quando a tirou, porque se não tivesse tirado teria visto que eu estava mentindo. Não estava seca tal qual o deserto, como havia brincado. Estava mais molhada que nunca. Acho que nunca desejei tanto alguém quanto naquele momento.

E isso não é bom. Nem um pouco. Jake é imprevisível demais. Nunca sei o que está pensando, o que vai dizer ou fazer em seguida, e isso para mim é inaceitável. Como uma pessoa pode se proteger se não entende totalmente as motivações da outra?

"Insisto: ela parece horrível..." Summer aponta um pedaço de bacon para mim. "Mas é a minha opinião."

"O problema é o relacionamento tóxico com Lamar. Ela não costumava ser assim egoísta." Rego minha segunda panqueca com maple syrup. "Odeio dizer isso, mas espero que eles terminem."

Summer toma um gole de seu chá. "A boa notícia é que você está em casa agora, e vou garantir que seu fim de semana termine bem. Quer ir ao Malone's com a gente assistir ao jogo dos Bruins?"

"Claro." Engulo um pedaço de panqueca.

"E posso ajudar você a se preparar para a entrevista se quiser. É amanhã de manhã?"

Assinto. "Provavelmente vai ser tão péssima quanto na sexta."

"Não diga isso. Pensamentos positivos atraem coisas positivas."

"Você acabou de inventar isso?"

"Sim. E quer saber mais?"

"Pensamentos negativos atraem coisas negativas?", arrisco.

"Isso também. Mas o que eu ia dizer era: decidi emprestar minhas botas Prada pra você usar amanhã. As pretas de camurça que minha avó me mandou. Vão te dar sorte."

"Sei. E você tem comprovação científica disso?"

"Quer provas? É Prada. Ninguém usa Prada sem se sentir invencível."

Ainda não entendo como essa garota virou minha melhor amiga. Summer é meu completo oposto. Efervescente, feminina, obcecada por roupas de grife. A família dela é podre de rica, então ela pode pagar. Eu nunca liguei para marcas. Só preciso de batom, da minha jaqueta e das minhas botas de couro preferidas, jeans skinny e um ou dois vestidos justos e pronto. Mas, apesar de nossas diferenças, Summer e eu combinamos.

"Ah, e confirmei com Fitz antes de vir: ele pode me dar uma carona até o campus, então você pode pegar meu carro mesmo." Summer tem um Audi chamativo. Se for com ele para Boston, não terei que pegar um milhão de trens e ônibus. Ao meio-dia, tenho uma palestra sobre teoria da comunicação que não posso perder, de modo que preciso voltar a Hastings o mais rápido possível.

"Tem certeza de que não se importa?"

"Nem um pouco." Ela pega a caneca de chá.

"Obrigada. Não tem ideia de quanto tempo vai me poupar..."

"Oi!!!", uma voz animada nos interrompe.

Antes que eu consiga piscar, um turbilhão de cabelo castanho, pele luminosa e olhos enormes entra no meu campo de visão.

Uma garota que nunca vi senta ao lado de Summer no banco, como se fôssemos todas amigas há anos.

O queixo de Summer cai. "Desculpa... mas..." A frase morre no ar, e ela fica sem fala. O que é raro para Summer Di Laurentis.

Olho para a recém-chegada. Está usando uma camisa branca com botões vermelhos. Os cabelos na altura do queixo pairam sobre o colarinho rendado.

"Oi", digo, educada. "Não tenho certeza se sabe como funciona a etiqueta, mas não se costuma interromper o brunch de outras pessoas, principalmente quando elas não sabem quem você é."

"Tudo bem. Vocês vão ficar sabendo agora." Ela sorri amplamente, revelando dentes brancos e perfeitos. É bonitinha, na verdade.

Mas isso não quer dizer que não seja louca.

"Sou Rupi. Rupi Miller. E, sim, é um nome híndi e um sobrenome totalmente branco, mas isso porque meu pai é totalmente branco. Ele é bem sem graça. Dentista, imagina só. É a definição de chato. Mas minha mãe é incrível. Era uma estrela de Bollywood!" A voz de Rupi se enche de orgulho.

Ao seu lado, Summer pisca, confusa. "Isso é ótimo..." Mais uma vez, a frase morre no ar.

Reprimo uma risada. "Rupi?"

A garota me olha. "Oi?"

"Por que está aqui?"

"Ah. Desculpa. Falo muito, eu sei. Me deixa recomeçar. Sou Rupi, você é Brenna Jensen e você é Summer Heyward-Di Laurentis."

"Sim, obrigada pela informação", digo, seca.

Summer enfim consegue terminar uma frase. "Não seja rude com ela", diz. Pelos seus olhos, sei que está sendo conquistada pela garotinha insistente.

"Estou no primeiro ano", Rupi explica. "Eu sei, devem achar que sou uma criança, mas juro que não. Que não sou uma criança, digo, não que não estou no primeiro ano. Sou *tão* divertida. Vocês vão ver, prometo. Mas o negócio é: não tenho muitos contatos entre os mais velhos. Não se preocupem, não estou perseguindo vocês nem nada. Estava sentada ali com minhas amigas quando notei vocês. Aquela é a Lindy e aquela é a Mel." Ela aponta para duas garotas sentadas algumas mesas à frente. Uma delas fica bem vermelha, enquanto a outra acena entusiasmada.

Olho para elas antes de voltar a Rupi. "Isso não explica por que interrompeu nosso brunch."

"Queria fazer um pedido formal", ela anuncia.

"Para quê?", Summer solta.

"Para que me apresentem a alguém."

Franzo as sobrancelhas. "Quem?"

"Mike Hollis."

Apoio o garfo na mesa.

Summer apoia o chá.

Vários segundos passam.

"Mike Hollis?", Summer finalmente diz.

"Isso. Ele mora com você", Rupi responde, prestativa.

Dou risada.

"Sei disso." Summer balança a cabeça. "Mas por que quer ser apresentada? A *ele*."

Rupi solta um suspiro longo e sonhador. "Porque é o cara mais lindo do mundo. Também acho que é minha alma gêmea, então quero que me apresentem a ele."

Ficamos em silêncio. Acho que a gente não tem certeza de nada nessa vida, então só digo que tenho noventa e nove vírgula nove-nove-nove por cento de certeza de que é a primeira vez na história do planeta que alguém, em qualquer momento, se referiu a Hollis como o homem mais lindo do mundo e/ou sua *alma gêmea*.

Summer parece tão surpresa quanto eu. Ambas nos recuperamos rápido, e nossa comunicação telepática faz um sorriso do tamanho de Boston se abrir no rosto dela. Ela dá uma batidinha no braço de Rupi e diz: "Vou adorar apresentar vocês".

"Posso fazer melhor ainda", digo. "Posso te dar o número dele e você liga diretamente."

Summer apoia de imediato. "É ainda melhor! Quando chegar em casa, vou dizer que a filha de uma estrela de Bollywood vai ligar." Ela pisca para mim quando Rupi não está olhando.

Os olhos castanhos da garota se iluminam. "Sério?"

"Claro." Summer entra na lista de contatos do celular. "Está com seu telefone?"

Rupi pega seu iPhone em uma capinha rosa-chiclete. Summer passa o número de Hollis para ela. Depois que a garota termina de inserir os números, olha para nós solenemente. "Quero que saibam que acho vocês duas lindas e incríveis, e que vamos nos ver bastante quando eu e Mike começarmos a sair."

Não vou mentir — a segurança dela é inspiradora.

"Bom, não vou tomar mais tempo de vocês. Só lembrem que acho que são criaturas maravilhosas e fico muito grata por sua ajuda!"

E então, tão rápido quanto apareceu, ela deixa nossa mesa como uma bolinha cheia de energia.

*

Mais tarde, chego ao Malone's ao mesmo tempo que Nate Rhodes. "Ei!", exclamo, passando meu braço no braço musculoso dele. "Não sabia que você vinha."

Sou muito fã de Nate. Ele não é só um central talentoso com uma bela tacada: também é um cara legal. Muitos atletas são uns cretinos convencidos. Eles andam pelo campus achando que podem fazer o que quiser, e que "presenteiam" as mulheres com seu tempo e seu pau. Mas Nate não. Junto com Fitz, é o cara mais humilde e pé no chão que já conheci.

"Mudança de planos. Eu ia sair com uma garota, mas ela me deu o bolo."

Finjo engasgar. "Oi? Ela não sabe que você é capitão do time de hóquei?"

"Pois é!" Ele dá de ombros. "Mas provavelmente foi bom. Ainda estou de ressaca de ontem à noite."

"Foi um verdadeiro milagre o que você fez na prorrogação", digo. "Queria ter visto ao vivo."

"Foi a prorrogação mais estressante da minha vida", ele admite enquanto entramos no bar. "Por um momento, achei de verdade que íamos perder." Seus olhos azuis passam pelo salão, lotado de recordações ligadas a esportes, telas de TV e universitários.

"Ali estão eles", digo, apontando para nossos amigos, sentados a uma mesa lá longe. "Argh. Hollis veio? Agora estou ainda mais feliz que você apareceu. Vai ser o amortecedor."

"Ele ainda está tentando te convencer a tirar a roupa?"

"Sempre que o vejo."

"E pode culpar o cara?" Nate me olha de maneira evidente.

"Para com isso. Você nunca demonstrou nenhum interesse."

"É, porque o treinador ia cortar meu pau fora. Mas não significa que eu não tenha pensado a respeito."

"Tarado."

Ele sorri.

Chegamos à mesa semicircular com espaço o bastante para acomodar quatro jogadores de hóquei, Summer e eu. Ela está juntinho de Fitz, enquanto Hollis fica sozinho do outro lado, com os olhos grudados no jogo dos Bruins, que já começou.

Hollis vira a cabeça com nossa chegada. "Brenna! Senta aqui." Ele bate na própria coxa. "Guardei este lugar."

"Valeu, mas não precisava." Sento ao lado de Summer.

Em vez de sentar do outro lado, Nate vem atrás de mim, o que força Fitz e Summer a se aproximar de Hollis.

"Não tenho ebola, viu?", ele resmunga.

Olho para uma das telas. Boston está no ataque. "E o Hunter?", pergunto.

O clima muda quase imediatamente. Fitz parece triste. Há certa culpa na expressão de Summer, embora eu não ache que seja necessário. Ela e Hunter podem ter ficado um pouco, mas, no momento que ela se deu conta de que gostava mesmo de Fitz, foi honesta a respeito. Ele precisa superar essa história.

"Não sei. Deve ter saído, provavelmente com alguma garota", Hollis responde. "Ele mantém um harém agora."

Comprimo os lábios. Espero que as atividades extracurriculares de Hunter não prejudiquem seu desempenho no gelo. Mas ele marcou os dois gols do tempo normal ontem à noite e deu assistência para o gol de Nate na prorrogação, então não acho que seja o caso.

"Por que vocês não fazem as pazes?", pergunto a Fitz.

"Estou tentando", ele contesta. "Hunter não está interessado."

"Ele está sendo muito babaca", admite Nate, o que é preocupante já que é o capitão. Então o comportamento de Hunter *está* afetando o time. "Além de uma intervenção, não tem muito mais que a gente possa fazer. O cara está jogando bem, e não diminuiu o ritmo no jogo por causa das saídas e das garotas."

"Pode ser, mas dois jogadores brigados não é bom pro moral do time", Fitz argumenta.

"Então resolve isso", Nate diz, revirando os olhos. "Você é um deles."

"Estou tentando", Fitz repete.

Summer aperta o braço dele. "Tudo bem. Hunter vai se acalmar. Ainda acho que seria melhor eu me mudar..."

"Não", dizem Fitz e Hollis imediatamente, e é o fim da história. Ela não toca mais no assunto.

Assistimos ao jogo por um tempo. Bebo uma cerveja, brinco com Nate, ignoro as investidas de Hollis. Durante o intervalo discutimos os resultados das semifinais.

"Corsen e eu assistimos ao outro jogo pela internet", Nate diz, sombrio. "Foi ridículo."

Franzo a testa. "Como assim?"

"A porra do Brooks Weston. Ele deu dois dos golpes mais sujos que já vi. Primeiro pulou em um defensor de Princeton que estava desprotegido. Ele jogou o cara contra as placas. Passou completamente batido pelo juiz, o que é inacreditável. Como pode não ter visto? Depois acertou o joelho de um cara, e foi punido."

Fitz sacode a cabeça para Summer. "Odeio que tenham se conhecido na escola."

"Ele é um cara legal", ela protesta.

"Ele só entra pra brigar", Nate diz, firme. "E joga sujo."

"Então o juiz deveria tomar uma atitude", Summer aponta.

"O cara faz de um jeito que o juiz não consegue ver", Fitz diz. "Alguns times usam essa tática: provocam os adversários para que eles retaliem e sejam punidos. Harvard é ótima nisso."

"Por isso meu pai odeia tanto Daryl Pedersen", digo a Summer. "O próprio técnico promove esse tipo de coisa."

"Seu pai e Pedersen não jogaram juntos?", Nate pergunta.

"Foram companheiros de time em Yale", confirmo. "Mas não se suportam."

Summer parece intrigada. "Por quê?"

"Não sei os detalhes. Meu pai não é muito de falar."

Os garotos riem. "Jura?", zomba Hollis.

Dou de ombros. "Acho que Pedersen joga sujo desde aquela época, então meu pai não se dá com ele."

"Não posso culpar o treinador por odiar o cara", Nate murmura. "Pedersen é completamente maluco. Encoraja seus jogadores a serem violentos ao extremo."

"Alguém pode se machucar", Mike diz, e seu tom é tão sincero que não consigo evitar rir. Tem algo muito fofo nele. É como uma criançona.

"Não sei se você sabe", digo a Hollis, solene, "mas hóquei é um esporte violento."

Fitz ri.

Antes que Hollis possa retrucar, seu celular toca. É uma música irritante, um hip-hop com um bando de caras gritando coisas sem sentido. É a cara dele, na verdade.

"E aí?", Hollis atende.

Minha atenção retorna ao jogo dos Bruins. Mas logo é distraída por Hollis. Sozinha, a parte dele da conversa soa bizarra.

"Calma... quê?" Ele ouve. "Não, não tenho carro." Outra longa pausa. "Bom... acho que posso descolar um. Espera aí, quem está falando?"

Nate ri alto.

"O que está acontecendo?" Hollis parece embasbacado. "Quem é? Ruby? O quê? A gente se conheceu na festa do Jesse Wilkes?"

Summer solta uma risada estrangulada e tampa a boca.

Olho para ela e trocamos um sorriso enorme. Não é Ruby. É *Rupi*. O furacão cheio de energia que encontramos na lanchonete outro dia. Ela não perde tempo mesmo.

"Não estou entendendo... Hum... tá. Olha. Ruby. Não te conheço. Você é bonita?"

Fitz ri alto. Reviro os olhos.

"Tá bom... acho que não." Hollis ainda está desconcertado. "Até mais", ele diz, e desliga.

Os lábios de Summer tremem quando ela pergunta: "Quem era?".

"Não sei!" Ele pega a cerveja e vira quase metade. "Uma garota doida ligou pra dizer que é pra pegar ela para jantar na quinta."

Summer enterra o rosto no ombro de Fitz, rindo incontrolavelmente. Não tenho namorado para me ajudar a disfarçar a risada, então mordo os lábios e espero que Hollis não desconfie de nada.

"Esquisito, né?", ele diz, confuso. "Garotas estranhas não ligam do nada e te chamam pra sair, ligam? Devo tê-la conhecido antes." Hollis olha para Nate. "Conhece alguma Ruby?"

"Não."

"Fitz?"

"Também não."

Summer ri mais.

"Você conhece?", Hollis pergunta.

"Não", ela mente, e sei que está se esforçando para não olhar para mim. "Só estou achando tudo isso muito engraçado."

Paro de afundar os dentes no lábio e abro a boca para perguntar tão casualmente quanto consigo: "E você vai sair com ela?".

Ele me olha. "É claro que não! A garota não quis me contar se era bonita ou não, só disse que eu ia descobrir na quinta à noite. Então, recusei e desliguei. Não estou a fim de ser assassinado, por favor e obrigado."

Por que tenho a impressão de que Rupi Miller não vai encarar isso como o fim da história?

Sorrio de ponta a ponta. Summer estava certa. O fim de semana dos infernos terminou bem, no fim das contas.

11

BRENNA

"Tenho certeza de que ele não vai demorar muito." O funcionário que foi designado para cuidar de mim fica repetindo isso para me reassegurar.

Sinceramente, não estou nem aí pra quanto tempo Ed Mulder vai demorar a chegar. Na verdade, estou lutando contra a vontade de ir embora só de raiva. Se eu não tivesse enfrentado quase duas horas de trânsito na hora do rush para vir para Boston esta manhã, mandaria tudo pro inferno e sairia pisando forte do prédio da HockeyNet e nunca voltaria. Mas não posso aceitar que peguei todo aquele engarrafamento à toa.

Ei, é só um pequeno obstáculo, diz a voz reconfortante na minha cabeça.

Isso. Do outro lado da Montanha da Cretinice, a terra prometida do estágio me espera. Não vou nem ter que responder a Mulder. Provavelmente, nem verei o cara de novo. Só preciso provar a ele que sou qualificada o bastante para ocupar a vaga e então posso esquecer que existe. O que não vai ser difícil de fazer.

Não consigo acreditar que já faz uma hora que estou esperando por ele. Quando cheguei, às nove em ponto, Rochelle me informou com um pedido de desculpas que o sr. Mulder estava em meio a uma conferência telefônica não programada. *Superimportante*, aparentemente.

Sei. Imagino que seja por isso que fiquei ouvindo explosões de risadas e gargalhadas nasaladas do outro lado da porta.

Depois de cerca de quarenta e cinco minutos, Rochelle entrou no escritório para falar com ele. Então um funcionário chamado Mischa surgiu e anunciou que ia fazer um tour comigo pelo escritório enquanto esperávamos que Mulder pudesse me atender.

Sigo sua silhueta alta e esguia pelo corredor bem iluminado. "E o que é que você faz exatamente, Mischa?"

"Sou gerente de palco. O que é muito menos glamoroso do que parece. Basicamente coordeno quem aparece na tela, atendo qualquer necessidade do diretor, arrumo o set, garanto o abastecimento de cafeína." Ele me lança um olhar seco. "Às vezes, posso fazer pequenos ajustes no equipamento de luz."

"Opa, chegamos à parte boa!"

Ele sorri. "Bom, espero me tornar diretor, ou talvez comandar o controle mestre. Aí, sim, seria bom."

Passamos por um homem corpulento usando terno risca de giz. Ele está no celular, mas dou uma olhadinha nele. E o reconheço no mesmo instante.

"Caramba", sussurro para Mischa. "Era o Kyler Winters?"

"Era. Acabamos de contratar o cara como comentarista especial para os playoffs da liga profissional."

"Tem muitos outros ex-jogadores trabalhando aqui?"

"Claro. A maioria como comentarista durante o jogo ou nos programas de debate. E temos alguns técnicos aposentados também. E os caras que trabalham com o fantasy game, estatísticas, especialistas em medicina esportiva... E os grandes polemistas, tipo Kip e Trevor", ele diz, nomeando a dupla de apresentadores do programa mais controverso do canal. Ambos têm opiniões fortes e não as guardam para si.

"É muita testosterona em um único prédio", brinco. "Qual é a situação do estrogênio por aqui?"

Ele ri. "Bom, à frente da câmera temos a Erin Foster. Ela costuma fazer a cobertura dos vestiários. E a Georgia..."

"Barnes", completo.

Georgia Barnes é meio que meu ídolo. É ela quem faz as perguntas difíceis depois dos jogos, sem abrandar nada. Também é muito perspicaz e apresenta um quadro de opinião semanal. Embora seus comentários não sejam tão controversos quanto os de Kip e Trevor, acho que são muito mais inteligentes, para ser sincera.

"Georgia é demais", Mischa me diz. "Nunca vi ninguém mais afiado. Já a vi cortar verbalmente homens três vezes maiores que ela."

"Amo Georgia", confesso.

"Também temos uma diretora que faz alguns quadros noturnos, algumas comentaristas e mulheres que trabalham na produção. Ah, e assistentes exaustas como nossa Maggie aqui", ele conclui, apontando para uma figura que se aproxima. "Oi, Mags."

Maggie é uma garota cabeluda com franja caindo nos olhos. Está carregando uma bandeja de papelão com copos de café. Em vez de parar e nos cumprimentar, ela murmura: "Não fala comigo. Estou atrasada e Kip vai me matar". Então, passa correndo sem nem olhar para trás.

"Ainda quer trabalhar aqui?", Mischa brinca.

"Sou ótima em pegar café", digo, confiante. "E nunca me atraso."

"Isso é bom. Porque alguns caras aqui têm temperamento difícil. Um produtor, Pete, manda embora um assistente por mês. Já teve três este ano."

Continuamos com o tour, terminando no estúdio principal, que é legal de ver. Observo ansiosa a bancada atrás da qual os comentaristas se sentam, mas o cenário do programa de Kip e Trevor, *Hockey Corner*, é o mais legal. O sofá de couro marrom familiar e o fundo cheio de flâmulas e troféus disparam uma onda de animação. Seria incrível ter meu próprio programa um dia. No meu próprio cenário.

Afasto as ilusões de grandeza. É uma bela fantasia, mas imagino que no mínimo levaria anos, talvez até décadas, até que alguém me deixasse ter meu próprio programa.

O rádio preso ao cinto de Mischa começa a emitir estática. "O sr. Mulder está esperando", diz a voz de Rochelle.

"Viu? Até que não teve que esperar muito", Mischa me diz. "Não é?"

Ah, tá. Mulder se atrasou uma hora e quinze para uma entrevista que deveria ter acontecido na sexta. Muito profissional.

Mischa me leva de volta para a parte dos escritórios, e Rochelle me conduz depressa até o chefe.

"É bom ver o senhor de novo", digo.

Como sempre, ele não está prestando atenção. Tem um monte de telas na parede, todas no mudo. Uma delas mostra o jornal esportivo de um concorrente, que noticia o jogo de sábado dos Oilers.

Mulder tira os olhos da tela. "Obrigado por voltar. Sexta foi uma merda atrás da outra."

"É, pareceu bem corrido mesmo." Ele não me convida a sentar, mas sento mesmo assim, e espero que continue com a entrevista.

"Briar vai pegar Harvard na final da conferência", ele diz. "O que acha disso?"

"Estou animada pra acabarmos com eles."

Mulder abre um sorriso zombeteiro. "Com Connelly jogando? Acho que vocês estão destinados a perder. Já ouviu falar de Jake Connelly, certo?"

Infelizmente. "Claro."

Mulder se recosta na cadeira. "Está bem, então vamos fazer um teste. Nossos estagiários precisam saber todos os números. Quais são as estatísticas de Connelly nesta temporada?"

Evito franzir a testa. A pergunta é um pouco geral demais. Estatísticas? De quê?

"Você vai ter que ser um pouco mais específico", respondo. "Do que estamos falando? Gols? Assistências? Gols quando Harvard está com um jogador a menos? Tiros a gol?"

Mulder parece irritado com meu questionamento. Em vez de responder, ele folheia alguns papéis.

Ótimo. É a entrevista de merda repaginada. Odeio esse cara. Ele nem liga que estou aqui, não tem a menor intenção de me contratar. Ainda assim, espero pacientemente, mesmo sabendo que o cara está viajando.

O interfone toca, rompendo o silêncio incômodo. "Sr. Mulder, é sua mulher ligando. Ela diz que é importante."

Ele revira os olhos. "Nunca é", me informa. Aperta um botão com o dedo. "Estou no meio de uma entrevista. Ela vai ter que ser mais específica."

Ah, é? *Ele* pode pedir que outra pessoa seja mais específica, mas quando eu sou é imperdoável?

Logo Rochelle volta com uma resposta. "Ela precisa confirmar o número de pessoas que estarão no jantar de sexta."

"Importante coisa nenhuma. Diz pra ela que ligo depois da entrevista." Ele desliga o viva-voz. "Mulheres", murmura.

Evito comentar, já que sou uma.

"Uns amigos vão jantar em casa na sexta", Mulder explica, balançando a cabeça com irritação. "Como se eu desse a mínima pros detalhes. Por que eu ligaria para os guardanapos? Ou se vai ter quatro pratos ou vinte? Minha mulher fica obcecada com a baboseira mais sem importância."

Fico surpresa que não venham mais comentários sobre como as mulheres são criaturas frívolas com cérebro de ervilha e nunca dão certo no mundo do esporte. É o clube do bolinha! Garotas não podem entrar!

Na tela maior, a ESPN mostra uma montagem de Connor McDavid, dos Oilers, marcando um dos gols mais bonitos que já vi. Infelizmente, não foi o bastante para o time vencer.

Mulder assovia alto e se anima um pouco. "Esse garoto é uma lenda!", ele exclama.

"É o melhor da geração dele", concordo. "A melhor coisa que aconteceu com o time em décadas."

"E na próxima temporada vamos ter o Connelly também. Ah, ninguém vai nos deter."

Assinto. "Os Oilers estão precisando de alguém veloz como Connelly. Ele é um dos melhores patinadores atuais."

"O cara é um raio sobre patins. Ah, Brenna, nunca fiquei tão ansioso pra uma temporada começar!" Ele esfrega as mãos uma na outra com uma alegria descarada.

Minha linguagem corporal relaxa. É a primeira vez que Mulder deixou a frieza de lado. Não fico particularmente feliz que o motivo disso seja Jake Connelly, mas, no momento, aceito qualquer ajuda que vier. A Montanha da Cretinice é mais difícil de escalar que o Everest.

Discutimos Jake por quase cinco minutos. Juro que parece que Mulder até gosta dos meus comentários. Um em particular até faz com que diga: "Não poderia concordar mais com você".

Mas, quando tento fazer a conversa voltar ao estágio...

A atenção de Mulder volta para a tela do computador.

A frustração se acumula na minha garganta. Quero gritar. Não consigo entender se ele gosta de mim ou se me odeia. Se quer me contratar ou só quer eu caia fora agora.

"Bom, obrigado por ter vindo", ele diz, distraído.

Eis minha resposta. Ele quer que eu caia fora.

"Ainda temos alguns candidatos para entrevistar, mas você vai receber uma resposta assim que terminarmos."

Ou seja, vão me avisar quando não me escolherem. No momento, a minha probabilidade de conseguir o estágio é tão grande quanto a de eu pousar na Lua.

Que seja. Engulo a decepção e tento me convencer de que talvez seja melhor assim.

"Obrigada por me receber", digo, educada.

"Hum... Não tem problema." Ele já está concentrado em alguma outra coisa.

É. Com certeza é melhor assim. Eu odiaria trabalhar no mesmo prédio que alguém como Ed Mulder. O cara não dá a mínima para nada além de si próprio e seus queridos Oilers. A única hora que me deu atenção ou pareceu um pouco interessado foi durante nossa conversa sobre Jake. A paixão dele por Connelly é quase engraçada...

Meu passo vacila no caminho para a porta.

Uma ideia se forma na minha cabeça. É maluca. Sei disso. Mas... acho que talvez não me importe.

Quero esse estágio. Quero muito. Pessoas já fizeram coisas muito piores para conseguir um trabalho. Em comparação, o que estou prestes a fazer é... idiota. Você sabe, eu estaria apenas sendo uma garota idiota com suas coisas sem importância.

"Sr. Mulder?"

Ele olha para a porta com uma expressão irritada. "Sim?"

"Bom... eu não quis mencionar antes, porque achei que poderia ser inapropriado, mas... Jake Connelly..." Hesito, reconsiderando a insanidade.

Puxo o ar, formulando rapidamente uma lista de prós e contras na minha cabeça. São tantos contras. Tipo, *muitos mesmo*. Os prós não parecem compensar os...

"O que tem ele?", Mulder pergunta, impaciente.

Solto o ar de uma vez só. "É meu namorado."

12

JAKE

O treino da manhã é fatigante, mas não espero menos do treinador. Ele já estava no nosso pé antes de irmos pra final — e agora é tudo ou nada. Temos que patinar mais rápido, bater mais forte, tentar mais gols. É um treino intenso, e alguns dos exercícios de patinação até me deixam sem ar, e sou o mais veloz aqui.

Não que eu esteja reclamando. Alguns caras gostam de se queixar de ter que sair da cama tão cedo. Criticam as orientações nutricionais, ou o jeito durão do técnico. Não posso negar que Pedersen tem um estilo de jogo muito mais físico do que eu. Prefiro confiar na minha velocidade e precisão do que na força bruta. Na época em que jogava, Pedersen se encarregava das brigas, e promove a mesma agressividade em seus jogadores. Brooks é nosso maior intimidador, mas ultimamente Pedersen tem insistido para que outros caras também usem mais o cotovelo. Mas ele não espera isso de mim. Sabe o que posso fazer.

O treinador está esperando por mim quando saio do vestiário, com o cabelo molhado do banho. Ele me dá um tapinha no ombro. "Se saiu bem no gelo, Connelly."

"Valeu, treinador."

"Vai levar essa mesma atitude para a final?"

"Sim, senhor."

Ele inclina a cabeça. "Vai ser difícil ganhar da Briar."

Dou de ombros. "Não estou preocupado. Vamos conseguir."

"É isso aí." Sua expressão se transforma em um sorriso. "Mas não podemos entrar com excesso de confiança. Jensen teve uma péssima temporada no ano passado, e deve estar louco para voltar com tudo. Não ficaria surpreso se estiverem treinando duas vezes ao dia."

Nem eu. O time da Briar está muito melhor este ano. Não sei bem o que aconteceu na temporada passada, mas, desde que Garrett Graham se formou, eles não encontraram um atacante à altura. Nate Rhodes é bom, mas não é nada de mais. Hunter Davenport é quase tão rápido quanto eu, mas ainda é jovem. Está só no segundo ano, e precisa refinar suas habilidades. Acho que ninguém vai conseguir deter Briar no ano que vem, com Davenport comandando o time. Mas isso ainda vai demorar. Esta temporada é nossa.

"Preciso que chegue mais cedo amanhã", o treinador Pedersen diz. "Seis e meia, pode ser? Quero que trabalhe no mano a mano com Heath."

Assinto. Notei que Heath errou alguns passes vitais hoje. "Sem problemas."

"Sabia que ia topar." Ele me dá outro tapinha no ombro antes de ir embora.

Vou até o saguão, onde Brooks me espera. No momento em que o encontro, meu celular toca. É uma notificação do Instagram. Quase não uso o aplicativo, e estou prestes a ignorar quando vejo o nome.

BrenJen.

De Brenna Jensen?

A curiosidade toma conta de mim. "Ei, pode ir na frente", digo a Brooks. Vamos almoçar no campus com alguns caras do time. "Encontro vocês lá. Preciso fazer uma ligação antes."

"Beleza." Ele me olha de um jeito esquisito e vai embora.

Abro o Instagram e vou direto para as mensagens. A foto de BrenJen mostra uma cortina de cabelo escuro e uma silhueta de perfil. Mas os lábios vermelhos a entregam. Só pode ser Brenna, e a bolinha verde indica que está on-line.

Connelly, é a Brenna. Podemos nos ver?

Minhas sobrancelhas se erguem até a linha do cabelo. Começo a digitar no mesmo momento, ignorando completamente o longo discurso que Brooks fez no outro dia sobre a etiqueta das redes sociais. Ele tem uma regra estrita sobre esperar *no mínimo* uma hora antes de responder para uma garota, para que ela não sinta que tem poder sobre você. Mas estou curioso demais para respeitar isso.

EU: *É vc mesmo me mandando uma mensagem?*
BRENNA: *Infelizmente. Podemos nos encontrar?*
EU: *Está me chamando pra sair?*
BRENNA: *Vai sonhando*

Sorrio para a tela enquanto Brenna escreve.

BRENNA: *Estou na cidade e tenho uma hora antes de precisar voltar pra Briar. Estava esperando que pudesse me encontrar*
EU: *Vamos precisar de mais de uma hora. Só as preliminares já vão gastar todo esse tempo*
BRENNA: *Uma hora de preliminares? Ambicioso, não?*
EU: *Realista, eu diria*

Talvez eu não devesse estar atraindo a garota para uma conversa de cunho sexual, porque a ideia de preliminares com ela é bastante tentadora.

EU: *Pq quer me encontrar?*
BRENNA: *Preciso falar com vc. E não quero que seja nesse app idiota. Sim ou não?*

Estou intrigado demais para recusar. Quer dizer, a filha do técnico principal da Briar está tentando marcar um encontro clandestino com o capitão do time de Harvard? Quem não estaria?
Então, escrevo: *onde e quando?*

Nos encontramos em um café na Central Square. De novo, está chovendo forte, e estou com frio e molhado quando me junto a Brenna a uma mesinha nos fundos.

Ela tem um café nas mãos, e o vapor sobe de seus lábios para seu nariz vermelho. Então, aponta para a xícara diante da cadeira vazia. "Pedi um pra você. Preto."

"Obrigado", digo, agradecido, então envolvo a xícara quente com minhas mãos molhadas. Meus dedos estão congelando.

Tomo um bom gole enquanto Brenna me observa.

Daí, devolvo o café à mesa. "Então", começo.

"Então", ela repete.

Cara, Brenna está bonita hoje. O cabelo comprido está preso em uma trança bem-feita e ela está sem maquiagem. Ou, se estiver com, optou por um visual natural. Há um brilho rosado e fresco em suas bochechas e... cacete, ela não está de batom vermelho. Seus lábios estão de um cor-de-rosa brilhante.

Quase pergunto o que tem de errado com o rosto dela, mas consigo me controlar antes que seja tarde demais. *Nunca* se deve perguntar isso a uma garota.

"Finalmente vai me explicar por que estou aqui?", pergunto apenas.

"Vou, mas primeiro você tem que me prometer algumas coisas."

"Não. Nunca prometo nada."

"Tá. Então tchau. Pelo menos posso ir embora com a satisfação de saber que te fiz vir até aqui à toa." Ela começa a se levantar. "Até mais, Jakey."

"Senta essa bunda linda", ordeno, revirando os olhos. "Tá bom. O que preciso prometer?"

"Primeiro, que vai ouvir até eu acabar. Segundo, que não vai rir na minha cara."

O mistério se aprofunda. Eu me recosto na cadeira e digo: "Tudo bem. Eu prometo".

"Tá." Ela solta o ar. "Me candidatei a um estágio na HockeyNet."

"Legal."

"Seria mesmo. Se o cara que me entrevistou não fosse um idiota completo." Os dedos de Brenna apertam a caneca com mais força. "Tive duas entrevistas, e o cara não me levou a sério em nenhuma." Ela franze a testa para mim. "E antes que faça algum comentário espertinho sobre eu não ser qualificada para o trabalho..."

"Eu não ia fazer", garanto.

"Ótimo. Porque eu sou. Acho que o cara não leva nenhuma mulher a sério. Ou pelo menos nenhuma mulher tentando trabalhar com esportes. Você precisava ter ouvido o jeito como desdenhou da Georgia Barnes. Era como se ela não pertencesse àquele lugar. E era como se *eu* não pertencesse também." O tom de Brenna é marcado pela frustração, e seus olhos transmitem pura derrota. "Ele é um cretino."

"Sinto muito", digo, e é verdade. Acho que nunca vi Brenna perder a confiança. Fico surpreso que se deixe abalar por esse mané. "Quer que eu bata nele?"

"Se fosse assim fácil, eu mesma bateria. Um bom chute no saco ia ensinar muito ao cara."

Dou risada. "Então, por que estou aqui?"

"Bom... ele é de Edmonton", ela começa.

Meus lábios se contorcem de leve. Não tenho certeza para onde isso vai. Imagino que o cara seja fã dos Oilers, mas só vou entrar no time no ano que vem. "Ainda não vejo o que tenho a ver com isso."

"O único momento em toda a entrevista em que o cara pareceu interessado em mim foi quando estávamos discutindo o time. E você", ela acrescenta, a contragosto. "Ele acha que você é exatamente do que precisam pra ganhar o campeonato."

Vou ter que concordar com ele. O retrospecto do time é bom, mas pretendo melhorá-lo. Sou um jogador de hóquei excelente, não só por uma questão de talento, mas porque me esforço muito. Me esforcei a vida inteira.

"Então..." Brenna deixa a palavra morrer no ar. Tomo um gole apressado de café.

"Por que me fez vir aqui, Jensen? Tenho aula daqui a pouco."

"Porque, como eu disse, a única vez em que ele prestou atenção em mim foi quando eu disse que conhecia você."

Sorrio, satisfeito. "Ah, então você mencionou meu nome, hein?"

"Cala a boca. Fiquei péssima de ter feito isso."

Tenho que rir. Brenna é engraçada. Estou tão acostumado com as garotas se jogando em mim que é quase revigorante encontrar uma que faz o oposto.

"Fiz mais do que isso", ela confessa.

Franzo a testa. "O que você falou?"

Ela murmura alguma coisa.

Me inclino pra frente. "Oi?"

"Eu disse que você é meu namorado", ela fala. Seu maxilar está tão cerrado que fico surpreso que seus dentes não quebrem.

Eu a encaro por um momento. Quando me dou conta de que está falando sério, tenho que rir de novo. "Porra nenhuma."

"É verdade. E você prometeu não rir."

"Desculpa, mas vou ter que quebrar a promessa." Não consigo parar de rir. "Isso é bom demais. Você foi muito além de mencionar meu nome. Foi tipo... puxação de saco pura." Enxugo as lágrimas que se acumulam no canto dos olhos.

Brenna me lança um olhar afiado. "Primeiro: para com isso. Segundo: sinto muito, mas, diferente de você, preciso arrumar um trabalho quando me formar. Não tenho o luxo de um contrato multimilionário com um time de hóquei profissional. Sempre quis trabalhar com jornalismo, e se puxar o saco é o que preciso fazer para conseguir esse estágio, então tudo bem."

Eu me forço a parar de rir. É difícil. "Tá, então você disse que a gente namora." Cara, estou adorando. De verdade. Posso imaginar a expressão no rosto dela quando disse isso. A agonia. "Isso não explica por que estamos sentados aqui agora."

"Nem preciso dizer que o cara ficou todo animadinho com a ideia de ter acesso a você." Ela suspira. "Ele vai dar um jantar na sexta e quer que a gente apareça."

"*A gente*?" Tenho um sorriso enorme no rosto. "Existe um *a gente* agora?"

"Pode acreditar, é a última coisa que eu quero, mas concordei. E agora, por mais humilhante que seja, estou pedindo que me faça esse favor e vá comigo." Ela soa como se preferisse rolar em um buraco escuro cheio de lâminas de barbear.

Sorrio ainda mais. Acho que meu rosto vai rachar.

"Não faz isso comigo", Brenna diz, desolada. "Sei que é ridículo, mas preciso da sua ajuda. Já fingiu ser meu namorado uma vez, lembra? E não teve problema em passar a mão em mim naquele show. Não tinha problema naquele caso só porque era ideia *sua*?"

Ela tem razão.

"Bom, preciso que você finja ser meu namorado de novo." Há certa amargura no tom dela. "Só por uma noite. Posso até pagar se você quiser."

"Ei, não sou um gigolô."

"Tá, então faça de graça. Como um bom samaritano."

Considero por um momento. "Acho que não."

"Vamos, Connelly." Acho que nunca vi Brenna tão nervosa. "Não me faz implorar."

Um raio de luxúria corre direto para minha virilha. "Isso parece bem interessante."

Os lábios dela se contraem. "Não vai acontecer."

"Hummm... Você, de joelhos, implorando..." Meu pau se contorce.

É oficial. Tenho tesão por essa garota. Dormi com minha cota de mulheres, mas não consigo lembrar a última vez que fiquei tão interessado em alguém. Posso sentir meus olhos brilhando enquanto imagino a cena que acabei de descrever. Brenna de joelhos, descendo o zíper da minha calça. Pegando meu pau. Levantando seus olhos grandes para mim. Implorando.

"Não vou implorar", ela diz, com firmeza. "Estou pedindo. Se recusar, tudo bem. Vou levantar e ir embora."

Saio do meu transe luxurioso. "Eu não recusei."

"Ótimo. Então vai comigo na sexta."

Dou risada. "Ah, mas também não aceitei."

Se um olhar pudesse matar, eu estaria no chão com minha silhueta marcada em giz agora. "Então o quê?", ela pergunta.

"*Quid pro quo*. Não sei se você aprendeu a expressão na escola, mas significa que nada é de graça." Pisco. "Eu te dou uma mão se você me der uma mão."

"Não vou te dar minha mão, não."

"Só estou dizendo que vou te ajudar se você me der algo em troca."

"Tipo o quê?" Ela começa a mexer na ponta da trança, claramente infeliz.

Eu meio que queria que Brenna soltasse a trança de uma vez. Gostaria de ver seu cabelo escuro solto sobre o ombro. Na verdade, não. Gostaria de vê-lo pairando sobre meu peito nu enquanto ela vai descendo pelo meu corpo e...

"Tipo o quê?", Brenna repete quando demoro demais para responder.

De novo, me forço a concentrar. "Bom, você precisa que eu saia com você na sexta à noite..."

"De mentira."

"De mentira", repito. "Em troca, quero que saia comigo de verdade."

"Como assim?"

"Quero um encontro. Você tem seu jantar falso e eu tenho um encontro de verdade."

"Está de brincadeira?" O queixo dela cai. "Quer sair comigo?"

Examino a expressão incrédula dela. "Pois é. Me pegou de surpresa também." Dou de ombros. "Mas aconteceu e aqui estamos nós. Te acho bonita, e sei que você me acha bonito..."

"Acho que *você* se acha bonito", ela interrompe com desdém.

"Eu não *acho*. Eu sei. E já notei o jeito como você me olha, então..." Levanto as mãos em um movimento desleixado antes de apontar de mim para ela. "Acho que tem algo rolando aqui."

"Não tem. Nada."

"Tá, tudo bem. Então vou indo." Levanto a bunda da cadeira.

"Connelly", Brenna rosna. "Senta aí." Ela fecha os olhos por um momento. "Você está dizendo que para ir ao jantar comigo na sexta só tenho que sair com você outro dia."

"É, mas não fala como se tivesse que encontrar um assassino em série. Pelo menos *finja* estar animada."

"Tá!" Ela bate as mãos. "Vou sair com você! Eba!"

"Bem melhor", digo. Acho que não parei de sorrir desde que soube por que me chamou aqui. "Isso é um sim?"

Ela suspira. Alto.

13

BRENNA

Terça chega com outra tempestade. Até o meteorologista do canal local está cansado desse clima. Quando vi o noticiário mais cedo, ele ficou encarando a câmera o tempo todo enquanto dava a previsão, como se culpasse os telespectadores pelos baldes e baldes de chuva despejados sobre a Nova Inglaterra no último mês.

Por sorte, sou poupada da caminhada do campus até minha casa porque Summer e eu temos aula mais ou menos no mesmo horário. A minha termina uma hora antes da dela, então fico fazendo um trabalho no saguão do prédio de arte e design. Sofás confortáveis ocupam o espaço amplo, que está surpreendentemente vazio. Só tem uma garota com seu laptop em um sofá perto das janelas e eu com o meu em um sofá do outro lado, o que me dá um simulacro de privacidade enquanto espero por Summer.

O trabalho é para a matéria de que menos gosto: roteiro de noticiário. Como não posso me formar só em esportes, minhas aulas envolvem todas as áreas de rádio e TV. Essa matéria em particular envolve escrever roteiros para telejornais, e o professor achou que seria legal me passar um tema político. O que significa que tenho que escrever sobre as últimas manobras do presidente sem saber se o professor o apoia ou não. Ele nunca revelou suas inclinações políticas, e tenho certeza de que, se eu perguntasse, viria com aquele papo sobre imparcialidade jornalística. Mas, se formos honestos, no fim do dia, todos temos um viés. E ponto final.

Escrevo cerca de quinhentas palavras antes de fazer uma pausa. Dou uma olhada no celular, mas não tenho nenhuma mensagem nova. O nome de Jake na lista me provoca. Trocamos nossos números no café ontem para não precisar nos comunicar por Insta.

Um grunhido fica preso na minha garganta. O que, *o que* me fez dizer a Ed Mulder que Jake é meu namorado? Por que fiz isso? Me arrependi de mentir um nanossegundo depois, mas era tarde demais para voltar atrás. Mulder estava radiante, parecia até que eu tinha me oferecido para chupar o pau dele. Bom, provavelmente ele ficaria mais feliz em ter o pau chupado pelo Jake. Está gamado no cara.

E por falar em Jake, o que, *o que* o fez me chamar para sair? Ainda estou chocada, além de desconfiada de suas intenções. A noite do show provou que temos química, mas isso não significa que precisamos fazer algo a respeito. Ele é capitão de *Harvard*, pelo amor de Deus. Isso é imperdoável.

Uma mensagem surge enquanto estou com o celular na mão, despertando uma onda de tristeza em mim. É de Eric.

ERIC: *Por favor. Não sei por que está me ignorando.*

Tecnicamente, não estou ignorando. Respondi à última mensagem no domingo à noite, quando voltei do Malone's. Falei que as semanas seguintes seriam superpuxadas com as provas finais e a vida em geral, e que eu não estaria disponível. Está na cara que Eric não gostou da minha resposta.

Outra mensagem chega: *Me liga.*

Droga. Conheço Eric. Se não ligar, ele não vai parar de escrever. E, quando não escrevo, ele começa a ligar. E ligar. E ligar.

Lutando contra uma onda de frustração, ligo.

"Oi!" O alívio dele do outro lado da linha é palpável. "Que bom que ligou."

Ele usou alguma coisa. Sei pelo modo como fala, pelo tom sussurrado que usa quando tem merda correndo em seu sangue. Fico feliz em não poder ver seus olhos. Sempre foi a pior parte para mim, ver os olhos de Eric drogado. Era como se fosse alguém completamente diferente. O Eric Royce por quem eu estava loucamente apaixonada era substituído por um desconhecido patético. E não o deixar na mão era — é — exaustivo.

Talvez eu seja uma pessoa terrível por dizer isso, mas não me importo mais. Eric já não é responsabilidade minha. Não sou mãe dele. É um trabalho para os pais.

Mas a sra. Royce, uma advogada corporativa, é, e sempre foi, uma mãe ausente. Quem ficava com Eric era o pai. Depois que ele morreu, a sra. Royce não diminuiu as horas no trabalho para passar mais tempo com o filho. Continuou se matando no trabalho sem prestar atenção nele.

O único esforço que fez depois que o vício em drogas do filho ficou evidente foi tentar mandá-lo pra Vermont. Mas Eric se recusou a ir. Ele não acha que tem um vício. Só que gosta de se divertir "de vez em quando".

"Você não parece bem", digo. "Sua respiração está alterada."

"Estou meio resfriado."

É isso o que ele diz agora? "Então, deveria descansar." Ouço algo que parece vento. "Está na rua?"

"Acabei de sair do Dunkin' Donuts. Que loucura essa chuva, não?"

Reprimo um xingamento. "Você não me ligou para falar da chuva. Do que precisa, Eric? O que está rolando?"

"Eu só..." Sua voz adquire um tom agoniado. "Eu, bom, estou meio sem grana agora. O aluguel vence semana que vem e vou ter que usar todo o dinheiro da minha conta pra pagar isso. Vou ficar sem nada para comprar comida e, bom, cobrir o básico..."

Com "o básico" imagino que esteja se referindo a metanfetamina. Sinto a raiva se acumular dentro de mim. "Você mora com sua mãe", eu o lembro. "Tenho certeza de que ela pode liberar você do aluguel desse mês."

"Ela não está nem aí", ele murmura. "Disse que vai me botar na rua se eu não pagar."

"Então ainda bem que você tem dinheiro pro aluguel", digo. "Quanto à comida, sua mãe não vai te deixar morrer de fome."

"Por favor, só preciso de uns cinquenta, cem no máximo. Vamos, B."

Eric não está pedindo por uma quantidade obscena de dinheiro, mas não ligo. Não vou dar nem um centavo mais a ele, principalmente quando sei que vai gastar com droga. Além disso, não é como se eu estivesse rolando em dinheiro. Não pago a faculdade, mas ainda tenho gastos. Aluguel, comida e "o básico", o que *não* inclui metanfetamina. Tenho minhas economias dos bicos que faço como garçonete, mas não vou usá-las para financiar a autodestruição de Eric.

"Você sabe que eu ajudaria se pudesse, mas estou quebrada. Desculpa", minto.

"Não está, não", ele retruca. "*Sei* que você tem algum dinheiro, B. Por favor. Depois de tudo pelo que passamos, não pode simplesmente me esquecer. Estamos juntos nessa, esqueceu?"

"Não, não estamos", digo, com a voz cortante. "Terminamos há anos, Eric. Não somos mais um casal."

Ouço vozes ecoando no corredor e chegando ao saguão. Torço para que a aula de Summer tenha terminado.

"Sinto muito", digo, abrandando o tom. "Não posso te ajudar. Precisa falar com sua mãe."

"Ela que se foda", ele solta.

Mordo a parte interna da bochecha. "Preciso ir agora. Tenho aula", minto. "Mas... falamos em breve. Te ligo quando as coisas melhorarem por aqui."

Desligo antes que ele responda.

Quando Summer aparece, forço um sorriso e torço para que não note que estou mais quieta que o normal na volta para casa. Ela não nota. Summer pode sustentar toda uma conversa sozinha, e fico grata por isso. Sei que preciso cortar Eric por completo da minha vida. Não é a primeira vez que chego a essa conclusão, mas espero que seja a última. Pra mim, não dá mais.

Quando Summer me deixa em casa, a chuva acalmou. "Obrigada pela carona, maluca." Dou um beijo de agradecimento na bochecha dela.

"Te amo", Summer diz enquanto saio do carro.

Amigos que dizem "te amo" sempre que você vai embora são muito importantes. São aqueles que você precisa manter na sua vida.

Summer sai com o carro, e dou a volta na casa até minha entrada privativa. Um pequeno lance de escada me conduz à minha entradinha e...

Plop.

Minhas botas pisam no oceano.

Tá, não é o oceano. Mas tem pelo menos uns sessenta centímetros de água acumulada ao fim dos degraus.

Meu estômago se embrulha. Merda. O porão inundou. A porra do meu apartamento está *alagado*.

Uma onda de pânico me impulsiona. Minhas botas de couro atravessam aquele mar e eu encaro o prejuízo, horrorizada com o que encontro.

O carpete que vai de uma ponta à outra está estragado. As pernas da mesinha de centro estão submersas, também estragadas. A parte inferior do sofá que eu comprei em uma loja de segunda mão está ensopada — e estragada. Meu futon também.

Mordo o lábio, desalentada. Por sorte, levei o laptop para a faculdade hoje. E a maior parte das minhas roupas permanece intocada, pois fica pendurada no armário, bem acima do oceano, e minha sapateira é alta, então só os pares da prateleira de baixo estão molhados. A última gaveta da cômoda está cheia de água, mas só tem pijamas e roupas que uso para ficar em casa, então não é o fim do mundo. O mais importante está nas gavetas superiores.

Mas o carpete...

Os móveis...

Isso não é nada bom.

Volto para a entrada, onde pendurei minha bolsa. Pego o celular e ligo para a proprietária, Wendy, esperando que esteja em casa. Não vi o carro dela nem o de Mark na entrada, mas Wendy costuma estacionar na garagem fechada, então talvez esteja lá em cima.

"Oi, Brenna. Acabei de te ouvir chegar. Que chuva, não?"

Ela está em casa. Ainda bem. "Está chovendo aqui dentro também", respondo, sombria. "Nem sei como dizer a você, mas inundou tudo."

"*Quê?*", Wendy exclama.

"Pois é. Melhor você vestir galochas, de preferência do tipo que vai até os joelhos, e descer aqui."

Duas horas depois, encaramos um pesadelo. Meu apartamento está destruído.

Wendy ligou para o marido Mark para pedir ajuda. Ele saiu do trabalho mais cedo e, depois de desligar a energia para evitar, bom, nossa morte, nós três fizemos uma avaliação completa, munidos de lanternas. Mark garantiu que o seguro vai cobrir os móveis perdidos. Nenhum deles tinha salvação. Tivemos que jogar todos fora por causa dos danos causados pela água. Só empacotei os poucos itens que sobreviveram ao Grande Dilúvio.

De acordo com Mark, a casa não tem uma bomba instalada porque inundações não são comuns em Hastings. Ele e Wendy vão precisar contratar um profissional para puxar toda a água; a quantidade é tanta que aparelhos domésticos não dariam conta. Mark estimou que precisariam de pelo menos uma semana para liberar e limpar tudo, talvez duas. Sem uma limpeza adequada, haveria risco de mofo.

O que significa que tenho que ficar em outro lugar até que o processo esteja encerrado.

Ou seja, vou para a casa do meu pai.

Não é o ideal, mas é a melhor opção que tenho. Apesar da insistência de Summer para que eu ficasse com ela, me recuso a morar na mesma casa que Mike Hollis. De jeito nenhum vou aguentar o jeito do cara e o fato de dar em cima de mim o tempo todo por um período mais prolongado. O lar deveria ser um lugar seguro, sagrado.

Os dormitórios da faculdade tampouco são uma opção. Minha amiga Audrey não pode receber ninguém por mais de uma ou duas noites — a supervisora é muito rígida quanto a esse tipo de coisa. E, embora a supervisora de Elisa seja mais tranquila, minha amiga mora em um quarto apertado para uma única pessoa, de modo que eu teria que ficar em um saco de dormir no chão. Por até duas semanas.

Dane-se. Na casa do meu pai, tenho meu próprio quarto, com chave na porta, e meu próprio banheiro. Posso aguentar as bobagens dele desde que tenha isso.

Ele me busca na casa de Mark e Wendy, e dez minutos depois passamos pela porta da frente da construção vitoriana. Meu pai carrega minha mala e uma sacola, enquanto eu seguro a mochila e o laptop.

"Vou levar isso pra cima", ele diz, bruscamente, então desaparece pela escada estreita. Um momento depois, ouço seus passos fazendo o chão acima da minha cabeça ranger.

Tiro as botas e penduro o casaco, xingando o tempo em voz baixa. Tem sido meu carma há mais de um mês, mas agora ultrapassou todos os limites. Estou declarando guerra ao clima.

Subo a escada e chego ao meu quarto quando meu pai está saindo. É impressionante como a cabeça dele chega perto do batente superior da porta. Meu pai é um homem alto de ombros largos, e ouvi dizer que as fãs de hóquei da Briar babam por ele tanto quanto pelos jogadores. Só posso dizer "eca". Não é porque meu pai é bonito que quero pensar nele em um contexto sexual.

"Tudo bem?", ele pergunta, seco.

"Tudo. Só um pouco irritada."

"Não culpo você."

"Os últimos dias têm sido um pesadelo, sério. Começando pela entrevista de sexta e terminando com a inundação de hoje."

"E a entrevista de ontem? Como foi?"

Péssima. Pelo menos até eu fingir que Jake Connelly era meu namorado. Mas guardo essa parte para mim mesma. "Foi normal, mas não estou muito confiante. O cara era claramente misógino."

Meu pai levanta uma sobrancelha escura. "Verdade?"

"Pode acreditar, se eu for contratada vai ser um milagre." Tiro uma mecha de cabelo da cara. "Bom, estou molhada e meus pés estão congelando de ficar a tarde toda naquele porão. Posso tomar um banho?"

"Claro. Fique à vontade."

Vou para o banheiro no fim do corredor, tiro as roupas úmidas e entro no boxe de vidro. A água quente me atinge e dou uma tremidinha de prazer. Deixo-a ainda mais quente, e quase tenho um orgasmo. Cansei de sentir frio.

Enquanto me ensaboo, penso no acordo que fiz com Jake. Foi um erro? Provavelmente. É esforço demais por um estágio não remunerado, mas se quero experiência trabalhando em um dos grandes canais de esporte enquanto estudo, só tenho duas opções: ESPN e HockeyNet. E entrar na ESPN é ainda mais difícil.

Enfio a cabeça debaixo da água e fico ali por um longo tempo. Então, imagino meu pai me dando uma bronca pelo aumento na conta e desligo o chuveiro.

Visto meu roupão felpudo, faço um turbante com a toalha na cabeça e volto para o quarto.

Como meu pai comprou este lugar quando eu não morava mais com ele, não me sinto em casa nesse quarto. Os móveis são sem graça e dá para notar a falta de itens pessoais e decoração. Até a roupa de cama é impessoal — branca e lisa, fronhas e lençóis. Como num hospital. Ou num manicômio. Na nossa casa em Westlynn, eu tinha uma daquelas camas com cabeceiras bonitas e uma colcha colorida. Tinha uma placa de madeira pintada na parede de trás que dizia PRINCESA. Meu pai tinha mandado fazer para meu aniversário de dez anos.

Me pergunto o que aconteceu com a placa. Sinto um gostinho agridoce na boca. Não me lembro do momento exato em que meu pai parou de me chamar de "princesa". Provavelmente foi quando comecei a namorar Eric. Não foi só *o meu* relacionamento com meu pai que sofreu. O que começou como admiração por um jogador de hóquei talentoso se transformou em um ódio profundo que ainda perdura. Meu pai nunca perdoou Eric pelo que aconteceu entre a gente, e não tem nem um pouco de pena pelo fato de as coisas terem ido ladeira abaixo para ele. *Um homem de verdade admite quando tem um problema*, meu pai sempre diz.

Abro minha mala e pego meias secas, calcinha, calça legging e um suéter largo. Quando acabo de pôr a roupa, meu pai bate à porta.

"Está vestida?"

"Pode entrar."

Ele abre a porta e apoia o corpo no batente. "O que quer jantar hoje?"

"Ah, não se preocupa", digo, surpresa. "Não precisa cozinhar."

"Eu não pretendia mesmo. Pensei em pedir pizza."

Acho graça. "Você sabe que já vi a dieta que você força os jogadores a seguir, né? Enquanto isso você come pizza?"

"Você está em casa", ele diz, dando de ombros. "É algo a celebrar."

É mesmo? Nossas interações são tão contidas e embaraçosas que parece que somos dois desconhecidos conversando. Não há nenhum carinho entre nós. Tampouco há hostilidade, mas de fato ele não é mais o homem que me chamava de "princesa".

"Então tá. Pizza está ótimo", digo.

Ficamos em silêncio. Ele parece estar me examinando, procurando alguma coisa em meus olhos.

Por algum motivo, sinto que devo falar. "Sou uma adulta agora."

Só que é exatamente o tipo de coisa que faz com que te vejam como o exato oposto.

A boca dele se contorce de leve. "Sei disso."

"Só quero dizer que não é porque vou passar uma semana ou um pouco mais aqui que você pode vir com aquela história de 'minha casa, minhas regras'. Não quero ter um horário para voltar."

"E não quero que você chegue bêbada às quatro da madrugada."

Reviro os olhos. "Não tenho esse hábito. Mas posso voltar altinha por volta da meia-noite depois de ter saído com meus amigos. E não quero sermão por causa disso."

Meu pai passa a mão pela cabeça. Ostenta o cabelo raspado e sem qualquer firula desde que consigo lembrar. Ele não perde tempo com frivolidades. Como cabelo.

"Eu fico na minha e você fica na sua", concluo. "Combinado?"

"Desde que não faça mal a você mesma ou a outras pessoas, não tenho motivo para interferir."

Um nó se forma na minha garganta. Odeio que, quando me olha, ele ainda veja a garota autodestrutiva que só faz escolhas erradas. Não sou mais ela. Já faz um bom tempo.

Meu pai se vira. "Me diga quando estiver com fome que eu faço o pedido."

Ele fecha a porta com firmeza ao sair.

Bem-vinda ao lar, penso.

14

BRENNA

"Ah, Bee, você ia *morrer*!" É sexta à noite e estou no celular com Summer, que está me pondo a par da maluquice que acabou de acontecer, graças a Rupi Miller.

"Rupi apareceu mesmo na sua casa e obrigou Hollis a sair com ela?" A garota é corajosa. Adorei.

"Exato! Ela estava com um vestidinho preto lindo, com gola de renda branca, e sapatos fofos. Hollis estava sentado no sofá de calça de moletom, jogando videogame com Fitz. Rupi deu uma olhada nele e gritou: 'Lá pra cima! Agora!'. Você precisava ver a cara dele."

Estou na rua, então não posso rir tanto quanto quero. Mas rio por dentro, porque posso imaginar a cara de Hollis. "Aposto que ele pensou que ia se dar bem."

"Não sei o que ele pensou. Ela mandou mensagens pra ele a semana toda falando do 'grande encontro', mas Hollis achou que era brincadeira. Não acreditou de verdade que ela ia aparecer até que a garota estava na nossa porta." Summer começa a rir histericamente. "Ela foi com Hollis lá pra cima e *escolheu a roupa dele*..."

Uma risada escapa. Não posso evitar, nem ligo se todo mundo na estação ouvir. Isso é impagável.

"Faz uma hora que eles saíram. Não sei se entro com uma queixa de desaparecimento ou se espero para ver o que acontece."

"É melhor esperar", digo imediatamente. "Não se coloque entre Rupi e o amor da vida dela, te imploro. Hollis precisa saber como é ser assediado."

"Acho que os dois podem ter sido feitos um para o outro."

"Tomara."

Faróis chamam minha atenção. Faz dez minutos que estou do lado de fora da estação de trem, esperando que um Civic azul chegue, e parece que está finalmente aqui. Aperto os olhos conforme ele estaciona. "Desculpa, tenho que ir. Meu carro chegou."

"Não consigo acreditar que você vai sair e não sei *nada* sobre o cara."

"Não tem nada pra saber. É só alguém do Tinder. Provavelmente não vai dar em nada além de uma noite." Sim, sou uma mentirosa. Me processe. E, sim, é claro que me sinto mal por mentir para minha amiga, mas de jeito nenhum vou contar a Summer a verdade sobre esta noite. Já é ruim o bastante que *eu* saiba o que estou fazendo.

Me despeço rapidamente dela e desligo bem quando a porta do passageiro do Civic se abre. Hum... Jake está sentado na frente, com o motorista. Dou uma olhada e vejo que na verdade é uma jovem bonita com brincos turquesa e cabelão. Por que não me surpreende?

"Oi", Jake diz quando sai do carro.

Por um segundo, perco a voz. Ele está com a jaqueta de Harvard, um pecado que perdoo com relutância de tão atraente que é o resto. O cabelo escuro está penteado para trás, enfatizando as maçãs do rosto proeminentes e um queixo que me faz babar. Na semana passada, Jake tinha uma leve barba por fazer, mas hoje está totalmente sem. Ele parece mais jovem, mais arrumado e... tá, ele está incrível.

Infelizmente, Jake Connelly é um homem muito atraente.

Vou até ele. "Oi." Então entro pela porta traseira que ele mantém aberta para mim, cumprimento a motorista e me acomodo.

Jake entra ao meu lado, colocamos o cinto e partimos. De acordo com o e-mail que a secretária de Ed Mulder me mandou, ele mora em Beacon Hill. Deve receber um belo salário da HockeyNet.

"Você está estranha", Jake murmura.

"Como assim?" Não é o tipo de coisa que se deve dizer à namorada de mentira. Meus nervos já estão à flor da pele.

"Está usando batom rosa."

"E?"

"E eu não gosto", ele diz.

"Ah, não? Meu Deus do céu! Vamos correr pra casa pra escolher um tom que te agrade mais!"

A motorista dá risada.

Os olhos verde-escuros de Jake brilham de divertimento. "Tá, ignora minha opinião. Mas curto a boca vermelha. Rosa não funciona comigo."

Tampouco funciona comigo, mas não vou dar a ele a satisfação de admitir isso. Passei uma cor mais discreta de propósito esta noite. Uma parte triste e errada de mim espera impressionar Ed Mulder.

Conforme seguimos para Beacon Hill, vejo as notícias esportivas pelo celular. Franzo a testa para uma manchete. "Está acompanhando a história do Kowski?", pergunto a Jake. "Sério, os juízes estão todos contra ele."

"Acha mesmo?"

"É o jogador que mais apanha na liga. E a quantidade de faltas não marcadas nele é astronômica. Tem alguma coisa rolando." Passo os olhos pelo restante do texto, mas o jornalista não contribui com nada de novo. Basicamente, os árbitros continuam não marcando faltas e Sean Kowski continua pagando por isso.

A motorista vira na Cambridge Street e para em frente a uma série de casinhas altas de arenito castanho-avermelhado. Cara, o que eu não daria para morar num lugar assim. São construções antigas e charmosas, muitas delas mantendo suas características originais. Cheio de árvores grandiosas e postes de iluminação a gás, Beacon Hill é um dos bairros mais bonitos da cidade.

"Chegamos", a motorista diz.

Jake se inclina para ela e toca seu ombro. "Valeu, Annie. Aproveite o resto da noite."

"Você também, Jake."

Tento não revirar os olhos enquanto saio do carro. Pelo visto viraram melhores amigos. Por algum motivo, o modo como Jake se dá bem com todo mundo me irrita. É difícil pensar no cara como o INIMIGO diante de evidências de que pode ser alguém legal.

"Você está meio pálida", Jake comenta enquanto subimos os degraus da frente. "Achei que não tivesse medo de nada."

"E não tenho", murmuro, mas ele está certo. Estou mais que nervosa. Culpo os dois encontros terríveis que tive com Mulder. "Não sei. Acho que me sinto mal por ter que impressionar esse babaca."

"Ninguém está obrigando você", ele aponta.

"Quero o estágio. Não tenho opção."

Toco a campainha, e dois segundos depois a porta se abre revelando uma mulher de calça preta, camisa preta e avental branco. Duvido que seja esposa de Mulder, porque vejo outra mulher com roupa idêntica se apressando para uma porta que imagino que dê para a cozinha.

"Entrem, por favor", ela diz. "Vocês são os últimos convidados a chegar. O sr. e a sra. Mulder estão com os outros na sala de estar."

Ah, não, eles são esse tipo de casal? Imagino que vamos todos nos reunir na sala de estar antes de nos instalar na sala de jantar, depois os homens vão para o escritório enquanto as mulheres lavam a louça. É a cara do Mulder, na verdade.

"Posso pegar os casacos?", a mulher oferece.

Jake tira a jaqueta e a entrega. "Obrigado."

Desabotoo meu casaco de lã e o tiro também. Ouço alguém inspirar fundo, então vejo que Jake está me admirando. "Você fica bem arrumada, Jensen", ele murmura.

"Obrigada." Eu não podia usar minhas roupas pretas de sempre, então escolhi um suéter cinza justo, legging preta e botas de camurça marrons de cano baixo. Fiz uma maquiagem leve, e me sinto nua sem o batom, minha armadura. Mas queria parecer refinada esta noite.

Não sei o que esperar conforme nos aproximamos da sala de estar. Vão ser todos mais velhos? Ou jovens? Estarão em quantos?

Para meu alívio, não é muita gente. Vejo Mulder e uma mulher de pele clara ao seu lado que assumo que seja sua esposa, um casal na faixa dos quarenta e um na faixa dos vinte. O homem mais novo parece familiar, mas é só quando Jake sussurra no meu ouvido que me dou conta de quem se trata.

"Puta merda, é o Theo Nilsson."

Nilsson é defensor dos Oilers. Sua humildade e sua aparência nórdica o tornaram muito popular com os fãs e mesmo com os rivais. Infelizmente, ele está fora da temporada, por causa de uma lesão na perna.

"Ouvi dizer que ele é de Boston, mas não sabia que estava por aqui", Jake murmura. "Que incrível!"

Quando Mulder nota a gente se aproximando, seu rosto se ilumina. "Jake Connelly!"

Engulo a raiva. E eu, sou transparente por acaso?

"Que bom que pôde vir!", Mulder exclama. "Venha, venha. Vou te apresentar a todo mundo." Ele gesticula para que nos aproximemos.

As apresentações são rápidas. A mulher de pele clara, esposa de Ed, se chama Lindsay. As sobrancelhas dela são tão loiras que parecem brancas, e seu cabelo está preso em um coque baixo e rígido. Ela nos cumprimenta com um sorriso sem vida. Em seguida vem Nilsson, que é chamado de "Nils", e a esposa, Lena, que tem um forte sotaque sueco, mas fala um inglês perfeito. O casal mais velho é formado por David, irmão de Mulder, e a esposa Karen.

"É uma honra conhecer você", Jake diz a Nils, parecendo um pouco embasbacado. "Acompanhei seu desempenho a temporada toda. Foi péssimo te ver ficar de fora assim."

"Foi muito difícil assistir àquele jogo", digo, simpática. Lesões são parte do hóquei, mas não é muito comum que alguém quebre a perna no gelo. "Mas parece que você está melhor."

Ele assente. "Tirei o gesso há algumas semanas. Comecei a fisioterapia, mas é dolorido demais."

"Posso imaginar", digo.

Nils olha para Jake. "Eu estava acompanhando quando você foi escolhido para a liga profissional na primeira rodada do draft. Estamos muito animados por poder contar com você no ano que vem."

"E eu estou muito animado para me juntar ao time."

Pelos próximos minutos, Jake e Nils discutem os Oilers. Os irmãos Mulder entram na conversa, e não demora muito para que os homens se afastem das mulheres e rumem para o bar, ao lado de um piano.

Sério?

Ficamos relegadas a dois sofás pequenos perto da imponente lareira. A frustração queima minha garganta ao vê-los conversando sobre hóquei, enquanto preciso ouvir Karen falando sobre o estúdio de ioga em Back Bay que acabou de descobrir.

"Ah, o Lottus!", Lena Nilsson diz, efusiva. "É aonde eu vou agora que estamos de volta à cidade. Os professores são ótimos."

"Quanto tempo vão ficar por aqui?", pergunto a Lena.

"Até Theo se apresentar para a pré-temporada. Gostaria de poder ficar para sempre. Não me anima muito voltar a Edmonton." Lena faz uma espécie de beicinho. "Faz muito frio lá."

As outras continuam conversando, mas não tenho absolutamente nada para acrescentar ao papo. Fico encarando Jake, envolvido em uma conversa animada com Nils. Ele deve sentir meu olhar, porque de repente vira para mim. Vejo a compreensão chegar a seus olhos. Jake diz algo para Nils, então acena para mim. "Ei, vem contar sobre sua teoria de conspiração dos árbitros contra Kowski."

"Com licença." Eu me levanto agradecida e torço para que Lindsay e as outras não se ofendam com minha vontade óbvia de escapar delas.

Ed Mulder não parece muito animado com minha chegada, mas Nils me recebe com simpatia. "Conspiração, é? Pra ser sincero, está parecendo mesmo isso."

"Não tem outra explicação", digo. "Viu as imagens de ontem? O árbitro claramente viu e decidiu não dar falta. Sinceramente, toda vez que marca uma infração, é porque Kowski levaria vantagem. Ele é rápido, mas não tem como usar isso se está sempre sendo caçado, sem que nada aconteça com os adversários."

"Concordo", Nils diz, balançando a cabeça incrédulo. "É muito esquisito. O árbitro de ontem... era o McEwen? Acho que sim. Bom, foi na cara dele que o ala dos Kings barrou a passagem do Kowski com o taco."

Mulder parece irritado. "Foi Kowski quem iniciou o contato."

"Ele só estava protegendo o disco", digo. "E a obstrução poderia ter terminado em uma lesão séria."

"Mas não terminou", Mulder diz, revirando os olhos. "Além disso, lesões são parte do jogo, não é, Nils?"

Escondo minha irritação.

Nils dá de ombros. "Na maior parte dos casos, sim. Mas concordo com Brenna em relação a Kowski. Há uma diferença entre contato normal e o tipo de contato que pode terminar em uma lesão cerebral." Ele abre um sorriso seco para Jake. "Ainda quer jogar com a gente na próxima temporada, sabendo que um árbitro pode permitir que te matem?"

"Com certeza." Jake nem hesita, embora em seguida venha uma rara demonstração de humildade da parte dele: "Só espero não decepcionar vocês".

"Você vai arrasar", digo, firme, porque acredito de verdade nisso. "Aposto que vai ser o jogador mais novo a receber o Art Ross." É o prêmio pelo maior número de gols numa temporada. Lendas como Gretzky e Crosby já o receberam.

"É muita pressão", Jake murmura. "Já vou ficar feliz se der uma ou outra assistência." Então ele sorri, voltando à sua confiança de sempre. "Ou vencer o campeonato."

Nils levanta o copo em um brinde. "Tomara!"

"Vocês com certeza merecem", digo. "Os Oilers não vencem o campeonato desde quando? A era Gretzky, em 1989?"

Nils assente em confirmação. "Você entende de hóquei."

"Fomos para a final em 2006", Jake comenta, então faz uma pausa. "Mas perdemos."

Então se seguiram onze anos sem nem ir para os playoffs, o que é uma vergonha quando se considera que mais da metade dos times da liga profissional se classificam. Não menciono essa estatística, no entanto. Nem sonharia, não diante de um fã dos Oilers, de um jogador superimportante para o time e de outro já contratado.

Falando no fã, sinto que Mulder está me olhando, então viro e vejo sua expressão embasbacada. A princípio, penso que ficou impressionado.

Mas deveria saber que não é o caso.

"Desculpa, é que é tão engraçado." Ele gira as pedras de gelo no copo, rindo. "Ouvir estatísticas e comentários sobre hóquei saindo da boca de uma mulher. É bonitinho."

Bonitinho?

A raiva nubla minha visão. Esse tipo de cara é o motivo pelo qual as mulheres ainda enfrentam inúmeros obstáculos para trabalhar com jornalismo esportivo. É um mercado machista, e ainda não há muitas mulheres estabelecidas nele. E não é por falta de talento — é por causa de homens assim, que acham que não pertencemos ao mundo do esporte.

"O conhecimento de estatísticas é só uma das muitas qualidades de Brenna", Jake diz, seco.

Ed Mulder tira uma conclusão totalmente errada do que ele disse. Sei que Jake não está sendo desrespeitoso, considerando que fez questão de me incluir na conversa sobre hóquei. Mas o cérebro de Mulder opera em outro nível.

"Aposto que sim", ele diz, então olha para os meus peitos por alguns segundos — o que me dá vontade de socá-lo — antes de piscar e dar um tapinha no ombro de Jake.

Noto que Jake fica rígido.

Cerro os dentes e fecho as mãos em punho. Esse cara é um porco. Só quero socar a cara dele e dizer que pode enfiar o estágio no rabo.

Jake vê meu rosto e balança a cabeça levemente em negativa. Eu me forço a relaxar. Ele está certo. Não vou me ajudar em nada fazendo uma cena.

A esposa de Mulder fala com a empregada à porta, então se dirige a nós. "O jantar está servido!"

15

JAKE

No verão passado, passei algumas semanas na Itália com Brooks e os pais dele. Os Weston têm uma propriedade em Positano, uma das regiões mais ricas da Costa Amalfitana. O lugar em si era impressionante, mas Brooks e eu também exploramos as redondezas, incluindo Nápoles, Pompeia e o famoso Vesúvio. Imagino que morar perto de um vulcão seja inacreditavelmente estressante. Eu ficava o tempo todo de olho nele, me perguntando quando ia entrar em erupção — e sabendo que isso podia acontecer de verdade. Sabendo que tinha o poder de varrer da Terra toda uma civilização, como aconteceu com Pompeia.

Brenna parecia um vulcão esta noite.

O número de vezes em que o vapor saía das orelhas dela parece brincadeira. Eu daria risada da raiva mal disfarçada dela se não estivesse com raiva também.

Theo Nilsson é um cara legal, mas os Mulder nem tanto. Ed, em particular, é o completo babaca que Brenna disse que era. Ele corta a esposa sempre que pode. É grosseiro com o pessoal da cozinha. E menospreza Brenna e cada palavra que ela diz.

A comida em si pelo menos está ótima. Amo comer, então adorei o cardápio: vieira frita, bolinho de bacalhau, couve-flor assada. Minha nossa. E o peixe branco da entrada era uma delícia. Se dependesse de Brenna, Ed Mulder podia muito bem engasgar com ele e cair morto sobre a mesa.

"Há quanto tempo vocês dois estão juntos?", Lena Nilsson pergunta a Brenna.

Minha namorada de mentira consegue sorrir para a esposa de Nils. "Não muito. Só faz alguns meses."

"Começamos a sair no começo do semestre", acrescento.

"E o que o pai dela acha disso?", Mulder diz, dando risada.

O pai *dela*. Em vez de dirigir a pergunta a Brenna, ele fala comigo. Noto que os dedos dela apertam o garfo com mais força. Parece que poderia enfiá-lo no olho de Mulder.

Brenna responde por mim. "Meu pai não sabe."

Ele levanta as sobrancelhas. "E por que não?"

"Estamos sendo discretos pelo momento. Nossos times estão disputando o mesmo campeonato o ano todo, e agora vão se encontrar na final da conferência." Brenna pega o copo de água. "Decidimos que é melhor não causar."

Olho para todos na mesa com um sorriso no rosto. "Então, imagino que nem precisemos pedir que, se por acaso encontrarem com Chad Jensen, não mencionem que me viram com a filha dele."

Lena sorri de ponta a ponta. "Que romântico! Um amor proibido!"

Brenna fica tensa ao ouvir a palavra "amor". Pisco para a esposa do meu futuro colega de time e digo: "É o melhor tipo".

"Lindsay, esses centros de mesa são maravilhosos", Karen Mulder diz, mudando de assunto. "Foi você quem fez?"

A esposa silenciosa e elegante de Mulder só assente, humilde. Tenho a impressão de que não fala muito. Também tenho a impressão de que Mulder prefere assim.

"São lindos mesmo", Brenna concorda, olhando para três vasos estilo vitral com um arranjo de flores do campo e ramos de mosquitinho.

"São só vasos com flores", Mulder desdenha. "Não acho que mereçam tantos elogios."

Dave, o irmão dele, acha aquilo hilário.

"Ed", Lindsay diz, tensa. É a primeira vez que a vejo direcionar qualquer emoção negativa ao marido. Qualquer emoção que seja, aliás.

"Que foi?" Ele acaba com o vinho branco que tinha na taça. "É um enfeite de mesa. Quem se importa? Sempre me impressiona o tipo de bobagem que você considera importante."

Brenna pousa o garfo na mesa. Vejo suas narinas e seus lábios se abrirem. Por baixo da mesa, ponho a mão em sua coxa.

Ela fecha a boca e vira para mim, mas não consigo decifrar sua expressão. Sinto sua coxa firme e quente sob a palma da minha mão. Não consigo me segurar. Faço uma leve carícia.

Brenna morde o lábio inferior.

Reprimo um sorriso. Então, acaricio sua coxa de novo. Queria poder acariciar outras partes dela também. A blusa justa caiu bem, e meus dedos formigam de vontade de tocar nos peitos dela.

Porra. Estou desesperado para que esta noite acabe com a gente se pegando. Por isso pedi por um encontro de verdade. Essa garota me deixa louco e tudo o que quero é passar uma noite com ela. Nas últimas vezes que a vi, meu corpo reagiu de um modo primitivo.

E nem estou na seca. Fiquei com uma menina do Boston College na semana passada. Nos conhecemos numa festa, nos demos bem, ela ofereceu uma carona e me chupou no carro. Depois fomos para o banco de trás e, a julgar pelo brilho nos olhos da garota quando finalmente tirei a cabeça do meio das pernas dela, deve ter ficado bastante satisfeita.

Também achei que eu tivesse ficado. Mas estou cheio de tesão desde que Brenna apareceu no bar com aquela blusa sensual e se esfregou toda no Coby. E o vestidinho indecente com que ela estava no show do Danny então? Nossa. Estou muito a fim dessa garota.

Pelo resto do jantar, discutimos principalmente hóquei. Brenna não estava brincando — Ed Mulder é obcecado pelos Oilers e sabe tudo sobre eles. Durante a sobremesa, ele não para de falar sobre o último draft, escrutinando Nils sobre o que ele acha das últimas escolhas e dos novos talentos.

Embora me sinta mal a respeito, estou dando mais atenção a Mulder do que a Brenna.

Sinto seu olhar acusatório em mim enquanto dissecamos os novatos da próxima temporada. Finjo não perceber que ela está descontente, afinal, é minha carreira também. Estou jantando com meu futuro colega de time. É claro que vou dar prioridade a Nils.

A raiva vulcânica de Brenna parece quase sufocante, mas os detalhes sobre os Oilers que Nils fornece são interessantes pra caramba. Talvez eu seja um babaca, mas minha atenção fica cada vez mais focada no que tem de bom no meu futuro, em vez de no relacionamento ruim de Brenna e Mulder.

As garotas com quem eu saía na escola sempre me acusavam de ser egocêntrico e obcecado por hóquei, mas qual é o problema disso? Trabalhei minha vida inteira para me tornar um jogador profissional. Nunca enganei uma mulher ou fiz qualquer promessa. Deixo claro desde o começo que o hóquei é minha prioridade.

Então, quando Mulder sugere que a gente vá beber alguma coisa no escritório, tenho que tomar uma decisão. Dá para notar que Brenna não gosta da separação entre homens e mulheres, e não posso culpá-la. Estamos no século XXI.

Mas Theo Nilsson faz um sinal para que eu os acompanhe, e vou estar patinando com o cara no outono. Fora que, no fundo, sou mesmo um babaca egocêntrico.

Então o sigo.

"Você está puta", digo.
"Como assim, Jake? *Por que* eu estaria puta?"
Ela curte um sarcasmo.
E eu mereço. Passei mais de uma hora no escritório de Mulder. São dez horas e estamos na rua esperando pelo carro enquanto Brenna se recusa a me olhar.
"Ah, espera aí!", ela continua, e o escárnio é audível em seu tom. "Pode ser por que eu tive que ficar na sala de estar com as outras mulheres, onde ficamos nos chocando e desmaiando só para poder acordar umas às outras com sais de cheiro?"
"Isso é muito bizarro. Era isso que as mulheres ficavam fazendo antigamente?"
"Podia muito bem ser!" As bochechas dela estão vermelhas de raiva. "Tem noção do tapa na cara que foi pra mim? Ver você se mandar para falar sobre esportes *com o cara que deveria estar me entrevistando para uma vaga no jornalismo esportivo?*"
O remorso me atinge. "Eu sei." Solto o ar. "Já na hora sabia que estava agindo como um babaca."
"Mas seguiu em frente mesmo assim." Os olhos dela brilham. "Porque é mesmo um babaca."

"Ei, agir como um babaca uma vez não faz de alguém um babaca", contesto. "E você também estava agindo apenas em seu próprio interesse esta noite. Queria falar com Mulder sobre o estágio para provar que estava à altura. E eu queria provar que estava à altura do meu futuro trabalho."

"Mas você não veio com essa intenção. Nem sabia que Theo Nilsson ia vir."

"É verdade, mas me adaptei. Nils estava aqui e decidi aproveitar. Você teria feito o mesmo."

"Você veio aqui pra me ajudar, Connelly. Mas em vez disso só ajudou a si mesmo. Que perda de tempo", ela murmura. "Deveria ter convidado outro cara. Devia ter vindo com o McCarthy."

"Pra começar, você nem teria sido convidada se não tivesse mencionado meu nome", aponto. "Então não teria a oportunidade de convidar *ninguém*. Fora que essa história de McCarthy já era. Até onde sei, ele ficou com uma garota depois da semi e os dois têm se visto todos os dias."

Brenna me encara.

"O que foi?", digo dando de ombros. "Não tenho nada a ver com isso."

"Acha que me importo que McCarthy esteja saindo com outra?" Ela me lança um olhar incrédulo. "Esqueci o cara no segundo em que ele deixou que *você* mandasse no pau dele. O problema é que você não me ajudou em nada no jantar."

"Só não ajudei no fim", argumento. "No resto do tempo, fiquei fazendo propaganda sua. Você sabe."

Brenna não responde. Então o carro chega e ela entra nele pisando forte. Coloquei a estação de trem como primeiro destino, para deixar Brenna, então depois de entrar me inclino para o motorista e dou um tapinha no ombro dele. "Na verdade, vamos para outro lugar. Pode nos deixar no O'Malley's, na Boylston?"

Brenna vira a cabeça. "Não. Vamos pra estação."

O cara olha de um para o outro.

"Vamos", murmuro para Brenna. "Você precisa de uma bebida." Acho que ela não tomou nem uma gota de álcool esta noite. As outras mulheres tinham todas bebericado vinho rosé. "Uma bebida de verdade."

"Tá. Pro O'Malley's", ela murmura para o motorista.

Pouco depois, estamos um em frente ao outro em uma mesa apertada. É sexta à noite e o pub está lotado, mas demos sorte e chegamos no exato momento em que um casal estava saindo. Nenhum de nós diz nada enquanto esperamos que a garçonete venha pegar nosso pedido. O lugar está tão barulhento que a ruiva de cabelo enrolado tem que gritar quando nos cumprimenta.

Brenna dá uma olhada no cardápio, então levanta a cabeça. "O que vocês beberam no escritório de Mulder?", ela pergunta, seca.

"Conhaque", digo.

"Remy Martin?"

"Hennessy, puro."

"Dois, por favor", ela diz à garçonete.

"Já volto", a ruiva diz.

Quando a garçonete vai embora, olho para Brenna com um arrependimento sincero. "Desculpa por ter ido sem você. Estou me sentindo mal mesmo por ter feito isso."

"Tá", ela diz.

Não tem sarcasmo em seu tom, então sei que está sendo sincera. Só que não tenho certeza a respeito de quê. "Isso quer dizer que você aceita as desculpas ou só que acredita que me sinto mal?", pergunto.

"Você que sabe."

Ótimo. A Jensen de quem aprendi a gostar está de volta em plena forma, curvando os lábios em um leve sorriso. Senti falta dela esta noite.

"Mulder foi um idiota", digo, com sinceridade. "Quer mesmo trabalhar para alguém assim?"

"Te garanto que qualquer canal no mundo tem um ou dois desses. E eu não teria que trabalhar com o cara. Responderia a um dos produtores mais juniores e provavelmente nem teria muito contato com Mulder. Espero." Sua expressão se torna agridoce. "Fiz um tour pelo escritório na segunda e vi onde gravam o *Hockey Corner*. Foi superlegal."

"Kip e Trevor? Adoro eles! Imagina que incrível seria ser convidado para o programa?"

"Isso pode acontecer com você no futuro, considerando que é uma estrela do hóquei."

"E você? Quer ficar à frente das câmeras ou atrás?" Pisco. "Recomendo à frente. Pensa só no tesão que daria no público masculino."

"A ideia de um monte de fãs de hóquei se masturbando ao me ver é muito animadora. O sonho de toda menina."

Fico feliz em ver que ela está começando a descontrair. Seus ombros finalmente relaxam, pois estavam mais rígidos que madeira. Quando a garçonete volta com o conhaque, levanto meu copo para Brenna.

"Saúde", digo.

Depois de hesitar por um segundo, ela bate o copo no meu. "Saúde", repete.

Bebemos, olhando um para o outro por cima da borda do copo.

"Estou curioso", digo.

Ela toma outro gole. "Sobre?"

"É por causa do seu pai que você quer tanto esse estágio? Ele que insistiu? Ou está esperando impressionar o cara?"

Brenna revira os olhos. "Não, não e não. É claro que foi por causa do meu pai que comecei a ver hóquei, mas ele não tinha como me obrigar a gostar. A culpa é toda do jogo."

"E como foi crescer com ele? Parece um cara durão."

"E é."

Brenna não fala mais nada, o que me deixa cauteloso.

Ela nota minha expressão e diz: "Relaxa, tive uma infância normal. Meu pai não era violento nem nada do tipo. Só não somos mais tão próximos. E ele pode ser bem babaca às vezes. Tipo, ou sigo as regras dele ou vou embora. Acho que é uma coisa de técnico".

Penso no meu próprio treinador e na cara que faz toda vez que alguém menciona Chad Jensen. "Pedersen odeia seu pai."

"É um lance recíproco. Eles têm um passado."

"Passado", repito, balançando a cabeça em negativa. "É tudo bobagem. Não sei por que as pessoas não deixam as coisas pra lá. Por que não deixar o passado no passado? Acabou. O que você ganha remoendo?"

"Verdade." Ela parece reflexiva. "Tento não pensar no passado."

"Você não acabou de dizer que não tem nada de sinistro ou perturbador no seu passado?"

"Não, eu disse que minha infância foi normal. Nunca disse que não tinha nada de sinistro ou perturbador no meu passado."

Óbvio que isso desperta minha curiosidade. "Me deixa adivinhar. Você não quer falar a respeito."

"Exatamente."

Tomamos o conhaque. Observo sua boca, o jeito como o lábio inferior se agarra à borda antes que Brenna devolva o copo à mesa. A língua sai para lamber a gota que restou no lábio. Estou obcecado pela sua boca.

"No que está pensando?", Brenna pergunta.

"Acho que você não quer saber."

"Arrisca."

"Estou pensando na sua boca."

A boca em questão se curva lentamente. "O que tem ela?"

"Fico imaginando que gosto tem."

"Provavelmente de conhaque."

Apoio o copo na mesa e levanto.

"Onde você..." Brenna se interrompe quando me sento ao seu lado no banco. "Não estou no clima, Connelly."

"No clima pra quê?" Estamos sentados tão perto um do outro que nossas coxas se tocam. Estico um braço por cima do encosto do banco e apoio o outro na mesa, virando o corpo na direção dela. "Vamos. Não quer descobrir?"

"Descobrir o quê?"

"Se a gente tem química."

"A química é superestimada."

"Discordo." Lambo meu lábio inferior, e noto que ela acompanha com o olhar.

Brenna suspira. "Você é bem sensual."

Sorrio. "Eu sei."

"E bem metido."

"Sei disso também."

Ela tira o cabelo de cima do ombro. Não sei se está tentando chamar a minha atenção para sua pele, mas é o que acontece. Quero enterrar meu rosto naquele pescoço comprido e fino e respirá-la.

"Você é bem sensual", repito, com a voz rouca.

Ela sorri. "Eu sei."

"E metida."

"Sei disso também."

"Então somos parecidos."

"Talvez. E provavelmente é por isso que nunca vai dar certo."

Inclino a cabeça. "Como assim?"

"Nunca vamos ser um casal."

Em resposta, solto uma risada baixa e sedutora. "Quem disse que quero que a gente seja um casal? No momento, só quero ver se rola química."

Brenna se aproxima, e sua respiração quente faz cócegas no meu maxilar. Ela apoia a mão no meu joelho e faz uma carícia com o dedão antes de escorregá-la bem devagar na direção da virilha. Ela não tem como desviar do volume na minha calça. Mas não o pega nem aperta. Só passa uma unha pela extensão do meu pau duro, e eu gemo alto.

"É claro que temos química", Brenna diz, com a boca perfeita a centímetros do meu rosto. "Ambos sabemos disso. Nunca houve dúvida quanto a essa questão." Ela levanta uma sobrancelha. "Então por que não para com essa besteira de precisar descobrir se temos química e diz o que realmente quer?"

"Tá", digo, porque não vou fugir do desafio. "Quero te beijar."

16

BRENNA

Nada de bom pode vir de beijar Jake. Mas estou muito fraca para me defender. Ed Mulder ficou desgastando minha armadura a noite toda, provando mais uma vez que nossas interações são uma completa perda de tempo. Graças a ele, estou com os nervos à flor da pele e a barriga cheia de conhaque.

E Jake é muito atraente. Seu rosto perfeito é de parar o trânsito. Seu corpo largo e atlético poderia causar um engavetamento de uns dez carros. Basicamente, se você estiver dirigindo e se deparar com Jake Connelly, corre sério perigo.

Olho para os lábios dele. Não são carnudos, mas o inferior é levemente mais cheio que o superior. Não posso negar que quando tocaram os meus no show do fim de semana passado, eu quis mais. Quis um beijo de verdade. E ainda quero. Quero saber que gosto ele tem. Quero ouvir o som que ele vai fazer quando minha língua entrar em sua boca.

A expectativa acelera meu coração. "*Um* beijo", concedo.

"Você não vai se satisfazer só com um."

O brilho arrogante nos olhos dele me deixa com tesão. Gosto de caras assim. Diretos, assertivos, seguros. Macho-alfa, mas não do tipo que quer mandar em você ou é dominador demais.

Jake é bastante confiante, tem certeza de quem é e do que quer. Acho que é por isso que o perdoei tão facilmente por seu comportamento no jantar. Não só tenho uma leve (tá, mais que isso) queda por babacas arrogantes como gosto de um homem que vai atrás do que quer. Essa é a diferença entre Jake e alguém como Mike Hollis. Hollis é ousado, mas no fundo não é o tipo de cara que sentaria ao meu lado no banco e diria que vai me beijar. Hollis esperaria que eu o beijasse.

Mas *por que* estou pensando nele agora?

Deslizo os dedos pela coxa de Jake e levo a mão até o peito. Seus músculos são tão definidos que consigo sentir as elevações tentadoras através da camisa azul-escura. Eu o acaricio, numa provocação rápida que faz seus olhos se acenderem. Quando meus dedos chegam à clavícula, o pomo-de-adão dele se movimenta, sinal de que engoliu em seco.

Abro um sorriso vago. "Tudo bem?"

"Tudo. Tudo bem." Ele pigarreia.

Meus dedos chegam ao seu destino — seu rosto inacreditavelmente lindo. Passo o meu polegar por seu lábio inferior. Os olhos dele parecem ainda mais sedutores. Antes que eu possa piscar, dedos compridos se enroscam nos meus cabelos e uma mão grande segura minha nuca.

Jake puxa minha cabeça e aproxima os lábios dos meus. É o tipo de beijo que venho esperando há muito tempo. Começa com um fogo baixo, um encontro suave de lábios com um toque de línguas leve como uma pena. É como se ele estivesse preparando o terreno para algo ardente. Está preparando a fogueira, e cada beijo provocador é um graveto, até que ele finalmente solta um gemido e aprofunda o beijo, de modo que somos engolfados pelo fogo. A boca de Jake é quente e voraz, mas ele não lambe meu rosto ou me devora. É um beijo controlado, firme e ávido, cheio de paixão e com a quantidade perfeita de língua.

Gemo. Não consigo evitar. Ele ri nos meus lábios antes de se afastar. "Você beija bem", Jake diz.

"Você também não é tão ruim." Então, estamos de novo com as bocas coladas, numa pegação forte no banco. Nem ligo quando noto o som de gente vibrando por cima da música. Que todo mundo olhe. Que distribuam pipoca se for o caso.

A garota que encontrei no banheiro na semana passada, que elogiou tanto a língua de Jake, estava certíssima. A língua dele é incrível. É o paraíso na minha boca. A mãozona quente dele agora aperta minha coxa. Quero subir no colo dele e atacá-lo, mas estamos num bar e totalmente vestidos. O fato de estarmos em público é a única coisa que me impede de tomar uma decisão bem idiota.

Eu me afasto, respirando forte. Os olhos maravilhosos de Jake focam em mim. São de um verde-escuro profundo, como uma floresta depois da chuva forte. Dá pra entender por que as mulheres piram nele.

Dou um gole rápido no conhaque e estremeço quando ele pega o copo da minha mão. As pontas calejadas de seus dedos roçam os nós dos meus. Me arrepio toda.

"Esse copo era meu", acuso quando ele termina a bebida.

"Vamos pedir outra rodada."

"Provavelmente não é uma boa ideia." Minha voz sai grave, então pigarreio. Duas vezes. "Tenho que ir."

Jake assente. "Tá. Vou pedir a conta."

Aponto para os copos vazios. "Aliás, isso conta como um encontro."

Ele solta uma risada baixa e sedutora. "Só porque você quer. Isso não foi um encontro. Ainda estou sendo seu namorado de mentira."

"Ah, é? E isso foi um beijo de mentira?"

"Esse não é o encontro de verdade", ele diz, firme. "Temos que marcar um. Quando você está livre?"

"Nunca."

"Que tal amanhã?"

Duas noites seguidas? Ele está maluco? Não faço isso nem com caras com quem estou saindo de verdade. "Nossa. Você está mesmo louco para me ver de novo."

"Estou", Jake admite, e meu coração me trai batendo mais forte. "Então, amanhã?"

Desmorono como um castelo de cartas. "Tá. Mas não vou voltar a Boston. Esgotei minha cota pra vida inteira só esta semana."

"Vou escolher algum lugar mais perto de Hastings", ele garante. "Vou estar com o carro de Brooks. Quer que te busque em casa?"

"Nossa, não." De jeito nenhum que vou deixar Jake aparecer na casa do meu pai para me pegar. "A menos que esteja a fim de ser assassinado."

Ele dá risada. "Não achei que fosse querer, mas tinha que oferecer. Posso pagar seu táxi, pelo menos."

"Não preciso de caridade", brinco.

"Você gosta de ser difícil, né?"

"Gosto." Reviro a bolsa atrás da carteira.

"Quer dar mais uns pegas antes de ir?" O tom de voz dele é esperançoso.

"Não."

Seu olhar se torna diabólico. "Que tal um boquete, então?"

"Ah, obrigada, mas não tenho pau."

A risada dele aquece meu sangue. É profunda e rouca, e eu quero gravar para ouvir quando tiver vontade. O que é superesquisito e bastante perturbador. Estou começando a gostar da companhia do cara, o que me preocupa. Muito.

"Você chegou tarde ontem à noite." Sou recebida na cozinha pela reprovação do meu pai. "Farreando?"

Enfio a cabeça na geladeira e reviro os olhos para o pote de margarina, porque não posso fazer isso na frente dele. "Cheguei por volta da meia-noite, pai. Em uma sexta. Sendo que tive que pegar o trem às onze para chegar aqui esse horário. Então a 'farra'" — viro para que ele possa ver que estou fazendo aspas no ar — "teve que terminar ainda antes. Em uma sexta."

"Você está velha demais para essa insolência."

"E estou velha demais para ser repreendida por você por conta da minha vida social. Já falamos disso. Você disse que não haveria sermão."

"Não, você falou. Eu não disse nada." Ele não tem medo de revirar os olhos abertamente. Passa por mim com sua calça xadrez, suas meias de lã e o suéter com o escudo do time de hóquei da Briar.

Meu pai para na máquina de café, uma chique que tia Sheryl comprou para ele no último Natal. Fico surpresa que esteja usando. Meu pai não se importa com esse tipo de tecnologia, a menos que se trate de equipamento de hóquei. Caso contrário, não está nem aí.

"Quer uma xícara?", ele oferece.

"Não, obrigada." Sento em uma banqueta à bancada da cozinha. Está desnivelada, então oscila um pouco antes que eu encontre o equilíbrio. Abro um iogurte e como, enquanto meu pai fica de pé perto da pia, esperando o café sair.

"Você não precisava ter ido de trem", ele diz, seco. "Podia ter pego o Jeep."

"Sério? Posso voltar a dirigir seu precioso Jeep? Achei que estava proibida depois do incidente com a caixa de correio."

"E estava. Mas quanto tempo faz? Dois anos? Seria de esperar que tivesse ficado mais esperta desde então e aprendido a dirigir direito."

"Seria mesmo." Tomo outra colherada de iogurte. "Não me importo de pegar o trem. Aproveito o tempo pra ler as coisas da faculdade e ler as notícias sobre hóquei. Aliás, este fim de semana tem o jogo beneficente."

Meu pai assente, mas não parece muito animado. Este ano, o comitê da nossa divisão de hóquei decidiu que todos os times têm que participar de partidas beneficentes no fim de semana depois da semi, adiando a final em uma semana. Os jogos serão realizados em nome de várias entidades ligadas ao tratamento do câncer no país, e todo o lucro vai para elas. É claro que isso é ótimo, mas meu pai e os caras do time estão ansiosos para decidir o campeonato.

"E quanto à final? Estão prontos?"

Ele assente de novo. De alguma maneira, consegue demonstrar muita confiança com isso. "Vamos estar."

"Harvard é um adversário difícil."

"É, eu sei." Meu pai realmente tem o dom da conversa.

Raspo o restinho de iogurte do pote de plástico. "Eles estão bem este ano", comento. "Muito, muito bem."

E não só no hóquei. Jake Connelly, por exemplo, está se saindo muito bem em outras áreas. Como no beijo. E em me deixar com tesão. E...

E preciso interromper essa linha de pensamento agora. Meu corpo está formigando, e não posso formigar estando tão perto do meu pai.

"Você pode fazer um ou outro elogio a Harvard", digo. "Não é porque odeia o técnico que os jogadores são ruins."

"Alguns são bons", ele reconhece. "Outros são bons em jogar sujo."

"Como Brooks Weston."

Ele assente de novo. "O garoto só está lá para bater, com o apoio de Pedersen." Há veneno em sua voz quando menciona o nome do técnico adversário.

"E como ele era?", pergunto, curiosa. "Pedersen, digo."

O rosto do meu pai se contrai, a tensão emanando de seu corpo largo. "Como assim?"

"Estou falando de quando Pedersen estava em Yale. Vocês jogaram juntos por algumas temporadas, não?"

"Jogamos." Agora seu tom é cauteloso.

"E como ele era?", repito. "Um atacante potente? Alguém que só criava confusão? Ele jogava sujo?"

"Muito sujo. Nunca o respeitei como jogador."

"E agora não o respeita como técnico."

"Não." Meu pai toma um longo gole de café enquanto me observa por cima da borda da xícara. "Mas você respeita?"

Penso a respeito. "Sim e não. Quer dizer, tem jogo sujo e jogo duro. Muitos treinadores encorajam os jogadores a jogar duro", aponto.

"O que não torna isso correto. Eles também promovem a violência."

Tenho que rir. "Hóquei é um dos jogos mais violentos que há! É um bando de homens sobre patins com lâminas afiadas e segurando tacos. Eles são jogados contra as placas laterais, apanham o tempo todo, tomam discos na cara..."

"É disso que estou falando. Já é um esporte violento o bastante por si só", meu pai diz. "Então, por que piorar? É dever de todos jogar limpo, de forma honrada." Ele cerra o maxilar. "Daryl Pedersen não sabe nem o significado dessas palavras."

É um ponto válido. E suponho que eu não tenha noção do nível de sujeira do jogo de Pedersen. Só vi alguns poucos jogos de Harvard essa temporada, o que torna difícil definir com precisão como o time joga sujo.

Mas sei quanta sujeira se passa na minha mente quando penso em Jake. Isso conta?

"O que vai fazer hoje?", meu pai pergunta, mudando de assunto.

"Preciso terminar um artigo para a aula de escrita jornalística, mas vai ficar pra mais tarde. Vou passar na casa da Summer agora."

"No sábado de manhã?"

"É, ela quer ajuda para arrumar o guarda-roupa."

"Não entendo as mulheres", meu pai diz.

"Somos bem bizarras. Tenho que concordar."

"Ouvi boatos sobre essa garota", ele acrescenta, com o cenho franzido que é sua marca registrada.

Franzo o meu também. "Ela é muito minha amiga."

"O irmão disse que ela é louca."

"Ah, sim. Não posso negar. Ela é esquisita, melodramática e muito engraçada. Mas você não devia acreditar em tudo o que Dean diz."

"Ele disse que ela pôs fogo na faculdade em que estudava."

Sorrio para ele. "Considerando que a Brown ainda está lá, acho que podemos concluir que ele exagerou." Desço da banqueta. "Preciso me trocar. Te vejo depois."

Uma hora depois, estou deitada na cama de Summer olhando o celular. Nem preciso dizer que cansei bem rápido de vê-la provar todas as roupas do armário e então me mostrar.

"Bee!", Summer reclama. "Presta atenção."

Largo o celular e me sento. "Não", digo. "Porque isso é maluquice. Você acabou de provar quatro blusas de frio do mesmo tom de branco. Eram idênticas. E todas pareciam novinhas!"

Ela começa a me dar um sermão sobre as diferenças entre Prada, Gucci e Chanel. Levanto a mão para impedi-la, porque juro por Deus que se Summer desembestar a falar de Chanel vou perder o controle. Ela é obcecada com a marca e poderia falar a respeito por horas sem parar.

"Entendi, são blusas de marca. Mas a ideia de arrumar o armário é se livrar de algumas coisas, e você não separou quase nada." Aponto para a pífia pilha de roupas na cama. É a que vai para doação, e consiste em duas camisetas, um jeans e um cardigã.

"Tenho dificuldade de abrir mão das coisas", ela diz, jogando o cabelo loiro por cima do ombro.

"Você não tem um closet enorme na sua casa em Greenwich? E outro em Manhattan?"

"Tenho. E?"

"Ninguém precisa de tanta roupa, Summer! Eu tenho só alguns looks que fico alternando."

"Você só usa preto", ela retruca. "É claro que é mais fácil montar um look só com peças pretas. E não está nem aí pra moda: só coloca blusa preta, calça preta, bota preta e batom vermelho e pronto. Bom, preto não me cai bem. Fica parecendo que eu curto sadomasoquismo. Preciso de cor, Brenna! Minha vida é cheia de cor. Sou uma pessoa cheia de cor..."

"Você é uma pessoa louca", digo.

"Não sou, não."

"É, sim", Fitz confirma ao entrar no quarto. As tatuagens que fecham seus braços ondulam quando ele abraça Summer por trás, inclinando a cabeça para dar um beijo meigo na bochecha dela.

"Odeio vocês dois", resmungo. "A felicidade de vocês é repulsiva. Vão ser felizes em outro lugar."

"Desculpa, Bee, mas não vamos esconder nosso amor do resto do mundo", Summer diz, e começa a dar beijinhos em todo o rosto de Fitz, fazendo barulho de propósito e me deixando com vontade de vomitar.

Bom, nem tento, mas finjo que vomito porque ela está mesmo sendo ridícula.

"O que estão fazendo?" Fitz olha pra mim. "Nem sabia que você estava aqui."

"Você ainda estava dormindo quando ela chegou", Summer diz. "Estamos arrumando meu armário. Vou doar algumas coisas."

Ele olha para o armário cheio e então para a minúscula pilha na cama. "Legal. Acabaram de começar?"

Dou risada. "Faz mais de uma hora! Em uma hora ela separou uma camiseta."

"Separei mais que isso", Summer contesta.

A voz dela atrai Hollis, que passava pelo corredor. Ele entra no quarto de Summer e se acomoda na beirada da cama. Está de calça de moletom e regata. Seu pé descalço toca a minúscula pilha de roupas para doação, mas ele nem a nota.

"Eba! Está fazendo um desfile? Quando vai chegar à seção de lingerie? Fitz, fala pra sua namorada que preciso de um desfile de lingerie pra compensar o desgaste emocional que tive por conta dela."

"Do que você tá falando?", pergunto.

Estou na cabeceira da cama, então ele precisa virar o pescoço para me olhar. "Summer me contou o que vocês duas fizeram comigo."

Não tenho ideia do que ele está falando.

"Minha stalker", Hollis continua. "Sei que encorajaram a garota."

"Ela não é uma stalker", Summer diz.

"Está falando sério?" Hollis a encara. "A garota me ligou *todos os dias* desde que saímos pra jantar."

"Isso foi na quinta", Summer o lembra. "Faz só dois dias. O que quer dizer que ela te ligou duas vezes. Relaxa."

"Duas vezes? Bem que eu queria! Ela me liga *pelo menos* três vezes por dia."

"É, e você sempre atende", Summer retruca. "E fala com ela por uma hora, às vezes mais."

"*Eu* falo?!" Hollis passa as duas mãos pelo cabelo. "Só *ela* fala! A garota não cala a boca."

"Imagino que estamos falando de Rupi", digo, tentando não rir.

"É claro que estamos falando de Rupi", ele rosna. "Vocês sabem que ela é louca, né? Tem certeza de que não fugiu de um manicômio em Bali?"

"Bali?", repito.

"É onde ela diz que a mãe é uma estrela de cinema."

"A mãe dela é uma estrela de *Bollywood*." Summer ri. "Isso significa que ela é da Índia."

"Ah." Ele pensa a respeito, então balança a cabeça em negativa. "Não, isso não ajuda. Ela ainda é maluca."

"Como foi o jantar?", pergunto.

Ele se vira para me encarar.

Pisco, educada. "Mal?"

O rosto dele se anuvia. "Ela falou o tempo inteiro e não me deixou nem dar um beijo de despedida."

"Espera aí, você está dizendo que *tentou* beijar a garota?", Fitz pergunta. Ele está apoiado na beirada da escrivaninha de Summer, que por sua vez voltou ao armário e está passando pelos cabides.

"Foi exatamente isso que eu disse, *Colin*", Hollis diz, todo arrogante. "Não é porque a garota é louca que não quero dar uns pegas nela."

145

"Fino", digo. "Você é um romântico, no fundo."

Ele movimenta as sobrancelhas. "Ei, ainda estou aberto pra negócios. Pode vir quando quiser, Jensen."

"Eu passo. Mas então não teve beijo?"

"Não!" Ele parece ultrajado. "Ela não beija no primeiro encontro. Vai me fazer esperar! Até o *terceiro* encontro."

Fitz morre de rir. "Espera aí", ele diz. "Vai sair com ela de novo?"

Sorrio. "E de novo?"

"Acho que não tenho escolha", Hollis resmunga. "Aparentemente vou levar a garota ao cinema na terça."

Fitz assente. "Legal. É mais barato na terça. Vocês deviam ir ver o novo filme da Marvel."

"Não quero ver o novo filme da Marvel, seu mané. Não quero sair com essa garota. Ela é nova demais, irritante demais e..." Ele tem um sobressalto, então enfia a mão no bolso da calça, pega o celular e dá uma olhada na tela. "Ah, não. É ela."

"Você tem o número salvo?", pergunto.

"*Ela* salvou. Pegou meu celular no meio do jantar e adicionou o número dela aos contatos. Escreveu Rupi e dois emojis com corações no lugar dos olhos. Ela está gravada no meu celular com emojis, porra."

Viro de lado e meu corpo se sacode com a risada que tento disfarçar.

Da escrivaninha, Fitz balança a cabeça, achando graça. "Você sabe que pode mudar isso, né?"

Mas Hollis está ocupado atendendo. Ele mal diz "alô" antes que o som de uma fala animada comece a vir do outro lado.

Fitz e eu sorrimos um para o outro. Não tenho ideia do que Rupi está dizendo, mas ela fala bem depressa, e a expressão horrorizada no rosto de Hollis é impagável. Faz anos que não me divirto tanto.

"Mas não gosto de comédia romântica", ele choraminga.

A falação continua do outro lado.

"Não gosto mesmo. Não quero ir ao cinema. Se está tão a fim de me ver, então vamos trepar em algum lugar."

Gritos se seguem.

Morro de rir.

"Afe, tá bom! Vamos ver seu filme idiota. Mas é melhor a gente dar uns pegas, Rupi, e não quero ouvir nenhum blá-blá-blá sobre não beijar no segundo encontro, porque se fosse qualquer outra garota a gente já estaria trepando."

O resto do mundo já não existe para Mike Hollis. Ele desce da cama e sai do quarto de Summer. Ouço sua voz frustrada vindo do corredor. "Não sou tarado! Nem fiz sexo desde que conheci você."

Olho para Fitz. "É verdade?"

"Acho que sim. Mas, falando sério, não é como se ele estivesse pegando geral antes disso. Hollis fala muito, mas na verdade é muito mais exigente do que dá a entender. Não acho que o cara se dê bem tanto quanto alega."

"Ah, mas não dá mesmo." A resposta abafada vem do guarda-roupa. "Ele não leva jeito nenhum pra coisa."

"Hollis joga hóquei", aponto. "Nem precisa se esforçar muito fora do gelo. Tem sempre um monte de fãs esperando por ele."

"O que acham desse vestido?" Summer reaparece usando um tomara que caia branco com franja na barra.

"É legal", Fitz diz.

"Bee?"

"Inocente demais. Eu nunca usaria."

"É claro que você nunca usaria, não é preto. Mas me diz se *eu* fico bem nele ou não."

"Você fica bem em tudo. É ridículo e eu te odeio. Poderia se livrar de metade desse armário e ainda parecer uma supermodelo com qualquer roupa que tiver restado."

Ela sorri. "Você está certa, é um vestido lindo. Vou guardar."

Troco olhares com Fitz. Ainda me surpreende que eles estejam juntos. Mas, de alguma maneira, a estudante de moda e o nerd gamer são um casal.

"O que vão fazer esta noite?", pergunto. "Imagino que meu pai vá ficar no pé do time a semana inteira, então essa pode ser a última chance de vocês darem uma relaxada."

"Certeza", Fitz diz. "Mas não sei, provavelmente vamos só..." Ele dá de ombros, inocente.

Traduzindo: os dois pretendem passar a noite toda na cama.

"E você?", ele pergunta.

"Acho que vou ficar em casa", minto.

"Sério? Não vai sair de novo com o cara do Tinder?" Summer volta à conversa. Ela joga duas blusas de frio desbotadas na pilha de doações.

"Que cara do Tinder?", Fitz pergunta.

"Bee teve um encontro outro dia. Mas não quer me contar a respeito."

"Não tem nada pra contar. Não deu liga e não vou ver o cara de novo." É preocupante a naturalidade com que consigo mentir.

Summer abre um sorriso culpado para mim. "Eu podia até te convidar pra vir aqui, mas vamos estar ocupados fazendo sexo."

Fitz solta um suspiro pesado. "Linda."

"Que foi?"

Ele só balança a cabeça.

"Não tem problema", digo, sorrindo pra eles. "Estou com os estudos atrasados."

"Parece tentador", Summer brinca.

E ela não sabe nem da metade.

17

BRENNA

Jake me manda uma mensagem com o endereço de onde vamos nos encontrar quando estou jantando com meu pai. Fiz macarrão com legumes salteados, e ficamos em silêncio a maior parte do tempo, já que não temos muito a dizer um para o outro ultimamente.

Quando ele nota meu celular acender, um vinco profundo se forma em sua testa. "Nada de celular à mesa."

"Nem olhei", contesto. "Não posso impedir as mensagens de chegar."

"Pode, sim. É só desligar."

Olho descaradamente para o celular perto da mão direita dele. Meu pai já recebeu quatro e-mails desde que nos sentamos. "Então desliga o seu também."

Ficamos nos encarando. Meu pai resmunga, enrola o macarrão no garfo e o leva à boca.

Não abro a mensagem de Jake até chegar ao quarto. Meu queixo cai quando descubro aonde vamos esta noite.

EU: *Boliche???*
JAKE: *Algo contra?*
EU: *Não, mas sou péssima. Se quiser que dê jogo, fique sabendo que não vou estar à altura*
JAKE: *Não é uma disputa, vamos só nos divertir. Td bem?*
EU: *Td bem*
JAKE: *Às oito?*
EU: *Blz*

Isso significa que tenho uma hora e meia para me arrumar, mas já decidi que não vou me arrumar toda para ele. Só concordei em sair com Jake esta noite porque ele foi ao jantar comigo.

Depois que tomo banho e me visto, abro o Google Maps e coloco o endereço do boliche. Fica a vinte e cinco minutos de carro, de modo que é muito mais perto de Hastings que de Cambridge.

Pouco depois, desço e me demoro à porta da sala. Meu pai está no sofá, avançando o jogo entre Harvard e Princeton do último fim de semana. Jake é um raio atravessando a tela, e eu me pergunto se meu pai veria graça na ironia de que estou prestes a sair com ele.

"Ei", digo, para chamar sua atenção. "Posso pegar o Jeep emprestado? Vou encontrar um amigo."

"Você e seus amigos misteriosos", meu pai murmura, mantendo os olhos colados à tela. "Algum deles tem nome?"

"Todos têm." Não digo mais nada.

Meu pai ri. "A chave está na entrada. Tente voltar em um horário razoável."

Quero fazer algum comentário sarcástico, mas ele vai me emprestar o carro, então me seguro. "Não espere acordado", digo apenas.

Jake já está lá quando chego ao estacionamento quase vazio em frente ao Bowl-Me-Up. O nome me deixa perplexa. Será algum tipo de gíria? Não tenho certeza do que "boliche-me" poderia significar.

Estaciono ao lado da Mercedes brilhante em que Jake está apoiado. Além dos nossos carros, tem um sedã, uma picape e cinco ou seis motos parados. É basicamente um estacionamento-fantasma. "Carro legal", comento ao sair do Jeep. "Comprou com a grana do contrato do ano que vem?"

"Não. Na verdade, não gastei nem um centavo", Jake admite. "É do Brooks."

"E por que ele tem um carro desses?"

"Porque é milionário, e é isso que milionários fazem."

Tenho que rir. "Faz todo o sentido." Olho para a enorme placa acima de nós. Ao lado do nome tem um neon enorme de uma bola de boliche rosa que fica piscando. "Você vem sempre aqui?", pergunto.

"Todo fim de semana fora de temporada. Esse lugar toca em alguma coisa dentro de mim."

Isso me pega de surpresa. "Sério?"

"Não. Claro que não. Só escolhi aqui porque fica mais ou menos no meio do caminho." Ele ri. "Que crédula."

"É, eu mereço isso", digo, com um suspiro. "Não sei por que acreditei que poderia ter alguma coisa dentro de você." Tranco o carro e guardo a chave na bolsa.

Vamos até a porta, e Jake diminui a passada para acompanhar a minha. "Tenho um coração dentro de mim, entre outros órgãos", ele diz. "Sente aqui."

Ele pega minha mão e a coloca dentro do casaco aberto. Ah, cara, o peitoral dele é incrível. E posso mesmo sentir seu coração batendo.

"Está acelerado, Connelly. Preocupado com a possibilidade de apanhar de mim no boliche?"

"Nem um pouco. Você já disse que é péssima."

Droga. É verdade. Reprimo a mim mesma por ter adiantado minha falta de talento.

Lá dentro também parece tudo abandonado. O lugar tem dez pistas, mas só duas estão em uso. No balcão fica um homem grisalho com a pele grossa de quem tomou muito sol. Ele nos recebe com um sorriso que forma rugas nos cantos da boca.

"Boa noite, pessoal! Querem sapatos?" A voz dele é rouca, como se fumasse dois maços de cigarro por dia.

Pegamos os sapatos, e o homem diz que podemos ocupar qualquer pista livre. Escolhemos a que fica mais longe dos outros clientes — um casal mais velho e um grupo de motoqueiros meio assustadores que desde que entramos estão provocando um ao outro e brigando entre si. Um deles, um cara gordo com uma barba cheia, acabou de fazer um strike e mantém os braços levantados numa pose vitoriosa.

"É assim que se faz, filho da puta!", ele grita.

O homem no balcão estremece. "Não se preocupem com eles. São inofensivos, mas alguém precisa lavar a boca deles com sabão."

"Não tem problema", digo a ele. "Meu pai é técnico de hóquei. Já ouvi pior."

Vamos até nossa pista e sentamos para trocar os sapatos. Jake termina antes, porque minhas botas são mais complicadas de tirar. "Vou pegar bebidas", ele diz. "O que prefere? Cerveja? Refri?"

"Pode ser cerveja, valeu." Não vejo problema em tomar uma ou duas cervejas. Até ir embora o efeito vai ter passado.

"Beleza", ele diz antes de ir buscar.

Fico olhando para as costas dele e admiro sua bunda durinha. Cara. Não acredito que estou em um encontro com Jake Connelly. Como é possível?

Suspirando, calço os sapatos ridículos de boliche, então vou até a tela para inserir nossos nomes. No jogador número um, escrevo *Brenna*.

No jogador número dois, escrevo *Jakezinho*.

Confirmo e ainda estou sorrindo quando Jake volta trazendo duas garrafas de Bud Light.

Faço uma careta. "Sério?"

"Só tinham isso", ele diz, pesaroso. "Não é exatamente um estabelecimento refinado."

"Tudo bem", garanto a ele. "Valeu." Aceito a garrafa que Jake me entrega e dou um golinho. Argh. Ainda é a marca de que menos gosto.

"Vou colocar nossos nomes..." Ele para quando nota a tela, então suspira. "Sério? Você tem cinco anos de idade?"

"Não, mas o Jakezinho deve ter."

"Vou te mostrar que não tenho nada de diminutivo", ele rosna.

"Vai fazer o que, tirar o pau pra fora na frente dos motoqueiros e do velhinho simpático?"

Jake finge pensar a respeito. "Tem razão. Vou guardar pra depois." Ele pega a garrafa de cerveja. "Saúde."

"Saúde."

Pela segunda noite seguida, brindamos. Isso é errado de muitas maneiras diferentes, não só porque ele joga por Harvard. Não costumo ter encontros. Não namoro sério desde Eric, nem quis namorar. E mesmo que eu quisesse, Jake seria o último cara que eu consideraria. Ele vai para Edmonton em alguns meses. Que tipo de relacionamento poderíamos ter?

Olho para o resto do boliche não muito animado, absorvendo o que vejo e escuto. Os pinos batendo uns contra os outros, a conversa alta dos motoqueiros, as luzes fortes, a superfície brilhante de madeira das longas pistas.

O que estou fazendo aqui?

"Brenna."

Um arrepio me percorre quando ouço Jake dizer meu nome. Isso só confirma minha convicção de que eu não deveria estar aqui. Odeio que ele tenha tal efeito sobre mim.

"Você está pensando demais", ele diz, simplesmente.

Umedeço os lábios, que de repente estão secos. "Como sabe disso?"

"Você fica com essa cara quando está analisando algo." Jake dá de ombros. "E está questionando sua presença aqui."

"Você não está?"

"Não. Já te falei, temos química e quero saber onde vai dar."

Solto o ar. "Não vai dar em lugar nenhum, Connelly, pode ir tirando essa ideia da cabeça. Só vim porque você me obrigou."

"Continua repetindo isso pra si mesma, linda."

Sinto alguma coisa quando ele me chama de "linda"? Sim.

Gosto da sensação? Nem um pouco.

Tomo um gole desesperado de cerveja, então deixo a garrafa de lado. "Tá. Vamos lá."

18

JAKE

Brenna pode ser péssima no boliche, mas é muito divertido de ver. Ela vai caminhando até o limite da pista com aqueles sapatos absurdos, remexendo os quadris, exibindo aquela bunda incrível no jeans preto justo. Gosto de bunda, e não consigo tirar os olhos dela.

Apesar de ser incrivelmente ruim, a cada tentativa Brenna dá cento e dez por cento de si. Franze o rosto concentrada conforme movimenta o braço para trás, gira o pulso e solta a bola rosa. Ela não tem noção de tempo e é incapaz de concluir o movimento, mas pela primeira vez em seis tentativas a bola segue em linha reta.

Brenna comemora feliz enquanto a bola segue rumo aos pinos. No último segundo, a rota muda, derrubando apenas quatro em vez de todos.

"Cheguei tão perto", ela lamenta.

Então ela vira, e aos meus olhos nunca esteve tão linda. Suas bochechas parecem duas maçãs vermelhas, seus olhos brilham e ela faz uma dancinha fofa enquanto caminha pelo chão reluzente.

"Mas estou melhorando!", ela exclama.

"Não dava pra piorar", digo, então levanto e faço um strike.

"Te odeio", ela anuncia quando minha pontuação aparece na tela.

É o massacre do século, mas não acho que Brenna realmente se importe. Para ser sincero, nem eu estou prestando muita atenção aos pontos. Em geral, sou competitivo pra caralho, mas esta noite fico feliz só de estar com Brenna. Faz séculos que não tenho um encontro de verdade. O jantar de ontem à noite não conta, porque nenhum de nós se divertiu muito. E o conhaque no bar ontem também não, porque teve mais beijo que conversa.

Hoje consigo ver Brenna de um jeito que nunca vi. Boliche não é a mais romântica das atividades, mas revela muito sobre uma pessoa. Ela é competitiva? Mesquinha? Não sabe perder? Ou pior: não sabe ganhar? Com garotas, especificamente, o boliche pode revelar se dão muito trabalho. Conheço algumas que torceriam o nariz para o chão grudento da pista ou a cerveja vagabunda. Mas não Brenna.

Ganho o primeiro jogo, e Brenna sugere começar outro. "Rá!", comemoro. "Você gosta de boliche."

"É verdade." Ela dá um suspiro exagerado. "Estou superenvolvida."

Eu a encaro para ver se está brincando. Mas não tem nem um grama de brincadeira no rosto dela.

"É sério. É muito legal." Ela balança a cabeça, surpresa. "Acho que estou gostando mesmo."

O choque visível dela me faz morrer de rir. Assim que me recupero, me aproximo, e falo sério: "Acho que vamos ter que repetir o programa algum dia...". Então, espero.

Brenna não responde. Em vez disso, se aproxima da tela e diz: "Tá, vou deixar o Jakezinho jogar primeiro dessa vez".

Mas, quando meu nome aparece na tela, é apenas "Jake".

Engulo a satisfação. Acho que estou crescendo no conceito dela.

E Brenna certamente está crescendo no meu.

"Podemos falar de hóquei?", pergunto enquanto vou pegar a bola. Minha preferida é uma verde-limão que estou apelidando de Fazedora de Strike.

"Tipo o quê?", ela pergunta, desconfiada.

"Bom, vamos nos enfrentar logo mais. É um jogo importante."

"É um jogo importante", ela repete.

"O que levanta a questão: pra quem você vai torcer quando estiver sentada na arquibancada? O time da sua faculdade ou o do seu novo namorado?" Sorrio de forma insolente para ela por cima do ombro.

É a vez de Brenna morrer de rir. "Você não é meu namorado."

"Não foi o que você disse a Mulder..."

"Mulder é um cretino, e não me sinto mal por ter mentido para ele. Agora vira e joga. Quero ver sua bunda."

Abro um sorriso tão largo que distendo um músculo, e fico feliz que ela não consiga ver. Para agradá-la, dou um show, flexionando os braços e me inclinando de maneira a destacar a bunda. Ouço um ruído estrangulado atrás de mim. Quando vira a cabeça, os olhos escuros de Brenna estão acesos.

"Você gosta de provocar", ela acusa.

"Só estou jogando", digo, inocente.

"Ah, é. Pode crer." Ela levanta. "Não está calor aqui?"

De repente, Brenna está tirando a blusa de manga comprida, ficando só com uma regatinha fina que se agarra com perfeição aos seus peitos. Vejo de relance o sutiã de renda despontando no decote, e minha boca fica completamente seca. Volto para a cadeira e pego minha cerveja. Estamos ambos na segunda, mas não vai haver uma terceira. Falei para o garoto do bar não nos vender mais.

Mando o líquido gelado garganta abaixo enquanto Brenna vai pegar a bola, caminhando mais sedutora que nunca. Ela joga o cabelo comprido e brilhante por cima do ombro, vira e umedece os lábios.

Minha nossa.

Na primeira tentativa, derruba sete pinos.

"Foi sua melhor jogada!" Vou até a beira da pista e a encorajo. "Faz um spare, gatinha. Você consegue."

"Será?", ela diz, em dúvida. "Não consegui nenhum até agora."

"E daí? Não quer dizer que não pode acontecer."

Mas não acontece. A segunda bola dela cai na canaleta.

"Você me deu azar", ela reclama, passando por mim.

Seguro sua cintura fina com um único braço antes que possa escapar. Quero puxar seu corpo contra o meu e beijá-la até dizer chega, mas me contento com um beijo casto na bochecha.

"Você acabou de beijar minha bochecha?", ela pergunta, achando graça.

"Foi. Algum problema?" Apoio as mãos acima da bunda dela, lutando contra a vontade de descê-las. "Sua bunda fica incrível nesse jeans, aliás."

"Eu sei. Foi por isso que coloquei."

Dou risada. Minhas palmas descem só um centímetro, então eu penso: dane-se. Estou de costas para os outros clientes e ninguém consegue ver minhas mãos. Então, dou uma bela apertada.

Ela solta um ruído rouco. "Para, Connelly, estamos em público."

"E daí?"

"E daí que você não pode apertar minha bunda."

"Por que não?"

Brenna faz uma pausa. Alguns segundos se passam antes que dê de ombros. "Não consigo pensar em uma boa razão, na verdade."

"Está vendo?" Sorrindo, aperto de novo sua bunda gostosa, então dou um tapinha antes de ir jogar.

Não faço strike dessa vez. Um pino teimoso insiste em se manter de pé, mas consigo derrubá-lo na minha segunda tentativa. Estou acabando com Brenna de novo, mas ela continua sem se importar. Com certeza subiu de nível, e faz quase o dobro de pontos nesse segundo jogo. Quando a pontuação final aparece na tela, sentamos para descansar um pouco.

Apoio a mão na coxa dela, acariciando-a sem prestar atenção. Brenna não a tira, mas me lança um olhar contemplativo. "Você gosta de encostar."

"É um problema?"

"Não, só não esperava. Não achei que seria tão carinhoso."

"Bom, eu sou." Dou de ombros. "Com garotas de quem eu gosto."

"E com que frequência elas aparecem? Achei que tivesse dito que não namora, só tem casos de uma noite."

"Isso não significa que não goste das garotas com quem fico." Traço círculos provocadores no joelho dela. "E parece que você também não namora. Ou, se namora, é escondido."

"Tem perguntado por aí a meu respeito, é?"

"É", digo simplesmente. "E pelo que soube, você não namorou ninguém desde que se transferiu para a Briar."

"É verdade", ela confirma.

"Onde você estudava antes?"

"Numa faculdade comunitária em New Hampshire."

"E namorou alguém lá?"

"Não. Meu histórico universitário é uma série de casos rápidos e insignificantes, ou pelo menos até McCarthy."

Sinto uma pontada de ciúme. Não gosto que ela veja McCarthy como significativo de alguma forma. "Foi diferente com ele?", pergunto com cautela.

"Bom, saí mais do que uma vez com Josh, então...", ela diz, parecendo pensar a respeito.

"Então, era só sexo sem compromisso?", sugiro.

"Tirando a parte do sexo."

Espera aí, o quê?

Deixo a cerveja na mesa. Brenna tem toda a minha atenção agora. "Não rolou sexo?" Franzo a testa, surpreso. Sempre assumi que tivesse rolado.

"Não."

"Mas vocês se pegaram."

"Opa."

"Mas sem chegar às vias de fato?"

Ela parece achar graça. "Que parte da história você ainda não entendeu?"

"Não sei... Acho que é meio esquisito pra mim." Faço uma pausa. "Não, não é meio esquisito. É *muito* esquisito."

"Por quê?" Ela parece um pouco na defensiva.

Aponto para ela. "Bom, olha só pra você. É muito gostosa. Está me dizendo que ele não tentou...?"

"Não foi isso que eu disse. Mas..." Ela deixa a frase morrer no ar.

"Mas o quê? Você é virgem?"

"Não. Só sou exigente quanto a quem deixo que entre dentro de mim."

Isso faz meu pau ficar duro na hora. Ela não deveria poder dizer coisas como "entrar em mim". Agora estou com um tesão louco, me imaginando dentro dela.

"Mas fizemos outras coisas", ela diz. "Sempre tem outras coisas pra fazer."

"É mesmo?" Parece que tem algo entalado na minha garganta.

"Ninguém nunca te disse que dá pra gozar sem sexo?"

"Não. Eu não sabia." Pisco com a maior inocência. "Pode me mostrar como?"

Brenna dá um soquinho no meu ombro. Leve e provocante. "Você bem que gostaria."

"Gostaria mesmo. Não quero assustar você, mas dá uma olhada na minha virilha."

Apesar de estranhar, Brenna faz o que peço. Instantaneamente, seus olhos se acendem. "Uau. Pensar em McCarthy te deixa de pau duro?"

"Como pedra." Eu a puxo para o meu colo, provocando um gritinho surpreso.

Mas Brenna se recupera rápido, e logo está esfregando sua bunda maravilhosa em mim enquanto tenta se ajeitar. "Seu pau está cutucando minha bunda", ela reclama.

"Ei, se ele está duro é por sua causa." Puxo sua cabeça para poder sussurrar em seu ouvido. "Você foi muito cruel, falando sobre como fazer um cara gozar sem te penetrar."

Cara, o cheiro dela é bom. Inalo o aroma do xampu, doce com um toque apimentado. O que é engraçado, porque Brenna é o exato oposto — apimentada, com um toque doce. Mas gosto da pimenta. E bastante.

"E você?", pergunto a ela.

"E eu o quê?"

"O que ganhava no lance com McCarthy?"

Ela levanta uma sobrancelha. "Quer mesmo saber o que seu companheiro de time fazia comigo?"

"Não. Sim. Não sei. Talvez no sentido mais amplo", acabo decidindo.

"Não. Vou deixar pra sua imaginação."

Minha imaginação corre solta, só que nela não é Josh McCarthy quem está na cama como Brenna. Sou eu.

"Esse negócio vai abrir um buraco na sua calça", ela provoca, e fico chateado quando ela deixa o meu colo. "Bom, mas e aí? Quer jogar mais uma partida antes de ir?" Ela verifica o celular. "São dez horas. Até que horas esse lugar fica aberto?"

"Acho que onze."

"Vamos ficar até o fim?"

"Claro."

Jogar boliche com o pau duro não é a coisa mais fácil do mundo, mas dou um jeito. Eu a venço pela terceira vez, então devolvemos os sapatos e pagamos.

Quando saímos, Brenna passa reto pelo Jeep e vai até a Mercedes. "Abre", ela ordena.

Meu coração acelera. Obedeço.

Em vez de abrir a porta da frente, ela abre a do banco de trás. "Vem aqui", diz, impiedosa.

Não sou do tipo que deixa uma dama esperando. Entro no carro e, antes que Brenna possa dizer uma palavra mais, minha boca já está na dela. Ela tem gosto de cerveja e hortelã, e sinto seu corpo macio e quente contra o meu. Brenna sobe no meu colo e sua língua explora a minha boca com voracidade. Desço as mãos por suas costas antes de enterrar os dedos em sua cintura. Quero estar dentro dela. Desesperadamente. Mas pelo visto não é algo que Brenna permita com tanta facilidade.

"Você vai me deixar te comer esta noite, né?"

"Não", ela sussurra, em tom de brincadeira. "Você vai ter que fazer por merecer."

Gemo contra os lábios dela. "E como faço isso?"

Brenna só sorri e me beija de novo, enfiando as mãos por baixo da minha camisa e acariciando meu peito. Cara, adoro ter as mãos dela em mim. E preciso ter minhas mãos nela. Puxo a blusa de manga comprida e a regata que Brenna usa por baixo até a clavícula. O sutiã é fino como papel. Ela nem precisa deles. Seus seios são cheios, arrebitados e perfeitos. Belisco seus mamilos por cima da renda e desfruto do doce gemido com que sou recompensado.

"Estava morrendo de vontade de fazer isso", rosno, arrancando o sutiã e expondo seus peitos. Lindos pra caralho. Coloco um mamilo enrijecido na boca, chupo forte e quase piro. A pele dela é muito gostosa, e seus mamilos são o paraíso na minha boca. Fico dolorosamente excitado lambendo a pontinha dura.

Ela geme de novo. A princípio acho que é de prazer, mas então me dou conta do tom de sofrimento.

"O que foi?", pergunto na hora.

"Não consigo acreditar que estou deixando um jogador de Harvard pegar nos meus peitos."

Relaxo. Rindo um pouco, provoco o outro mamilo dela com a língua. "Ei, não é como se fosse sua primeira vez com um jogador de Harvard."

"Mas você é o *capitão*", Brenna diz, sombria. "É uma péssima ideia. E vamos jogar contra vocês na semana que vem, droga. Meus amigos ficariam furiosos se nos vissem agora."

"Não vamos falar de hóquei. E quem liga pro que seus amigos pensam?" Chupo mais um pouco o mamilo dela.

"Eu. Eu ligo pro que meus amigos pensam."

"Então melhor parar."

Minha boca a conquista com um beijo intenso que me deixa louco. Eu a viro e me coloco por cima dela, me esfregando contra seu corpo. O banco de trás não me dá muito espaço de manobra, mas posso me virar. Com os lábios colados nos dela, abro o zíper da calça de Brenna e o desço junto com a calcinha, o bastante para que possa alcançar o calor entre suas pernas.

Ela choraminga quando passo a ponta do polegar sobre o clitóris inchado. "Isso é bom."

"É?", digo, com a voz grossa.

"Muito."

Continuo esfregando, provocando, explorando. Levo a ponta dos dedos adiante e vejo que está bem molhada. Quero estar dentro dela mais do que quero continuar respirando. Quase choro de saber que não vai acontecer esta noite. Mergulho os dedos naquela umidade doce e a aproveito pra traçar círculos sobre seu clitóris.

Brenna começa a movimentar o quadril. Me apoio em um cotovelo e vejo sua expressão ficar cada vez mais anuviada conforme a provoco. "Gosto de ter você assim", sussurro. "De costas. Com as pernas abertas." Eu a beijo de novo, e ela chupa minha língua, me arrancando um gemido baixo.

"Isso é uma péssima ideia", Brenna sussurra de volta.

"Então me diz pra parar."

"Não."

"Não o quê?"

Brenna faz pressão contra minha mão. "Não para."

Rio no ombro dela, então abaixo a cabeça para voltar a chupar e lamber seus mamilos.

Ela solta um gemido sem ar. "Não para *nunca*."

Sorrio. Me lembro bem de Brenna me dizendo que nunca, nunca ficaria comigo, e não faz tanto tempo assim. E agora aqui estamos nós, nos pegando no banco de trás do carro, eu com a boceta dela totalmente à mão. Um dedo escorrega para dentro e...

"Ah, nossa..." Perco o fôlego. Levanto a cabeça dos peitos dela. "Você é tão apertada." Me pergunto se é porque ela não faz muito sexo, mas talvez eu esteja tirando conclusões do nada. Só porque não deu pro McCarthy não quer dizer que não deu pra outro cara recentemente. Ela disse que era exigente, não celibatária.

Me pego rezando para uma força maior que eu consiga ir mais além. Talvez não hoje à noite, mas amanhã, semana que vem, daqui a um ano. Aceito o que for. É o quanto quero essa garota.

Enfio outro dedo e ela parece agarrá-lo com mais força. Mal tem espaço pros dois. E são só *dois*. Meu dedão continua dedicado ao clitóris dela enquanto tiro e enfio os dois dedos em um ritmo preguiçoso. As pálpebras dela ficam pesadas, sua respiração parece mais trabalhosa. De calça, esfrego o pau duro contra as coxas dela enquanto enfio os dedos nela.

"Me beija." Ela puxa minha cabeça, enfiando os dedos no meu cabelo enquanto sua língua me encontra.

O beijo é urgente, desleixado. Brenna está quase montando meus dedos, soltando os gemidos mais gostosos que já ouvi. Paro e respiro. "Vai gozar pra mim?"

O resmungo dela em resposta é ininteligível.

Dou risada. Minha mão continua trabalhando nela. Meus dedos estão ensopados. Eu os enfio ainda mais fundo, depois tiro e os fecho, então recomeço com estocadas fortes.

"Ah, meu Deus", Brenna solta.

O orgasmo dela envolve meus dedos, e sinto quando percorre seu corpo esguio em uma onda de arrepios. Ela solta um suspiro, que passa dos seus lábios aos meus. Engulo o som com um beijo e alivio a pressão no clitóris, diminuo o ritmo dos outros dedos e deixo que ela volte dessa sensação.

Suas pálpebras finalmente se abrem e ela sorri para mim.

"Foi bom?", murmuro.

"Muito bom", Brenna murmura de volta. Ela suspira de novo e se enrosca comigo, aninhando a bochecha no meu pescoço.

"Ah, você gosta de ficar abraçadinha depois do sexo", comento.

"Gosto nada." A negativa é abafada pelo meu peito.

"Gosta, sim."

Ela mordisca meu pescoço. "Não conta pra ninguém."

"Por quê? Acha que vai destruir sua reputação?"

"Sim. Sou durona. Não fico abraçadinha."

"Por que não? Ficar assim é ótimo." Passo os dedos por seu cabelo sedoso. Meu pau ainda está pulsando, e isso não é algo que dê pra ignorar.

Brenna levanta a cabeça com um brilho diabólico nos olhos. "Você e esse pau duro..."

Ela escorrega uma mão por entre nossos corpos e a coloca lá. Não posso evitar me esfregar contra essa mão.

"O que podemos fazer a respeito?" Brenna só fica esperando.

"Qualquer coisa", grunho. "Pode fazer o que quiser comigo."

"Qualquer coisa, é?"

"Qualquer coisa." Minha voz sai estrangulada. "Mas, por favor, faz *alguma coisa*."

Ela desce e sobe um dedo provocador pela minha braguilha antes de começar a brincar com o zíper de metal. Quase perco o ar. Meu coração está fora de controle. Sinto como se tivesse acabado de jogar. Com um cara a menos.

Sinto minha pulsação nos ouvidos, e meu corpo suplica por alívio. Quero Brenna Jensen chupando, tocando ou beijando meu pau. Não me importa *o que* vai fazer com ele. Só preciso de sua mão, sua boca ou sua língua em mim.

Tento ser paciente, mas meus músculos continuam contraídos, tensos de expectativa enquanto espero que tome uma atitude.

Quando Brenna está prestes a abrir minha calça, um celular toca.

Ela xinga baixo. "É melhor eu ver o que é."

"Não", murmuro.

Ela senta. "Com que frequência alguém liga em vez de mandar mensagem?"

Tenho que admitir: "Quase nunca".

"Exatamente. Se a pessoa liga, significa que é importante." Ela tira a bolsa do chão e a revira. Assim que pega o celular, sua expressão muda. Todo traço de desejo vai embora.

"Tudo bem?", pergunto, com a voz grossa.

Brenna olha para a tela por mais um segundo antes de desligar o aparelho. "Não é nada." No entanto, começa a colocar a calcinha e o jeans, e fica claro que meu pau não vai receber nenhuma atenção esta noite.

"É mais tarde do que eu imaginava", Brenna diz, com um jeito estranho. "Melhor eu ir."

"Tá."

Ela hesita. "Não se importa?"

"Claro que não." Ela achou que eu ia dar uma bronca? Acusá-la de me deixar na mão? Porque isso implicaria que me deve alguma coisa, quando não deve. Não tenho direito a receber nada dessa garota, ou de qualquer outra. Quero que Brenna me chupe porque *quer* me chupar. Mas está bem claro que o clima acabou. A misteriosa ligação estragou tudo.

"Eu me diverti muito", ela confessa enquanto a acompanho até o Jeep.

"Eu também." Olho em seus olhos. "Vamos repetir?"

"Não sei."

"Sabe, sim." Pego seu queixo de modo que não possa desviar o olhar. Repito a pergunta. "Vamos repetir?"

Depois de um longo momento, Brenna assente em concordância.

19

BRENNA

Já é quarta e não tive nenhuma notícia da HockeyNet. Tudo bem que Ed Mulder não falou quando as vagas de estágio seriam preenchidas. Imagino que possa levar semanas, mas estou ansiosa para saber.

Ainda que não o tenha impressionado, uma parte de mim se agarra à ideia de que tenho uma chance. Tá, talvez esperança seja para tolos. Mas então sou tola.

Meu pai ainda está na arena quando chego em casa depois de um longo dia na faculdade. A programação era treino de fortalecimento pela manhã e na pista de gelo à tarde, então acho que ele só deve voltar umas seis ou sete.

Faço o jantar. Nada de mais, só macarrão e salada. Como em frente à TV, assistindo à HockeyNet. O que é muito irritante, porque quem quer que tenha feito o compacto deixou de fora os melhores momentos do jogo dos Bruins de ontem à noite. Eu poderia fazer um trabalho de seleção muito mais criterioso. Só espero poder ter a chance.

E aqui estou eu, sendo tola de novo.

Meu celular toca na mesinha de centro. É uma mensagem de texto.

JAKE: *Posso te ligar?*

Opa. O friozinho no estômago que isso desperta é preocupante. Falamos por telefone ontem à noite, a maior parte do tempo sobre o jogo dos Bruins que estávamos vendo.

Não posso negar que nosso encontro no boliche foi bem mais divertido do que eu esperava. E o orgasmo foi igualmente inesperado. Eu não pretendia ficar de pegação com Jake. Achei que tivesse mais força de vontade, mas o cara é irresistível. Mesmo agora, dias depois, continuo pensando nele. Em seus dedos dentro de mim, em sua boca quente colada à minha... Connelly é muito bom no que faz. Eu não queria nada além de fazer o cara se sentir bem depois, até que recebi uma ligação de Eric.

Sempre que acho que fui clara, que estabeleci limites firmes em relação a ele, Eric demonstra uma persistência ainda maior. E não me parece certo ser chata com ele ou pedir que me deixe em paz. Me sinto refém do nosso passado.

É tudo bobagem.

O que Jake disse quando estávamos falando sobre passado no O'Malley's me vem à cabeça. É bobagem mesmo. E, pode acreditar, eu amaria deixar o passado pra trás. Infelizmente, é muito mais fácil falar do que fazer.

Pelo menos dessa vez Eric não veio com nenhuma exigência. Depois da ligação veio uma mensagem de texto, se desculpando por pedir dinheiro. Mas não importa. Acabou totalmente com o clima.

Por outro lado, eu estava a segundos de colocar o pau de Jake na minha boca, então talvez Eric tenha me feito um favor. Ele me salvou de chupar o INIMIGO.

Mas, sendo sincera, já faz um tempo que não penso mais em Jake nesses termos.

Quando termino de comer, pego o celular. "Seus sentimentos por mim estão saindo de controle, Jake", digo depois que ele atende.

A risada profunda faz cócegas no meu ouvido. "Não se acha, gatinha."

"Você acabou de me chamar de 'gatinha'. Como eu não ia me achar?"

"Verdade." Outra risada. "O que está fazendo?"

"Já jantei e estou assistindo ao compacto na HockeyNet."

"Nada do Mulder ainda?"

"Não."

"E da Scully?"

Sorrio. "Você me mata de rir. Teve aula hoje?"

Ainda estou surpresa com o fato de que ele vai se formar em psicologia — descobri isso no longo telefonema de ontem. Tinha assumido que ele estudava comunicação ou rádio e TV, como a maioria dos atletas faz.

"Não. Quarta é meu dia de folga. Em geral, coloco a leitura em dia, limpo a casa, esse tipo de coisa. E você, grandes planos pra hoje à noite?"

"Ainda não sei. Talvez tome alguma coisa com Summer, só nós duas. E você?"

"Vou sair pra beber também. Eu e os caras vamos ao Dime." Ele faz uma pausa. "Eu convidaria vocês para irem junto, mas a resposta seria não... certo?"

"Dã. Não posso ser vista em público com jogadores de Harvard. Já basta que um deles tenha me dado um orgasmo na semana passada."

"Acho que você está exagerando nessa história de rivalidade", Jake diz, achando graça. "Odeiam a gente tanto assim na Briar?"

"Com toda a certeza. Brooks, em particular. Não gostam do estilo de jogo dele."

"Isso porque funciona."

"Ah, é? Está me dizendo que você não tem problema nenhum com provocação verbal? Com todas as faltas que ele força e incita? Com o jeito duro como Brooks joga?"

"É parte do jogo", Jake diz. "Eu mesmo faço essas coisas. Em menor grau que Brooks, claro, mas também provoco e incito os melhores. E não se engane: seu time faz o mesmo. Já ouvi a sujeira que sai da boca dos caras da Briar no gelo. Aquele Hollis fala merda da minha mãe o tempo todo."

"E ele é bom nisso? Porque no xaveco o cara é péssimo."

"E como você saberia?" Quase posso ouvir Jake franzindo a testa.

"O cara dá em cima de mim desde que nos conhecemos." Não menciono a vez em que fiquei bêbada e nos pegamos, porque é insignificante. "Bom, mas agressão verbal e física são coisas diferentes", aponto.

"Brooks nunca ultrapassa o limite."

"Ultrapassa, sim. Aliás, ele estabelece o limite onde bem quiser, então decide se vai ultrapassar ou não."

"E só com Brooks é assim? Todo mundo traça seus próprios limites, não acha? Todos decidimos quais deles estamos dispostos a ultrapassar."

"Justo." A curiosidade me impele a perguntar: "Que limite você não cruzaria? O que Jake Connelly nunca faria?".

A resposta é rápida. "Dormir com a mãe de um amigo. Nunca faria isso." Ele para. "Bom... não de novo."

Morro de rir. "Você dormiu com a mãe de um amigo? Quando? Onde?"

"Foi tipo aquela cena em *American Pie*", ele diz, inocente. "Eu estava no último ano do ensino médio e um dos caras do time deu uma festa enorme na casa dele. Fiquei bêbado e subi as escadas à procura do banheiro, mas sem querer acabei no quarto da mãe dele."

Sou tomada por um acesso de risadinhas incontroláveis. "Ela estava de camisola de renda? Fumando com uma piteira tipo Audrey Hepburn?"

"Não, ela estava de agasalho de ginástica. Era rosa-chiclete, e acho que tinha 'gostosa' escrito na bunda."

"Ai, meu Deus, você trepou com a mãe de *Meninas malvadas*."

"Não tenho ideia de quem seja essa."

Rio ainda mais, enxugando as lágrimas. "Não consigo acreditar que uma mulher mais velha te seduziu."

"Por que não? Ela era gostosa, o sexo foi bom. Eu curti."

Meu escárnio não o abala nem um pouco, e esse é um dos motivos pelos quais estou começando a gostar dele, apesar de não querer. Jake tem uma confiança de aço que admiro de verdade. Nada incomoda esse cara. Ele é tão seguro de si, de sua masculinidade, de sua habilidade. Não tem um pingo de insegurança nele.

"Ué, mas se foi tão bom, por que você nunca mais vai fazer isso?", pergunto.

"Porque me custou um dos meus melhores amigos", ele diz, triste, então me dou conta de que Jake pode, sim, se abalar. "E você? Qual é sua história de pegação mais constrangedora?"

"Hum... Não sei." Penso a respeito, mas mesmo se me viesse à mente uma situação como a dele, não seria capaz de contar, porque ouço a porta do carro batendo do lado de fora. "Argh. Meu pai chegou", digo a Jake.

"Ainda não consigo acreditar que você voltou a morar com ele. Alguma notícia sobre sua casa?"

"Tiraram toda a água e agora vai uma equipe só pra limpar. Acho que não vai demorar muito." Ouço a chave na fechadura. "Tenho que ir. Nos falamos mais tarde."

Mais tarde?, uma vozinha me provoca.

Ah, isso é ruim. Conhecer melhor Jake não deveria estar na minha programação.

"Espera", ele diz, áspero. "Quando vai ser nosso próximo encontro de mentira?"

Tenho que sorrir. "Encontro *de mentira?*"

"É. Quando vamos precisar enganar o Mulder de novo?"

"Hum, provavelmente nunca. Não é como se eu tivesse sido convidada pra algo mais." Franzo o nariz. "Por que quer saber?"

"Não é esse o combinado? Um encontro de verdade por um encontro de mentira? Quero o de verdade."

Meu coração bate mais forte. "Você só quer me comer."

"É. E muito."

Pelo menos ele é sincero. "Bom, acho que os encontros de mentira já eram, sinto muito."

A voz dele sai mais grossa. Rouca e adorável. "E os encontros de verdade?"

Mordo o lábio inferior. Então, puxo o ar. "Acho que ainda podem rolar."

"Ótimo. Vamos tentar essa semana? Talvez depois do jogo beneficente."

Ouço os passos do meu pai se aproximando da sala. "A gente combina. Tenho que ir."

Desligo assim que meu pai entra na sala. "Oi", ele me cumprimenta. Seu olhar ausente vai direto para a televisão.

"Oi. Tem comida no micro-ondas. É só esquentar."

"Ótimo. Obrigado. Estou morrendo de fome." Ele vira e vai para a cozinha.

"Como foi o treino?", pergunto.

"Davenport deu uma de rebelde", ele responde da cozinha, e fica claro que está descontente. "Não sei o que está acontecendo com o garoto."

"Talvez esteja com problemas com garotas. Ouvi dizer que está passando o rodo nas fãs."

Meu pai aparece à porta e passa a mão pelo cabelo raspado. "Mulheres", ele murmura. "São sempre o motivo."

"Na verdade, o que eu quis dizer foi que Hunter está sendo um cretino, usando as garotas para não ter que lidar com seus próprios problemas. Mas tudo bem, pode botar a culpa de tudo na gente, mulheres diabólicas e demoníacas." Reviro os olhos. "Você não dizia esse tipo de coisa pra mamãe, espero."

"Não", ele diz, curto e grosso. "Sua mãe não era o demônio. Tinha questões. Mas todos temos." Meu pai olha para mim, então o micro-ondas apita e ele vai buscar o jantar.

Fico feliz que tenha saído. Estou cansada de seus julgamentos severos. Ele nunca vai me deixar esquecer meus erros.

Queria saber como outras pessoas vivem com o fato de que seus pais têm vergonha delas. Faz anos que carrego nos ombros o peso de ter envergonhado meu pai, e ainda não sei como lidar com isso.

A noite das garotas que eu e Summer tínhamos programado não se concretiza. Assim que entramos no Malone's damos de cara com Hollis, Nate e Hunter no bar. Quando nos veem, Nate sugere pegar uma mesa, e é impossível dizer não para um cara com covinhas. Então nos apertamos em um lugar perto da sinuca e Hollis anuncia que vamos virar shots.

"Depois do treino de hoje, estamos precisando", ele diz, sombrio.

Aceno para Jesse Wilkes e a namorada dele, Katie, que estão jogando sinuca em uma mesa mais distante. Katie retribui o aceno com entusiasmo.

"Foi terrível", Nate concorda com Hollis.

Volto a olhar para eles. "Meu pai comentou que foi meio tenso hoje." Encaro Hunter como quem sabe de tudo.

"Ah, então o treinador está falando mal de mim pelas costas?", ele brinca.

"Tenho certeza de que disse na sua cara qualquer coisa que tenha me dito. Conheço meu pai, e ele não é de medir as palavras."

"Ah, Hunter levou uma bela bronca hoje", Nate confirma, com os olhos brilhando.

"O que você fez pra merecer?", pergunto a Hunter.

Ele dá de ombros. "Cheguei dez minutos atrasado."

"Acho que ele ficou mais puto com o fato de você estar com uma garota no vestiário", Hollis argumenta.

Meu queixo cai. "Você levou uma garota pro vestiário? Ele pegou vocês dois juntos?"

Hunter balança a cabeça, irritado. "Cara, foi totalmente inofensivo. Dormi na casa dela ontem à noite, ela me deu uma carona até lá e quis fazer um tour rapidinho pelo lugar. Por isso me atrasei pro treino."

"E quem era?", Hollis pergunta. "A garota da festa do Jesse? Ou a prima de Montreal do Pierre?"

"Ah, olha só, que conquistador", brinco. "Sua vida é um verdadeiro desfile de mulheres."

Ele sorri para mim. "Quem não gosta de um desfile?"

"Eu adoro", Hollis concorda. "Quando era pequeno, a parada do orgulho gay em San Francisco, onde eu morava, era tão..." Ele se interrompe quando o celular se ilumina, então o leva à orelha. "Você não pode me ligar a cada cinco minutos, Rupi. Não é assim que funciona."

Quando ouço a voz aguda dela do outro lado da linha, escondo o rosto no braço e começo a rir. Summer também solta risadinhas ao meu lado.

"O que você quer, rastrear meu celular? Estou com o pessoal, tá?" Hollis ouve o que ela diz. "Brenna e Summer estão aqui também." Ele ouve de novo. "Se está tão preocupada, vem aqui encontrar a gente, porra. Eu te convidei."

Ele convidou? Está convidando a garota pros programas agora?

"Então arranja uma identidade falsa!", ele rosna. "Quer saber? Não estou nem aí se você está brava. Pronto. Falei. Não ligo. Você está sempre brava com alguma coisa, e isso me deixa louco."

Estranhamente, não distingo nenhum traço de hostilidade genuína no tom dele. É quase como se Hollis tivesse sido sugado pelo tornado tóxico que inadvertidamente — bom, deliberadamente — colocamos no caminho dele.

"Tá..." Hollis para a cada segundo para ouvir. "Tá... Tá... Tá... Não, não vou. Não, não vou pedir desculpas. Pode vir se quiser. Não vou aí te ver. Tchau, Felicia."

Ele desliga.

Levanto as sobrancelhas. "Você desligou na cara dela?"

Hollis me ignora. Seus ombros musculosos se inclinam para a frente enquanto ele digita freneticamente no celular.

"Escrevendo pra ela?", Nate arrisca, seco.

"Só pra pedir desculpas por ter chamado ela de Felicia", Hollis murmura, então o celular toca e ele atende. "Já falei que não posso conversar agora. Desculpa por ter chamado você de Felicia, mas é sério... *Tchau, Felicia.*"

Ele desliga e começa a digitar imediatamente, imagino que para pedir desculpas pelo segundo "Felicia".

Nate olha para os outros na mesa. "Esse agora é meu programa favorito no mundo. O de vocês não?"

Summer ainda está morrendo de rir. "É uma maluquice, e eu adoro." Ela joga o cabelo loiro por cima do ombro antes de sair do banco. "Vou mudar a música. E aproveitar pra pedir as bebidas. Está a fim do quê?", ela me pergunta. "Tequila? Uísque?"

"Vodca", decido.

Nate dá uma risadinha. "Garotas amam vodca."

"Ah, desculpa, prefere alguma coisa docinha e frutada pro seu paladar delicado?", pergunto, num tom educado.

Hunter ri.

"Shots de vodca pra todo mundo", digo a Summer.

Ela vai embora, e não deixo de notar como os olhos de Hunter se demoram em sua bunda. Summer fica bem como ninguém de jeans justo.

"Ainda a fim dela, então?", digo, cutucando seu braço.

"Não." Ele parece totalmente sincero.

"Sério?" Franzo a testa. "Então por que continua sendo um babaca com a garota?"

"Não estou sendo um babaca. Só estou vivendo minha vida, Brenna."

"Com uma garota diferente a cada noite?"

"E daí?" Hunter descansa os braços musculosos na mesa e entrelaça os dedos. Gosto das mãos dele. Pode estar agindo como um cretino ultimamente, mas tem ótimas mãos. "Estou na faculdade. Se quero trepar com todo mundo, posso muito bem fazer isso."

"Claro. Mas já ouviu falar em trepar com todo mundo sem ser um babaca com os amigos?"

"Não estou sendo um babaca", ele repete. "Mas não vou fingir que

Fitz não me fez de idiota. Eu perguntei se tinha alguma coisa rolando entre os dois, e o cara disse que não. Então me deixou chamar Summer pra sair, sabendo que ela estava a fim dele. Aí, no meio da noite, ela sai e vai dar pra ele." Hunter ri de leve. "Como sou *eu* o babaca?"

"Ele te pegou nessa", Nate diz.

É, não posso negar que Hunter está certo. Mas sou amiga de Summer, e sei que ela não fez isso para magoá-lo.

Hunter leva uma mão ao meu ombro. "Chega pra lá. Preciso sair daqui."

"Não precisa ir por minha causa."

Ele revira os olhos. "Só vou mijar."

Depois que Hunter desaparece na multidão, Nate senta no lugar dele e passa o braço nos meus ombros. "E aí, o que me diz da final? Alguma dica de como parar Connelly?"

Vacilo. Por que teria dicas de como parar Jake? Avalio a expressão de Nate. Ele sabe que saí com o cara no fim de semana? Será que alguém nos viu?

"Por que está me perguntando isso?", murmuro.

"Porque você sabe tudo de hóquei", ele diz na hora. "Porque está morando com seu pai e tenho certeza de que ele te fez ver horas e horas de gravações de jogos."

Ah. Estou um pouco paranoica. "É verdade", admito.

"Então me dê algo que possa usar contra Harvard."

"Bom, não sei se já te disseram isso, mas... Jake Connelly é muito rápido."

Nate ri e brinca com uma mecha do meu cabelo. "Cara, eu não tinha ideia. Alguém me disse que o apelido dele era raio, mas achei que fosse só porque curtia tempestades."

Dou risada. "Ouvi dizer que ele adora sair na chuva." De repente, fico séria. "Falando sério, é quase impossível parar Connelly. Ele é o melhor jogador de nível universitário no país."

"Valeu", Nate resmunga.

"Olha nos meus olhos e diz que você é melhor que ele."

Depois de um segundo, Nate faz careta para mim. "Tá. Ele é o melhor jogador universitário do país."

"Você pode tentar diminuir o ritmo dele. E, quanto a Brooks Weston, não cai na armadilha dele."

"É mais fácil falar do que fazer." Hollis entra na conversa. "Quando se está cheio de adrenalina e o cara te provoca... você só quer dar uma tacada nele."

"Verdade", Nate concorda. "Ele é um babaca."

"Quem?", Summer pergunta, de volta à mesa.

"Brooks Weston", respondo. "Seu melhor amigo."

"Ele não é meu melhor amigo. Só estudamos juntos na escola."

Hollis a acusa: "Você encontrou o cara algumas vezes este ano".

"E?"

"Viram, pessoal?" Hollis aponta para Summer. "Essa é a cara da deslealdade."

"Com quem ele está falando?", murmuro para Nate. "Somos nós o pessoal?"

"Acho que sim."

"Ah, meu Deus", Summer exclama quando Hollis volta a digitar. "Essa garota mantém você na rédea curta. Sabe que não precisa responder, né?"

"Ah, é?" Seus olhos azuis brilham, desafiadores. "Quer que a maluca invada nossa casa para gritar comigo no meio da noite?"

"Pra mim tanto faz. Ela não gritaria comigo."

"Ah, éééé?", Hollis repete, arrastando o "é" dessa vez. Ele sacode o iPhone no ar. "É só eu mandar uma mensagem dizendo que você fez algum comentário maldoso sobre Rupi e vai ser no seu número que ela não vai parar de ligar."

Summer fica branca. "Nem se atreva."

"Foi o que pensei."

Nosso garçom traz os shots de vodca, mas esperamos que Hunter volte para beber. Ele se senta ao meu lado e pega seu copo. Todos levantamos os shots, incluindo Hollis, que fica olhando o tempo todo para o celular. Na rédea curta mesmo.

"Um brinde a acabar com Harvard na final", Nate diz.

A vodca abre um caminho de fogo ao descer pela garganta até o estômago. Ufa. Esqueci como é forte. É a bebida que mais bate em mim.

"Argh, tem gosto de bunda", Hollis choraminga. "Odeio vodca. E odeio essa música. Foi você que escolheu?", ele pergunta a Summer quando começa a tocar "Shake it Off" no bar.

"Qual é o problema com a Taylor Swift?", ela pergunta. "Todo mundo ama."

"Não, nem todo mundo ama a Taylor Swift", ele a contraria. "Todo mundo ama *Titanic*. Todo mundo ama as Kardashian. Mas passa longe de todo mundo amar..."

Ele é interrompido pela aproximação de Jesse e Katie. Jesse está com a jaqueta do time e Katie está de casaco, então imagino que tenham vindo se despedir. Mas ele se dirige a Nate em um tom ultrajado. "Vem comigo lá fora. Agora."

Fico em alerta no mesmo instante. É incomum jogadores mais novos dando ordens ao capitão.

"Tudo bem?", Summer pergunta, preocupada.

"Não. Vem ver." Sem dizer mais nada, Wilkes vira e se dirige à porta pisando firme.

Olho para Katie. "O que aconteceu?"

Ela só suspira e diz: "Nunca se deve mexer com o carro de um cara".

Ih.

Quando saímos, Jesse já está a dez metros de distância, com a jaqueta preta e prata tremulando com a brisa da noite. Mesmo que eu não o tivesse como ponto de referência, conseguiria identificar seu carro.

É aquele que parece com um marshmallow, branco e fofinho.

"Ah, não", Summer murmura.

Na verdade, o carro de Jesse é um Honda Pilot preto. Agora está todo coberto de creme de barbear. Ou talvez de chantili. Quando chego perto, mergulho o dedinho na substância branca e a levo ao nariz. É doce. Coloco o dedo na boca e confirmo que estamos lidando com chantili.

"Os filhos da puta de Harvard fizeram isso", Jesse anuncia, com o rosto contorcido de raiva. "Não podemos deixar os caras escaparem na boa. Eu vou lá."

"Não vai, não", Nate diz.

Os olhos do outro se acendem. "Como não? Eles não podem mexer com meu carro!"

"É uma pegadinha idiota, Wilkes. Se for até Cambridge e der um escândalo, ou pior, se retaliar com outra pegadinha idiota, vai estar se rebaixando ao nível deles. E somos melhores que isso. Somos adultos."

O rosto de Jesse parece um tomate. Ele não lembra um adulto no momento. Só um garoto de dezenove anos que teve o carro vandalizado. Eu entendo. É um saco. Mas Nate está certo. Retaliar nunca é a resposta.

"Como você sabe que foram os caras de Harvard?", tenho que perguntar.

Jesse passa um pedaço de papel pautado para mim. "Isso estava preso no limpador do para-brisa."

Summer olha por cima do meu ombro enquanto desdobro o bilhete. Reprimo um suspiro, porque a mensagem não poderia ser mais clara.

Vamos bater tanto em vocês na final que vão virar chantili!

20

BRENNA

Tic, tic, tic.

Ignoro a chuva batendo contra a janela do quarto. Não lembro quando começou, mas foi em algum momento depois de ter voltado do Malone's. Estou focada num trabalho para a faculdade desde então, mas agora o barulho está começando a me irritar. O lado bom é que a chuva vai lavar todo o chantili do carro de Jesse Wilkes, então talvez ele pare de choramingar a respeito.

Tic, tic.

Então, meu celular toca.

JAKE: *Por favor, me diz que não estou jogando pedrinhas na janela do quarto do seu pai.*

Sento na hora. Do que Jake está falando?

Ligo para ele na hora. "É você aqui fora?", pergunto.

"Ah, então você está ouvindo", ele resmunga. "Só decidiu ignorar."

"Não. Ouvi um *tic-tic* no vidro, mas achei que fosse a chuva."

"Como pode ter ouvido um *tic-tic* e achado que era chuva? Chuva é mais um *plim-plim*."

"Então enfia esse *plim-plim* no rabo, Jake."

A risada rouca dele faz cócegas no meu ouvido. "Vai me deixar entrar ou não?"

"Por que não tocou a campainha como uma pessoa normal?"

"Ah, legal, então posso fazer isso?", ele diz, brincando. "Vou lá agora mesmo..."

"Fica quieto. Meu pai está na sala vendo TV."

"Sei bem disso. Vi o homem pela janela. Por isso as pedras."

Reviro o cérebro pensando em uma maneira de deixá-lo entrar. Não dá para chegar até a escada sem passar pela sala. E, mesmo se desse, essa é uma casa antiga e barulhenta. O quarto e o quinto degraus rangem como se o lugar fosse mal-assombrado. É nosso sistema de alarme.

"Hum... tá. Acho que o único jeito de subir até minha janela é pelo cano de escoamento."

"Está falando sério? Vai me obrigar a bancar o Romeu? Não posso entrar por trás?" Ele ri. "*Hmmm!*"

"Seu nível de maturidade me impressiona. E, não, você não pode entrar pela porta dos fundos. Dá de cara pra sala. Meu pai vai te ver."

"Tenho uma ótima ideia", Jake diz, animado. "Você pode vir aqui."

"Ele vai perguntar aonde é que estou indo. Além do mais, está chovendo. Não quero sair."

"Eu sei que está chovendo, não é como se eu quisesse ficar aqui fora!" Ouço um suspiro alto e irritado. "Você é tão difícil, porra. Um segundo."

Ele desliga. Por um momento, me pergunto se desistiu e foi para casa. Espero que não, porque não quero um cara que desista tão facilmente.

Tenho que sorrir quando ouço um rangido de metal, seguido por um farfalhar chegando cada vez mais próximo. Finalmente, uma pancada forte sacode a janela, e vejo um punho através do vidro embaçado e marcado pela chuva. Me aproximo e um dedo se levanta. O do meio.

Tentando não rir, abro a janela. A tela está rasgada há anos, então tenho uma visão perfeita do rosto molhado de Jake. Uma faixa de sujeira marca sua bochecha linda.

"Não acredito que me obrigou a fazer isso", ele acusa.

"Não te obriguei a nada. Foi você quem apareceu sem me avisar. Quer me ver tanto assim, é?" De repente, me sinto culpada. Não porque o cara subiu pelo cano de escoamento por mim, mas por causa da alegria que sinto só de vê-lo.

Acabei de passar horas com um grupo de jogadores de hóquei de Briar, ouvindo-os acusar Harvard da brincadeira infantil que foi feita com o carro de Jesse Wilkes. E fiquei sentada ali, cheia de segredos. Sabendo que tenho falado com Jake, que saí com ele, que o beijei...

Parece que estou traindo meus amigos. Ao mesmo tempo, não estamos mais na escola. Não vou parar de sair com alguém porque meus amigos dariam um chilique.

"Entra", digo. "Se alguém passar de carro e vir metade do seu corpo pendurada pra fora da janela, vai chamar a polícia."

Jake passa pela janela e aterrissa com graciosidade no chão de taco. "Vou tirar as botas pra não encher seu quarto de lama." Ele desamarra os cadarços e deixa os sapatos sob a janela. Então tira a jaqueta e sacode os cabelos molhados, como um cachorro que acabou de tomar banho.

Os respingos atingem meu rosto. "Valeu", digo, sarcástica.

"Imagina."

De repente, as mãos dele estão na minha cintura. Não, esquece isso. As mãos frias e molhadas dele entram por baixo da minha blusa.

"Você está tão quentinha." Jake suspira feliz, então esfrega o cabelo molhado no meu pescoço.

"Você é tão sem noção", informo, tentando me soltar. "Estou te odiando muito nesse momento."

"Não é verdade", ele diz, mas me solta e avalia meu quarto rapidamente com os olhos. "Não é como eu esperava."

"Eu já estava morando sozinha quando meu pai comprou esta casa. Nem eu nem ele nos demos ao trabalho de dar um toque pessoal ao meu quarto. Agora quer me dizer por que apareceu aqui do nada? Na verdade, espera. Primeiro quero saber o que foi aquela idiotice que vocês fizeram no Malone's esta noite. Foi muito imaturo." Mandei uma mensagem para ele quando voltei do bar, mas Jake não deu nenhuma explicação. Ou resposta, agora me dou conta.

"Ei", ele diz, na defensiva. "Não me culpe pela idiotice dos outros caras do time. Fui atrás depois que você me escreveu. Parece que os bandidos do chantili são dois caras do segundo ano, Heath e Jonah. Eles estavam em Hastings esta noite, completamente bêbados. Disseram que foi só uma brincadeira."

"Uma brincadeira idiota. Eu poderia ter bolado algo bem mais diabólico." Lanço um olhar severo para ele. "É melhor ficar de olho nos seus jogadores. Jesse Wilkes queria ir até Cambridge esta noite pra se vingar. Eu e Nate o convencemos a não fazer isso, mas o cabeça de vento quase começou uma guerra de pegadinhas sem graça."

A expressão de Jake parece sofrida. "Obrigado por isso. A última coisa de que preciso é de jogadores revoltados da Briar aparecendo no Dime. Mas não se preocupe, vou falar com os dois amanhã." Ele vai até a cama e se joga nela, ficando totalmente à vontade.

Admiro o corpo longilíneo esticado sobre o colchão. Jake está de calça cargo e suéter preto. A blusa de frio não fica ali por muito tempo — ele a tira e a joga no chão, então volta a se acomodar. A camiseta que estava por baixo é tão fina que parece ter sido lavada mil vezes. Tem um furo perto da barra, e a estampa quase apagou. Mal consigo distinguir as palavras Gloucester Lions.

"É o seu time da escola?", pergunto, tentando não focar em como o tecido fino revela o peitoral mais impressionante que já vi. E isso é dizer muito, já que estou sempre cercada de caras fortões.

O corpo de Connelly é maravilhoso. Sem discussão.

O sorriso torto que ele abre para mim dispara um arrepio pela minha espinha. "Isso." Ele pega meu laptop fechado e coloca na mesa de cabeceira, então dá uma palmadinha no espaço vazio ao seu lado. "Vem aqui."

"Não."

"Por quê?"

"Porque se eu for aí a gente vai se pegar e meu pai pode ouvir." Assim que digo essas palavras fico me sentindo ridícula. É como se eu tivesse quinze anos de novo, e Eric tivesse acabado de entrar escondido no meu quarto.

Mas eu o recebia com certa frequência. E, em todo aquele tempo, nunca fomos pegos.

A lembrança da minha discrição no passado permite que eu me junte a Jake na cama. Eu me acomodo ao lado dele de pernas cruzadas. Jake pega minha mão, acariciando a palma com o dedão em círculos preguiçosos.

"Por que está aqui?", solto sem perceber. "Você não fez todo o caminho só pra falar sobre o chantili." Algo me passa pela cabeça do nada. "Como sabia onde eu morava?"

"Vim porque queria te ver", ele diz apenas. "Quanto à segunda pergunta, vou exercer meu direito constitucional de me manter calado pra não me incriminar."

"Ai, meu Deus. Por favor, me diz que você não ficou me stalkeando na internet nem nada do tipo."

"Nada do tipo."

"Então, como?"

Ele dá de ombros, inocente.

"Connelly."

"Tá. No meu primeiro ano, jogamos contra a Briar e apanhamos feio. Seu pai foi um babaca com Pedersen depois do jogo, e, bom, a gente gostava do treinador e queria dar o troco por ele, então..."

"Então o quê?", pergunto.

"Então dirigimos até Hastings mais tarde e enchemos a entrada da casa do seu pai de papel higiênico", ele murmura.

Fico espantada. "Foi você? Eu me lembro disso! Meu pai ficou puto."

"Fomos nós. Em minha defesa, eu tinha dezoito anos e era meio idiota."

"E não mudou muito", digo, brincando.

Ele entrelaça seus dedos nos meus e aperta. Forte.

"Ai", reclamo.

"Nem machucou."

"Machucou, sim."

"Não machucou nada." Ele faz uma pausa. "Machucou?"

"Não machucou", admito.

"Tonta." Jake leva minhas mãos aos lábios e beija os nós dos meus dedos.

Olho para ele, tentando entendê-lo. Está sempre me mostrando outros lados de si mesmo. É irritante. "Ainda não consigo acreditar como você é pegajoso."

"Pegajoso tipo chato ou só no sentido de ficar encostando em você o tempo todo?"

"A segunda opção. Eu não esperava que você fosse do tipo carinhoso, de verdade." Aperto os lábios. "Não curto muito isso."

"Já falamos sobre isso, linda. Você ama isso."

"Para de me dizer o que eu amo. Falei que não curto isso."

"Claro que curte."

Solto um grunhido, exasperada. Não posso negar que gosto do senso de humor bobo dele. Traço com a ponta do dedo o desenho do escudo do Gloucester Lions. "Você jogava algum outro esporte na escola?"

"Não. Só hóquei. E você?"

"Jogava vôlei, mas nunca levei muito a sério. E certamente não era boa o bastante pra conseguir uma bolsa pra faculdade por conta disso. Nem entrei na Briar direto, aliás."

Jake parece surpreso. "Sério?"

"Minhas notas não eram das melhores." Minhas bochechas ficam vermelhas. "Fiz dois anos numa faculdade comunitária antes de conseguir transferência pra Briar."

"Então você era mesmo uma menina levada, hein?", ele brinca.

"Era mesmo", admito.

"Gosto de meninas levadas." Jake pega uma mecha do meu cabelo e a enrola no dedo. "Você cresceu por aqui?"

Faço que não com a cabeça. "Cresci em Westlynn. É uma cidadezinha de New Hampshire. Continuei estudando lá mesmo depois de meu pai começar a trabalhar na Briar. Era onde estavam todos os meus amigos. E meus primos."

E meu namorado, mas deixo essa parte de fora. Mencionar Eric nunca é uma boa ideia. Já senti na pele como acaba com o clima.

"Eu não era das mais responsáveis no ensino médio", admito. "Meu pai nunca me deixa esquecer. Foi também por causa disso que saí de casa assim que pude." Um milhão de perguntas passam pelos olhos de Jake, então mudo de assunto antes que ele tenha a chance de fazê-las de fato. "Gloucester é uma cidade pesqueira, não é?"

"Isso."

"Sua família tem um barco?"

"Meu avô tem." Jake continua brincando com meu cabelo, sem prestar muita atenção. Parece que uma parte dele precisa estar sempre em movimento, seja brincando com uma mecha ou acariciando meu joelho. "Meu pai trabalha com construção, mas meu avô trabalhou a vida inteira em um barco. Sempre trabalho com ele nas férias de verão."

"Sério? Fazendo o quê?"

"Mergulhando atrás de vôngole."

"Fala sério, Jake. Que nojo."

"Estou falando!" Ele sorri. "Eu pego moluscos no verão. Meu avô e eu fazemos isso juntos. É um negócio muito lucrativo. Ganho dinheiro o bastante pras despesas do ano todo."

Tento não rir, mas meus lábios se contorcem. "Você pega moluscos."

"Isso." Ele passa a língua pelo lábio inferior de um jeito sensual. "Deixa você louquinha, não deixa?"

"Não sei que efeito tem em mim, mas com certeza não é excitação que estou sentindo agora."

"Hum-hum. Sei."

"Você se dá bem com seu avô?"

"Claro, ele é um velhinho durão. Amo o cara."

"E seu pai?"

"Também é durão. Nos damos bem na maior parte do tempo." As mãos de Jake entram por baixo da minha blusa de novo. "Bom, e se a gente parasse de falar de família agora?"

Seus dedos já não estão gelados. Estão quentes e secos, e parecem o paraíso deslizando pela minha pele nua.

"Quer dar uns pegas?" Ele levanta uma sobrancelha.

"Pode ser." Meu coração bate forte quando inclino a cabeça para beijá-lo. No momento em que nossos lábios se tocam o calor se espalha pelo meu corpo.

Para mim, um beijo é a coisa mais íntima que existe. Mais que sexo oral e penetração. Pode ser apenas o mero ato de bocas se tocando, línguas dançando. Mas um beijo, no fundo, é uma experiência emocional. Ou pelo menos para mim é. Qualquer um pode me dar um orgasmo, mas nem todo mundo consegue tocar minha alma. Um beijo pode fazer com que me apaixone por alguém. Eu sei porque já aconteceu. E é por isso que às vezes beijos me assustam.

"Amo te beijar", Jake sussurra, e me pergunto se está lendo minha mente.

Seus lábios estão quentes contra os meus enquanto Jake me empurra para trás com delicadeza. Abro as pernas e ele posiciona seu corpo poderoso entre minhas coxas, me beijando de novo, de novo e de novo.

O tesão se acumula dentro de mim. Faz meu clitóris pulsar. Afasto a boca e olho em seus olhos cheios de luxúria. "Nem pude brincar da última vez", digo. "Só você se divertiu."

Ele abre um sorriso presunçoso em resposta. "Quem gozou foi você. Tenho certeza de que isso quer dizer que só *você* se divertiu."

"Mas nem pude te torturar." Me apoio em um cotovelo e dou um empurrão firme em seu peito, forçando-o a deitar de costas. Quando está à minha disposição, levanto a bainha de sua camiseta e exponho seu tanquinho duro.

Meu coração acelera quando olho para Jake. Seus músculos são perfeitamente definidos, insinuando um "V" de babar que desaparece dentro da calça. Levo os lábios ao centro do peito dele, e um arrepio percorre seu corpo largo. O gosto é de sabonete cítrico e um toque de sal. É delicioso. Vou levantando a camiseta conforme minha língua vai subindo por seu peito, revelando mais e mais pele. Chego ao mamilo e o mordo de leve.

Jake geme.

"Xiu", sussurro antes de passar a língua pelo círculo escuro.

"Desculpa. Esqueci."

Provoco o outro mamilo, então vou beijando seu pescoço. A camiseta está toda enrolada ali, mas não a tiro, porque continuo muito consciente de que meu pai está lá embaixo vendo TV. Acaricio seu pescoço, passando o dedo pela barba por fazer que marca seu maxilar.

Ele solta um ruído rouco em aprovação. Esfrego meus lábios nos seus, mas o contato é breve. Estou ocupada admirando seu rosto lindo.

Os olhos de Jake se abrem totalmente. São de um verde-escuro sem fim. "Você parou de me beijar", ele murmura. "Por que parou de me beijar?"

"Porque quero fazer outra coisa. Mas preciso que fique quietinho. Vai ficar? Por mim?"

Ele passa a língua no lábio superior, para umedecê-lo, então faz o mesmo com o inferior. "Vou tentar."

Desço o zíper.

Com os olhos brilhando de desejo, ele levanta a bunda para que eu possa descer sua calça e sua cueca. Suas coxas são durinhas e não têm muito pelo, só uma leve penugem. A quantidade perfeita.

Fico com água na boca ao ver seu pau. Ah, gostei *disso*.

Fecho os dedos em seu pau grosso. Sinto o membro grande e duro na minha mão, e o calor aveludado me deixa molhada. Aperto minhas coxas uma contra a outra, me contorcendo para controlar a vontade. Já faz um tempo que não fico assim louca para ter alguém dentro de mim. Movimento a mão de forma lenta e provocativa, e xingamos os dois. Só quero tirar minhas roupas e mergulhar em seu pau duro, então cavalgar até os dois gozarem.

Mas isso pode esperar. Lambo os lábios e abaixo a cabeça para envolvê-lo com minha boca.

21

JAKE

Puta merda.
Esse boquete...
Brenna...
A boca dela...
É, meu cérebro meio que parou de funcionar.

Meus dedos estão enfiados no cabelo escuro de Brenna enquanto sua língua desliza pelo meu pau. Ela aperta a base dele enquanto passa a língua pela pontinha, me provando, provocando. Reprimo um gemido, mas arfo um pouco, sem conseguir segurar.

Ela me encara com seus grandes olhos castanhos.

"Não estou fazendo barulho", solto. "Juro."

Brenna sorri e volta ao trabalho. Chupa a pontinha enquanto observo seus lábios me engolirem, como que hipnotizado. Então avança, e a sensação é de que meu pau vai tocar o fundo da garganta dela. Mal tenho tempo de registrar a sensação incrível, e Brenna recua a cabeça rapidamente, a mão trabalhando em perfeita sincronia com sua boca perversa.

Nem consigo acreditar que Brenna Jensen está me chupando.

A vida é cheia de surpresas. Alguns meses atrás, a mesma garota estava me provocando em uma festa da faculdade, jurando que nunca iria para a cama com alguém de Harvard. E agora aqui estamos nós. Na cama de Brenna, com meu pau em sua boca e meu pulso em seu cabelo.

Seus lábios...
A chupada...
Droga, meu cérebro fundiu de novo.

A sensação de prazer sobe pela minha espinha. Adoro ver sua garganta delicada trabalhar conforme ela me engole a cada estocada. Sua bunda perfeita se projeta no ar e minhas mãos se coçam de vontade de segurá-la, de apertá-la.

Fecho a mão nos fios compridos de cabelo e puxo sua cabeça. "Vira pra eu poder te chupar ao mesmo tempo", digo.

Seus olhos se acendem de puro desejo. "É uma ótima ideia", Brenna suspira.

Ela se move depressa, tirando a calça de flanela e parando diante do meu rosto. Quando dou uma provadinha, Brenna solta um ruído estrangulado. Alto.

"Xiu", brinco, antes de passar a língua lânguida e demoradamente pelo clitóris.

Brenna retruca enfiando metade do meu pau em sua boca, de modo que é minha vez de fazer barulho. "Ah", gemo, com a cara na boceta dela. "A gente vai ficar fazendo isso eternamente."

A risadinha dela faz cócegas no meu pau, criando um efeito vibratório que percorre todo o meu corpo. Jogo os quadris involuntariamente para cima, fazendo-a engolir mais.

Brenna solta um gemidinho surpreso, e eu volto atrás rapidamente. "Desculpa", murmuro. "Não foi de propósito."

"Tudo bem, só me assustei."

Minha atenção retorna a seu corpo sensual, e ponho as mãos em sua bunda. É uma delícia. Seu gosto doce na minha língua, meu pau em sua boca. É muito, muito bom. Passo a língua devagar pelo clitóris, querendo atiçá-la, prolongar o prazer, mas não demora muito para que ela esteja gemendo impaciente e se esfregando no meu rosto.

Ela é bem gananciosa... Rio de sua avidez, até que sua língua começa a subir e descer no meu pau. Um prazer incandescente faz minha espinha vibrar. Meu saco formiga em aviso, e eu afasto a boca da boceta dela para murmurar: "Não quero gozar antes de você".

"Então me faz gozar", Brenna provoca.

Eu aceito o desafio. Levo os lábios ao clitóris e chupo.

Ela se contorce de prazer. "Ah, que delícia. Faz de novo."

Mantenho a boca no clitóris enquanto enfio o dedo indicador nela.

Brenna está tão molhada e é tão apertada que quase gozo em sua boca. Preciso de todo o autocontrole do mundo para me segurar.

"Vamos, linda", sussurro. "Não me deixa gozar sozinho."

Ela solta um gemido baixo e move os quadris.

"Isso", incentivo.

Seus lábios se contraem em volta do meu pau. Brenna murmura alguma coisa sem tirar a boca dali, talvez sinalizando o orgasmo, porque de repente sinto seus músculos internos se fechando em torno do meu dedo, seu clitóris latejando sob minha língua.

Gozo sem aviso na boca dela, mas minha própria boca está ocupada; só posso esperar que Brenna não fique puta porque não pedi permissão. O prazer é tão intenso que quase desmaio.

Sinto minha barriga molhada. Brenna senta e diz: "Desculpa, mas eu não engulo. Preciso de um lenço".

Então morro de rir, porque só essa garota poderia fazer o que fez com meu corpo e em seguida interromper o clima assim.

Brenna pega um punhado de lenços da caixa na mesa de cabeceira e me limpa. "Foi divertido", me informa.

Concordo plenamente. "Me dá uns dez minutos e podemos repetir..."

"Brenna?"

Congelamos.

"Com quem está falando?", uma voz brusca pergunta. "Quem está aí?"

"Ninguém", ela diz, e seu olhar deixa claro que devo ficar quieto.

Como se eu fosse abrir a boca... Sei que é Chad Jensen do outro lado da porta. Ele provavelmente arrancaria minha pele se me encontrasse aqui.

"Ouvi a voz dele, Brenna. E não adianta dizer que era a TV, porque não tem TV nesse quarto."

"Eu estava vendo um vídeo no laptop", ela mente.

"Nem vem. Sei que está mentindo. Então, que tal me apresentar ao seu amigo?"

Noto o pânico em seus olhos. "Que tal *não* apresentar?"

Há uma pausa tensa. "Posso falar com você, por favor?"

Brenna tranca a boca. É como se rangesse os dentes enquanto pensa em como resolver a situação. "Um segundo", ela diz para a porta. Então, veste a calça depressa e gesticula para que eu faça o mesmo. "Já volto", Brenna faz com a boca pra mim, sem emitir som.

Talvez minha vinda aqui não tenha sido uma boa ideia, no fim das contas. Quando Brenna sai para o corredor, visto a cueca e a calça, subo o zíper e rezo para não ser assassinado.

A voz dela é baixa, mas a do pai não. O treinador Jensen é uma figura autoritária e assustadora. Ainda assim, me esgueiro até a porta.

"... falamos sobre isso", diz Brenna, parecendo irritada.

"Você não pode ficar a portas fechadas com um desconhecido na minha casa. Se vai receber alguém, precisa pelo menos apresentar ao seu pai."

"Você está sendo ridículo. Não vou te apresentar todo mundo que conheço. Ele é só um amigo."

"Então não há motivo para esconder o cara."

"Pai, esquece, tá?"

"Não vou passar por isso de novo com você." O treinador Jensen está começando a se chatear. Não a se irritar, a se chatear mesmo. O que me deixa incomodado. "Não posso lidar com os segredos, com as suspeitas. Você sabe o que aconteceu da última vez que não fomos honestos um com o outro."

"Não tem nada a ver", Brenna retruca, frustrada. "É só um cara."

Faço uma careta. Só um cara?

Quer dizer, ela está certa. Não é como se namorássemos há anos. Não estou prestes a dar uma aliança de compromisso a Brenna. E entendo que ela não possa contar ao pai que está saindo com o jogador que vai acabar com o time dele na semana que vem. Mas sou mais do que *só um cara*.

Não sou?

O treinador Jensen tampouco engole esse papo. "Então é só alguém que você encontrou no Craigslist?"

"Pai! Credo! Em primeiro lugar, ninguém da minha idade usa isso. Está cheia de pedófilos e pervertidos."

Me controlo para não rir.

"Em segundo lugar, minha vida pessoal não é da sua conta."

"Enquanto estiver na minha casa, é."

A coisa está começando a ficar tensa, então me afasto da porta.

"Por favor, pai. Só... vai dormir", ela diz, cansada. "Meu amigo já está indo embora. Tenho que terminar de escrever um texto pra amanhã."

"Está bem." Ele não parece nem um pouco satisfeito. "Mas diga a ele pra usar a porta da frente na saída. Não quero que quebre o cano, a treliça ou o que quer que tenha usado pra subir."

Acertou.

Ouço passos pesados ecoando pelo corredor, enquanto alguns mais leves se aproximam da porta. Quando Brenna reaparece, o rubor sumiu de suas bochechas. Seus olhos não demonstram qualquer desejo. Ou outra emoção, aliás. "Você precisa ir."

"Imaginei", digo, já vestindo a jaqueta.

"Desculpa por isso. Ele... É difícil." Ela não me encara, e, pelo modo como retorce as mãos, sei que está nervosa.

Ou talvez só esteja constrangida. Mas nunca pensei que Brenna Jensen pudesse se sentir constrangida. Ou derrotada. Em geral, é muito obstinada, mas, pela primeira vez desde que a conheço, parece que não tem mais forças para lutar.

"Ele sempre foi assim rígido?", pergunto.

"Sim, mas não é só culpa dele. Meio que dei motivo para ele assumir sempre o pior quando se trata de mim."

O comentário cifrado desperta minha curiosidade. Preciso de mais detalhes, mas ela está com a guarda levantada, e não me parece que eu vá conseguir respostas agora.

"Jake", Brenna começa. "Não sei quando ou se vamos nos ver de novo."

Franzo a testa. "Por quê?"

"Porque..." Seu olhar finalmente passa dos próprios pés para o meu rosto. "É complicado demais. Não sei quando vou voltar pra casa, e enquanto estiver morando aqui não posso ficar acobertando suas entradas e saídas. E garanto que meu pai não vai aprovar você."

"Por quê? Porque jogo por Harvard? Ele vai superar."

"Não é nem isso. Meu pai não vai aprovar ninguém depois que..." Ela para, balança a cabeça e volta a falar. "Não importa. Você me ajudou com Mulder e eu cumpri minha parte do trato."

"Trato?", repito, sombrio.

"Você queria um encontro de verdade. E conseguiu. Saímos algumas vezes, satisfizemos um ao outro. Então, vamos considerar que tivemos um caso divertido e seguir em frente. Pra que insistir? Não vai dar em nada."

Quero responder, mas sei que ela está certa. Vou embora no verão. E, no momento, preciso focar no jogo contra a Briar. Se ganharmos, significa que estaremos no nacional, e já vou estar pensando na primeira rodada. E, se nos sairmos bem, podemos chegar à grande final.

Brenna é uma distração. A ironia disso não me escapa. Há algumas semanas, eu estava dando um sermão em McCarthy pelo mesmo motivo. Não, eu estava dando um sermão em *todo* o time em relação a qualquer tipo de vício. Pedi que deixassem tudo de lado até que a temporada acabasse.

No entanto, aqui estou eu, me envolvendo com a filha de Chad Jensen. Quando ela me mandou uma mensagem mais cedo sobre aquela história ridícula de chantili, em vez de ficar no bar com meus amigos ou de ir atrás de Heath e Jonah pra dar uma bronca neles, só consegui pensar que fazia dias que não beijava Brenna. E o que fiz? Peguei o carro de Brooks emprestado e vim até Hastings como um paspalho apaixonado.

Talvez ela esteja certa. Talvez precisemos mesmo esquecer essa história.

Mas não quero, droga. Então, digo isso. "Quero continuar vendo você."

"Legal, Jake, mas acabei de dizer que pra mim chega."

A frustração cresce dentro de mim. "Não acho que esteja falando sério."

"Que tal deixar que eu mesma decida isso?" Suspirando, ela vai até a janela e pega minhas botas do chão. "Hora de ir."

"Tem certeza de que seu pai não vai me emboscar das sombras?", pergunto, prudente.

"Tenho. Ele pode ser meio babaca às vezes, mas não vai fazer um escândalo na frente de um desconhecido."

Um desconhecido. De novo, fico magoado, o que é irritante. Sou Jake Connelly, pelo amor de Deus. Não fico magoado. Só ligo para uma coisa: hóquei. Não deveria me importar com o que Brenna pensa de mim.

Saímos. Dá para ver que a luz do quarto no fim do corredor está acesa. Imagino que seja do treinador. Ainda bem que a porta permanece fechada. Ao descer a escada, um degrau range tão alto quando piso nele só de meia que é como se toda a casa estivesse gemendo, em reprovação. *Já entendi. Eu mesmo não estou nada feliz no momento.*

No hall de entrada, calço as botas e amarro os cadarços. "Tem certeza de que não quer mais me ver?" Minha voz sai um pouco rouca, e não porque estou sussurrando.

"Eu..." Ela passa uma mão pelo cabelo despenteado. "Não consigo lidar com isso agora. Só vai embora. Por favor."

E eu vou.

22

JAKE

Hazel vai comigo para Gloucester, na manhã de sábado, visitar meus pais. No trem, é quase só ela que fala. Me esforço para prestar atenção, porque faz um tempo que não nos vemos, mas minha cabeça está em outro lugar. De volta a Hastings, na casa de Brenna, repassando aquela noite inteira.

Não entendo a estranha tensão entre ela e o pai. Brenna admitiu que nem sempre foi comportada, mas não consigo não pensar no que pode ter feito para que ele não confie mais nela. Matou o bicho de estimação da família ou coisa do tipo?

A garota está me ignorando há três dias, e minha autoestima está lá embaixo. Quatro mensagens sem resposta? Isso nunca me aconteceu. Falta uma semana para a final da conferência e estou completamente perdido. Os jogos beneficentes de hoje e de amanhã nem me preocupam, porque não se trata de ganhar ou perder, mas de ajudar uma boa causa: a Sociedade Contra o Câncer de Boston. Mas preciso me recompor para o fim de semana que vem.

"Ah, e sabe quem vai casar?", Hazel diz.

"Hum?"

"Você não está me ouvindo?", ela pergunta.

Passo uma mão pelo rosto. Dormi mal pra caralho ontem à noite. "Estou", digo, distraído. "Você disse que vai casar... Espera aí, como assim? Você vai casar?"

"Não, eu não estava falando de mim. Não vou casar, seu tonto." Ela revira os olhos e prende uma mecha de cabelo loiro atrás da orelha.

Só então me dou conta de que Hazel está de cabelo solto. Em geral, ela usa trança ou rabo de cavalo. "Você soltou o cabelo", comento.

Suas bochechas ficam levemente vermelhas. "Pois é. Faz uns quarenta minutos."

"Desculpa."

"O que está acontecendo? Por que está tão distraído hoje?"

"Estou pensando no jogo de hoje." A expressão cética dela me diz que não acredita em mim, então não lhe dou chance de dizer nada. "Mas quem é que vai casar?"

"Tina Carlen. Ela estava um ano atrás da gente na escola."

"A irmã do Petey?"

"Isso."

"Mas quantos anos ela tem?"

"Vinte."

"E vai casar? Você foi convidada?"

"Fui. Você deve ter sido também. Mas nunca olha seus e-mails."

Meu queixo cai. "Ela mandou os convites pro casamento por *e-mail*?"

"Esses jovens são assim..."

Dou risada.

O trem chega à estação dez minutos depois, então seguimos para a casa dos meus pais. "Minha mãe vai ficar louca quando vir você", digo a Hazel ao nos aproximarmos da porta.

"Você não avisou que eu vinha?"

"Não. Achei que seria legal fazer surpresa."

E eu estava certo. Minha mãe fica muito feliz ao vê-la entrando. "Hazel!", ela exclama, abraçando minha amiga de infância. "Não sabia que você vinha! Que maravilha!"

Hazel retribuiu o abraço. "É tão bom ver a senhora."

"Pendura o casaco e vem ver o que fizemos na sala! Mudamos toda a decoração." Minha mãe a pega pelas mãos e a puxa para lá. Pouco depois, Hazel está fingindo ter gostado do novo visual. Sei disso porque ela nunca foi muito feminina. O papel de parede floral e as cortinas frescas são delicados demais para o gosto dela.

"Jake." Meu pai aparece à porta da cozinha, com o cabelo escuro bagunçado como sempre. "Desculpe por semana passada, mas fico feliz por te ver hoje pelo menos."

"É bom ver você também." Nos cumprimentos da maneira mais masculina possível, em uma combinação de abraço de lado, batida de ombro e aperto de mão.

Entro atrás dele na cozinha. "Café?", ele oferece.

"Por favor."

Ele me serve uma xícara, então vai até a geladeira e começa a retirar coisas de lá. "Sou eu quem vou cuidar do café hoje. O que acha de omelete?"

"Acho ótimo. Precisa de ajuda?"

"Pode picar aquilo ali." Ele aponta para uma variedade de legumes na bancada.

Encontro uma tábua, pego uma faca e começo a picar. Do outro lado da ilha da cozinha, meu pai quebra ovos em uma tigela de cerâmica.

"Vi uma reportagem na HockeyNet ontem à noite", ele diz, enquanto bate os ovos. "As dez maiores promessas do hóquei para a próxima temporada. Você ficou em segundo lugar."

"Quem ficou em primeiro?", exijo saber. Porque... *porra*. Não quero me gabar, mas o último jogador universitário que chegou perto das minhas estatísticas foi Garrett Graham, que está detonando em Boston.

"Wayne Dodd", meu pai diz.

Relaxo. Tudo bem. Dodd é goleiro. É um excelente jogador, mas a posição exige habilidades completamente diferentes das outras. Posso ser o número dois, mas sou o atacante número um. Posso viver com isso.

"Dodd é fera", digo. "Vi um jogo dele na televisão, e o cara pareceu assustador."

Meu pai estreita os olhos. "Acha que vai enfrentar o cara nas finais do nacional?"

"Tem uma boa chance. Temos que esperar as finais de conferência pra saber quem vai seguir em frente." Esse deveria ser meu foco — levar meu time ao campeonato nacional. A pressão é insana. No nacional, dezesseis times são reduzidos a quatro em um único fim de semana. Então, quatro viram dois e só um é campeão. É esse que queremos ser.

Meu pai muda de assunto. "Já está procurando onde morar em Edmonton? Dando uma olhada na internet?"

"Não tive muito tempo pra isso", admito. "Estou concentrado no jogo contra Briar."

"Verdade, bem pensado." Ele pega a tábua de mim e com a faca empurra os cogumelos e os pimentões picados para a omelete na frigideira. "Então... Hazel veio com você..."

"Isso é um problema agora?" Dou risada, porque Hazel já veio à casa deles se não centenas, milhares de vezes.

"Não, de maneira nenhuma." Ele olha por cima do ombro largo para mim e ri, inocente. "Foi só meu jeito viril e descontraído de perguntar se vocês dois estão finalmente juntos."

Meus pais são incorrigíveis quando se trata desse assunto. "Não, não estamos."

"Por que não? Além de deixar sua mãe muito, muito feliz, seria bom pra você também. Manteria seus pés no chão em Edmonton."

Sento numa banqueta. "Somos só amigos, pai."

"Eu sei, mas talvez..."

"Que cheiro bom", Hazel declara, e sou grato pela interrupção.

Minha mãe chega por trás de mim e bagunça meu cabelo, então me dá um beijo no topo da cabeça. "Você não me deu um abraço quando chegou", ela cobra.

"É, porque você estava desesperada pra mostrar a sala pra Hazel."

Hazel senta na banqueta ao meu lado e o clima na cozinha fica muito mais leve. Por dentro, no entanto, volto a remoer o fato de que faz três dias que não falo com Brenna.

É só quando estamos voltando a Cambridge que Hazel é direta comigo. "Tá, o que é que está acontecendo, Connelly? Você passou a manhã inteira distraído e mal-humorado. Até sua mãe notou."

"Não tem nada acontecendo", minto.

Ela me encara. "Está nervoso por jogar contra a gente no próximo fim de semana?"

"De jeito nenhum. Vamos acabar com vocês."

Hazel me mostra a língua. "Nem sei pra quem torcer."

"Sabe, sim. É claro que vai torcer pro seu melhor amigo."

Hazel descansa a cabeça no meu ombro enquanto o trem ganha velocidade. "Você está esquisito, quer admita ou não. E pareceu distante das últimas vezes que conversamos", ela diz. "Está puto comigo ou algo assim?"

"Claro que não. Só tenho muita coisa na cabeça."

Ela hesita por um bom tempo. "É uma garota?"

"Não."

Hazel levanta a cabeça de repente, fixando seus olhos desconfiados em mim. "É uma garota, não é? Está saindo com alguém?"

"Não."

"Está mentindo pra mim?"

"Sim."

Hazel ri, mas sem muita vontade. Não consigo decifrar sua expressão, mas acho que pode estar escondendo certa reprovação.

"Que foi? Não posso sair com alguém?", pergunto, casualmente.

"Não é isso. É só que... você não namora, lembra?"

"É, e esse é um dos motivos." Fico mais sombrio. "Ser ignorado é uma droga."

"Ela está ignorando você?", Hazel pergunta. "O poderoso Jake Connelly está levando um gelo?"

"Mais ou menos... Não é exatamente isso, porque não é como se ela não tivesse me avisado. Ela falou comigo ao vivo, mas foi um término meio vago."

"Término?", Hazel repete, surpresa. "Quanto tempo vocês ficaram juntos?"

"Pouco, na verdade. Algumas semanas."

Hazel começa a brincar com o anel no dedão. Ela usa bastante bijuteria mais casual, principalmente anéis e pulseiras, e esse anel em particular foi meu presente de Natal para ela. A prata reflete a luz do trem conforme Hazel o gira no dedão.

"E você está assim apegado depois de algumas semanas?", ela por fim diz.

"Bom, estou de olho nela há mais tempo que isso. Mas só ficamos juntos agora."

"Vocês saíram de verdade? Tipo, tiveram um encontro?"

"Sim."

Ela gira mais o anel. "E foi bom?"

"Muito bom", confesso. "Não sei, a gente estava se dando bem, então ela desencanou."

"Então, é uma tonta."

"Não, nem um pouco. É bem legal, na verdade. Acho que você ia gostar dela."

"Como ela chama?"

"Bre..." Paro de repente.

"Bre?" Uma ruga se forma na testa de Hazel. "Que nome é esse?"

Hesito antes de decidir ser sincero. Hazel nem é do mundo do hóquei, não vai saber de quem realmente se trata.

"O nome dela é Brenna", revelo.

"É um nome bonito." Hazel inclina a cabeça. "Ela é bonita?"

"Linda."

"Imaginei que fosse. Quer dizer, uma garota qualquer não ia conquistar o coração do escorregadio Jake Connelly."

Dou de ombros. "Ela não conquistou meu coração e não sou escorregadio."

"Cara, todas as meninas da escola queriam ficar com você, e nenhuma conseguiu. Você é inquestionavelmente escorregadio. Tipo uma enguia." Hazel volta a brincar com o anel. "Me conta mais dela."

"Não, não quero fazer isso."

"Por quê? Não podemos falar de relacionamentos?"

"Nunca falamos."

"E?"

"Tá. Você começa", desafio.

"Tudo bem. Vamos falar do meu namorado." Ela sorri para mim. "Ele não existe. Sua vez."

Tenho que rir. Ela me pegou. "Não sei, o que quer que eu diga? O nome dela é Brenna. Ela é incrível. Terminamos. Ou talvez só estejamos dando um tempo. É tudo o que tem pra saber."

"Ela estuda em Harvard?"

"Não."

"Mas faz faculdade?"

"Sim."

Hazel suspira dramaticamente. "Vai me contar onde?"

Penso a respeito. "Promete não contar pra ninguém?"

"Claro." A ruga em sua testa se aprofunda.

"Ela é da Briar."

Um brilho indecifrável passa pelos olhos de Hazel. Sua mandíbula fica tensa por um instante, então relaxa. Ela volta a girar o anel. "Tá. Ela é da Briar. E?"

"E é filha do técnico do time de hóquei deles."

Apesar de seu completo desinteresse por hóquei, até Hazel compreende como isso é complicado. "Está falando sério?"

Assinto. "O nome dela é Brenna Jensen. É a filha de Chad Jensen." Solto o ar com força. "E está me deixando louco."

"Como assim?"

"Não consigo parar de pensar nela. Sei que é uma péssima ideia me envolver, principalmente quando vamos jogar contra vocês no próximo fim de semana. Mas..." Me remexo, desconfortável. "Gosto dela."

"Você gosta dela", minha amiga repete.

"Isso."

"E está distraído e mal-humorado porque ela tem ignorado você."

"Isso."

Hazel fica em silêncio.

"Que foi?", pergunto. Sempre sei quando ela tem algo em mente. "Em que está pensando?"

"É só que... já te ocorreu que pode ter sido parte do plano dela?"

"Que plano?"

"É sério que não enxerga?" Hazel me encara como se eu fosse o maior tapado do mundo. "Todo mundo sabia que a final da conferência provavelmente seria entre Harvard e Briar. Algumas semanas antes desse jogo superimportante, a filha do técnico da Briar de repente se interessa por você e, como disse, te deixa 'louco'. Agora você está distraído e aposto que não está dando tudo de si nos treinos por causa dessa obsessão com a garota. Está vendo aonde quero chegar, Jake?"

Estou, e é engraçado, porque naquela primeira noite do jantar eu a acusei de fazer exatamente o que Hazel está sugerindo. Brenna negou, e eu acreditei na época e ainda acredito. Não sou mais cínico em relação a Brenna Jensen.

"Ela não é assim", digo apenas. "Pode torcer pelo time e apoiar o pai, mas não está tentando me sabotar."

"Como sabe disso?"

"Só sei."

"Apostaria sua vida nisso?", Hazel pergunta, me desafiando.

"Não preciso", respondo, seco. "Mas, sim, tenho certeza de que não é tudo um plano maligno da parte dela."

"Se você diz..."

Mas o olhar de "meu Deus do céu, você é tão idiota" no rosto de Hazel me diz que ela não acredita nisso.

23

JAKE

"Você acha que tenho bunda-bolha?"

Passo os olhos pelas mensagens, mas não tem nenhuma de Brenna. Faz cinco dias. Cinco dias de silêncio completo. É inaceitável.

"Ei! Está me ouvindo?"

Levanto a cabeça e olho para Brooks. Estamos na sala de vídeo da arena, esperando o resto do time chegar. Vamos assistir a gravações de jogos esta manhã, o que é sempre legal. Vou poder ver os amigos de Brenna patinando na tela grande.

Merda. Hazel está certa. Não consigo parar de pensar nela, e isso não é bom.

"Não vai responder?", Brooks pergunta.

"Não, porque não entendi a pergunta." Deixo o celular de lado e me recosto na cadeira estofada, cruzando os braços atrás da cabeça.

"Não é tão difícil, Connelly. Você acha que tenho bunda-bolha?"

Eu o encaro. "O que é uma bunda-bolha?"

"É autoexplicativo." Ele passa a mão pelo cabelo loiro, frustrado.

"É tipo uma bunda gorda?"

"Não, não é uma bunda gorda. Caralho. São tipo duas bolas perfeitamente redondas e durinhas. Tipo duas bolhas, só que na bunda. Daí o nome." Ele parece exasperado. "Que parte você não entendeu?"

Continuo confuso. "Por que quer saber?"

Ele se joga numa cadeira. "Porque, ontem à noite, peguei a Kayla..."

"Ah, eu sei", digo, seco. "Ouvi tudo."

"... e a gente estava pressionado contra a parede, sabe? Com as pernas delas em volta da minha cintura. Fiquei segurando a bunda dela e descendo o corpo no meu pau..."

"Cara, não quero ouvir isso, sério."

"Juro que vou chegar a algum lugar com isso", ele insiste.

O pessoal do time começa a chegar. Coby, McCarthy, Dmitry. Heath e seu companheiro no crime do chantili, Jonah. Alguns caras do último ano.

Brooks não se incomoda com o público. "Bom, a gente estava trepando de pé, com ela agarrada aos meus ombros. A porta do armário estava aberta, então ela conseguia ver a gente no espelho de corpo inteiro." O tom de voz dele é ultrajado. "De repente, ela começa a rir, e eu fiquei, tipo, do que é que você está rindo? Ela disse que era porque tinha acabado de notar minha bunda-bolha."

"O que está rolando aqui?", Adam, um calouro, pergunta, desanimado. O coitado do garoto ainda não se adaptou ao time. Seria de imaginar que depois de uma temporada quase inteira estaria mais acostumado com essa maluquice.

Brooks gira a cadeira em que está sentado. A sala de vídeo em que estamos é bem legal. As cadeiras são estofadas e giratórias, e tem uma tela gigante que ocupa quase toda a parede. Fora toda a tecnologia que o treinador gosta de usar para separar imagens e destacar certas jogadas.

"O que é uma bunda-bolha?", Heath pergunta.

"Quando sua bunda é feita de duas bolas redondinhas", Coby responde.

"Viu? Ele sabe do que estou falando!" Brooks aponta para ele, assentindo em aprovação. "A minha é assim?", ele pergunta ao pessoal.

"Cara, odeio decepcionar você", digo, "mas nunca olhei sua bunda direito. Ou a bunda de outros caras, aliás. E como não sei qual é a aparência de uma bunda-bolha, não posso julgar a sua. Então, pelo amor de Deus, podemos falar de outra coisa?"

Parece que não, porque Brooks já está marchando em direção a um dos laptops na mesa do treinador. O cara dá alguns cliques e, então, uma página de internet aparece na grande tela atrás dele. "Tá. Então..." Ele digita "bunda bolha" na busca de imagens.

Dois segundos depois, fileiras e fileiras de fotos aparecem na tela, todas de bundas femininas muito interessantes.

"Argh, não, não quero ver bunda de *mulher*." Ele altera a busca para "bunda bolha homem".

A primeira imagem que aparece é de um homem completamente vestido dentro de uma bolha de verdade.

"O que é que esse cara está fazendo dentro de uma bolha?", Coby pergunta.

"Vai ver ele tem aquela doença da bolha", alguém sugere. "Que faz você ter que se isolar do resto do mundo."

"A bolha não é a doença", Dmitry diz, rindo. "É a solução."

"Por que é tão difícil encontrar imagens de bunda de homem?", Brooks reclama. "Tá bom, galera. Se prepara."

"Weston", alerto. "O que quer que esteja prestes a fazer, por favor, não faça."

Infelizmente, não tem como parar o cara quando está obstinado, especialmente se for algo relacionado à aparência dele. Brooks é vaidoso pra caralho.

Quando um site pornô surge na tela, sou rápido em outro alerta: "É melhor sair antes que o treinador chegue".

Brooks dá uma olhada no relógio em cima da porta. "Ainda temos dez minutos, e ele nunca chega antes. É um cara pontual."

É verdade, mas não significa que quero ficar vendo pornografia no laptop da universidade.

Brooks clica na área de pesquisa e escreve "bunda bolha". De repente, me dou conta de que não é só um site pornô. É um site de pornô *gay*. Ótimo.

"Pronto!", diz Brooks, triunfante. "Ela acha que minha bunda é assim!" Ele clica em uma imagem com a legenda "metendo forte na bunda-bolha".

Coby resmunga. "Cara, não quero ver essa merda."

Mas Brooks pausa o vídeo antes que o sexo comece. Na verdade, só tem um cara na imagem, um loiro alto de aparência nórdica que decide tirar toda a roupa na academia de jiu-jítsu porque aparentemente é isso que as pessoas fazem.

Brooks dá um close na bunda do cara. Não vou mentir: a bunda dele lembra mesmo duas bolhas. O resto do corpo é magro e malhado, então a bunda chama toda a atenção.

"É a primeira coisa que se nota no cara", Coby admite. "Meu olho foi direto pra bunda."

"O meu também", concordo. "Esquisito, não?"

"É o meu caso?", Brooks quer saber. "Porque, se for, é uma merda. Olha só. Completamente desproporcional em relação ao resto do corpo."

"Cara, acabamos de falar que nunca prestamos atenção na sua bunda", digo, irritado. "Não dá pra comparar."

"Tá bom, tá bom..."

Ele vira e abaixa a calça.

O treinador Pedersen entra na sala no mesmo instante.

Ele para na mesma hora. Seu olhar vai do homem pelado na tela para a bunda exposta de Weston. Então, ele faz cara feia para o restante de nós. "Qual é o problema de vocês?"

"Não é o que parece", Brooks tenta assegurá-lo.

"Não é? Porque parece que você quer que comparem sua bunda com a bunda da tela, e a resposta é: são idênticas. Agora fecha essa calça, desliga essa porcaria e vai sentar, Weston."

Brooks parece genuinamente devastado ao fechar a calça. "Tenho bunda-bolha. É como se minha vida inteira tivesse sido uma mentira."

Johansson, o goleiro, ri. "Cirurgia plástica é sempre uma opção."

"Já chega", o treinador corta. "Não temos tempo pra essa merda. Vamos enfrentar o time de Jensen em cinco dias. O jogo vai passar em todas as TVs locais, e ouvi rumores sobre uma transmissão pela Hockey-Net também. Então, me digam: querem passar vergonha ou ganhar?"

"Ganhar", todo mundo murmura.

"Querem bater uma olhando pra bunda do Weston ou querem ganhar?"

Levantamos a voz. "Ganhar!"

"Ótimo. Então, calem a boca e prestem atenção."

Depois da reunião, Pedersen me segura antes que possa seguir meus colegas saindo. "Connelly, venha aqui."

Enfio as mãos nos bolsos e caminho em sua direção. "O que foi, treinador?"

"Sente." Com base em sua expressão dura, ele não me chamou para inflar meu ego. Obedeço, e ele fica de pé à minha frente, com os braços cruzados sobre o peito musculoso. "Qual é o problema?"

"Como assim?"

"Só quero saber qual é o problema com você. Patinou mal no treino da manhã. Foi dois segundos mais lento que o normal. Ainda foi mais rápido que a média dos jogadores, mas pra você foi devagar."

"Eu estava distraído", admito.

"E à tarde? Em geral, você chega cedo, e quando entro já está conduzindo a reunião, repassando os vídeos. Hoje entrei e Weston estava mostrando a bunda pra todo mundo enquanto viam pornô gay."

"Não estávamos vendo pornô gay", garanto. "Só estávamos..." A frase morre no ar.

Porque ele está certo. Sempre fui muito focado no jogo. Tenho me dedicado exclusivamente a ele desde que tinha idade suficiente para patinar. Eu conduzo as reuniões do time. Chego cedo, ofereço ajuda a quem estiver precisando. Sacrifico meu próprio tempo, meu próprio sono, meus próprios estudos para garantir que cada arma no nosso time esteja travada, carregada e funcionando.

Nos últimos cinco dias, minha cabeça não esteve no jogo. E talvez não pareça muito tempo no plano geral, mas é quando só se tem outros cinco dias para se preparar para o jogo mais importante da temporada. Não o segundo mais importante, porque não temos certeza de que vamos classificar para o nacional. Precisamos vencer Briar para seguir em frente. Portanto, *este* é o jogo mais importante, e a única coisa que deveria importar no momento.

"Você está certo", digo. "Não tenho estado tão focado quanto deveria."

"O que está acontecendo? É a faculdade? Precisa de um professor particular?"

"Não, está tudo bem com os estudos. Tenho alguns trabalhos para fazer, mas não são um problema. Só preciso entregar em maio, de qualquer forma."

"Então, o que é? Problemas em casa?"

"Não." Eu me ajeito na cadeira. Uma vergonha que não me é característica esquenta minha nuca. "Me sinto meio tonto de dizer isso, mas é uma garota."

O treinador resmunga em desagrado. "Quer um conselho?"

"Por favor."

"Esqueça ela."

Tenho que rir. Bom. Isso não ajuda muito. "É uma solução", digo, com cuidado, porque o treinador não gosta de ser desafiado.

"Acredite em mim, garoto, é a única solução. Mulheres só dão dor de cabeça. Mesmo as boazinhas", ele diz, balançando a cabeça. "É como se todas conseguissem um diploma em manipulação. Como se aprendessem a brincar com suas emoções. Ou nos transformam em escravos ou em tolos."

Sua reação me pega com a guarda baixa. Sinto muita amargura em seu tom, e me pergunto quem foi que partiu seu coração. Até onde sei, Pedersen nunca foi casado. Ele não tem filhos, e se tem uma namorada nunca fala dela. Alguns caras levantaram a teoria de que ele é gay, mas não acho que seja o caso. No ano passado, o treinador deixou um evento do time em um hotel em Boston acompanhado de uma ruiva gostosa de vestido justo. Isso não significa que ele não seja gay, mas, cara, não dá para saber com certeza.

Pelo modo como fala, no entanto, parece que não tem o menor interesse em ter um relacionamento com uma mulher.

"No fim das contas, as mulheres sempre querem algo de você, garoto. *Sempre* querem. Elas pegam, pegam e pegam, sem dar nada em troca. Ninguém dá a mínima para os outros, então é melhor tomar conta de si mesmo, entendeu?"

Em geral, faço isso. Fiz isso minha vida inteira. Não sei bem por que não está dando certo ultimamente. Desde que Brenna terminou comigo, é como se eu vivesse com as entranhas contorcidas.

"Sabe do que mais gosto em você, Jake?"

"Do quê?", pergunto, cauteloso.

"Do seu egoísmo."

Fico tenso. Ele fala como se fosse um elogio, e para ser sincero não é novidade pra mim — *sei* que sou egoísta. No entanto, por algum motivo, ser chamado de egoísta por meu treinador me deixa puto.

"Você não deixa que nada se coloque no caminho do gol", Pedersen continua. "Suas necessidades vêm primeiro, e é assim que deve ser. É por isso que sei que está destinado a ser um astro do esporte." O treinador balança a cabeça de novo. "Esqueça a garota que está te causando todo esse sofrimento. Foque em vencer, foque no trabalho incrível que você vai ter a partir de agosto. Um passo em falso no gelo pode acabar com uma carreira. Falta de foco é perigoso, e não só porque pode terminar em contusão. Um jogo ruim prejudica sua imagem, e pode acreditar que seus novos chefes vão assistir a todas as partidas e estudar vídeos seus depois."

Ele está certo.

"Então, mantenha a cabeça no jogo. Esqueça a garota. Vão surgir outras. Posso garantir que quando estiver em Edmonton vai ter um monte delas atrás de você." O treinador se inclina para a frente e põe a mão no meu ombro. "Estamos conversados?"

Assinto devagar. "Sim. E não se preocupe. Vou colocar a cabeça no lugar."

"É o que eu queria ouvir."

No entanto, a primeira coisa que eu faço quando saio da arena é escrever para Brenna de novo.

O discurso do treinador surtiu efeito, mas não o que sei que ele queria. Não quero ser o tipo de cara que sofre por uma garota e passa a desprezar as mulheres em geral. Não quero ser amargo ou raivoso.

Não posso forçar Brenna a sair comigo de novo, mas pelo menos posso deixar claro que ainda penso nela.

EU: *Oi, eu de novo. Pode continuar me evitando se quiser, mas saiba que estou aqui se mudar de ideia.*

24

BRENNA

É manhã de terça e uma loira magra me olha feio.

Marquei de encontrar minha amiga Audrey no Coffee Hut, mas ela está cinco minutos atrasada. Será que a loira magra no balcão está puta por eu estar segurando uma mesa para dois? Não pode ser. Ela também está sozinha. Por que deveria ficar com a mesa? Estamos nos Estados Unidos. Quem chega primeiro leva.

Ainda assim, mando uma mensagem para Audrey, porque o lugar está lotado e não posso ficar enrolando com a mesma xícara de café por muito mais tempo sem que um atendente venha me dizer que preciso liberar a mesa.

EU: *Cadê vc? Estão querendo nossa mesa.*
AUDREY: *Ainda esperando pra falar com o professor.*

Sério? Ela ainda está na sala? O prédio de jornalismo fica a dez minutos andando daqui. A próxima mensagem dela confirma o que eu temia.

AUDREY: *Vou me atrasar no mínimo mais quinze minutos. Prefere esperar ou marcar à tarde?*
EU: *Não posso à tarde :(Minha aula começa à uma e termina às cinco. E jantar?*
AUDREY: *Não consigo :(*

Argh. Apesar de fazermos o mesmo curso, faz um tempo que Audrey e eu não conversamos de verdade. Não interagimos muito durante as aulas, já que na maior parte do tempo recebemos um tema na hora e temos que escrever a respeito em seguida. Quase não vi Elisa, que estuda com a gente, esse mês também. Acho que é aquela época do ano, com trabalhos finais e provas, a temporada de hóquei nos finalmentes. Antes que eu perceba, vai ser maio e o semestre vai ter acabado.

EU: *Tá, eu espero. Tô com sdd.*
AUDREY: *Ah, adoro vc! Chego logo.*

"Brenna Jensen?"
Levanto a cabeça e deparo com a garota que estava me olhando feio do balcão. Ela está dois passos à minha frente agora, e sua cara não melhorou nem um pouco. Combina com o céu nublado do outro lado da janela.
"Te conheço?", pergunto, cautelosa.
"Sou Hazel. Hazel Simonson."
Isso não me diz nada. "Tá. A gente se conhece?"
Uma ruga se forma na testa dela, mas ainda não sei o que significa. "Jake nunca falou de mim?"
Minha mão aperta a xícara de café com mais força. "Você o conhece?"
"Conheço. Muito bem, na verdade."
Tento manter a expressão neutra. Juro que se a garota vier me dizer que é namorada dele...
Não. Se ela fizer isso, é porque está mentindo. Jake não me parece do tipo golpista. Ele disse que não namora, e não acho que tenha outra.
"Posso sentar?", Hazel pergunta com frieza.
"Na verdade, estou esperando alguém..."
Ela senta mesmo assim. "Te faço companhia enquanto a pessoa não chega." Hazel apoia as mãos na mesa. "Temos algumas coisas para discutir."
Eu me recosto na cadeira, mantendo a linguagem corporal relaxada. A dela é de confronto, e sempre rebato agressão com indiferença. É uma tática que costuma deixar o agressor maluco. "Olha. Hazel. Não quero ofender, mas não te conheço. Você diz que conhece Jake, mas ele nunca tocou no seu nome."

Seus olhos castanho-claros se acendem por um momento.

"Me desculpa, mas não tenho como confiar em uma desconhecida que se senta comigo sem ser convidada e me encara como se eu tivesse matado o gato dela." Cruzo as pernas e apoio uma mão leve sobre o joelho direito.

"Eu conheço Jake sim", diz Hazel, seca. "Crescemos juntos em Gloucester. Estudamos na mesma escola. E conheço os pais dele, Lily e Rory", ela diz.

Não tenho como confrontá-la nesse tema. Jake nunca mencionou o nome dos pais comigo.

"Tomamos café da manhã todos juntos no sábado. Na casa deles." Sua expressão trai certa presunção. "Fui de trem com ele."

Uma sensação incômoda me invade.

"Eu o conheço melhor que qualquer outra pessoa", ela conclui. Agora não é mais *certa* presunção. Ela está sendo presunçosa pra caralho.

"É mesmo?", digo.

"É. Sei que ele tem uma cabeça boa, e sei que é muito mais esperto do que parece. Não costuma se deixar enganar assim."

A leoa está começando a mostrar suas garras. "Então, ele está sendo enganado?"

"Não se faça de boba." Ela entrelaça os dedos com firmeza. "Sei muito bem quem você é. Fiz uma busca na internet quando ele me disse que estavam saindo."

Consigo esconder minha surpresa antes que meus olhos a revelem. Jake contou a essa garota que estávamos juntos?

Hazel sorri. "Como eu disse, somos velhos amigos. Não temos segredos entre nós."

A sensação ruim dentro de mim se intensifica. Começa a se agitar em um redemoinho quente de... acho que é ciúme. Mas com uma bela dose de raiva também. Afinal de contas, quem é essa garota?

Olho em seus olhos cheios de arrogância. "É ótimo que vocês dois sejam tão próximos. Apesar de que, se fosse verdade, você saberia que não estamos mais juntos."

Dizer isso em voz alta desperta uma onda de arrependimento. Não posso negar que sinto falta dele. Não faz nem uma semana que pedi que fosse embora da minha casa, mas parece uma eternidade. Jake está sempre na minha mente, e as mensagens diárias dele só pioram a situação. A de ontem, sobre estar por perto caso eu mude de ideia... quase me fez ceder e ligar pra ele.

No último segundo, recuperei minhas forças. Lembrei a mim mesma por que foi melhor ter terminado. Não quero um namorado, menos ainda um que vai se mudar para outro país em alguns meses. E, tudo bem, talvez uma parte de mim ainda tenha vergonha do que aconteceu no meu quarto. Eu mal consegui encarar Jake depois. Ele viu da primeira fila meu pai me dando uma bronca no corredor como se eu fosse uma criança levada.

Foi humilhante demais.

"Sim, eu sei disso", Hazel diz, interrompendo meus pensamentos. "Ele me disse que você terminou tudo. E pode dizer o que quiser sobre Jake, mas ele não é nada cínico..."

"O que cinismo tem a ver com isso?", pergunto.

"Tudo. *Eu* sou cínica, e sei o que você está tramando."

"Tá." Estou começando a cansar dessa conversa.

"A filha do treinador Jensen começa a sair com o capitão do time de hóquei de Harvard durante os playoffs. Ela o conquista, mexe com a cabeça dele, então o deixa antes do jogo mais importante da temporada. Ele fica tão chateado que mal consegue se concentrar no hóquei, a única coisa que importa pra ele, aliás... Tudo porque a garota está dando um gelo nele."

Outra sensação se junta ao coquetel que está sendo misturado dentro de mim. Culpa. "Ele está chateado?"

"Está. Parabéns. Você conseguiu o que queria."

"Não era nem um pouco o que eu queria."

"Sei. Claro que não." Ela afasta a cadeira, mas não se levanta. "Fica longe dele. Jake e eu cuidamos um do outro desde criança. Não vou deixar que uma interesseira sabote a temporada inteira dele ou o distraia de seus objetivos."

"Ah, você não vai *deixar*, é? Desculpa te decepcionar, mas, citando minha prima Leigh, que tem quatro anos: *você não manda em mim*." Dou risada. "E sou o oposto de uma interesseira."

"Sei", ela repete.

"Ah, e só pra você saber, não vou sabotar porcaria nenhuma, mas é a última coisa que tenho a dizer a esse respeito. Não vou me explicar ou discutir meu relacionamento com Jake, porque não é da sua conta."

Ela fica de pé, tensa. "Tanto faz. Você terminou com ele. É só não voltar atrás e não vamos ter problemas."

Abro um sorriso largo sem nenhum calor. "Acabou?"

"Por enquanto. Aproveite o resto do dia." Acompanho com os olhos enquanto a (suposta) melhor amiga de Jake no mundo inteiro se dirige à porta e sai do café.

Por um lado, gosto quando uma pessoa mostra as garras para defender alguém de quem gosta. Por outro, não gosto que tenha me acusado de sabotar a temporada de Jake, ou de que só saí com ele como parte de algum plano maligno.

Eu não tinha a menor intenção de ficar com ele. Ed Mulder e sua obsessão ridícula por Edmonton foram a única razão de termos saído pela primeira vez. Então, as coisas evoluíram porque é o que acontece quando duas pessoas têm química. É algo difícil de encontrar e ainda mais difícil de ignorar.

Rá. Queria ver só Hazel tentando resistir a Jake. Se ele fixasse seus olhos verdes nela e...

Algo me ocorre. O que acabou de acontecer foi mais do que uma garota tentando defender o amigo? Ela sente algo por ele?

Quando penso a respeito, não seria nenhuma surpresa.

Meu celular toca. Meio que espero que seja Jake, e meu coração acelera. Quando "HockeyNet" aparece no identificador de chamadas, ele acelera ainda mais. *Finalmente.*

Inspiro fundo, tentando me acalmar. "Alô?"

"Posso falar com Brenna Jensen, por favor?", pede uma voz feminina animada.

"É ela."

"Oi, Brenna. Sou Rochelle e ligo em nome do sr. Mulder. Ele gostaria que viesse amanhã para discutir a vaga de estágio."

"Ah. Hum." Penso rapidamente no que tenho programado. Minha primeira aula é à uma da tarde. Vai ficar apertado, mas acho que consigo. "Tudo bem, mas precisaria ser no primeiro horário. Tenho aula à uma."

"Infelizmente, ele está ocupado a manhã inteira." Eu a ouço digitar do outro lado. "Que tal no fim da tarde? Cinco e meia está bom pra você?"

"Posso dar um jeito", digo, instantaneamente, porque não vou bancar a difícil.

"Ótimo. Nos vemos amanhã."

Ela desliga.

A animação vibra dentro de mim. Lá no fundo, uma vozinha me diz para não colocar o carro na frente dos bois. Isso não significa que consegui o estágio.

Mas... como poderia *não* me sentir esperançosa? Ele não me faria ir até Boston só para me dispensar.

Ninguém é tão babaca assim, é?

"Acabamos escolhendo outra pessoa."

Ah. Aparentemente Ed Mulder é tão babaca assim.

Na cadeira das visitas, engulo o ressentimento e consigo falar em um tom calmo: "Para as três vagas?". Afinal, não havia só uma em disputa.

"Isso. Vamos contratar uns caras ótimos. Não me entenda mal, na parte acadêmica você está à altura, mas dois deles são atletas, e os três simplesmente têm algo a mais."

Um pinto.

Eles têm um pinto, e eu não tenho.

Não tenho nenhuma dúvida quanto a isso. Mas me forço a ser educada. "Entendo. Tudo bem. Obrigada pelo seu tempo." *Obrigada por ter me feito dirigir até aqui.*

Mulder poderia muito bem ter me mandado um e-mail como qualquer outro babaca, mas nãããão... Tinha que provar que era o rei dos babacas.

Faço menção de levantar, mas Mulder ri e levanta uma mão. "Espera. Não foi o único motivo que me fez te chamar até aqui."

Volto a sentar a bunda na cadeira. À minha revelia, ainda há um fiozinho de esperança dentro de mim. Talvez ele me ofereça outro cargo. Talvez pago, ou...

"Queria convidar você e Jake pra ver o jogo dos Bruins domingo."

Ele sorri para mim, como se esperasse que eu batesse palmas de alegria. "A rede tem um camarote no TD Garden. Meu irmão e minha cunhada vão também. Lindsay e Karen gostaram de te conhecer. Vocês podem conversar enquanto nós curtimos o jogo."

Assassinato é crime em Massachusetts?

É crime em todo o país, tenho que me lembrar.

Talvez eu conseguisse um bom advogado, que alegasse autodefesa. O pai da Summer trabalha com isso. Tenho certeza de que conseguiria me tirar do Corredor da Morte.

A fúria borbulhando dentro de mim chega perto de transbordar. O babaca me fez vir até Boston só para dizer que não vai me contratar e para me convidar para ficar falando de crochê e decoração com a esposa e a cunhada enquanto ele e meu namorado de mentira assistem ao meu time jogando.

Ainda bem que não tenho uma arma.

"Obrigada pelo convite. Preciso falar com Jake", digo, firme, esperando que a raiva não transpareça na minha expressão. "Te aviso."

"Perfeito. Espero que dê certo. Minha esposa não para de falar sobre como vocês são um ótimo casal." Ele pisca. "Não se preocupe, vai ser nosso segredinho."

Forço um sorriso. "Obrigada."

"Eu te acompanho."

"Não precisa!" Minha expressão animada corre sério risco de se desfazer. "Sei o caminho. Tenha um bom dia, sr. Mulder."

"Ed."

"Ed."

O sorriso falso desaparece no momento que saio da sala dele. Meus movimentos são rígidos ao pegar o casaco no cabideiro perto da porta. "Foi um prazer conhecer você", digo a Rochelle.

"Você também. Boa sorte", ela diz, simpática.

Saio para o corredor, mas não deixo o prédio de imediato. Quero passar pelo estúdio uma última vez, me demorar em uma última olhada. Quando chego lá, estão gravando o noticiário. Eu me aproximo um pouco, mantendo uma distância discreta, e vejo dois comentaristas analisando o jogo de ontem à noite do Ottawa Senators e o gol da vitória, marcado por Brody Lacroix. Um deles diz: "Geoff falou com Brody depois do jogo. Veja o que o novato tinha a dizer".

De canto de olho, noto um borrão de atividade na cabine de controle. O diretor faz um sinal para alguém, e de repente um vídeo da entrevista surge na tela entre os dois apresentadores. O rosto irritante de Geoff Magnolia surge. É ele quem faz a maior parte das entrevistas no vestiário no pós-jogo, e os jogadores o veem como "um dos caras".

A maior parte do tempo, Magnolia está ocupado demais trocando gracinhas com os jogadores para fazer qualquer pergunta sobre o jogo em si. Nesse caso, no entanto, ele tenta ser um jornalista de verdade ao conversar com a estrela do time, Brody Lacroix. Os dois discutem o sucesso do jogador no terceiro período, assim como na temporada até agora de modo geral. Em três momentos diferentes, Magnolia diz que os pais de Lacroix devem ter muito orgulho dele, e em todos o jogador retribui com um meio sorriso desconfortável. Ele acaba resmungando uma resposta qualquer, então dá as costas e vai embora.

Balanço a cabeça. "Retardado", murmuro. No mesmo instante, ouço uma voz feminina dizer baixinho: "Idiota".

Viro e deparo com Georgia Barnes, meu ídolo, a alguns passos de distância. Ela olha para mim, quase intrigada.

"Agora é hora dos nossos comerciais", um dos apresentadores diz ao público. "Na volta, vamos para Nashville ouvir os palpites de Herbie Handler para o jogo dos Predators contra os Flyers."

"Olha o break", um operador de câmera grita.

Como se um interruptor tivesse sido ligado, o set ganha vida. Pessoas se movimentam e o burburinho de vozes ecoa pelo estúdio. "Alguém conserta essa luz", um dos apresentadores reclama. "Está queimando minha retina."

Um modesto assistente corre para resolver o problema da luz. Georgia Barnes volta a me olhar, depois vai embora.

Hesito por um momento. Então corro atrás dela e a chamo, toda desajeitada.

Georgia para no corredor bem iluminado e vira para me encarar. Está com uma saia risca de giz, uma blusa branca de seda e sapatilhas pretas. Apesar da roupa elegante, sei que tem fogo dentro de si.

"Desculpa incomodar", digo. "Só queria que soubesse que sou sua fã. Acho que você é uma das jornalistas mais inteligentes e afiadas do país."

Georgia responde com um sorriso caloroso. "Obrigada. Fico feliz." Ela passa seus olhos astutos por mim. "Você trabalha aqui?"

Balanço a cabeça em negativa. "Acabei de ficar sabendo que não consegui a vaga de estágio que eu queria."

"Entendi." Ela assente, com pesar. "Dizem que é muito difícil mesmo." Sua voz de repente adquire um tom seco. "Mas imagino que seja importante estar preparada: é um mercado muito difícil. Ainda mais para as mulheres."

"Fiquei sabendo."

Ela estuda minha expressão. "Por que chamou Geoff Magnolia de retardado?"

Uma onda de calor sobe para minhas bochechas, e espero não ter ficado vermelha. "Ah. É. Desculpa por ter..."

"Não precisa pedir desculpa. Só me diz por que fez isso."

Dou de ombros, desconfortável. "Por causa das coisas que ele estava dizendo. Alguém precisa dizer a Magnolia para fazer uma pesquisa mínima antes das entrevistas. Ele mencionou os pais de Lacroix três vezes."

"E daí?", Georgia diz. O tom dela é leve, mas sinto que está me testando.

"E daí que a mãe dele morreu de câncer há menos de um mês. Magnolia deveria saber disso. E parecia que Lacroix estava prestes a chorar."

"Sim. Ele deveria saber. Mas, como você disse, Geoff Magnolia é um retardado." Ela abaixa a voz para um nível conspiratório. "Vou te contar um segredo... Qual é seu nome?"

"Brenna."

"Vou te contar um segredo, Brenna. Magnolia é a regra, não a exceção. Se um dia vier trabalhar aqui, esteja preparada pra lidar com retardados diariamente. Ou pior: machistas bocudos que vão passar cada minuto de cada dia dizendo que você não pertence a este lugar porque não tem um pinto."

Abro um sorriso triste. "Acho que passei por isso hoje."

A expressão dela se abranda. "Sinto muito em ouvir isso. Tudo o que posso dizer é: não deixe que uma rejeição, uma batida de porta na cara, te impeça de tentar de novo. Continue se candidatando para trabalhar em canais de TV, abertos ou fechados, onde quer que estejam contratando." Ela pisca. "Nem todo mundo quer nos manter de fora, e as coisas estão mudando. Ainda que devagar, prometo que estão."

Fico meio embasbacada quando Georgia aperta meu braço antes de ir embora. Sei que ela está certa, que as coisas estão mudando. Só queria que fosse mais rápido. Demorou décadas para jornalistas mulheres poderem entrevistar atletas no vestiário. Uma repórter da *Sports Illustrated* teve que entrar com um processo para que a Justiça finalmente decidisse que banir jornalistas mulheres dos vestiários era uma violação à igualdade de direito constitucional.

Mas decisões judiciais não ajudam a mudar atitudes sociais. O fato da ESPN ter contratado mais colunistas e comentaristas do sexo feminino foi um avanço. Mas me deixa puta que as mulheres continuem encarando hostilidade e comportamentos machistas quando estão apenas tentando fazer seu trabalho, como qualquer jornalista homem.

"Oi, Brenna!" Encontro com Mischa, o gerente de palco que conheci na semana passada, perto dos elevadores. "Você voltou."

"Voltei", digo, irônica.

"Isso é bom, não?"

"Infelizmente, não. O sr. Mulder pediu que eu viesse só para me dizer pessoalmente que não fui escolhida."

"Ah. Sinto muito. Que droga." Ele balança a cabeça, visivelmente decepcionado. "Seria legal ter você aqui."

"Bom, tenho certeza de que os escolhidos vão se sair bem."

"Pode ser. Mas tenho um pressentimento de que é Mulder quem está perdendo por não te escolher."

"Diga isso a ele." Quando as portas do elevador se abrem, toco o braço de Mischa para me despedir. "Foi legal te conhecer."

"Foi legal conhecer você também."

Meu sorriso desaparece assim que fico sozinha no elevador. Lágrimas se acumulam em meus olhos, mas me proíbo de chorar. Não posso chorar. Era só um estágio. Tenho certeza de que vou encontrar um canal local ou uma estação de rádio onde trabalhar no verão, e no outono posso me candidatar de novo a uma vaga na HockeyNet, ou talvez até encontre um lugar melhor. Não é o fim do mundo.

Mas, droga, eu queria mesmo esse estágio.

Meus dedos tremulam quando tiro o celular da bolsa. Eu deveria pedir um carro para ir até a estação de trem. Mas penso na mensagem de Jake ontem, pedindo que eu ligasse.

Mordo o lábio.

Provavelmente é uma má ideia.

Mas eu ligo mesmo assim.

"Ei, você voltou a falar comigo!", Jake diz quando nos encontramos vinte minutos depois. "O que fiz para merecer essa honra?"

Estou tão para baixo que nem consigo pensar em uma resposta espertinha. "Não consegui o estágio", digo apenas. "Mulder escolheu três caras com pinto no meu lugar."

"Em vez de três caras sem pinto?" Jake sorri, mas o bom humor não perdura. "Sinto muito, gatinha. É uma droga." Ele estica o braço como se fosse me tocar, mas então pensa melhor e o recolhe.

Estamos na entrada da arena de Harvard, o que é uma blasfêmia total. Por sorte, nenhum dos outros caras do time aparece. Quando liguei para Jake, ele disse que o treino tinha acabado fazia horas, mas que tinha ficado para assistir umas gravações sozinho. Isso é que é dedicação. Embora eu admire isso, significava que eu tinha que vir encontrá-lo aqui. No apartamento dele teria sido muito melhor.

Para piorar, o céu decide espelhar meu humor e escolhe esse exato momento para soltar uma chuva forte sobre nós. Ficou friozinho e nublado o dia todo, mas de repente o céu está preto e chove a cântaros. Nosso cabelo fica ensopado em segundos.

"Vamos entrar", Jake diz, então pega minha mão.

Corremos para o prédio. Faço uma careta diante de todas as flâmulas de campeonatos vencidos e das camisas carmesins emolduradas. "E se alguém vir a gente?", sussurro, afastando o cabelo molhado da testa.

"Que vejam. Quem se importa? Só estamos conversando, não é?"

"Me sinto exposta. É um lugar de passagem", murmuro.

Ele revira os olhos. "Tá bom. Vamos pra sala de vídeo. Não tem ninguém mais lá, e é um lugar reservado."

Eu o sigo pelo corredor, devorando sua forma comprida com os olhos. Faz menos de uma semana que o vi, mas de alguma maneira esqueci como é alto e atraente. Ele não me abraçou ou deu um beijo para me cumprimentar. Nem eu. Agora meio que queria ter feito isso.

A sala de vídeo moderna rivaliza com a que temos em Briar. Desço o zíper da jaqueta de couro e a largo no encosto de uma cadeira próxima. Então me jogo em outra e faço uma cara triste. "Eu queria muito o estágio."

"Eu sei." Jake se senta ao meu lado, esticando suas pernas impossivelmente compridas. "Mas talvez seja melhor assim. Mesmo que Mulder não fosse seu chefe direto, você ia ter que interagir com ele. E o cara é péssimo."

"Verdade." Noto a imagem na telona. É o corpo esguio de Hunter Davenport preparado para a disputa de disco. "Está espionando a gente?", brinco.

"Não estou espionando, estou fazendo a lição de casa. Por acaso os caras da Briar não estão fazendo a mesma coisa neste exato momento?"

"Bom, não vim aqui pra revelar os segredos do meu time, então não me faça perguntas a esse respeito."

Ele olha para mim, com o rosto bonito de repente sério. "Então, por que veio?"

"Como assim?"

"Sua prima mora aqui. E imagino que tenha outros amigos aqui."

"E?"

"Por que fui a primeira pessoa pra quem você ligou depois de receber a má notícia?"

Olho para ele. "Você não sabe se foi a primeira pessoa pra quem liguei. Vai ver ninguém mais atendeu."

"Você ligou pra alguém mais?", Jake pergunta, com educação.

"Não", admito, o que me força a pensar a respeito. Por que foi que liguei pra ele? Saímos algumas vezes juntos, conversamos ao telefone, nos pegamos um dia ou dois. Não há motivo para ter corrido para Jake hoje. Tenho uma boa rede de apoio — Summer, Audrey, Elisa, entre outras pessoas. Por que não falei com qualquer outra pessoa?

"Por que eu?", ele insiste.

Solto o ar ofegante. "Não sei."

"Sabe, sim." Ele ri baixo. "Você gosta de mim."

"Não gosto de você."

"Gosta, sim. Por isso me deu um pé na bunda semana passada."

"Não, te dei um pé na bunda porque meu pai estava do outro lado da porta enquanto a gente fazia um meia-nove."

Jake solta um grunhido. "Você não precisava ter mencionado isso."

"O quê, meu pai?"

"Não, o que a gente estava fazendo." Os olhos dele se acendem, sedutores. "Agora fiquei duro."

"Parece que você está sempre duro", digo.

"Vem testar essa teoria." Ele dá um tapinha na própria perna enquanto sobe e desce as sobrancelhas de modo sugestivo.

Tenho que rir. "Que teoria? Você já admitiu que está duro."

Jake cruza os tornozelos e fica olhando para o All Star por alguns segundos. "Tá. Então você está dizendo que me deu um fora porque seu pai quase pegou a gente."

"Isso."

Não é totalmente verdade. Mandei Jake embora porque não queria que me visse ainda mais vulnerável. No decorrer de uma ou duas horas, deixei que soubesse o quanto o queria, com quanto tesão me deixava. Também deixei que houvesse a discussão vergonhosa com meu pai, em que fui repreendida como uma criança e acusada de ser incontrolável.

Não quero que ninguém, muito menos um cara, me veja como meu pai me vê.

Sinto os olhos de Jake em mim. "O que foi?", murmuro.

"Não acredito em você." O tom dele fica mais áspero. "Do que você tem tanto medo que aconteça se a gente continuar saindo?"

"Não é medo. Só não vejo sentido, já que isso não vai a lugar nenhum."

"Você só sai com caras com quem acha que pode ter um futuro?"

"Não."

Ele parece pensar a respeito. "Vem aqui."

Antes que eu possa piscar, Jake está me levantando da cadeira. Acabo em seu colo, e o volume em seu jeans é impossível de ignorar. Suspiro, resignada, e viro de frente, montando nele. Sinto seu pau cada vez mais duro pressionado contra mim, e é tão gostoso que não consigo não me esfregar contra ele.

Jake solta um gemido rouco. Desliza uma mão grande até a base da minha coluna, enquanto enfia a outra nos meus cabelos.

De maneira inconsequente, abaixo a cabeça. Passo a língua pelo encontro de seus lábios, e ele os abre para que eu possa entrar. Gemo quando nossas línguas se tocam. O gosto é de chiclete de hortelã, e seus lábios são suaves e quentes. Envolvo seu pescoço com as mãos, me perdendo em seu calor.

"Beijar você me deixa duro", Jake murmura.

"Você já estava duro antes."

"Porque estava pensando em beijar você."

Dou risada, meio sem fôlego. "Você..." Um trovão me interrompe. As luzes do teto piscam por um segundo.

Jake ergue os olhos escuros. "O que foi isso?"

Acaricio os fios curtos em sua nuca. "Ah, está com medo?"

"Morrendo", ele sussurra.

Nossos lábios se encontram no mesmo instante em que a luz pisca de novo. E então se apagam.

A escuridão nos engole. Em vez de nos sobressaltarmos, nos beijamos com mais ardor. As mãos de Jake vão para baixo da minha malha preta. Ele levanta o material fino e deixa meu sutiã à mostra, mas não o abre, só o abaixa para ver os peitos. Um calor úmido cobre meu mamilo. Jake o chupa com força, e eu estremeço, sem controle.

Jake aperta meus peitos enquanto continua com meu mamilo na boca, lambendo e chupando até que ele fica totalmente rígido em sua boca. Gemo, mais alto do que deveria, considerando onde estamos.

Ele responde pegando o outro mamilo e o provocando sem parar. Então ele projeta o corpo para cima, esfregado sua virilha na minha. Nossa. Esse cara... Me deixa com tanto tesão que é insano.

Quando estou começando a me acostumar com a sala escura, as luzes fluorescentes se acendem.

Jake levanta a cabeça, e seus olhos se iluminam quando dá uma bela olhada nos meus peitos. "Isso é lindo pra caralho."

Gemendo, ele pega meus peitos e enterra o rosto entre eles.

Então, o treinador Pedersen entra na sala.

25

JAKE

"Cacete, Connelly!"

Com a exclamação incrédula, levanto a cabeça depressa e abaixo a blusa de Brenna pra cobrir seus peitos. Ela sai do meu colo e volta à cadeira do lado. Mas é tarde demais. Pedersen não é idiota. Viu a gente, e sabe exatamente o que estávamos fazendo.

"Oi, treinador." Pigarreio. "Estávamos..." Decido que não adianta mentir. Não sou idiota também. "Desculpa", digo apenas. "Aqui não é lugar pra isso."

"Jura?", ele solta. "Esperaria esse tipo de comportamento de Weston ou Chilton, mas não de você, Connelly. Em geral, não mistura as coisas."

O treinador nem reconhece a presença de Brenna. Ele vai até a frente da sala e pega um laptop. De canto de olho, vejo Brenna alisando a frente da blusa. Ela ri discretamente, e percebo que está tentando colocar o sutiã de volta no lugar.

"Tenho uma reunião com os assistentes técnicos e esqueci isso", ele diz, tenso. "E eu pensando que você estava sendo um jogador consciente, estudando as gravações sozinho. Mas moleques são assim, não é?" Cada palavra dele é afiada.

Brenna monitora cautelosamente os movimentos de Pedersen enquanto ele enfia o laptop debaixo do braço e se aproxima da porta. "Tira a convidada daqui, Connelly. Não é lugar para namoradas."

"Não sou namorada dele", Brenna solta. Sei que foi involuntário, porque ela fecha os olhos brevemente, como se repreendesse a si mesma por falar.

Pedersen finalmente se digna a olhá-la. Faz isso de forma lenta e decidida. Durante seu escrutínio, sua cara se fecha mais e mais, até que suas sobrancelhas estão praticamente se tocando. "Você é filha do Chad Jensen."

Merda.

Brenna pisca. Pela primeira vez, não tem uma resposta espertinha na ponta da língua.

Quero mentir e dizer que está enganado, mas Pedersen claramente a reconheceu. Ele coloca o laptop a uma mesa perto da porta e se aproxima lentamente. Seu olhar cínico assimila sua blusa amarrotada, seu cabelo despenteado.

"Nos conhecemos em um jantar há alguns anos", ele diz. "De ex-alunos de Yale. Você ainda estava na escola. Chad te levou."

"Ah." Ela engole em seco. "É, eu lembro."

"Brianna, certo?"

"Brenna."

"Isso." Ele ergue os ombros largos. "Ainda que nunca tivesse te visto, reconheceria você na hora. É a cara da sua mãe."

Brenna faz um péssimo trabalho tentando esconder o choque. Ou talvez nem esteja tentando. Ela fica de queixo caído diante do treinador. "Você conheceu minha mãe?"

"Fizemos faculdade juntos." O tom dele é duro, e sua expressão é desprovida de emoção. O que não tem nada de extraordinário, considerando que o repertório emocional de Pedersen é limitado. Suas opções são raiva e reprovação.

O treinador continua encarando Brenna. "Você parece mesmo com ela." Ele balança a cabeça, virando para se dirigir a mim. "Você não me disse que estava saindo com a filha de Jensen."

Brenna responde por mim. "Ele não está. É só que... não é nada. Por favor, não diga nada ao meu pai, está bem?"

Pedersen levanta uma sobrancelha para mim, como se quisesse saber o que eu acho.

Dou de ombros. "É verdade. Só aconteceu hoje."

"Só estou aqui agora porque estava chovendo forte e Jake achou que eu não devia esperar pelo Uber na chuva. Falando nisso...", diz Brenna, com uma animação fingida. Ela levanta o celular. "Meu carro chegou. Acabei de receber a mensagem."

A capinha do celular está voltada para o treinador, enquanto a tela está voltada para mim. Posso ver tranquilamente que não chegou nenhum alerta.

"É melhor eu ir", Brenna diz, apressada. "Obrigada por ter me deixado esperar aqui dentro, Connelly. Foi bom te ver de novo, sr. Pedersen."

"Foi bom ver você também."

"Eu te acompanho", ofereço.

Pedersen me encara. "É melhor você ir também. Já tivemos uma queda de energia. Não quero você aqui no escuro se acontecer de novo." Ele vai embora.

Solto o ar que acabo de perceber que estou segurando. "Merda", digo.

"Merda", Brenna ecoa. "Acha que ele vai contar pro meu pai?"

"Duvido. Não é como se fossem melhores amigos."

"Exatamente. E se ele contar por puro despeito?"

"Não é o estilo do treinador. Ele prefere deixar toda a agressividade pro gelo."

Chegamos ao saguão e descobrimos que o dilúvio continua a toda do outro lado das enormes janelas. O céu está quase preto. Rajadas de vento fazem os galhos se chocarem e um já caiu sobre o capô de um carro. Por sorte, não é a Mercedes de Weston, que peguei emprestada. Posso quase chamá-la de minha, considerando como Brooks a dirige pouco.

Meus olhos vão da janela para Brenna, que está fechando o zíper da jaqueta de couro. "Acho melhor ir pra minha casa", sugiro, sério.

"Claro que acha."

"Não estou brincando, gatinha. A tempestade está feia, e você sabe que a estrada deve estar perigosa. Os motoristas parecem maníacos nesse tempo." Falo com mais firmeza. "Espera na minha casa. Por favor."

Brenna finalmente segue. "Tá."

São nove horas e a tempestade ainda não arrefeceu. A energia acabou por volta das seis, então acendemos algumas velas e jantamos sobras de pizza fria. Brooks desenterra uns jogos de tabuleiro e vamos os três para a sala de estar jogar. Brenna e Brooks têm se provocado a noite toda, pegando no pé um do outro como se fossem velhos amigos.

Quando entrei no apartamento com Brenna, Weston ficou de queixo caído. Mas a verdade é que ele não se importa com o lugar onde ela estuda, quem é o pai dela ou para que time torce. Para Weston, uma garota bonita é uma garota bonita, e ele a aceita na hora. Ou pelo menos até termos um momento a sós. Quando Brenna vai ao banheiro, Brooks abre o tabuleiro de Scrabble e pergunta: "McCarthy sabe?".

"Sabe o quê?"

"Sobre você e a gostosa que está no nosso banheiro."

"Não", reluto em admitir.

"Não acha que deveria contar?"

"Seria bom, não?"

Brooks ri. "Hum. É. Você diz ao pobre coitado pra terminar e depois fica com ela? É dureza, cara."

"Não estou com ela. E eles não namoravam", aponto.

"Mas McCarthy gostava dela."

"Ele está com aquela tal de Katherine agora." McCarthy continua saindo com a garota que conheceu depois da semi. O que indica que talvez não ligasse tanto para Brenna quanto para ter alguém.

"Ainda assim é sacanagem, cara", Brooks argumenta. "Sei que você é o capitão do time e tal, mas tem que fazer a coisa certa e falar com ele."

"Fazer a coisa certa? Desde quando você tem uma consciência?", pergunto, surpreso.

"Sempre tive." Ele sai do sofá. "Vou pegar uma cerveja. Quer?"

"Não."

"Jensen!", Brooks grita. "Cerveja?"

Brenna aparece no corredor. "Claro. Valeu." Ela se junta a mim no sofá e pega seu suporte de letras. "Bom, vamos nessa."

Alguns minutos depois, o jogo começa. Brooks pega algumas almofadas que a mãe comprou para a gente e as espalha no chão. Ele rearranja os quadradinhos de madeira em seu suporte. "Ah, me deixa ir primeiro. Tenho a melhor palavra do mundo."

Brenna sorri. "Vamos ver, espertinho."

Ele baixa as letras que formam "rala".

"*Essa* é a melhor palavra do mundo?", Brenna zomba. "Rala?"

"Claro. Rala-e-rola é meu hobby favorito."

"Hum, bom, vamos ver quantos pontos a palavra vale..." Ela verifica o valor de cada letra. "Mais o bônus... Catorze pontos."

Brooks comenta no mesmo instante: "É ótimo pra uma primeira jogada".

"Você claramente nunca jogou Scrabble com meu pai."

Ele ri. "O treinador Jensen também é durão no Scrabble?"

"Ah, ele é completamente louco por esse jogo. É o tipo de cara que consegue triplicar o número de pontos de palavras de duas ou três letras, e quando vejo estou perdendo por duzentos pontos."

"Aí não tem graça", Brooks diz. "Jogo pelas palavras, não pelos pontos. É a sua vez, Connelly."

Terminando no "a" dele, escrevo "bunda".

"De 'bunda-bolha'", explico, inocente.

Brooks me mostra o dedo do meio. "Vai se foder."

Brenna sorri. "Perdi alguma coisa?"

"Ele tem bunda-bolha", digo a ela.

"Tenho bunda-bolha", ele diz, desanimado.

"Ah. Isso é legal?" Brenna baixa os olhos surpresos para suas peças. Ela rearranja algumas enquanto tenta pensar em uma palavra.

"Quer ver?", Brooks oferece.

"Na verdade, não."

"Ah, me deixa mostrar. Só seja sincera e me diga o que acha."

Brenna me olha. "Isso é sério?"

"Pior que é. A namorada dele fez um comentário a respeito, e agora Brooks está todo complexado."

"Ela não é minha namorada", ele diz.

Penso em outro termo. "A boceta amiga?"

"Aí tudo bem." Ele levanta. "Muito bem, Jensen, olha só."

O idiota abaixa a calça até os tornozelos, mostrando a bunda para minha... namorada? Boceta amiga? Sério, não sei que termo usar.

Vejo à luz das velas os lábios de Brenna tremendo, como se ela tentasse muito não rir.

"E aí?", ele pergunta. "Comentários?"

Os olhos dela se mantêm fixos no traseiro dele. "Você tem uma bela bunda, Weston", ela concede. "Eu não me preocuparia quanto a isso."

Brooks levanta a calça. "Sério?"

"Sério. É uma ótima bunda."

Ele abre um sorriso. "Repete pra mim."

"Não."

Então Brooks dirige seu sorriso a mim. "Sua garota gosta da minha bunda. Ela é a fim de mim."

"Não", Brenna diz, achando graça. "Não sei de onde você tirou essa ideia de que estou a fim de você, mas garanto que não estou." Ela usa o R para formar "carro".

"Boa", digo.

"Obrigada, Jakey."

Brooks volta a se jogar nas almofadas. "Jakey? É assim que estamos te chamando agora?" Ele parece adorar. "Curti. Vou usar o tempo todo."

"Fique à vontade, Brooksy."

"Para com isso. Não gostei."

"Como imaginei."

Conforme o jogo continua, fica mais pau a pau do que eu esperava, especialmente com Brooks envolvido. Estamos todos tão próximos em pontos que é impossível saber quem vai ganhar. Embora esteja me divertindo, não estou cem por centro concentrado no Scrabble. Fico o tempo todo olhando para Brenna. É difícil evitar. Ela é maravilhosa. E adoro ouvi-la rindo. Sempre que faz isso, o toque musical faz meu coração bater mais rápido.

Quando Brooks vai ao banheiro, chego mais perto de Brenna e enfio a mão por baixo de sua blusa.

Sou recompensado com uma risada. "Estamos no meio de um jogo de Scrabble e você simplesmente decide me apalpar?"

"Isso. Posso deixar a mão aí até ele voltar?" Com um sorriso travesso, dou um apertão no peito esquerdo dela.

"Você é tão esquisito."

"Não sou, não."

Ela ri. "Não pode simplesmente discordar quando dizem algo a seu respeito."

"Por que não?"

"Porque... bom... acho que não sei." Ela para de repente, com um ouvido ligado no que acontece do outro lado da janela. "Ei. Os trovões pararam."

"Mas a energia ainda não voltou", aponto.

"Ah, não? Achei que as velas fossem só pra dar o clima pro nosso ménage."

"Vai rolar um ménage?!", Brooks exclama, de volta à sala. Parece uma criança radiante. "Sério, Connelly? Você não quis com a Kayla, mas com a sua namorada tudo bem? Espera aí, por que estou reclamando? Cala a boca, Brooks", ele se repreende.

"Kayla?", Brenna repete.

"A namorada dele."

"Ela não é minha namorada."

"Você ia fazer um ménage com eles?" Brenna estreita os olhos para mim.

"Nem um pouco." Olho para Brooks. "E diz isso pra Kayla, porque não quero a garota me encurralando pelada na cozinha de novo."

"Ah, meu Deus, uma garota pelada na cozinha! Precisamos instalar um sistema de alarme! E arranjar um cão de guarda!" Ele revira os olhos de maneira enfática. "Bom, e aí? Vamos fazer ou não?"

Recuso a oferta sem muita delicadeza. "Não vai rolar um ménage, nem hoje nem nunca. Essa maluquice de ficar mostrando a bunda já é ruim o bastante."

O olhar de Brenna volta para a janela. "Acho que tenho que ir logo mais."

"Espera a energia voltar", insisto. Não gosto de pensar nela na estrada agora. Tinha uma série de semáforos desligados quando viemos para cá, e vi mais do que uma batida."

"Que horas são?", Brenna pergunta. "Se eu for embora, o quanto antes melhor."

Eu me inclino para olhar o celular dela. "Quase dez. Talvez você devesse..." De repente, a tela se ilumina com uma ligação. Como já estou olhando, acabo vendo quem é.

"Eric", digo, com o tom mais duro do que gostaria.

De canto de olho, noto Brooks sorrindo para mim. Ele sabe exatamente como me sinto.

"É melhor atender", digo.

Brenna parece estranhamente abalada. Ela pega o celular só para ignorar a chamada.

"Quem é Eric?" A tentativa de Brooks de soar casual falha. Mas fico feliz que tenha perguntado antes de mim, e ele pisca para mim, revelando que fez de propósito. Assinto, grato pelo favor.

"Ninguém", ela diz, tensa.

Bom, a resposta não ajuda em nada. Brenna está saindo com alguém? Tem uma lista de caras com quem sai? Um banco de reservas cheio de McCarthys?

O ciúme queimando minhas entranhas não é nada agradável. Sou um cara competitivo, mas nunca tive que disputar a atenção de uma mulher. Nenhuma escolheu outro cara em vez de mim. Pode parecer presunçoso, mas não me importo. A ideia de Brenna saindo com outro cara não cai bem.

O que me leva a outra coisa que jamais fiz: nunca fui a pessoa que iniciou a conversa sobre exclusividade. Como se toca nesse assunto?

Quando o celular vibra com um alerta de mensagem de voz, fico ainda mais mal-humorado. "Não vai ouvir?"

"Não precisa. Sei o que ele quer."

O ciúme indesejado queima ainda mais. "É mesmo?"

"Sim. De quem é a vez?"

"Minha", Brooks diz. Enquanto ele mexe nas peças no suporte, o celular de Brenna toca de novo.

Ela ignora a chamada, e ele toca uma terceira vez.

"Atende logo", murmuro.

Com a respiração pesada, Brenna pega o celular. "Oi, Eric. Já falei que não tenho tempo pra..." Ela se interrompe de repente no meio da frase. Quando fala de novo, a preocupação abrandou seu tom. "Como assim, você não sabe onde está?"

Brooks e eu trocamos um olhar preocupado.

"Calma, calma. Não estou entendendo. Onde você está?" Há um longo silêncio. "Tá, continua na linha", Brenna finalmente diz, e juro que sua voz falha. Ela pisca depressa, como se lutasse contra as lágrimas. "Já chego."

26

JAKE

"Muito obrigada por fazer isso."

Mal ouço a voz de Brenna, ainda que esteja sentada ao meu lado. A chuva diminuiu para uma garoa agora, e o grosso da tempestade finalmente passou por nós. Do outro lado do para-brisa, no entanto, os faróis continuam desligados. Estou atrás do volante da Mercedes, porque Brooks bebeu demais. Ele está no banco de trás, tendo insistido para vir junto.

"É sério", ela enfatiza. "Vocês não precisavam ter vindo. Poderiam ter só me emprestado o carro."

Olho pra ela, sombrio. "Ah é, e deixar você dirigir na tempestade..."

"Quase não está mais chovendo", ela contesta.

"... na tempestade", repito, "atrás do seu ex?"

Pelo menos foi o que entendi que era o objetivo dela quando implorou pelo carro de Brooks emprestado, em pânico. Aparentemente, Brenna namorava esse Eric na escola e agora ele está com problemas.

"No que foi que ele se meteu, afinal de contas?", pergunto.

"Não sei bem."

Lanço um olhar afiado para Brenna.

Ela parece estar rangendo os dentes. Até se desfazerem, pelo visto. "Drogas", Brenna finalmente murmura.

"De que tipo?" Não estou tentando interrogá-la, mas preciso saber exatamente no que estamos nos envolvendo.

Em vez de responder, Brenna olha para o mapa aberto no celular. Ela aproxima a imagem com dois dedos. "Eric disse que tem uma placa de rua, Forest alguma coisa", ela fala, distraída. "Ele *acha* que é Forest Lane."

"Isso resolve tudo", digo, sarcástico. "Deve ter só umas doze Forest Lanes, Forest Streets ou Forest Avenues por aqui."

Ela dá outra olhada no mapa. "Tem quatro", me corrige. "Uma fica a dez minutos, as outras são no norte do Estado. Acho que deve ser essa perto de Nashua. É a que fica mais perto de Westlynn também."

Solto o ar. "Então, vamos pra New Hampshire?"

"Tudo bem?"

Não respondo. Mas dou a seta e fico na pista certa para pegar a saída para a I-93. "Quem é esse cara, Brenna?", resmungo. "Ele parece suspeito."

"Muito suspeito", Weston concorda do banco de trás.

"Já falei que a gente saía no ensino médio."

"E isso quer dizer que você precisa largar tudo pra salvar o cara?"

Amargo? Eu?

"Eric e eu passamos por muita coisa juntos. A vida dele saiu um pouco dos trilhos, mas..."

"Como exatamente?" Antes que ela possa responder, paro o carro de repente e ligo o pisca-alerta. Levo uma buzinada do motorista que vinha logo atrás, mas todos os outros desviam do carro sem problemas.

"O que está fazendo?", Brenna pergunta.

"Não vou dirigir nem um centímetro mais se não me der mais detalhes. E não só porque parece uma busca completamente maluca. Precisamos saber no que estamos nos metendo. Este fim de semana temos o jogo mais importante da temporada, então se você vai nos levar pra uma boca de fumo..."

"Ele não está numa boca de fumo." Ela passa as mãos no rosto, claramente chateada. "Tá, vou ligar de novo."

Segundos depois, Eric está de volta na linha.

"Oi, sou eu", Brenna diz, gentil. "Estamos no carro." Uma pausa. "Só eu e alguns amigos, não precisa se preocupar. Estamos indo te buscar, mas você precisa ser um pouco mais específico. Você disse Forest Lane... o que mais consegue ver?" Ela escuta por alguns segundos. "Que cara as casas têm? Tá. São todas iguais. Como chegou aí? Você lembra?" Outra pausa. "Certo. Você estava com um amigo. Entendi, ele que estava dirigindo. E deixou você aí. O que você foi fazer?" Outra pausa, cheia de tensão. "Tá, então você fumou."

Meus olhos encontram os olhos inquietos de Brooks pelo retrovisor. Espero que estejam falando de maconha. Cigarros comuns seriam melhor ainda, mas duvido que um maço de Marlboro seja responsável pela piração do cara.

"Tem algumas ruas com 'Forest' no mapa. Está perto da praia? Foi na direção de Marblehead? Não? Tem certeza?" De repente Brenna se anima. "Ah, ótimo, sei onde é. Não, eu sei quem é o Ricky. Não consigo me lembrar de uma Forest Lane, mas me lembro bem do bairro. Certo. Te ligo quando estivermos chegando. Tchau."

Ela desliga e diz: "Nashua. Ele está perto de onde morávamos, como eu pensava".

Bom, temos uma viagem de quarenta e cinco minutos pela frente. Até mais, se encontrarmos muitos cruzamentos com o farol apagado no caminho.

"Vou dar uma dormida", Brooks diz. "Me acordem quando chegarmos."

Dirigimos em silêncio por uns bons dez minutos antes que eu não conseguisse mais me segurar. "Você realmente não vai me contar sobre esse cara?", rosno para Brenna. "Vai me fazer entrar no escuro em qualquer que seja a situação de merda em que seu ex se meteu?"

"Não sei dizer qual é a situação, Jake." Ela soa cansada. "Não o vejo há muito tempo. Ele me ligou recentemente pedindo dinheiro, mas não dei."

"Mas agora estamos indo resgatar o cara."

"Isso", ela grita. "Você não ouviu a voz dele, tá? Eric parece estar na pior. O que você faria se alguém que era próximo de você te ligasse em pânico dizendo que não sabe onde está, que sente frio e está deitado na sarjeta, todo molhado? Deixaria essa pessoa lá? Porque eu não consigo fazer isso."

"Por quê? Porque vocês namoraram na época da escola? Quem é esse cara? Qual é o sobrenome dele?" Minha frustração só cresce. "O que esse Eric significa pra você?"

"O nome dele é Eric Royce."

Franzo a testa, porque reconheço vagamente o nome. Parece familiar. Onde o ouvi antes?

"Ele foi a primeira escolha do draft universitário", Brenna continua. "Chicago o escolheu."

É isso. "Ah, merda", digo. "O que aconteceu com o cara?"

Ela levanta o celular para mim. "Ficou doido de metanfetamina em alguma sarjeta, Jake. Foi isso que aconteceu."

"Metanfetamina?" Brooks se endireita, deixando a soneca de lado. "Vamos encontrar um viciado em cristal?"

"Não sei", ela diz, infeliz. "Da última vez que soube dele, era o que estava usando. Mas até onde sei, Eric pode ter pirado com remédios ou só está caindo de bêbado. Não sei *mesmo*." Ela passa as duas mãos pelo cabelo. "Podem me deixar lá que eu dou um jeito. Não precisam me esperar. É só parar uns dois quarteirões antes. Posso andar e depois voltar de Uber."

Eu a encaro, descrente. "Não vou te largar na porra de uma boca, Brenna."

"Não é uma boca. Fica perto de onde eu cresci, e cresci num lugar perfeitamente normal e seguro. Tá, todo lugar tem seu drogadinho, e nesse caso se trata de Ricky Harmon, mas estou só presumindo que é metanfetamina. Não tenho certeza, e vocês surtando comigo não vai fazer as respostas surgirem milagrosamente."

Faz-se um silêncio tenso entre nós. Pelo retrovisor, vejo a expressão de Brooks se abrandar. Ele estica o braço e aperta o ombro de Brenna. "Está tudo bem, Jensen. Pode contar com a gente."

Ela morde o lábio e olha agradecida para ele.

Mudo de faixa para passar um caminhão que segue a uma velocidade que é a metade do limite, ainda que não esteja mais chovendo. "Então você namorou Eric Royce", digo, seco.

Ela assente.

Me lembro de ter jogado contra Royce algumas vezes no ensino médio. Ele era muito bom. "Ele não chegou aos profissionais", comento.

"Não." A voz dela sai triste. "A vida dele foi pro buraco depois da formatura."

"Por quê?"

"A versão resumida é que ele tinha problemas emocionais e gostava de descontrair. E, quando se descontraía, pegava pesado." Ela hesita.

"E eu terminei com ele pouco depois do draft. Eric não lidou bem com isso."

"Nossa", Brooks se intromete. "Você terminou com o cara, e ele entrou num buraco sem fundo de drogas e desespero? Cruel."

Ela morde o lábio de novo.

"Brooks", eu o censuro. Tento oferecer algum consolo a Brenna: "Tenho certeza de que não foi culpa sua".

"Mas foi. Ou pelo menos em parte. O término acabou com ele. Eric já tinha uma tendência para bebida e drogas, mas, depois, a coisa foi pra outro nível. Bebia toda noite, matava aula pra fumar maconha com Ricky Harmon e outros caras que tinham se formado um ano antes e não faziam nada da vida. Então, um fim de semana, ele foi a um festival de música eletrônica e ficou tão louco que esqueceu que tinha um jogo superimportante. Perder treinos já era ruim o bastante, mas quando Eric não apareceu pra jogar o treinador o expulsou do time."

Falando em treinadores... "Seu pai sabia que vocês namoravam?"

"Sabia. E foi a maior confusão." Ela deixa a cabeça cair nas mãos e solta um gemido cansado. "Começamos a namorar com quinze. Meu pai não tinha problema com isso no começo, até porque não tinha escolha e precisava aceitar. Não podia me impedir de ver Eric. Eu era teimosa demais."

"*Era*?", brinco.

Brenna ignora a cutucada. "Bom, perder o jogo foi o começo do fim. Chicago descobriu que ele tinha sido expulso do time. E o contrato ainda não estava assinado. Estavam na fase da negociação."

Assinto. Muita gente não sabe que você não está automaticamente contratado quando um time te escolhe. Ser draftado só significa que a franquia tem direitos exclusivos sobre você por um ano, durante o qual se negocia o contrato.

"Eles não quiseram mais negociar", ela diz, triste. "Ficaram sabendo que Eric dava trabalho, e ninguém mais quis assinar contrato com ele. Então, Eric começou a afundar ainda mais e se misturou com uma galera nova. E aqui estamos."

Aqui estamos. Às dez e meia da noite, atravessando a fronteira do estado, à procura do ex de Brenna, que pode ou não estar sob efeito de metanfetamina.

Legal.

De canto de olho, noto que Brenna está retorcendo as mãos. Odeio ver uma garota tão durona abalada assim. Embora ainda não esteja muito à vontade com a situação, estico o braço e pego sua mão.

Ela olha para mim, agradecida. "Obrigada pela ajuda."

"Não tem problema", murmuro, então rezo para estar dizendo a verdade e para que realmente não venha a ser um problema.

Por conta do tempo ruim e do horário, as estradas estão desertas, e chegamos à região de Nashua mais cedo que o previsto. Quando saio da estrada, Brenna volta a ligar para Eric.

"Oi, sou eu. O GPS diz que vamos chegar em dois minutos. Mas você precisa me dar alguma referência ou indicação de como te encontrar."

"Esta é a Forest Lane", digo a Brenna ao entrar na rua. Por sorte, a energia não caiu na região, então os postes de iluminação estão funcionando normalmente.

"Estou vendo as casas iguais", ela diz ao celular. "Você está sentado no meio-fio? Na calçada?" Brenna xinga. "Nos arbustos? Meu Deus, Eric..."

De repente, morro de pena dela. A aversão que tenta esconder no tom de voz distorce seu belo rosto. Nem consigo imaginar a merda que deve ser se sentir tão repelida por alguém com quem já teve intimidade.

"Um jardim com quê?", ela pergunta. "Um troço enorme girando? Um troço de metal girando... Eric, não sei o quê..."

"Ali", Weston diz, com a cara grudada no vidro. "À direita. Acho que ele está conversando com a miniatura de moinho de vento no jardim à frente."

Encosto o carro. Brenna abre a porta antes que eu pare totalmente. "Espera", grito, mas ela já foi.

Merda.

Salto do carro. Brenna vai direto para uma sebe alta que dá para dois jardins. Eu a alcanço assim que ela cai de joelhos.

Por cima de seu ombro, vejo uma figura corcunda abraçando as próprias pernas. A camiseta está ensopada e grudada no peito. As mechas escuras do cabelo, que vai até o queixo, estão molhadas ou oleosas, não sei dizer, e emolduram um rosto magro. Quando o cara levanta os olhos para nos olhar, suas pupilas estão tão dilatadas que ele parece nem ter íris. Só dois círculos pretos brilhando nos olhos.

Eric começa a falar assim que reconhece Brenna. "Você veio, graças a Deus, você veio", ele balbucia. "Sabia que viria, sabia que sim, porque ficamos juntos, e você sempre me apoiou, e eu fui bom pra você, não é? Fui bom pra você?"

"Foi." Brenna diz isso sem nenhuma emoção. "Você foi ótimo. Vamos, Eric, levanta." Ela tenta ajudá-lo, mas o cara não se move.

Dou um passo à frente.

Os olhos de Eric se arregalam de medo. "Quem é esse?", ele pergunta. "Você não chamou a polícia, chamou? Achei que..."

"Não chamei", ela o assegura. "É só um amigo, está bem? Ele veio dirigindo, porque não tenho carro, e concordou em te levar pra casa. Agora deixa a gente te ajudar."

Acho que Eric vai obedecer, mas então seus olham focam em alguém atrás de mim. Brooks não podia ter aparecido em momento pior.

"Quem é esse?", Eric grita, em pânico. Seus olhos, as enormes pupilas, se alternam velozes entre mim e Brooks. "Eles vão me levar, não vão? Não vou pra porra da reabilitação, Brenna! Não preciso!"

"Só vamos te levar pra casa", Brenna diz, com calma, mas a frustração que nubla seu rosto revela que não se sente nem um pouco calma no momento.

"Jura?"

"Juro." Ela se inclina e tira uma mecha de cabelo molhado da testa dele. Noto seus dedos trêmulos ao fazê-lo. Não sinto mais ciúme desse cara. Só pena. "Vamos te levar pra casa, tá? Mas precisa deixar meus amigos ajudarem, não consigo fazer isso sozinha."

Sem dizer nada, estendo a mão na direção do ex de Brenna.

Depois de um instante de hesitação, ele a aceita.

Eu o levanto. Assim que está na vertical, noto que tem mais ou menos minha altura, um metro e oitenta e oito, talvez um pouco mais. Imagino que deva ter sido muito mais forte. Agora é magro. Não um palito, mas certamente não tem o corpo de jogador de hóquei de outrora.

Brooks parece assustado ao examinar Eric. Ele olha na minha direção, e eu vejo a mesma pena que estou sentindo refletida ali. Brooks tira o casaco e se aproxima para colocá-lo nos ombros de Eric.

"Aqui, cara, você precisa se aquecer", ele murmura, então nós três guiamos o cara tremendo na direção do carro.

"Westlynn fica a dez minutos daqui", Brenna me diz quando chegamos à Mercedes.

Dessa vez, Brooks vai no banco do passageiro, enquanto Brenna senta atrás com Eric, que fica o trajeto inteiro nos agradecendo por termos vindo. Pelo que capto, ele veio visitar o amigo três dias atrás.

Três dias atrás.

A revelação me faz pensar em todos os programas e documentários sobre usuários de droga. Metanfetamina, em particular, é um vício horrível, porque aparentemente o barato não dura muito. O que faz com que os usuários precisem de mais e mais para ficar ligados. Foi isso que Eric Royce fez: se drogou por setenta e duas horas seguidas. Mas agora está perdido. Deixou a casa do amigo para ir para casa, mas ficou completamente desorientado e acabou caindo nos arbustos de um desconhecido.

E o cara foi a primeira escolha do draft.

Não consigo entender. Num minuto, a pessoa está no topo do mundo. No outro, chega ao fundo do poço. É assustador quão rápido e o quanto alguém pode cair.

"Sabia que você viria", Eric murmura. "E agora que está aqui talvez possa me emprestar cinquenta dólares e..."

Levanto as sobrancelhas.

"Por essa eu não esperava", Brooks murmura para mim.

"Não." O tom cortante dela não convida à discussão. "Não vou te dar dinheiro. Dirigi quase uma hora... não, não dirigi. Arrastei meus amigos na chuva pra cá pra encontrar você, pra *ajudar* você, e agora vem me pedir dinheiro? E pra comprar droga, que é o motivo de você estar nessa situação? Qual é o seu problema?"

Ele começa a choramingar. "Depois de tudo o que passamos..."

"Exatamente!", ela estoura, e Brooks e eu nos assustamos com sua veemência. "Depois de tudo o que passamos, não te devo nada. Não te devo porcaria nenhuma, Eric."

"Mas ainda te amo", ele sussurra.

"Minha nossa", Weston deixa escapar.

Refreio um suspiro. Nunca conheci alguém tão patético. Tenho que me forçar a lembrar que o cara é um viciado. Mas, pelo que entendi, ele se recusa a ir para a reabilitação. Ele se recusa a se ajudar.

De qualquer modo, fico aliviado quando chegamos à casa de Eric. "Só preciso falar com a mãe dele antes", Brenna diz. "Tenho que avisar Louisa."

Ela desce do carro e corre na direção do sobrado. Tem uma varanda branca, janelas grandes e uma porta vermelha simpática. É difícil imaginar um viciado em metanfetamina morando aqui.

Espero Brenna chegar à porta, então me viro no assento para falar com Eric. "Olha, não sei da sua história com Brenna", digo, baixo. "Mas essa foi a última vez que você ligou pra ela."

A confusão toma conta de seus olhos. "Mas tenho que ligar pra ela. Brenna é minha amiga e..."

"Brenna não é sua amiga, cara." Meu maxilar fica tão tenso que as palavras mal saem. "Você fez ela arriscar a própria vida, dirigindo até aqui na tempestade pra te salvar, então agradeceu pedindo dinheiro pra comprar mais droga. Você *não é* amigo dela."

Acho que uma onda de culpa consegue penetrar o barato, porque seus lábios começam a tremer. "Ela é minha amiga", Eric repete, mas sem tanta convicção quanto antes.

Brenna volta para o carro, acompanhada de uma mulher de cabelo escuro usando um roupão de flanela e galochas. Parece recém-saída da cama.

Ela abre a porta de trás do carro. "Eric, querido, venha. Vamos pra casa."

Ele consegue se arrastar pelo banco sozinho. Assim que fica de pé, a mãe segura seu braço. "Vamos, querido, vamos entrar." Ela olha para o banco do motorista. "Obrigada por ter trazido ele."

Enquanto a mulher guia o filho para casa, Brenna, desolada, olha para Brooks, que está dentro do carro. "Seu casaco", ela o lembra.

"Eric pode ficar com ele. Eu compro outro." A resposta revela o quanto quer esquecer toda essa situação.

Não o culpo.

Brenna já está sentada no banco de trás, com o cinto de segurança, quando viro e pergunto: "Hastings?".

Ela balança a cabeça lentamente, e me assusto quando vislumbro as lágrimas agarradas a seus cílios longos. "Posso dormir na casa de vocês?"

27

BRENNA

"Estou morrendo de vergonha." Me jogo no meio da cama de Jake, usando uma camiseta dele, suas meias grossas e nada mais. Minhas bochechas ainda queimam da humilhação de vasculhar as ruas de New Hampshire atrás do meu ex drogado — arrastando duas pessoas comigo na empreitada.

Jake fecha a porta. "Não precisa ter vergonha. Todo mundo tem problemas."

"Ah, é? Então você tem uma ex viciada em metanfetamina espreitando nas sombras que pode precisar de resgate a qualquer momento? Que legal! Temos tanta coisa em comum!"

Os cantos de seus lábios se erguem. "Tá. Talvez os meus não sejam tão emocionantes quanto os seus." Ele passa uma mão pelo cabelo, úmido do banho.

Nós dois tomamos banho — separados — assim que voltamos ao apartamento. Depois de ficar na rua com Eric no frio de abril, voltamos para casa com a roupa molhada e precisamos desesperadamente nos aquecer. Uma parte de mim ainda está surpresa por Jake e Brooks terem feito isso por mim. É definitivamente mais do que seria de esperar.

Não consigo tirar o rosto de Eric da cabeça. As pupilas dilatadas, a falação descontrolada. É horrível saber que ele fumou metanfetamina por três dias seguidos, se perdeu em um bairro residencial tranquilo e desmaiou em meio aos arbustos. Com medo. Sozinho. Ainda bem que a mãe continua a pagar a conta de celular dele, porque assim pelo menos pode se comunicar com alguém e pedir ajuda.

Só queria que ele não tivesse ligado para mim.

"Não consigo acreditar que é o mesmo Eric Royce que quase jogou por Chicago", Jake diz, e tem um traço de pena em seus olhos.

"Eu sei."

Ele se junta a mim na cama. "Você está bem?"

"Estou. Não é a primeira vez que tenho que lidar com ele." Preciso me corrigir. "Mas nunca foi assim. Em geral, Eric quer dinheiro. No ano passado cometi o erro de dar, então agora ele acha que não tem problema pedir."

"Vocês ficaram juntos por quanto tempo?"

"Um ano e meio."

"Então, você terminou com ele."

Assinto.

"Por quê?"

"Porque era demais pra mim." Engulo o nó na garganta. "Ficou intenso demais, e não fazíamos bem um ao outro. Fora que meu pai tinha passado a odiar o cara."

"Seu pai não odeia todo mundo?"

"Praticamente." Abro um sorriso fraco. "Mas ele odeia Eric em especial."

"Não sei se posso culpar o cara."

"Nem eu, mas você não estava lá. Passamos por algumas coisas, e foi um baque pro Eric. Ele era imaturo e não sabia lidar com as próprias emoções. Cometemos muitos erros." Dou de ombros. "Meu pai não admite erros."

Minha voz falha, e espero que Jake não tenha notado. O problema: meu pai não é do tipo que perdoa. Ele não me perdoou por me envolver com Eric e por toda a confusão que isso causou. E acho que nunca vai perdoar.

De novo, sinto as bochechas esquentando. "Viu? Falei que você não ia querer se envolver comigo. Sou uma confusão."

"Você não é uma confusão", Jake diz. "Aliás, você parece ter tudo sob controle, e a cabeça no lugar. Principalmente em comparação com seu ex."

"Bom, um dos dois tinha que crescer." A amargura cobre minha língua. Eu a engulo. "No fim, eu carregava todo o fardo daquele relacionamento sozinha. Eric estava mal e eu não podia contar com ele quando precisava. Mas era esperado que ele pudesse contar comigo, sempre. Era exaustivo."

"Posso imaginar."

Esfrego os olhos cansados. Meu relacionamento com Eric me ensinou duras lições, e a mais importante foi que não se pode confiar em ninguém além de si mesmo. Eric não estava apto a lidar com minhas emoções, e não sei se era uma coisa dele ou dos namorados em geral. O que sei é que nunca mais vou ser tão descuidada com meu coração.

"Se ele te ligar de novo, não quero que atenda", Jake diz, seco.

"Ah, é? Então, se o cara estiver caído em um buraco e precisar da minha ajuda devo deixar que morra?"

"Talvez."

Olho para ele, chocada.

"Não quero ser insensível, mas às vezes as pessoas precisam chegar ao fundo do poço para que as coisas mudem. Você não pode salvar as pessoas sempre", Jake diz, sombrio. "Às vezes, elas precisam se arrastar pra fora do buraco e salvar a si mesmas."

"Imagino que sim." Suspiro. "Mas não precisa se preocupar que vá acontecer de novo. Meus dias resgatando Eric terminaram."

"Ótimo." Ele se arrasta para a cabeceira da cama e levanta o edredom. "Vem aqui. Foi um longo dia. Vamos dormir."

"É a primeira vez que dormimos juntos, Jakey. Estou animada." Meu sarcasmo não é tão ferino quanto costuma ser. Ele está certo. Estou cansada. Só quero apagar a imagem de Eric Royce da minha mente. Fiquei tão devastada quanto ele quando tudo ruiu. Quase morri pelo cara. Mas já chega. Ele é um fantasma do passado, e é hora de esquecê-lo.

Entro debaixo das cobertas e me aconchego perto de Jake. Ele está deitado de costas, e coloco minha cabeça em seu peito nu. Ele está cheirando a banho, e sua pele está quentinha. Sinto seu coração batendo sob minha orelha. As batidas são firmes e tranquilizadoras.

Nem acredito no que ele fez por mim esta noite. Eu poderia ter ido encontrar Eric sozinha, mas Jake não deixou. Ele estava aqui para mim, e a ideia faz minha garganta se fechar de leve, porque não consigo lembrar a última vez que isso me aconteceu.

"Posso te perguntar uma coisa?", ele murmura na escuridão.

"Claro."

"Posso te beijar ou está cansada demais?"

"Não, por favor, me beija."

Jake vira de lado, com um braço esticado e a bochecha apoiada nele. Então se aproxima, até que nossos lábios se tocam e nos beijamos. Uma onda de pura emoção toma conta de mim.

Não sei se é a adrenalina passando ou se estou especialmente carente depois do que aconteceu esta noite. Mas a conexão emocional que fizemos hoje se funde com a profunda necessidade física que sinto por ele sempre que estamos juntos. Não sei por quanto tempo ficamos deitados ali, mas logo os beijos não bastam. Sinto meus peitos pesados e meu interior latejando. Eu o deito de costas de novo e subo em cima dele, me esfregando em Jake em uma tentativa desesperada de aplacar o desejo.

Ele aperta minha bunda e grunhe na minha boca, então, de repente, seu pau duro e grosso desponta na cueca.

"Ah, olha só, apareceu", brinco.

Jake sorri pra mim. "Desculpa, juro que foi sem querer."

Por querer ou sem querer, gosto do que vejo. Acaricio toda a extensão quente e longa, tremendo ao lembrar a sensação de ter seu pau na boca, a onda de satisfação que me atingiu quando cheguei ao clímax. Quero sentir aquela satisfação de novo.

Não. Quero mais que isso.

"Quero você dentro de mim", digo.

"É?", ele diz, com a voz grossa.

"É." Respiro devagar. Agora que tomei a decisão, meu pulso acelera para valer, e o sinto nos meus ouvidos. Não encaro o sexo levianamente. "Tem camisinha?"

"Na primeira gaveta."

Bato uma devagar para ele enquanto vasculho o criado-mudo. Encontro a caixa de camisinha, puxo uma cartela e destaco uma. Antes que consiga abrir, Jake senta e tira minha camiseta. Suas mãos grandes pegam meus peitos. De repente, sou eu quem está deitada de costas, esmagada por seu corpo musculoso, completamente à mercê dele.

"Entra logo em mim." Eu o beijo de volta, impaciente, meus quadris se erguendo por vontade própria, buscando alívio.

"Só vou preparar você antes." Seus lábios vão descendo pelo meu corpo, deixando arrepios em seu caminho.

Seus dedos cheios de calos raspam minha pele conforme ele acaricia levemente a parte interna das minhas coxas e abre minhas pernas. Quando sua boca toca meu clitóris, o prazer dança pelo meu corpo.

Jake esfrega a pontinha de um dedo na minha boceta. "Porra", ele geme. "Você já está mais que pronta."

E estou mesmo. Só beijá-lo já me deixa louca. "Viu? Agora vem aqui."

"Não." Sinto com meu corpo que ele sorri. Ele põe a língua para fora para provar de novo, e fica me chupando por minutos excruciantes, até que minha cabeça tomba de lado e minhas mãos agarram os lençóis.

O formigamento revelador no meu clitóris me alerta para o orgasmo iminente. Luto contra ele, desesperada para guardá-lo para quando Jake estiver dentro de mim. Tem bastante tempo que não faço sexo com ninguém. E se não conseguir gozar de novo?

"Jake", imploro. "Por favor." Abro a camisinha e passo para ele.

Rindo, Jake a coloca e se ajoelha entre minhas pernas. A luz do abajur é fraca, mas não preciso de muito mais para admirar seu peitoral. Traço os músculos com os dedos, amando como tremulam ao meu toque.

Vejo o desejo queimando em seu olhar quando Jake levanta minha bunda e ajeita o quadril. Me pego segurando o ar enquanto espero que entre em mim. Quando finalmente o faz, a sensação mais doce e maravilhosa do mundo me invade. Jake me alarga e me preenche por completo.

Quando todo o seu pau está enterrado em mim, Jake xinga baixo, atormentado.

"Tudo bem?", pergunto na mesma hora.

O peito de Jake se ergue conforme ele inspira fundo. "Como pode ser apertada assim? Tem certeza de que não é virgem?"

Dou risada. "Eu já te disse. Não costumo fazer muito."

"Por que não?", ele pergunta, então balança a cabeça como se repreendendo a si mesmo. "Bom, podemos conversar depois. No momento estou quase explodindo."

"Não se atreva. Nem começamos!"

Ele respira mais forte. "Vou me esforçar." Mas suas feições estão contraídas. Ele se move bem de leve. Geme de novo. Então, curva o corpo devagar sobre o meu, e ficamos na posição papai-mamãe.

Jake me beija, seduzindo minha boca de maneira lenta e provocadora. Enquanto isso, seus quadris se movem tão devagar que logo estou perdendo a paciência. "Está fazendo isso de propósito?"

"Não", ele diz. "Já falei que estou quase gozando. Se começar a meter com força, já era."

"Cadê sua estamina?", provoco.

"Dentro da sua boceta apertada."

Não consigo não rir. "Então está dizendo que preciso dar com mais frequência pra que não seja tão bom pra você?"

"Só se der pra mim. Ou se usar um vibrador. Qualquer outra coisa é contra a lei."

"Que lei?"

"A minha", ele murmura. Jake mete fundo e nós dois soltamos um ruído estrangulado.

Seu peito está coberto por uma camada de suor. Ele não aumentou o ritmo nem um pouco, o que me deixa louca. Envolvo seus ombros largos com os braços e acaricio suas costas. Sua boca para na lateral do meu pescoço enquanto seus quadris se movem preguiçosamente. É quase insuportável. Quero que vá mais rápido, mas também quero que nunca acabe. Ponho o braço entre nós e esfrego o clitóris de leve.

Então, ele para de se movimentar por completo.

"Está de brincadeira?", reclamo. "Vai ficar dentro de mim sem nem se mexer?"

"Só um pouquinho. Enquanto você chega perto de gozar." Ele observa meu rosto enquanto me toco. "Você é tão linda."

Engulo em seco. O calor nada em seus olhos fixos em mim. É intimidade demais, e ainda assim não consigo quebrar o contato visual. Esfrego mais forte, e ambos ouvimos minha respiração acelerar.

"Isso", ele incentiva. "Isso, porra."

Gemo, tentando mexer os quadris.

Ele abre a mão espalmada sobre minha barriga para me segurar. "Ainda não."

Então, continuo me tocando com o pau dele enfiado em mim. Me sinto preenchida. Nossos olhos continuam travados. Jake é tão sensual que não consigo desviar o olhar. Ele lambe os lábios, e isso me faz ultrapassar o limite.

"Vou gozar", solto, e de repente Jake me dá aquilo pelo que venho implorando o tempo todo — estocadas profundas e rápidas. O orgasmo é como uma explosão de prazer.

O resto do mundo desaparece. Sou só eu e Jake. Corpo e alma. Ele continua metendo forte em mim. Quando goza, morde meu pescoço, e sinto um gemido rouco perfeito vibrando contra minha pele. Esse único momento faz a noite inteira ter valido a pena.

28

BRENNA

"Onde você estava?"

Pulo como um cavalo assustado quando meu pai aparece atrás de mim, do nada. Estou na bancada da cozinha esperando o café ficar pronto, e não o ouvi entrar.

Viro e vejo que franze o cenho para mim. Faço o mesmo pra ele. "Te mandei uma mensagem ontem à noite dizendo que ia ficar na casa de um amigo em Boston."

"E quando eu perguntei que amigo, você não respondeu."

"Porque você não precisava saber de mais nada. Só que eu estava bem."

"Está brincando? Só porque vai dormir num amigo não quer dizer que está bem. Que amigo é esse? É o que veio aqui na semana passada?"

Suspiro. "Você prometeu que não ia mais fazer isso."

"E você prometeu que não ia mais ser descuidada."

"E por acaso sou? Tá, às vezes saio pra beber e dançar com meus amigos. Às vezes, vou a uma festa. Com os *seus* jogadores, aliás."

"Como se isso fosse um alívio..." A raiva brilha em seus olhos. "Da última vez que namorou um jogador de hóquei, quase destruiu sua vida."

Sinto uma pontada de culpa. Meu pai ficaria louco se soubesse que fui ajudar Eric ontem à noite. Dou as costas para ele e abro o armário pra pegar uma caneca. "Já faz tempo, pai. Cinco anos, pra ser precisa."

"E você continua se escondendo e passando a noite fora."

"Pai." Viro para ele. "Olha pra mim." Aponto para meu corpo de alto a baixo. "Estou inteira. Viva. Não estou nem de ressaca, porque nem bebi ontem à noite. Fiquei em Boston por causa da tempestade e da queda de energia. Não achei que era legal pegar a estrada." Deixo a caneca na bancada. "Fui responsável, e estou levando bronca por causa disso. Percebe como é ridículo?"

"Ah, é? Então você foi *responsável* quando dirigiu até Westlynn em meio à tempestade e à queda de energia pra buscar Eric Royce em uma casa de fumo?"

Congelo. Como ele sabe?

A culpa sobe pela minha garganta. Inspiro devagar e me lembro de que não preciso me sentir assim. Não sou obrigada a contar ao meu pai cada detalhe da minha vida.

Ele espera que eu diga alguma coisa. Quando não o faço, solta um palavrão. "Louisa Royce me ligou ontem à noite. Não tinha seu celular e queria agradecer por ter levado Eric a salvo pra casa. E você me diz que não está sendo descuidada. Porque voltou a ver aquele garoto, Brenna? Esse cara é uma encrenca."

"Não estou vendo Eric. Ele estava em apuros e fui ajudar."

"Por quê? Eric não merece sua ajuda. Não merece nada." O ódio puro em sua voz é assustador. Meu pai não é exatamente amoroso. Nunca enche ninguém de beijos e compaixão. Mas ele tem um coração.

"Pai. Por favor. Eric não é uma pessoa ruim. Só está na pior."

"E não é seu dever tirar o garoto dessa." Ele passa as duas mãos pela cabeça. Seu olhar parece um pouco desvairado. "Sabe como fiquei preocupado depois que desliguei o telefone? Sem saber se você estava bem?"

"Eu disse que estava bem. E que ia ficar num amigo."

"Que amigo?", meu pai volta a perguntar.

"Não importa. Mas você sabe que não foi no Eric, porque a mãe dele não teria ligado pra falar comigo se eu estivesse lá. Então, por favor, relaxa."

"*Relaxa*", ele murmura. "Temos um jogo crucial este fim de semana, mas, em vez de me preparar, fico me preocupando se minha filha está se colocando em risco ou não."

"Não estou me colocando em risco." Minha garganta se aperta de frustração. Quero bater os pés como uma criança, porque não o entendo. Meu pai tem dois modos de operação: ou me ignora e não demonstra nenhum interesse pela minha vida ou grita comigo por causa de coisas que nem aconteceram.

Estou tremendo quando me sirvo de café. "Vou te dizer isso só uma vez." Minha voz está tão trêmula quanto minhas mãos. "Não estou com Eric de novo, nunca vamos voltar. Ele ainda me liga de vez em quando, mas em geral pra pedir dinheiro."

Viro para encarar meu pai. Sua expressão é mais dura que pedra.

"Dei dinheiro a ele uma vez", admito. "Daí me dei conta de que ia virar um hábito, então nunca mais fiz isso. Ele não me liga muito, só algumas vezes por ano. Quando ligou ontem à noite, chorava assustado porque não sabia onde estava... Então, me desculpa se sou uma tola insensata por não querer que alguém de quem já gostei morresse na porra da rua."

"Brenna", meu pai diz, com a voz grossa.

"Quê?"

"Só..." Ele solta o ar de maneira irregular. "Me diz com quem está da próxima vez que for passar a noite fora. Não me deixa preocupado assim."

Então, meu pai sai da cozinha.

JAKE: *Vc tá bem?*
EU: *Sim e não. Meu pai voltou a me ignorar, então acho que já esqueceu. Tô indo pra Summer pra noite das garotas.*
JAKE: *Eba. Filma pra mim.*
EU: *O que acha que acontece na noite das garotas?*
JAKE: *Peladice, claro. Guerra de travesseiros. Treino de beijo. Na verdade, esquece isso. Estamos na faculdade. Vocês ensinam uma à outra como dar uma chupada.*
EU: *Sim, é exatamente isso que fazemos. Seu tarado.*
JAKE: *Pois é. Bom, te ligo mais tarde.*
EU: *Não precisa.*
JAKE: *Sei que não precisa, mas eu quero.*

Mordo o lábio para não sorrir ao telefone. Mas não consigo impedir a sensação efervescente e quente na minha barriga. A noite de ontem começou tão mal e terminou tão... bem.

Ainda não acredito que dormi com Jake. No sentido literal e no metafórico. Fiz sexo com ele e depois peguei no sono em seus braços fortes. Estou encrencada. Acho que gosto de verdade dele, e não sei com quem falar. Summer contaria a Fitz no mesmo instante, e Audrey e Elisa são péssimas em guardar segredo.

Enquanto me aproximo da casa de Summer, a proprietária do meu apartamento, Wendy, me atualiza sobre a situação lá.

>WENDY: *O apê ainda não está pronto. Vai levar mais uma semana, talvez menos. Acharam mofo na despensa, e estão resolvendo isso. Pode me mandar uma lista com tudo o que perdeu na inundação? Vamos mandar a papelada pro seguro esta semana.*
>EU: *Te mando mais tarde. E, por favor, fala pros caras andarem logo. Não aguento mais morar com meu pai!*
>WENDY: *Nossa, a ideia de voltar a morar com meus pais me aterroriza.*
>EU: *Pois é. Então corre!*
>WENDY: *Pode deixar :)*

Guardo o celular e entro na casa de Summer sem bater. As risadinhas altas vindo da sala indicam que as garotas já chegaram. Encontro Summer no sofá com Audrey. Daphne está sentada na poltrona. Quem completa o grupo é alguém que não vejo desde aquela manhã na lanchonete. Rupi Miller. Também conhecida como a stalker ou namorada de Hollis.

"Brenna!", Rupi diz, animada. Ela está no chão, jogada sobre uma almofada enorme. Usa uma roupa parecida com a daquele dia em que nos vimos. Um vestido azul-claro com saia rodada abaixo do joelho e gola de renda, meia-calça preta e duas presilhas brilhantes no cabelo preto. Está fofa e chique. O tom de azul do vestido fica incrível com seu tom de pele.

"Vem sentar comigo", ela pede. "Você está linda! Não acham, meninas? Sua pele é tão luminosa. O que você usa? Eu faço uma máscara caseira que minha mãe me ensinou. É assim que consigo esse tom rosado. É..."

"Vou pegar uma água", interrompo.

Rupi ainda está falando quando deixo a sala. Nem sei com quem. Talvez sozinha.

Summer vem atrás de mim. "Minha nossa, essa garota fala. E eu que achava que era tagarela."

"Você é, mas ela também. Duas tagarelas podem coexistir. Não é que nem *Highlander*."

"O que é *Highlander* mesmo? Não vi. Aquela série em que a mulher viaja no tempo?"

"Não, isso é *Outlander*. E a gente precisa ver, aliás, porque o cara é gato demais."

"Opa! Fechou. Podemos ver nas férias."

"Perfeito."

Enquanto me sirvo um copo de água, Summer levanta as sobrancelhas. "É a noite das garotas", ela me lembra. "Estamos bebendo margaritas."

"Preciso de água antes. Quase não bebi hoje. Fiquei enfiada no meu quarto fazendo o trabalho final de teoria da comunicação."

Quando voltamos para a sala, Rupi continua falando sobre sua máscara facial caseira. "É só farinha de grão de bico e iogurte. Juro que é o melhor esfoliante do mundo. A pele fica brilhando depois."

Audrey e Daphne prestam atenção a cada palavra. "Estou curiosa", Daphne diz. "Estou sempre procurando um bom esfoliante. Minha pele anda um lixo."

"A gente devia fazer agora", Audrey sugere. "Você tem farinha de grão de bico e iogurte?"

Summer é pega de surpresa. "Não tenho ideia."

"Vamos ver." Rupi corre para a cozinha, com Audrey e Daphne em seu encalço.

Eu as observo se afastar. "Elas acabaram de virar melhores amigas?"

"Parece que sim."

"E Rupi e Hollis estão juntos mesmo?", pergunto, roubando o lugar de Daphne. Me acomodo na poltrona, cruzando as pernas.

"Não tenho ideia. É o relacionamento mais estranho que já vi." Summer abaixa a voz. "Ou ela está gritando com ele ou ele está gritando com ela. Nos intervalos, os dois se pegam."

Mordo o lábio para não rir. "Na verdade, é exatamente o tipo de relacionamento que eu esperaria de Hollis."

253

"Eu também. Mas é muito esquisito."

"Exatamente. Que nem ele."

Summer sorri. "Diz a garota que pegou ele."

"E daí? Você nunca pegou ninguém esquisito?"

"Você pegou o Mike?" Rupi está na porta, de queixo caído.

Opa.

Por um segundo, penso em mentir, mas então me dou conta de que seria ridículo. E daí se eu beijei o Hollis? Não é como se ele tivesse traído Rupi comigo. "Foi", confirmo. "Mas não precisa..."

"Rá!", ela me interrompe, com os olhos castanhos brilhando. "Eu sabia! Mike me conta tudo."

É mesmo?

"E não se preocupa, não fiquei brava", Rupi garante.

"Eu nem ligaria se ficasse."

"Você é tão engraçada." Ela ri, então pergunta a Summer alguma coisa sobre iogurte antes de voltar à cozinha.

"Eu não estava brincando", digo a Summer. "Nem ligaria se ela ficasse brava."

Ela ri. "Eu sei."

Meu celular vibra, e eu quebro uma das regras da noite das garotas ao pegá-lo.

JAKE: *E aí, o que está rolando? Já teve um orgasmo?*
EU: *Ainda não. Tô decepcionada.*
JAKE: *Imagina eu então.*

A detetive Di Laurentis entra imediatamente no caso. "Com quem está falando?"

"Ninguém."

"Não pode ser ninguém. Você acabou de mandar mensagem pra *alguém*." Os olhos verdes dela se iluminam. "Ainda está namorando escondida aquele cara de Harvard?"

Quase pergunto como ela sabe antes de me dar conta de que está se referindo a McCarthy, não Jake.

"A gente não estava namorando", digo, dando de ombros. "Só saímos algumas vezes." Me apresso quando a vejo abrindo a boca. "Era o Nate, tá? Relaxa."

"Ah. Manda oi pra ele." Summer parece decepcionada por não ter conseguido o furo do século.

Mal sabe ela...

As outras garotas voltam. Rupi carrega uma tigela cheia de uma mistura bege, que logo ensina todo mundo a passar. "Está usando maquiagem?", ela me pergunta.

"Não."

Daphne olha para mim. "Está tirando uma com a gente? Não está mesmo usando maquiagem? Nem corretivo?"

"Não."

"Então, como está com a pele tão boa?"

"Genética?", arrisco.

"Te odeio", Daphne diz, sincera.

Sob o olhar atento de Rupi, começamos a passar a estranha mistura de iogurte no rosto. "Por quanto tempo deixamos?", Summer pergunta.

"Até secar. Não mais que dez minutos." Rupi volta a se sentar no trono de almofada aos meus pés.

Da poltrona, sorrio para ela. "E aí, o que está rolando com o Hollis? Vocês estão juntos?"

"Claro." Ela me olha como se eu fosse de outro planeta. "Estamos juntos desde que saímos pela primeira vez."

"Ele sabe disso?", Summer pergunta, surpresa.

"Claro que sabe."

Não sei dizer se essa garota é doida ou...

Na verdade, não tem "ou". Ela é doida e ponto final.

"Faz um século. Somos quase como dois velhinhos casados agora." Rupi sorri para mim. "É por isso que não ligo por terem se beijado. Você nem levava Mike a sério."

Eu a cutuco sem motivo. "Talvez levasse..."

"Não levava, não." A confiança dela é impressionante. "Ele não é seu tipo."

"Por que diz isso?"

"Porque ele é do tipo cachorrinho."

"Quem é um cachorrinho?", pergunta uma voz masculina, então o próprio cachorrinho surge na sala. Ele dá um grito quando vê nossos rostos. "Por que passaram cola na cara?"

"Entre tudo o que poderia ser você acha que é cola?", Summer pergunta, exasperada. "Por que passaríamos cola no rosto?"

"Não sei." Ele passa os olhos pelos lugares ocupados, como se pudesse se juntar a nós.

Rupi dá um tapinha na almofada ao lado dela.

Engulo uma risada.

Hollis leva o corpo enorme ao chão. É um cachorrinho mesmo. Está de short e camiseta azul, cor que realça seus olhos. A camiseta também se agarra a seus músculos impressionantes, uma visão que sempre me chocou um pouco. Mike Hollis é um menino repulsivo no corpo de um cara gostoso.

Ele passa um braço sobre os ombros estreitos de Rupi. "E aí?", diz.

Reprimo um sorriso. Ele está louco por ela.

"Você é um cachorrinho", ela informa. "Bobo e fofinho."

"Não sou bobo e fofinho", ele contesta.

"É, sim."

"Não sou, não. Não pode me comparar a um cachorrinho. Tem que escolher algo bom. Tipo um garanhão."

"Não se pode ser um garanhão sem um pau grande", brinco.

Audrey ri.

Rupi me olha, horrorizada. "Brenna! Você não pode fazer comentários depreciativos sobre o pênis de um garoto. Fere o ego. Só porque Mike não tem um pênis de garanhão não quer dizer que..."

"Por que estão falando sobre meu pau?", Hollis interrompe. "Que vocês não viram, aliás."

"Eu toquei", ela diz, convencida, antes de dar um tapinha no joelho dele. "Mas eu estava dizendo às garotas que nosso aniversário está chegando."

Hollis parece confuso. "Que aniversário?"

"De um mês."

"Não faz um mês."

"Faz quase um mês..."

"Faz duas semanas!"

"Vinte dias! São quase *três* semanas." Rupi avalia o rosto dele. "Quando é o nosso aniversário, Mike?"

"Quê?"

Eu me recosto na poltrona e aproveito o show.

"Quando saímos pela primeira vez?", ela insiste.

"Como eu saberia isso?"

"Você estava lá!" Rupi levanta de pronto e leva as mãos à cintura. "Você não anotou a data? Qual é o seu problema?"

"Qual é o *meu* problema? Qual é o *seu* problema? Quem anota a data em que sai com alguém?"

"Foi nosso *primeiro* encontro. Está me dizendo que não vale a pena lembrar?"

Hollis levanta também. Ele tem um metro e oitenta e cinco, de modo que se assoma sobre ela. No entanto, qualquer um poderia dizer quem é que manda ali.

"Você apareceu aqui e me arrastou pra jantar", Hollis a lembra. "Eu nem sabia quem você era, porra."

"Queria muito que você não dissesse palavrão pra mim."

"Quem muito quer, nada abstém."

Summer solta uma risada alta.

Daphne parece fascinada. "O que ele quer dizer com isso?"

"O ditado não é assim", digo a Hollis.

"É, sim", ele insiste. "Meu pai usa o tempo todo."

Summer sorri abertamente. "Mike, seu pai é tão incompreensível quanto você."

Olho para ela. "Com quem acha que ele aprendeu?"

Rupi não gosta dessa mudança de assunto. Ela dá um passo raivoso na direção dele, e os dois ficam cara a cara. A dela está coberta de gosma, a dele está vermelha de frustração.

"Não acredito que nem liga pro nosso aniversário." Rupi dá as costas pra ele. "Preciso pensar a respeito", ela declara por cima do ombro. Pouco depois, está batendo os pés ao subir as escadas.

Hollis vira para Summer. "Por que fez isso comigo?", ele pergunta, infeliz.

257

"Gostamos dela", Summer anuncia.

"Claro que sim. Gostam pra caralho." Ele vai embora também.

Ficamos em silêncio por um momento.

"Acham que podemos lavar o rosto agora?", Daphne pergunta, sorrindo.

"Acho que devemos", Audrey responde.

Nos amontoamos no banheiro, nos revezando para tirar a máscara. Depois que seco o rosto, não posso negar que minha pele parece extremamente macia.

"Rupi disse que tem que passar hidratante em seguida", Daphne instrui.

"Vou lá pegar." Summer desaparece, enquanto ficamos nos admirando no espelho.

"Ah, meu Deus, fiquei mesmo com um tom meio rosado", Daphne diz, animada.

"A sensação é incrível", Audrey concorda, arrebatada. "A gente devia fazer pra vender."

"Podemos chamar de 'cola de rosto'", sugiro.

Daphne ri.

Summer chega com o hidratante, e voltamos à rotina de cuidado com a pele. Ainda que estejam lá em cima, conseguimos ouvir Rupi e Hollis gritando. Queria que eles descessem e brigassem na nossa frente. É *muito* divertido.

Em vez disso, quem nos entretém é Hunter, que chega em casa. Ele parece mais bonito que o normal. Talvez porque o cabelo escuro esteja bagunçado e ele tenha um brilho sedutor nos olhos.

Ele exala tanta segurança que tenho que perguntar: "Se deu bem?"

"Um cavalheiro nunca fala a respeito." Ele dá uma piscadela e vai para a cozinha.

"Pode pegar a jarra amarela na geladeira, por favor?", Summer grita para ele. "Precisamos de mais bebida!"

"Pode deixar, loira."

"Ah." Olho para Summer. "Parece que as coisas melhoraram."

"E melhoraram", ela confirma. "Acho que é por causa de todo o sexo. As endorfinas deixam Hunter todo bonzinho."

Hunter reaparece e coloca a jarra de plástico na mesa de centro.

"E aí, quem foi a garota de sorte esta noite?", provoco.

"Ninguém que você conheça. Só uma garota de um bar em Boston."

"Coisa fina", Audrey diz.

Ele revira os olhos. "A gente não trepou no bar."

"E a garota do bar tem nome?", Summer pergunta enquanto enche o copo de todo mundo.

"Violet." Ele dá de ombros. "Não quero parecer babaca, mas não precisam guardar o nome. Ela me mandou embora minutos depois."

Não consigo não rir. "Garota cruel."

"É nada. Facilitou minha vida", ele admite. "Eu não ia querer mais do que uma noite mesmo."

"Coisa fina", Audrey repete.

Ele dá risada. "Tá bom. Sou um cara horrível por querer um lance de uma noite só, mas ela quer a mesma coisa e não é. Faz todo o sentido."

Mudo de assunto, pegando meu drinque. "Estão prontos pro jogo do fim de semana?", pergunto.

"Tão prontos quanto podemos estar. Mas vai ser dureza." A intensidade na voz dele é promissora. Pelo menos Hunter está com a cabeça no jogo, e não em todas as garotas que anda pegando. "Se encontrarmos um jeito de segurar Jake Connelly, de impedir que abale a gente, temos uma chance."

Rá. Se encontrarem um jeito de não se abalar por Jake, eu adoraria saber. Deus sabe que não encontrei.

29

JAKE

Cada jogador tem um jeito de se preparar para uma partida. Alguns caras são obcecados por superstições, como Dmitry, que se cortou com papel uma vez e acabou com o time adversário, então agora faz um corte de propósito antes de cada jogo. Ou Chilton, que precisa que a mãe diga: "Quebre a perna, Coby!". E tem que ser essas palavras exatas, porque no ensino médio elas supostamente fizeram com que o time dele ganhasse o estadual.

Já eu preciso da minha pulseira de confiança e de silêncio. Preciso ficar quieto num canto e me preparar mentalmente, porque hóquei é igualmente cabeça e corpo. Exige muito foco, a capacidade de reagir bem a qualquer situação ou obstáculo. Não há espaço para dúvida no gelo. Tenho que confiar no meu cérebro, nos meus instintos, na minha memória muscular, para criar oportunidades e chegar ao resultado esperado.

A temporada inteira, não conversei com o time antes do jogo. Ninguém espera que eu faça isso. Todos sabem que, quando estou curvado no banco, sem olhar para ninguém, sem dizer nada, é porque estou me preparando mentalmente.

Todo mundo presta atenção quando o treinador entra no vestiário. Ele passa os olhos pelos corpos uniformizados lotando o espaço. "Homens", Pedersen nos cumprimenta.

Batemos os tacos no chão em cumprimento. Precisamos ir para o gelo para o aquecimento, mas o treinador tem algumas palavras a dizer antes.

"Esse é o jogo mais importante de toda a temporada. Se vencermos Briar, vamos para o nacional. Se vencermos Briar, estaremos um passo mais próximos do título." Ele fala por mais um minuto, nos motivando, dizendo que precisamos ganhar, que o troféu é nosso, que precisamos trazê-lo pra casa. "O que vamos fazer?", ele grita.

"Trazer a taça pra casa!"

"Não consegui ouvir."

"*Trazer a taça pra casa!*"

Pedersen assente em aprovação. Então, me pega de surpresa. "Connelly, pode falar."

Levanto a cabeça. "Como?"

"Você é o capitão, Jake. Diga algo ao time. Pode ser o último jogo da temporada. Seu último jogo por Harvard."

Merda. Não gosto que ele atrapalhe meu ritual. Mas não posso me negar, porque, diferentemente de quase todos os atletas no mundo, o treinador não acredita em sorte ou superstição. Só em habilidade e trabalho duro. Admiro sua filosofia, mas... respeite os rituais, droga.

Pigarreio. "Briar é um bom time", começo. "Um ótimo time."

"Belo discurso!" Brooks aplaude com vontade. "Todo mundo de pé!"

Coby ri alto.

"Quieto, bunda-bolha. Ainda não terminei." Pigarreio de novo. "Briar é um bom time, mas somos melhores."

Todos esperam que eu continue.

Dou de ombros. "Agora terminei."

Risos ecoam à minha volta, até que o treinador bate as mãos para silenciar a galera. "Muito bem. Vamos lá pra fora."

Estou prestes a fechar meu armário quando o celular se ilumina lá dentro. Inclino o pescoço para dar uma olhada, e um sorriso satisfeito surge em meus lábios. É uma mensagem de Brenna, me desejando boa sorte. Também tem uma de Hazel, parecida, mas eu já esperava isso dela. De Brenna, não.

"Treinador, é meu pai ligando", minto quando noto Pedersen me olhando. "Deve ser pra desejar boa sorte. Só vou levar um minuto, tudo bem?"

Pedersen me olha desconfiado antes de murmurar: "Só um minuto".

Enquanto ele e os caras do time rumam para o túnel, ligo para Brenna. Mas ela não atende da forma calorosa que eu esperava.

"Por que está me ligando?" Parece ultrajada. "Deveria estar no gelo se aquecendo."

Dou risada. "Achei que fosse ficar feliz em saber que ainda não fui pro aquecimento."

"Espera aí, está tudo bem? Você ainda vai jogar, não?", ela pergunta, a preocupação ecoando do outro lado da linha.

"Claro que vou. Mas vi sua mensagem e queria me certificar de que está tudo bem."

"Por que não estaria?"

"Porque você me desejou boa sorte. Imaginei que tivesse alguém apontando uma arma pra sua cabeça."

"Ah, não seja pentelho."

"Está me desejando boa sorte de verdade?"

"Isso."

"E está sendo sincera?"

"Não."

"Quem é a pentelha agora?" Hesito. "Olha... não importa o que aconteça esta noite, não quero parar de te ver." Seguro o ar e espero, porque não sei o que Brenna vai responder.

Sei o que quero que diga. Quero que diga que não conseguiu me tirar da cabeça desde que dormimos juntos, porque eu não consegui tirá-la. O sexo foi surreal. Incrível. E foi nossa primeira vez. Se foi assim bom quando nem sabemos o que deixa o outro com tesão... Quando não sabemos exatamente como fazer o outro gozar... Significa que só vai melhorar. Isso me deixa louco.

"Quero continuar te vendo", insisto, porque ela ainda não respondeu. "Quer continuar me vendo?"

Outra pausa. Então Brenna suspira. "Sim. Quero. Agora sai daí pra gente acabar com você."

Sorrio de lado a lado. "Até parece, linda."

Fecho o armário e viro, recuando quando noto o treinador na porta. Merda.

"Linda, é?", Pedersen zomba. "Você chama seu pai assim?"

Solto um suspiro cansado. "Desculpa por ter mentido."

"Connelly." Ele segura meu ombro quando tento passar. Mesmo de ombreira, posso sentir a pegada de aço. "Essa garota... goste você dela mesmo ou não... tem que se lembrar de que ela é filha de Jensen. Precisa considerar a possibilidade de que só esteja mexendo com sua cabeça."

Hazel disse a mesma coisa. Mas acho que os dois estão sendo paranoicos. Brenna não faz joguinhos. "Vou levar isso em consideração." Forço um sorriso. "Mas não se preocupe. Não vai afetar meu desempenho no gelo. Está no papo."

Não está no papo.

Desde o segundo em que o disco cai, o jogo é duro. É velocidade e agressividade. Os dois times não estão competindo pela vitória, só tentam matar um ao outro. Os golpes são brutais, e imagino que os árbitros estejam deixando muita coisa passar por causa da intensidade do jogo. É como o hóquei deve ser jogado. Com entrega completa.

Os fãs estão pirando. Nunca senti essa arena tão viva. Gritos, vivas e vaias se chocam em uma sinfonia que enche minhas veias de adrenalina.

Apesar de tudo, Briar está melhor que a gente. Eles são mais rápidos, principalmente Davenport. E não sei o que Nate Rhodes anda tomando no café da manhã, mas... minha nossa. Ele faz o primeiro gol do jogo, uma bomba que Johansson não tem nenhuma chance de impedir. Até eu fico impressionado, mas só de olhar para os olhos vermelhos de fúria do treinador sei que não posso demonstrar.

"Vão deixar que façam isso com vocês?", Pedersen ruge. "Vão deixar que façam isso na casa de vocês?"

"Não, senhor!"

A dose de adrenalina faz com que eu forme um verdadeiro muro com Brooks e Coby. Somos a linha mais forte, e tem vários motivos para isso. Brooks é o Incrível Hulk quanto está no gelo. Seus encontrões derrubam qualquer um. Coby é esperto com o cotovelo e se vira nas placas como ninguém. Recupero o disco, mas, em vez de passar, driblo Fitzgerald e sigo em frente. Espero que os outros cruzem a linha azul antes de passar o disco para Coby, mais ao centro.

Ele circula a rede, para por um segundo, então dispara. Dá uma tacada e erra. Davenport quase consegue o rebote, mas dou um empurrão nele para controlar o disco. Arrisco e erro. O disco vai para perto de Brooks, que erra também. Um rugido ensurdecedor vem das arquibancadas.

Puta que pariu. Três tiros, todos defendidos. Quando foi que Corsen ficou tão bom? Grunho em frustração quando o treinador substitui nossa linha, e vamos para o banco.

Respirando forte, sento ao lado de Brooks. "O que está acontecendo?"

"Não sei", ele murmura. "Corsen não costuma ser tão rápido."

"Temos que continuar atirando até cansar o cara."

Brooks assente, sombrio.

O treinador aparece atrás de nós e coloca a mão no ombro de Weston. "Precisamos de um jogador deles fora", ele diz.

Fico tenso, porque sempre que Pedersen encoraja Brooks a tirar alguém do jogo, é grande a chance de dar confusão. Voltamos ao jogo, e Brooks tem sangue nos olhos. Já na disputa do disco, ele começa a provocar Davenport, agachado à direita de Nate Rhodes, que por sua vez tem Mike Hollis à sua esquerda.

Estou focado demais no disco para registrar o que Brooks diz, mas, o que quer que seja, desperta um rosnado feroz de Davenport. "Vai se foder", ele retruca.

"Já chega", o árbitro diz.

De novo, ganho a disputa. Passo o disco para Brooks, que vai abrindo caminho até a área adversária. Ele devolve o disco para mim, mas não arrisco. A defesa está protegendo Corsen e a rede parece a porra da guarda real de *Game of Thrones*. Preciso de uma abertura. Preciso...

O apito toca. Não vi o que aconteceu, mas viro e vejo Hollis gritando com Weston.

Hollis toma uma suspensão por levantar o taco. Brooks e eu nos entreolhamos. Ele fez seu trabalho. Agora é hora de eu fazer o meu.

Nossa linha vai ficar no gelo até a suspensão terminar, mas não precisamos de muito tempo. Briar tem um a menos, e, embora ganhem o disco, assim que o recuperarmos, damos o troco. Passo por Davenport e dou uma tacada que nem mesmo esse novo Corsen consegue bloquear. O disco entra e o alívio toma conta de mim.

Empatamos o jogo.

"Bom trabalho", o treinador diz quando passo por ele.

Tiro o protetor bucal, que não é obrigatório, mas sou muito apegado aos meus dentes para não usar. Respiro com dificuldade, o peito subindo e descendo, enquanto vejo meus colegas passando. Foi cansativo. Fiquei mais de três minutos no gelo, o que é incomum.

"Se controla aí", ouço Heath dizer a Jonah.

Olho mais para a frente no banco, franzindo a testa. "Algum problema?", pergunto aos novatos.

"Não, tudo bem", Heath diz.

Não me convenço. O rosto raivoso de Jonah está virado para a ação à nossa frente, mas não sei o que aconteceu. Talvez tenha levado um golpe sujo e esteja puto com o jogador adversário.

A linha de Dmitry consegue segurar Briar. Quando McCarthy senta ao meu lado, dou um tapinha no ombro dele. "Boa briga", digo.

"Valeu." Ele fica vermelho com o elogio, e sei que está se segurando para não sorrir. Não costumo fazer elogios à toa, então todos sabem que, quando faço, estou sendo sincero.

A felicidade óbvia dele me faz sentir uma pontada de culpa. Brooks mexeu com a minha cabeça na outra noite com aquela história de fazer a coisa certa com McCarthy. Decidi contar a ele que estou saindo com Brenna, mas só depois do jogo. Não queria correr o risco de que a notícia o distraísse.

O treinador troca a linha de novo. Agora somos eu, Brooks e Jonah, que entra no lugar de Coby. Ele é um ala direito que fica com todos os rebotes. Quase em seguida, os árbitros marcam alguma coisa. Quando ouço o apito, vou até o disco e me posiciono.

A disputa é um desastre desde o início. A falação começa, mas dessa vez não vem de Weston, e sim de Jonah.

"Davenport", ele rosna.

O jogador da Briar só dá uma olhada para ele antes de focar no árbitro.

"Estou falando com você, cretino. Não finge que não ouviu."

"Não estou fingindo nada", Davenport retruca. "Só não estou ligando pro que tem a dizer."

O disco cai. Eu o pego, mas Jonah ainda está distraído por causa da conversa e nem vê quando o passo a ele. Davenport o intercepta e parte para o ataque. Vamos atrás dele, mas é Johansson quem nos salva do erro que poderia nos custar muito. Ele defende o tiro e passa o disco para Brooks.

"Isso é inaceitável", sibilo para Jonah ao passar. Ele não costuma fazer esse tipo de cagada. "Foco no jogo."

Acho que Jonah nem me ouve. Ou não se importa. Quando ele e Davenport estão emaranhados nas placas no nosso próximo turno, Jonah recomeça a falar. "Quinta à noite", ele grunhe. "Onde você estava?"

"Vai se foder." Davenport dá uma cotovelada forte em Jonah e vence a disputa pelo disco.

Obstruo Davenport e recupero o disco, mas de novo Jonah está envolvido demais no que quer que esteja acontecendo entre os dois. Ele não vai embora como deveria fazer, e tomamos uma falta. O árbitro apita.

Não sei o que está acontecendo, mas não estou gostando.

A próxima disputa de disco ocorre à esquerda do nosso gol. Enquanto nos reposicionamos, Jonah retoma o interrogatório. "Quinta à noite, idiota", ele fala. "Você estava no Brew Factory."

"E?" Davenport parece irritado.

"Você nem vai negar?"

"Por que negaria? Fui a um bar. Agora cala a boca."

"A ruiva com quem você foi embora. Se lembra dela?", Jonah pergunta.

Sinto um buraco no estômago e torço para que soltem logo o disco — neste instante —, porque já sei aonde ele vai chegar, e é melhor que não chegue. *Agora.*

"Quem? Violet? Por que se importa com quem eu como?"

"*Ela é minha namorada!*"

Jonah parte para cima dele e derruba o árbitro, que se esparrama no gelo em um emaranhado de membros.

Merda. Merda, merda, merda!

"Hemley!", grito, mas Jonah nem me ouve.

Ele derruba Hunter Davenport e começa a socá-lo. Quando tira as luvas, fico enraivecido, porque, porra, isso é motivo para expulsão. Tento tirá-lo de cima do cara, mas Jonah é forte. Ele grita com Davenport por ter dormido com Vi, enquanto apitos soam por toda parte.

Davenport parece genuinamente confuso. "Ela não me falou que tinha namorado! Sai de cima de mim!" Ele nem tenta bater de volta.

Jonah tira sangue do canto do lábio de Davenport. O jogador de Briar ainda está de luva, sem ter dado um único soco. Se alguém for ser expulso, vai ser Jonah, sozinho.

Tento mais uma vez acalmar meu jogador. Nate Rhodes, o capitão da Briar, se aproxima e tenta me ajudar. Juntos, conseguimos levantar Jonah. Ele continua puto. "Ele trepou com a minha namorada", Jonah grita.

Outro apito soa. É o caos. Davenport consegue levantar, mas Jonah se solta e parte para cima do adversário de novo, empurrando-o contra as placas. Os dois voltam a cair no gelo.

Só que, dessa vez, ouço um grito alto de dor.

Puxo Jonah de novo, mas o som agonizante não vem dele.

O capacete de Davenport cai. Ele tira as luvas e segura o pulso, pressionando-o contra o peito. O cara solta uma série de xingamentos, a dor em seus olhos é inconfundível. "Você quebrou meu pulso", Davenport reclama. "Qual é o seu problema?"

"Você mereceu", Jonah solta. De repente, noto um borrão se movendo e Nate Rhodes soca o queixo do meu jogador.

Outros jogadores entram na briga, e o caos vira catástrofe. Apitos continuam soando enquanto os árbitros tentam controlar a confusão. Mas isso é impossível agora.

30

BRENNA

No segundo em que o sinal indicando o fim do primeiro período toca, levanto. Summer faz o mesmo, mas levo uma mão a seu ombro. "Não vão te deixar entrar."

"Como sabe?", Summer pergunta.

"Conheço meu pai. Cara, talvez ele não deixe nem a própria filha entrar. Mas, se alguém tem uma chance, sou eu. Prometo que te mando uma mensagem assim que souber de algo."

"Tá." Summer parece em estado de choque, e não é a única. Todo mundo à nossa volta permanece atordoado.

Ninguém sabe o que foi que aconteceu, mas de alguma forma o jogo se transformou em uma guerra. Hunter foi retirado do gelo antes que o período terminasse, segurando o próprio braço. Assim como Nate e um jogador de Harvard cujo nome e número de camisa não consegui guardar.

Pelo restante do primeiro período, ficamos sem nossos dois melhores jogadores, mas de alguma forma conseguimos segurar Harvard até que o sinal tocasse. Agora faltam dois períodos e não tenho ideia do que está acontecendo. Os árbitros não anunciaram por que os três saíram, e não houve nenhum anúncio pelo alto-falante. No hóquei universitário, brigas não são permitidas. Elas são motivos de expulsão. Só que Hunter não começou a confusão, nem retrucou de maneira alguma. E não sei por que Nate se envolveu na situação. Ele costuma ter mais autocontrole.

Corro da arquibancada em busca de respostas. Tem mais gente saindo, então abro caminho pela multidão distribuindo cotoveladas até chegar ao vestiário. Meu pai sempre me deixa com uma credencial, caso seja necessário. Não tenho garantia de que vou poder entrar no vestiário em si, mas pelo menos significa que tenho acesso a áreas restritas ao público. Mostro a credencial para um segurança e pego um corredor.

Outro segurança está postado diante do vestiário dos visitantes. "Oi", cumprimento, mostrando a credencial. "Sou filha do treinador Jensen e membro da equipe técnica." A segunda parte é mentira, mas espero que possa me ajudar.

E ajuda. O cara me abre passagem rapidamente.

Abro a porta e ouço a voz do meu pai. Parece mortal. "Por que caralho você fez isso, Rhodes?"

Não ouço a resposta que Nate murmura.

Me esgueiro lentamente até o lugar onde os jogadores estão reunidos. Ninguém me nota. Por que notaria? Estou escondida num mar de corpos grandes se assomando sobre mim.

"Bom, Davenport está fora. Foi tirar um raio X, mas a médica disse que o pulso está visivelmente quebrado."

Sinto um buraco no estômago. Meu pai não parece feliz, e não posso culpá-lo. Hunter está fora da final.

"E Rhodes, você foi expulso por participar da confusão."

Ah, merda. Nate não vai voltar? Os dois são os melhores jogadores do time!

"Do outro lado, Jonah Hemley foi expulso. O que não é grande perda para eles." Meu pai desdenha. "O garoto entrou no lugar de Coby Chilton, com suspeita de ter estirado o posterior da coxa. Só que ele não estirou porcaria nenhuma e a linha mais forte de Harvard está de volta à ativa."

Ah, não. Isso é um absurdo. O pânico enfraquece meus músculos, porque... agora talvez a gente perca.

Meu pai não externa meu receio, mas sei que está pensando nisso também. Ele parece furioso ao se dirigir aos jogadores. "O que foi que aconteceu lá?"

Há um silêncio longo e temeroso. Fitz é o único que reúne coragem para falar. "Pelo que entendi, Hunter dormiu com a namorada de Hemley. Sem saber", ele acrescenta.

"Está brincando? E, se fosse pra trepar com a namorada de alguém, que fosse a do Connelly", meu pai rosna. "Assim pelo menos não teríamos mais que nos preocupar com ele."

Ainda que esteja chateada pelo meu time, tenho que engolir a vontade de rir — porque não acho que meu pai apoiaria fazerem sexo com a namorada de Connelly se soubesse que sou eu.

Não que eu seja a namorada dele, mas é comigo que ele está envolvido agora e... Não, não posso pensar nisso. Estamos em meio a uma crise.

"Meu Deus, Rhodes. No que estava pensando?" Meu pai está claramente furioso com o capitão do time.

Eu mesma não estou muito satisfeita com ele. O que aconteceu com aquele papo de não cair na provocação? Nate foi tão inflexível ao ignorar o incidente do chantili, quando impediu Wilkes de retaliar. Agora ele se descontrola no meio do jogo? Agride Hemley por causa de Hunter? Não parece algo que Nate faria.

O tom do capitão me diz que ele está tão furioso e decepcionado consigo mesmo quanto meu pai está. "Perdi o controle", Nate diz, envergonhado. "Mas o babaca quebrou o pulso de Hunter. Então, teve a coragem de dizer que ele *merecia*. Foi a coisa mais absurda que já ouvi, e eu... perdi o controle", Nate repete. "Sinto muito, treinador."

"Eu entendo. Mas um pedido de desculpas não vai te colocar de volta no jogo."

Ou seja, estamos ferrados.

Me afasto e saio do vestiário. "A coisa não parece boa lá dentro", o segurança comenta, simpático.

"Não está mesmo."

Corro para nossos assentos, onde atualizo Summer e o resto do pessoal. "Parece que Hunter e Nate estão fora do jogo."

Summer se sobressalta.

Rupi também. Como sempre, ela está vestida como uma modelo do catálogo da J. Crew. Ou uma boneca superluxuosa. Imagino quantos vestidos de gola bem de menininha ela tem. Milhares, provavelmente.

"É um desastre!", Summer murmura.

"É", digo, morosamente, e não estamos erradas.

O segundo período começa, e dá para ver a diferença no nível de jogo da Briar quase imediatamente. É como ver um velocista olímpico que detonou nos primeiros cem metros de repente deparando com obstáculos na pista. Sem Nate, o capitão, e Hunter, o melhor atacante, fica muito difícil. Fitz e Hollis não conseguem carregar o time sozinhos. Os jogadores mais jovens ainda não estão prontos, e os melhores, Matt Anderson e Jesse Wilkes, são fisicamente incapazes de acompanhar Connelly.

Meus olhos seguem Jake quando ele marca logo no começo do segundo período. É uma bela tacada, uma obra de arte. Agora Harvard lidera por dois a um. Dois minutos antes do fim do período, Weston faz com que Fitz tome uma suspensão, coisa que raramente acontece, e Harvard fica com um jogador a mais no gelo.

Summer deixa o rosto cair nas mãos com as unhas pintadas. "Ah, meu Deus, isso é péssimo." Ela levanta o rosto, à procura do namorado. "A cabeça dele parece prestes a explodir."

Fitz parece mesmo estar soltando fumacinha do banco de reservas. Seu rosto está vermelho, seus dentes estão cerrados e seus músculos chegam a tremular.

Harvard tira vantagem da suspensão que o babaca do Weston provocou. Termos jogado Scrabble juntos e ele ter me ajudado com Eric não altera o fato de que é o inimigo neste momento. Agora, eu o odeio. Talvez daqui a alguns dias possamos jogar Scrabble de novo, mas por enquanto quero apagá-lo da face da Terra.

Infelizmente, Weston acaba marcando um gol no período em que ficamos com um a menos no gelo. Então, Fitz volta e podemos voltar a respirar.

Weston tenta fazer o mesmo com Hollis em seu próximo turno, mas o cachorrinho não vai na dele, ainda bem. Os árbitros marcam o golpe sujo de Weston e é ele quem toma uma suspensão de dois minutos. Logo estamos todos de pé gritando até não poder mais porque Briar marcou.

Três a dois.

O segundo período termina. "Vocês conseguem", sussurro para os garotos que desaparecem no túnel que leva aos vestiários. Fico torcendo para que meu pai faça um discurso digno do filme *Desafio no gelo* e para que eles voltem, empatem logo no começo do terceiro período e marquem mais um para ganhar essa porcaria.

"Ainda temos chance, não?" Os olhos de Summer brilham de esperança.

"Claro que temos. Está tudo sob controle", digo, firme.

Ficamos de pé quando o terceiro período começa. Ninguém marca por quase seis minutos, então, no meio de uma disputa de disco na defesa de Harvard, Jesse Wilkes acerta uma tacada que passa pelo meio das pernas de Johansson. Foi sorte total, mas não importa. A torcida de Briar fica louca quando o placar muda para três a três.

Nem dá para acreditar que os garotos estejam mantendo a velocidade com que começaram o jogo. Devem estar exaustos depois de dois períodos tão duros. Mas ambos os times continuam jogando como se toda a temporada estivesse em jogo. Porque é exatamente isso.

Fico deslumbrada observando Jake fazer o que ele faz de melhor. É impossivelmente rápido e não posso evitar imaginá-lo em Edmonton ano que vem. Vai ter uma ótima temporada se jogar metade do que vem jogando esta noite.

"Ele é bom", Summer comenta a contragosto quando Jake dribla três jogadores nossos rumo à rede.

Ele dá um tiro. Por sorte, não é bem-sucedido, e tenho vergonha de dizer que fico ligeiramente decepcionada quando o goleiro frustra sua tentativa.

Ah, droga. Para quem estou torcendo? Quero que Briar vença, de verdade. E *odeio* o que aquele jogador de Harvard fez com Hunter e Nate.

Mas também quero que Jake seja bem-sucedido. Ele é incrível.

O jogo continua empatado, e o tempo está terminando. A possibilidade de prorrogação me preocupa. Não sei se o time tem fôlego sobrando para se segurar. Principalmente Corsen. Ele é bom no gol, mas não é o melhor.

Por outro lado, eu certamente colocaria Johansson entre os três melhores goleiros da liga universitária. Ele segura tudo, como um profissional. Não foi selecionado no draft, apesar de já ser elegível, mas espero que tente assinar com algum time depois que se formar. É bom demais para não conseguir.

"Vamos lá, pessoal!", Summer grita. "Vamos marcar!" Os gritos de encorajamento dela são abafados pelos de todo mundo à nossa volta.

Meus ouvidos vão ficar zunindo depois desse jogo, mas vale a pena. Não tem nada melhor que ver uma partida de hóquei na arena. O entusiasmo no ar é contagioso. Viciante. Gostaria de poder ganhar a vida com isso, não como jogadora, mas como uma profissional que participa desses eventos. Quero torcer pelos atletas, conversar com eles quando ainda estão sob efeito do que quer que seja que vem à tona quando estão no gelo. Adrenalina, talento, orgulho. Quero ser parte disso, da forma que for.

Faltam três minutos, e o placar continua três a três.

A linha de Jake voltou ao jogo. Brooks recorre a seus truques de sempre, só que ninguém mais cai neles. Acho que isso o deixa puto, a julgar pelos ombros endurecidos. Ótimo. O cara merece. Não vai ser o jogo sujo que vai ganhar essa partida para Harvard. Vai ter que ser a habilidade. Infelizmente, eles têm um monte de jogadores habilidosos.

Faltam exatamente dois minutos e quarenta e seis segundos quando Jake consegue uma brecha. Fico com o coração na mão, e ele se despedaça assim que Jake domina o disco, mas se recupera enquanto se aproxima da nossa rede. Ele afasta o braço para dar uma tacada e é outra obra de arte. Um tiro incrível. Quando os alto-falantes anunciam "GOOOOOOL!", meu coração fica entre uma pirueta e a queda livre. Fico surpresa por não vomitar em meio à sensação nauseante.

Harvard está em vantagem agora, e só temos dois minutos e meio para empatar de novo. Os fãs de Briar gritam da arquibancada. O relógio não para.

Dois minutos.

Um minuto e meio.

Briar vai para o ataque. Fitz arrisca uma tacada, e um grito coletivo balança as arquibancadas quando Johansson defende. Ele segura o disco e um apito soa.

Levo as mãos à boca para gritar "Vamos lá, pessoal!" enquanto os jogadores se alinham para a disputa de disco. Eles têm um minuto e quinze segundos para fazer alguma coisa.

Mas Pedersen não é tonto. Ele coloca seus melhores jogadores no gelo nesse último minuto, para dar tudo de si. É o time dos sonhos: Will Bray e Dmitry Petrov na defesa; Connelly, Weston e Chilton no ataque. E eles são confiáveis. O disco fica em sua posse o tempo todo. Harvard se mantém no ataque e nosso goleiro parece um ninja, defendendo uma tacada depois da outra. Embora ajude, não é isso que precisaríamos estar fazendo agora. Não deveríamos estar segurando um tiroteio, e sim produzindo um no gol adversário.

Faltam dez segundos. A decepção se acumula dentro de mim. Espio o banco da Briar, em busca do meu pai. Sua expressão não revela nada, mas seu maxilar está tenso. Ele sabe o que está prestes a acontecer.

O sinal soa.

É o fim do terceiro período.

Briar perdeu.

E Harvard ganhou.

"Não consigo acreditar." Summer prende uma mecha de cabelo dourado atrás da orelha. Estamos ambas a um canto do saguão. "Me sinto tão mal por Fitzy."

"Eu também. E pelo resto do time."

"Ah, sim, claro. Pelos outros também." Ela descansa a cabeça no meu ombro. Seus olhos tristes estão fixos na boca do corredor. Estamos esperando os jogadores saírem, e não somos as únicas. Fãs se acumulam no espaço cavernoso, prontos para oferecer seu apoio aos vencedores ou perdedores. Pelo menos os jogadores da Briar vão se dar bem com as garotas sem precisar se esforçar muito esta noite.

Como estamos fora de casa, meu pai e os jogadores vão voltar ao campus no ônibus do time. Alguns jogadores de Harvard aparecem primeiro, e as namoradas e interessadas vão até eles como um enxame de abelhas. Jake e Brooks aparecem, os dois indiscutivelmente bonitos de terno escuro. Adoro jogadores que respeitam o código de vestimenta do pós-jogo. O paletó dos dois cobre ombros impossivelmente largos, e meu coração dá uma pequena cambalhota quando noto que o cabelo de Jake está úmido do banho. De modo que agora tenho em mente a imagem dele pelado no chuveiro. Que é deliciosa.

O rosto de Weston se ilumina quando ele vê Summer. "Di Laurentis!" Ele se aproxima e abre os braços para cumprimentá-la.

Summer faz cara feia. "Nem vem. Nada de abraço hoje."

"Ah, por favor, não seja má perdedora." Ele abre ainda mais os braços.

Depois de um momento, ela lhe dá um abraço rápido.

Jake pisca para mim por cima do ombro de Weston e da cabeça de Summer.

Meus lábios se curvam ligeiramente. "Bom jogo, Connelly."

Sei que ele se esforça para reprimir um sorriso. "Valeu, Jensen."

Então, Summer solta Weston. "Parece que suas provocações não funcionaram tão bem no segundo e no terceiro período", ela diz.

"É, e os árbitros ficaram mais severos depois daquele lance com o Jonah."

"Daquele lance com o Jonah?", Summer repete, cutucando o centro do peito de Brooks. "Foi mais do que isso. O cara quebrou o pulso do Hunter!"

"Foi um acidente", Brooks contesta.

Enquanto discutem, um rosto familiar atrai minha atenção. É a garota daquele dia no café, amiga de Jake. Era Hazel o nome? Ela se aproxima em meio à multidão, à procura de alguém, até que nossos olhares se cruzam. Então, a garota nota Jake a dois passos de mim e franze a testa.

Fico tensa, antecipando sua aproximação. Por algum motivo, no entanto, ela para no lugar. Interessante. Não disse que era a melhor amiga de Jake? Sua confidente?

Levanto uma sobrancelha para ela, que franze ainda mais a testa.

Quebro o contato visual, e de canto de olho localizo outra figura familiar. Viro e vejo meu pai emergindo do corredor. Infelizmente, sua saída é perfeitamente sincronizada com a de Daryl Pedersen.

Opa.

Os dois treinadores trocam algumas palavras quando deparam um com o outro. A expressão do meu pai é impassível, como sempre. Ele assente quando Pedersen diz algo. Posso imaginar a conversa: o bom jogo/obrigado de sempre, a falsa camaradagem. Conforme se aproximam, posso ouvir claramente Pedersen dizer: "Foi um belo truque".

Não sei bem do que está falando, e acho que meu pai também estranha, porque, em vez de se afastar, ele para. "O que quer dizer com isso?"

"Você sabe muito bem. Foi uma boa tentativa." Pedersen ri. Quando me vê perto de Jake, ele levanta as sobrancelhas, e um sorrisinho se forma em seus lábios.

Sinto meu estômago se revirar.

Como meu pai não é muito racional quando se trata do treinador de Harvard, ele finca o pé e assume uma postura agressiva. "Que truque?", ele insiste, frio.

"Só quis dizer que seu plano para distrair meu principal jogador não funcionou."

De canto de olho, vejo Jake franzir a testa.

"Mas eu não esperava isso de você." Pedersen dá de ombros. "Nem parece o Chad que eu conheço."

Jake se aproxima de mim, e é quase um gesto protetor. Meu pai não nota, no entanto. Está ocupado demais encarando Pedersen. A interação entre os dois atraiu um pequeno público, composto principalmente de jogadores da Briar.

"Ainda não sei do que está falando", meu pai diz, irritado.

"Imagino que não." Pedersen volta a rir. "Mas é bom saber que não tem problemas em usar sua própria filha."

Ah, não.

De repente, tudo é silêncio. Minha pulsação acelera, e tenho certeza de que minha pressão cai, porque fico um pouco tonta.

Meu pai me olha por um segundo, antes de lançar um olhar glacial para seu inimigo. "Como sempre, Daryl, você está falando merda."

O outro sobe e desce as sobrancelhas. "Para ser honesto, foi ótimo ter minhas suspeitas comprovadas. Sempre achei que você não era o mártir honrado e obediente às regras que alardeia. Um pilar da honestidade e da integridade." Pedersen revira os olhos. "Sempre achei que era enganação. E, embora eu fique feliz em descobrir a que nível você pode descer, pelo amor de Deus, Chad. Usar sua filha como uma armadilha para Connelly? Entendo que me odeie, mas por favor, isso é muito baixo para você."

Pedersen vai embora, deixando meu pai e o resto do público absorvendo o impacto de sua acusação. Todos ficam em silêncio por alguns segundos.

Summer é a primeira a falar a respeito. "Bee?", ela diz, incerta. "É verdade?"

De repente, todos os olhos estão em mim e Jake.

31

BRENNA

Vinte e quatro horas depois do show de horrores que foi a final da conferência, ainda estou lidando com a crise. Minha raiva do que Daryl Pedersen fez não arrefeceu nem um pouco. O cretino vingativo não precisava ter feito aquilo, muito menos em público. Em seguida, os jogadores de Harvard o seguiram, meu pai foi com os da Briar para o ônibus e eu voltei para casa com Summer, que ficou visivelmente magoada por eu não ter contado sobre mim e Jake Connelly.

Mas pelo menos ela ainda está falando comigo. Meu pai não me dirigiu a palavra desde ontem à noite. Não sei se ele está puto ou se só não liga, de verdade. Sei exatamente o que Nate e os outros sentem, no entanto.

Os jogadores estão todos ofendidos. Hollis me chamou de traíra ontem à noite. Nate, ainda chateado por ter sido expulso da final, ficou horrorizado que eu *ousasse* continuar saindo com um cara de Harvard depois de toda a confusão que Jonah Hemley causou durante o jogo. Quando cheguei em casa de Cambridge, recebi uma mensagem amarga de Hunter: *Quebrei o pulso em dois lugares. Agradeça ao seu namorado por mim.*

Eles estão sendo infantis. Sei bem disso. Mas ainda são meus amigos, e lidaram com uma derrota brutal ontem. Uma derrota que poderia não ter ocorrido se um colega de time de Jake não tivesse tirado Hunter e Nate da partida.

Não importa que Jake em si não tenha nada a ver com isso. Ele é o capitão do time, o inimigo, e eu sou a babaca que "preferiu ele a nós" — palavras de Hollis, não minhas.

"Ainda não posso acreditar que você não confia em mim."

A voz infeliz de Summer ecoa no meu ouvido. Estou deitada na cama olhando para o teto, tentando ignorar o estômago roncando. Achei que a ligação de Summer ia me distrair da fome, mas não foi o caso. Mais cedo ou mais tarde, vou ter que me arrastar lá para baixo e pegar algo para comer. O que significa que vou ter que encarar meu pai, que está recolhido na sala a noite toda.

"Confio em você", garanto a Summer.

"É mesmo?", ela diz, em dúvida.

"Claro que sim. Mas, como disse no carro ontem à noite, não queria arriscar. Você é do tipo que conta tudo ao namorado, e tudo bem, pelo menos na maior parte do tempo. Mas as coisas já estavam bem tensas entre Briar e Harvard, principalmente depois daquela brincadeira idiota com o carro de Jesse. Não queria correr o risco de Fitz ficar sabendo, pelo menos não antes da final. Mas agora o jogo já foi, e quem vai para o nacional é Harvard. Não tenho mais razão pra esconder nada."

"Acho que faz sentido", ela diz, ainda que a contragosto. Depois de um momento, muda ligeiramente de assunto. "Não consigo acreditar que aquele babaca quebrou o pulso de Hunter."

"Eu sei."

"E tudo porque ele tem ido atrás de qualquer coisa que use saia ultimamente. Se não tivesse dormido com a garota, poderíamos ter ganhado o jogo."

"Ele não sabia que ela tinha namorado", aponto.

"Eu sei. Mas mesmo assim. Por que os homens são tão idiotas?"

"Sinceramente, não sei."

Outra pausa. "Então, Jake Connelly é seu namorado?"

"Não." Mas não posso evitar sorrir, porque estou esperando pelo interrogatório desde ontem à noite. Acho que Summer estava chateada demais por ter ficado no escuro para pedir mais informações a respeito. Agora que a mágoa passou, a detetive Di Laurentis está de volta ao caso.

"Vocês dormiram juntos?"

"Sim."

"Como foi?"

"Bom."

"Só bom?"

279

"Foi muito bom", corrijo.

"Só muito bom?"

"Não vou continuar com esse jogo, sua pentelha", interrompo.

"Desculpa." O interrogatório termina. "Então, você dormiu com ele. E os dois vêm se encontrando escondido há anos..."

"Não faz anos", resmungo.

"Mas desde meu desfile de moda", ela insiste.

"É, por aí."

"Você gosta dele? Espera aí, por que estou perguntando isso? Sei que gosta." Sua voz fica mais e mais animada a cada segundo. "Acho ótimo, aliás. Quer dizer, ele é insanamente lindo. Poderia ficar olhando pro cara por horas e horas."

Tento não rir. "Que bom que aprova."

Ela fica séria de repente. "E eu aprovo. De verdade."

"Só você."

"Eles vão superar."

Conversamos por mais alguns minutos. Depois que desligamos, meu estômago ronca de novo, e decido que é hora de encarar a situação e ir lá para baixo. Não posso evitar meu pai para sempre. Além disso, estou morta de fome.

Sei que ele me ouve descendo a escada por causa dos degraus rangendo, mas não vira quando chego. Está vendo HockeyNet. Como o jogo foi transmitido ontem, não passaram um compacto, mas Kip Haskins e Trevor Trent estão falando sobre ele em seu programa.

Ou melhor: estão discutindo sobre ele.

"Sempre tem briga entre os profissionais", Kip resmunga. "Não sei por que a liga universitária é tão severa nesse sentido."

"Porque os jogadores são umas crianças", Trevor aponta.

"Está de brincadeira comigo? Alguns são mais velhos que jogadores da liga profissional!", Kip argumenta. "Toronto tem um jogador de dezoito anos no elenco. Minnesota tem dois de dezenove. Eles são colocados em um ambiente altamente violento e *dão conta*. E agora você vem me dizer que universitários de vinte e um ou vinte e dois anos são *delicados* demais pra aguentar alguns socos e..."

Meu pai pausa a imagem quando me nota.

"Oi", digo.

Ele grunhe. Não sei se com isso quer dizer "oi" ou "cai fora daqui".

"Podemos conversar?"

Outro grunhido.

Engolindo um suspiro, vou para a sala e sento na outra ponta do sofá. Meu pai observa com cuidado, sem dizer uma palavra. Está claramente esperando que eu comece, então o faço.

"Desculpa não ter dito que estava saindo com Jake Connelly." Dou de ombros, sem jeito. "Se ajuda, não contei a ninguém."

Ele bate os dentes. "Daryl Pedersen parecia saber."

"Ele viu a gente juntos em Harvard um dia."

A raiva toma conta de sua expressão. "Você teve contato com Pedersen?"

"Sim. Quer dizer, não. Só uma vez. Uma conversa."

Meu pai fica em silêncio por um longo e tenso momento. Não consigo ler sua expressão e não tenho ideia do que se passa em sua mente.

"Quero que fique longe daquele homem", ele finalmente murmura.

"Pai..."

"Estou falando sério, Brenna!" Ele levanta a voz, e agora sua expressão é fácil de decifrar: amarga, fria e reprovadora. Mas qual é a novidade aí? "Daryl Pedersen é um cretino egoísta. Era um jogador desonesto e agora é um treinador desonesto. Não tem honra dentro ou fora do jogo. Fique longe dele."

Balanço a cabeça, exasperada. "Pai. Não ligo pra sua briguinha idiota com Pedersen. Nem um pouco. Não tem nada a ver comigo, e se estiver preocupado que vá passar meu tempo livre com ele, posso garantir que não vou. Por que faria isso? Quanto a Jake..."

"Fique longe dele também", meu pai resmunga.

"Ah, não..." Solto o ar devagar. "Jake é um cara legal. Qual é o problema em sair com ele?"

"Não vou passar por isso de novo." Ele fixa seus olhos nos meus. "Não vou ver isso acontecer de novo. Já bastou Eric..."

"Jake não é Eric. E nosso relacionamento não tem nada a ver com o que tive com Eric. Eu tinha *quinze* anos quando começamos a namorar. E dezesseis quando..."

"Não quero mais passar por isso!", ele explode. "Ouviu bem?"

"Ouvi. Mas você não me ouviu." Passo os dedos pelo cabelo, cada vez mais agitada por dentro. "Jake não tem nada a ver com Eric. Ele é inteligente, disciplinado, não é festeiro. Juro que o cara é o maior talento da geração dele. Vão falar de Jake por décadas. E ele é um cara legal. Estava comigo na noite em que precisei ajudar Eric..."

"Então, ele é o amigo com quem você passou a noite?" Os lábios do meu pai se contraem. "Imagino que também seja quem você fica indo encontrar em Boston. Foi por isso que não conseguiu o estágio na Hockey-Net? Porque está tão envolvida com esse cara que nem pensou em se preparar para as entrevistas?" Ele ri, sem achar graça. "E está me dizendo que não tem nada a ver com Eric e tudo que aconteceu?"

Meu queixo cai. "Está brincando? Eu me preparei muito pras entrevistas. Não consegui o estágio porque o responsável acha que meu conhecimento de esportes é *uma graça*." A raiva me aquece por dentro. "E, sim, passei aquela noite na casa de Jake, mas não vou me desculpar por isso."

"Então, talvez você deva passar mais algumas noites lá", meu pai retruca.

Um segundo passa. Dois. Três.

"Está me botando pra fora de casa?", pergunto, surpresa.

"Não." Ele balança a cabeça. "Na verdade, estou. Se está determinada a voltar ao comportamento absurdo da escola, passando a noite toda na rua e jogando sua vida fora com um jogador de hóquei..."

"Não estou jogando minha vida fora. Você está exagerando e sendo ridiculamente irracional agora."

"Irracional? Você não tem ideia de como é quase perder sua filha", ele solta. "Não tem ideia, Brenna. Então, me perdoe se não estou muito otimista quanto à sua relação com Connelly. Você tem um histórico de tomar péssimas decisões."

Sinto como se tivesse levado um golpe. Meu coração bate duas vezes mais rápido enquanto tento ordenar as ideias — enquanto tento colocar em palavras, porque suas acusações são como um tapa na cara.

"Apesar do que pensa, faz tempo que venho tomando decisões inteligentes", digo, com amargura. "Apaguei um histórico escolar fraco fazendo faculdade comunitária e me saindo superbem lá. Tanto que consegui entrar em uma das melhores universidades do país sem nenhuma ajuda sua, ou de qualquer outra pessoa. Acha que foi uma péssima decisão? Você se recusa a reconhecer que cresci ou amadureci. Prefere continuar pensando em mim como uma adolescente egoísta que perde a cabeça por causa de um garoto? Vá em frente, então." Levanto, com as pernas rígidas. "Vou pegar minhas coisas e ir embora."

32

JAKE

"Obrigada por me deixar ficar aqui." A gratidão ilumina os olhos de Brenna quando ela deixa a mala no chão, perto da minha cama.

"Sem problemas." Eu a abraço por trás e beijo a lateral do seu pescoço. "Liberei uma gaveta pra você. Não sabia quanto tempo ia ficar."

"Vai me dar uma *gaveta*?"

Eu a solto, e meus braços pendem sem jeito ao lado do corpo. Nunca passei mais de uma noite com alguém, então não sei muito bem quais são as regras. Uma gaveta é muito?

Mas a surpresa de Brenna logo é substituída pela aprovação. "Ah, Jakey, você é o melhor." Ela pisca para mim.

O que indica que acertei.

Pego sua cintura e me inclino para beijá-la. Brenna retribui, mas permite só um selinho. Então se ajoelha para abrir a mala preta. "E aí, que efeito a bomba de Pedersen teve sobre você? O resto do time ficou bravo?"

"Na verdade, não. Quer dizer, McCarthy não ficou muito feliz quando descobriu que estávamos saindo. Ele está firme com a tal da Katherine agora, mas ainda me chamou de babaca." Solto o ar, arrependido. "Fui mesmo um cretino quando mandei que ele terminasse. E comecei a sair com você logo depois, então não posso culpar o cara por ficar puto."

"Foi bom McCarthy ter terminado comigo. Ele estava começando a se apegar, e eu sabia que a coisa nunca iria a lugar nenhum. Você disse que ele era um cachorrinho uma vez, lembra? Não gosto de gente assim."

"Verdade. Você prefere um garanhão."

Brenna ri. "Qual é a dos homens com essa história de filhotinho ou garanhão? Como podem comparar masculinidade assim?"

"Não estou falando de masculinidade. Só do tamanho do meu pau." Pego no saco e movimento a língua para ela.

"Argh. Você é péssimo." Sorrindo, Brenna abre a gaveta que separei para ela e começa a guardar as roupas ali, dispostas em pilhas organizadas.

"Já vai desfazer as malas?"

"Já. Você separou uma gaveta pra mim. Por que deixaria minhas coisas na mala?"

"Ah, você é daquelas pessoas que viaja de férias e desfaz as malas assim que chega."

"Claro. Porque assim fica mais fácil encontrar o que for", Brenna diz, toda meticulosa. "Quem quer ter que revirar uma pilha enorme de roupas sempre que for se vestir?"

"Acho que não podemos ficar juntos", informo.

"Que pena, porque vou ficar aqui alguns dias." E, simples assim, seu sorriso desaparece e seu humor se torna sombrio. "Nem acredito que meu pai me botou pra fora de casa."

"Foi brutal", concordo.

"Summer disse que eu podia ficar na casa dela, mas seria muito constrangedor. Nenhum daqueles babacas está falando comigo no momento. Bom, só Fitz, mas ele não gosta de drama. Já os outros..."

"Não acha que estão exagerando?", pergunto.

"Ah, com toda a certeza. Meu pai pelo menos eu entendo, porque ele está sempre exagerando. Considerando tudo o que fiz ele passar na escola."

Como sempre, a referência vaga atiça minha curiosidade. Mas me forço a não pressionar por detalhes. Brenna vai me contar quando estiver pronta. Assim espero.

"Seus pais devem ser supertranquilos", ela comenta, com inveja.

"É, eles são ótimos", confirmo. "Só que vivem me importunando porque não tenho namorada. Provavelmente, dariam uma festa se soubessem que esvaziei uma gaveta pra você."

Brenna ri, então fecha a gaveta e vira para mim. "Pronto. O que está a fim de fazer?"

"Quer ver um filme?", pergunto. "Posso fazer pipoca."

"Ah, gosto da ideia. Só vou colocar algo mais confortável e te encontro na sala."

Dou um tapinha na bunda dela, de brincadeira, no caminho para a porta. Na cozinha, tenho um déjà-vu ao deparar com Kayla à pia, pegando um copo de água. Dessa vez, ela está de roupa. E, em vez de tomados pela luxúria, seus olhos ficam sombrios quando pousam em mim.

"Oi", cumprimento.

"Oi."

Abro o armário e pego um pacote de pipoca de micro-ondas.

"Vão ver um filme?" Ela soa um pouco irritada.

"Isso. Você e Brooks podem se juntar a nós se quiserem. Posso fazer mais pipoca." É um convite por educação, só porque sei que ela vai recusar.

De jeito nenhum que Kayla vai querer passar a noite com Brenna. No instante em que minha garota entrou, ela reagiu como um gato. Botou as garras para fora e poderia muito bem ter rosnado. O mais divertido foi o completo desinteresse de Brenna pela garota.

"Então... Jake Connelly está recebendo uma garota em casa." Ela soa ainda mais irritada.

"É."

"Deve ser sério."

Não respondo. Dou as costas para ela, coloco o pacote no micro-ondas e ligo.

"Ou não é?", Kayla insiste.

De novo, evito responder, porque adivinha só: não é da conta dela. Então, Brenna fala da porta:

"Ah, é *muito* sério." Ela se aproxima, e mesmo de calça de pijama xadrez e camiseta, é tão atraente que meu corpo inteiro responde. Ou pelo menos antes que eu note o brasão do time de hóquei da Briar no peito.

"Isso é blasfêmia", digo, apontando para a camiseta dela.

"Não, isso é blasfêmia", Brenna retruca, apontando para a minha.

Baixo os olhos e lembro que estou usando uma camiseta cinza com o escudo carmesim de Harvard no lado esquerdo do peito.

Perto da bancada, Kayla solta um ruído depreciativo.

O que leva Brenna a se virar e sorrir para ela. "Não é fofo?", diz animada. "Praticamente Romeu e Julieta!"

Por um segundo, a loira parece que vai rosnar de verdade. Em vez disso, só abre um sorriso irônico. "Hum-hum, vocês são *muito* fofos."

"Ah, obrigada, Kaylee."

"*Kayla*", ela solta antes de ir embora.

Brenna começa a rir.

"Você é tão má", digo a ela.

"Sou. E essa garota quer você."

"Quem não quer?"

"Talvez seja verdade. Sério, não consigo ir a lugar nenhum sem trombar com alguém a fim de você. A garota no banheiro, a namorada do bunda-bolha, sua amiga Hazel."

"Hazel?" Franzo a testa para ela. "Como assim? Vocês se conhecem?"

"Ah, então quer dizer que sua amiga não te contou que me emboscou no campus?"

Quê?

"Desculpa, mas como assim?" Externo meu choque. Hazel não mencionou nada. Tudo bem que não falamos muito esta semana, mas, se tivesse confrontado Brenna, acho que seria algo importante o bastante para compartilhar comigo.

"Ela me seguiu até o Coffee Hut", Brenna explica. "Basicamente veio com aquele papo de 'sei quais são suas intenções' e 'vou acabar com você se o estiver fazendo de bobo'."

Dou risada. "É... Ela é meio superprotetora. Crescemos juntos."

Brenna abre um sorriso fraco. "Ela é mais do que superprotetora."

"Não."

"Lembra aquilo que estávamos falando sobre os homens serem tontos?"

Franzo o cenho para ela. "Quando falamos sobre isso?"

"Ah. Acho que foi com Summer, então. Esquece o que eu disse, Jakey." Ela pisca, a cara da inocência. "Os homens não são nada tontos."

Nenhum de nós presta muita atenção no filme. Nos aconchegamos debaixo da coberta e passamos a próxima hora provocando um ao outro. Brenna passa a mão o tempo todo pelo meu pau. Em determinado ponto, começa a bater uma para mim por cima da calça... antes de pegar mais pipoca e me deixar na mão.

Retribuo o favor acariciando seus mamilos por cima da camiseta até que fiquem mais rígidos que gelo, tensos contra minha mão. Quando ela tenta projetar o peito pra mim, pego a tigela de pipoca e como mais um pouco.

Mais ou menos na metade do filme, Brenna pausa e coloca o controle remoto na mesa.

Olho para ela com um ultraje fingido. "Eu estava gostando."

"Ah, é? Então me fala sobre o que é."

Reviro minha mente e não consigo resposta. "Alienígenas?", chuto.

"Não." Rindo, Brenna praticamente me arrasta para o quarto, onde coloca as mãos nos meus quadris e diz: "Deita".

Não sou tonto como ela pensa, então obedeço.

Antes que perceba, estou nu e à sua mercê. Brenna beija todo o meu corpo, seus lábios suaves deslizando pelo meu peito, sua língua quente roçando meu abdome em sua jornada provocante mais para baixo. Brenna lambe meus oblíquos, e sua respiração faz cócegas na minha pele. De repente, ela senta e tira toda a roupa. Ficamos os dois nus, com meu pau duro estendido entre nós como um enorme pico.

Ela geme, feliz. "Você é tão gostoso."

"Você também."

É minha vez de soltar um gemido feliz, porque a boca dela desce e de repente está chupando meu pau. Enfio os dedos das duas mãos em seus cabelos, de forma preguiçosa, guiando-a por minha extensão. "Isso é bom", murmuro.

"Só bom?"

"*Muito* bom."

"Só muito bom?"

"Pelo amor de Deus, linda."

A risada dela aquece a ponta do meu pau. "Brincadeira. Desculpa.

Summer fez essas perguntas para mim mais cedo e eu disse que ela era uma pentelha."

"Hum... Então, decidiu fazer o mesmo comigo?"

"Sim."

"E os homens é que são tontos?"

"Está me chamando de tonta enquanto chupo seu pau? Porque, nesse caso, nem preciso falar mais nada."

Droga. Ela está certa. Homens *são* tontos.

"Desculpa", imploro.

Sorrindo, ela volta a me torturar. Quando sua língua passa pela parte de baixo do meu pau, o prazer se acumula no meu saco, deixando-o rígido. Ela o pega e aperta. Levanto o quadril da cama. "Ah, porra. Isso é muito bom."

Ela me masturba mais forte, passando a língua na pontinha a cada estocada, enquanto continua provocando meu saco com a outra mão. A região começa a latejar, meu coração bate mais forte, e fecho a mão no cabelo de Brenna para impedi-la.

"Não", digo. "Não quero gozar assim. Quero estar dentro de você."

"Também quero."

Brenna pega uma camisinha da gaveta do criado-mudo e a põe em mim. Puxo um pouco para garantir que esteja bem colocada e aponto meu pau para ela.

"Fique à vontade", digo, educado.

"Ah, meu Deus, isso foi péssimo."

"Sério? Não acha nem um pouco tentador?" Balanço meu pau para ela.

"É tentador", ela cede. Embora monte em mim, não senta em cima do meu pau.

Ele abandona seu peso na minha barriga. Brenna coloca as duas mãos no meu peito e se inclina, seus peitos balançando de forma sedutora conforme aproxima seus lábios perfeitos dos meus. Nos beijamos, o que arranca um grunhido rouco da minha garganta. Ela engole o som, então sua língua toca a minha e é como se uma corrente elétrica me percorresse, da ponta da minha língua até a ponta do meu pau. Caralho. Essa garota me deixa ligado.

289

"Você gosta de ser provocado", Brenna comenta. "Acho interessante."

"E por quê?"

"A maioria dos homens não tem paciência." Sua boca vai para a lateral do meu maxilar. Brenna esfrega a bochecha contra minha barba por fazer, então abre caminho aos beijos até meu pescoço. "Outros já teriam me virado e começado a meter por trás."

"E se a gente não falasse sobre esses outros? E se falasse sobre *este* cara?" Trago seus lábios de volta aos meus, e dessa vez é minha boca que enche a *dela*, e é Brenna quem geme nos *meus* lábios. "Mas, sim, gosto do que vem antes. Gosto que demore bastante."

"E gosta de implorar?" Sua voz é profunda.

"Quem está implorando?"

"Ninguém, mas logo você vai implorar." Brenna volta a me beijar e chupar meu pescoço como se fosse doce, enquanto esfrega seu corpo nu contra o meu. Meu pau permanece preso entre nós, sofrendo dentro da camisinha, precisando muito de um lugar onde entrar...

"*Por favor*", eu suplico, e ela solta uma risada maligna, porque foi bem-sucedida em seu intento.

Brenna levanta, pega a base do meu pau e senta nele. E, puta merda, é como um punho quente fechado em mim.

O prazer escurece os olhos dela. Brenna joga o cabelo comprido por cima de um dos ombros, e ele cai em cascata, encobrindo seu mamilo. Atravesso a cortina escura e belisco a carne rígida antes de murmurar: "Monta em mim".

Ela obedece. Mas move os quadris muito lentamente.

De novo, está me provocando. E, de novo, estou adorando. Olho para seus peitos e gemo quando Brenna põe uma mão em cada um. Cara, é muito sensual. Acaricio seus quadris, suas coxas, esfrego seu clitóris com o dedão. Não consigo parar de tocá-la. Por sorte, Brenna não reclama. Cada vez que um dedo faz contato com sua pele, ela geme, choraminga ou solta o ar satisfeita.

"Gosto de você, Jake", Brenna murmura.

"Também gosto de você."

Ela acelera o ritmo, e fecho os olhos. Mais do que gosto dela. Acho que estou me apaixonando. Mas não vou dizer isso em voz alta, muito menos durante o sexo. Pelo que ouvi, as garotas não levam esse tipo de comentário na hora H a sério. Acham que é induzido pelo pau.

Mas meu pau não tem nada a ver com a sensação quente se acumulando no meu peito. Nunca tive isso antes, por isso sei que é real. E não é desejo — acredita em mim, sei o que é desejo. Isso é algo completamente novo.

Tenho certeza de que estou me apaixonando por essa garota.

Enquanto ela me cavalga, seu peito vai ficando vermelho. "Seus peitos são lindos", murmuro, apertando de leve.

Ela se inclina para a frente. "Coloca na boca."

Obedeço, acariciando um peito macio antes de pegar o mamilo entre os lábios. Sua boceta se contrai em torno do meu pau, e Brenna começa a se mover mais rápido.

"Está perto?"

Ela só assente, sem dizer nada. Sua respiração acelera. Está mais se esfregando furiosamente contra mim do que me cavalgando. Tenho que segurar seus quadris para estabilizá-la, porque está tremendo loucamente.

"Boa garota. Vai com tudo."

Brenna se desfaz, soltando o corpo no meu peito e respirando com dificuldade. Em meio ao clímax dela, afundo os dedos em sua cintura e começo a jogar meu próprio quadril para cima, metendo nela até que eu goze também.

Segundos depois de nosso orgasmo, Brenna levanta os quadris, segura a base da camisinha para não escapar, e sai de mim. Então deita de lado, se aconchegando em mim. Eu a seguro e pegamos no sono assim.

33

BRENNA

Amo o apartamento de Jake. É grande, confortável, é sempre agradável e quentinho, não gelado como meu apartamento em Hastings. Sei que não posso ficar para sempre, mas estou desfrutando da estadia. E de ficar com ele.

É um saco que alguns amigos ainda não estejam falando comigo, mas, sinceramente, estou começando a nem ligar. Jonah Hemley não quebrou o pulso de Hunter de propósito. Acredito que tenha sido mesmo um acidente. E, tudo bem, não foi culpa de Hunter, já que ele não fazia ideia de que aquela garota era namorada de Jonah. Foi Violet, ou seja lá qual for o nome dela, que fingiu ser solteira para trair o namorado. Ao mesmo tempo, ela *era* namorada de Jonah, e o cara ficou chateado. Lidou supermal com a situação, claro, mas não foi nada premeditado.

Por falar em "chateado", meus amigos sem dúvida estão sentindo o golpe hoje. O comitê da primeira divisão de hóquei universitário masculino fez sua seleção e o time da Briar não está entre os dezesseis que vão participar do nacional. Harvard foi classificada automaticamente por ter vencido a conferência. E Princeton e Cornell foram as equipes da região convidadas pelo comitê para participar.

No momento, os comentaristas discutem na TV a final da conferência. Fico mexendo no celular enquanto Jake assiste, mas ergo a cabeça quando Kip Haskins menciona um nome familiar.

"Estão falando de Nate? Aumenta."

Jake aperta um botão do controle remoto, e o volume sobe.

"Briar deveria ter vencido o jogo", Kip diz para seu colega de bancada.

Viro para Jake com um sorriso enorme no rosto. "Ouviu só? Até eles concordam."

"Mas Briar não *ganhou* o jogo, ganhou?"

"Quieto, lindo, estou tentando ver."

Ele ri.

Na tela, Kip levanta alguns pontos interessantes. "Briar teve seus dois melhores jogadores expulsos. Como poderia ter sido uma partida justa? Foi como quando os Oilers jogaram a final da temporada de 1983--84 sem Wayne Gretzky e Paul Coffey."

"Ah, vai se foder", Jake desdenha. "Não dá pra comparar Hunter Davenport e Nate Rhodes com Gretzky e Coffey!"

"Eles são muito bons", aponto.

Jake fica boquiaberto. "Tanto quanto Gretzky?"

"Não", cedo. "Mas ninguém é."

"Eu sou", ele diz, convencido.

Reviro os olhos, porque não quero encorajar suas ilusões de grandiosidade, mas no fundo acho que Jake pode estar certo. Além de Garrett Graham, não veem mais jogadores saindo da universidade com potencial para ser um Gretzky. Jake é, de fato, uma anomalia.

"Jogar com os adultos é muito diferente da universidade", aviso.

"Ah, é? E você sabe porque já jogou em um monte de times profissionais, não é?"

"Claro. Passei algumas temporadas em Nova York, jogando pelos Islanders *e* pelos Rangers. Depois fiquei duas temporadas com os Maple Leafs..."

"Ah, cala a boca." Ele me puxa para o seu colo e começa a beijar meu pescoço.

"Ainda estou assistindo", reclamo. Os apresentadores continuam discutindo, e ficou mais engraçado ainda, porque Trevor Trent está dizendo basicamente a mesma coisa que Kip Haskins. Os dois agora concordam que o jogo entre Briar e Harvard foi injusto.

"Viu?", digo, vitoriosa. "Até eles sabem que é verdade! Vocês não podem dizer que ganharam o jogo."

"É claro que posso dizer que ganhamos o jogo." Ele soa exasperado.

"Porque *ganhamos o jogo*! Tivemos até classificação automática pro nacional."

"É, mas... Tá, não tenho como discutir com isso", murmuro. "Mas saiba que, se Hunter e Nate tivessem jogado, o resultado teria sido bastante diferente."

"Isso é verdade", Jake concorda.

"Parece que o problema foi uma garota", Trevor diz, e os dois apresentadores da HockeyNet riem, até que a expressão de Kip se torna pensativa.

"Mas isso levanta uma questão importante", ele comenta. "Se um jogador é tão imaturo que entra numa briga por causa de uma garota no jogo mais importante da temporada... não merece ser expulso?"

"Hunter não foi expulso!", grito para a tela.

Trevor está comigo. "Davenport não foi expulso. Ele saiu machucado. Quem causou toda a confusão foi Jonah Hemley."

"E qual é a desculpa de Rhodes?", Kip retruca. "Ele é o capitão da equipe. Como foi se meter no meio?"

"Isso é verdade!", Jake concorda. "Rhodes se colocou nessa sozinho."

"Ah, você sabe que jogadores de hóquei são esquentadinhos", Trevor argumenta. "Eles funcionam à base de agressividade e paixão."

Jake vibra. "Ouviu, gatinha? Sou uma mistura de agressividade e paixão."

"Estou com *tanto* tesão neste momento."

"Ótimo. Então, se ajoelha e me chupa. Viu como sou uma mistura de agressividade e paixão?"

Dou um soco no braço dele. "Não estou nem um pouco interessada nisso."

"Tá, então abre as pernas pra eu te chupar."

"Vou pensar a respeito."

Jake sorri pra mim. "Me avisa quando souber."

O clima leve morre quando os apresentadores começam a falar do meu pai. "Jensen teve uma ótima temporada", Trevor diz. "Foi uma pena que não venceu, mas no ano que vem talvez seja diferente. Acho que é o melhor técnico da primeira divisão universitária no momento."

Fico triste por ele. Me pergunto se devo mandar uma mensagem.

Deve estar decepcionadíssimo com o fato de a temporada de Briar ter terminado desse jeito.

"Acho que vou escrever pro meu pai", digo. "Dizendo que sinto muito e tudo mais."

O tom de Jake se abranda. "Acho que ele ia gostar."

Ia mesmo? Não tenho ideia, mas mando uma mensagem mesmo assim, dizendo que foi uma boa temporada e que no ano que vem vai ser ainda melhor. Ele não responde de imediato, mas não é muito de mensagens. Só quero que leia e saiba que estou pensando nele.

Para meu horror, lágrimas se acumulam nos meus olhos.

"Você está..." Jake não deixa de notar. "Está chorando?", ele pergunta, parecendo preocupado.

"Não." Passo o indicador embaixo dos olhos. "A mensagem só me deixou meio triste. Odeio que ele esteja bravo comigo. Quer dizer, meu pai não demonstra muita emoção, mas, quando faz, costuma ser reprovação, e não raiva."

"Tem noção de como isso é zoado? Você odeia a raiva, mas não tem problema com a reprovação?", Jake pergunta, incrédulo.

"Bom, não. Não é que não tenha problema. Mas estou acostumada, só isso." Solto um suspiro. "E acho que compreendo. Já disse que não fui exatamente a filha perfeita."

"Por quê? Porque ficou meio rebelde no ensino médio? Que adolescente não fica?"

"Fiz mais do que isso. Eu..." Sinto um nó na garganta, que torna mais difícil falar. "Acho que ele tem vergonha de mim."

Jake parece preocupado. "O que foi que você fez, linda? Matou um professor?"

"Não." Consigo abrir um sorriso fraco.

"O quê, então?"

A hesitação se acumula no meu peito. Nunca falei a respeito com ninguém, a não ser a terapeuta que meu pai me fez ver no último ano de escola. Ele se consultava com o psicólogo do time, que disse que, depois do que eu tinha passado, seria útil se eu conversasse com alguém que não fosse meu pai. Fiz alguns meses de terapia. Embora tenha me ajudado a fazer as pazes com algumas coisas, ela não soube me dizer como reconstruir meu relacionamento com meu pai — que só piorou nos anos que se seguiram.

Avalio a expressão paciente de Jake, sua linguagem corporal solidária. Posso confiar nele? É uma história constrangedora, mas não seria o fim do mundo se alguém mais descobrisse. Só não gosto da ideia de ser julgada por alguém cuja opinião importa para mim.

Mas Jake nunca me julgou desde que nos conhecemos, nem uma única vez. Ele não se importa que eu seja meio malvada. Não se importa com meu sarcasmo — e até gosta de ser sarcástico comigo também. Foi muito aberto em relação à sua própria vida, mas é fácil ser aberto quando não se tem nada a esconder.

"Tem certeza de que quer saber?", pergunto cautelosa.

"Ah, meu Deus. Você matou mesmo alguém, não foi?"

"Não. Mas engravidei quando tinha dezesseis anos e quase morri."

A confissão me escapa antes que eu consiga segurá-la. Assim que acontece e ela paira no ar entre nós, encaro os olhos arregalados de Jake e ouço o silêncio.

Ele leva uns bons cinco segundos para dizer algo, depois de soltar um assovio baixo. "Porra. Tá." Jake assente devagar. "Você engravidou. Do Eric?"

Assinto. "Perdi a virgindade com ele. Mas, apesar do que meu pai pensa, não éramos irresponsáveis quando se tratava de sexo. Já fazia quase um ano que transávamos, e sempre usávamos camisinha. Eu não tomava pílula porque tinha vergonha de pedir ao meu pai, então tinha que ser muito cuidadosa com a camisinha."

"Reparei nisso", Jake diz. "Agora entendo o motivo."

"Quando minha menstruação não veio, fiquei em negação total. Achei que talvez fosse só estresse. Não é anormal que a menstruação não venha, não precisa ter a ver com gravidez. Mas, quando estava dois meses atrasada, fiz um teste."

Nunca vou esquecer o vazio no estômago de quando vi o sinal de mais no teste de farmácia. A primeira coisa que fiz foi ligar pro Eric, que não ajudou em nada.

"Eric disse que não tinha nada de mais e que daríamos um jeito. Mas ele estava no meio dos playoffs, então tinha uma agenda caótica. Prometeu que ia me levar, mas só quando acabasse."

A testa de Jake se franze ainda mais. "Quanto tempo você teria que esperar?"

"Algumas semanas. Mas fiz umas pesquisas e descobri que o procedimento era perfeitamente seguro até os três meses. E, antes que você pergunte, a escolha foi minha. Eu não queria um filho. Só tinha dezesseis anos. Eric também não queria um."

A tristeza toma conta de mim enquanto rememoro aqueles dias. Eu morria de medo. "Não podia ir sozinha", explico a Jake. "Estava assustada demais, e me sentia constrangida demais para contar a uma prima ou amiga, quanto mais a meu pai. Precisava que Eric me levasse, e planejamos tudo. Ele teria mais tempo depois dos playoffs, então me levaria para Boston, onde eu faria o procedimento."

Jake passa a mão no meu braço em um gesto reconfortante. "Sinto muito que tenha passado por isso."

"Eu... não cheguei a fazer o aborto", confesso. "Tínhamos marcado um horário, mas não fomos. Comecei a sangrar uma manhã, alguns dias antes. Eram só uns escapes. Olhei na internet e a maior parte dos sites dizia que era normal que aquilo acontecesse durante o primeiro semestre. Liguei pro Eric, que pesquisou na internet também e concluiu que não parecia nada de mais."

"Onde ele estava?"

"Em Newport, com o time. Eles disputaram a semi naquela tarde. Eric disse que ligava depois do jogo, e fez isso. Eu ainda estava tendo escape, mas pouco." Balanço a cabeça, irritada. "Eles tinham arrasado com o adversário, então iam sair pra comemorar. Pedi que Eric voltasse pra casa, mas ele disse que era bobagem, já que não devia ser nada, e insistiu que eu não precisava contar ao meu pai."

"Então, você ficou em casa, sangrando?", Jake pergunta, horrorizado.

"Sim e não. Como eu disse, começou bem devagar. Eric disse pra eu não me preocupar, e eu mesma achava que provavelmente estava pirando à toa. Então, ignorei o sangramento e torci para que parasse. Jantei com meu pai, assisti a um filme no quarto. Então, algumas horas depois, passou de um escape a... algo mais." Minha garganta fecha. "Liguei pro Eric de novo e disse que tinha piorado e que ia contar ao meu pai porque precisava ir ao hospital. Eric disse pra eu não fazer isso, porque se meu pai soubesse ia acabar com ele."

"Cretino egoísta."

Me sinto enjoada ao repassar aquela noite terrível. "Eric decidiu voltar para me levar pessoalmente ao hospital. Ele me mandou esperar quietinha, porque já estava a caminho e chegaria o mais rápido possível. Estava a duas horas de distância."

"E seu pai estava no andar de baixo?"

A incredulidade na expressão de Jake me faz engolir um nó de vergonha. "Já entendi, sou uma idiota. Eu sei disso, tá?" Lágrimas escorrem dos cantos dos meus olhos, e eu as enxugo rapidamente.

"Não estou chamando você de idiota", Jake diz no mesmo instante, pegando minha mão. "Juro que não estou. Entendo totalmente. Você estava assustada. Tinha dezesseis anos, e o cara que deveria te apoiar preferiu curtir com os amigos em vez de voltar pra casa no instante em que você disse que havia algo errado." Jake parece furioso por mim, o que eu acho meio fofo.

Assinto. "Àquela altura, eu não ia arriscar esperar duas horas até Eric aparecer. Se aparecesse."

"Então você contou ao seu pai?"

"Não tive a chance." Minha voz falha. "Eu tinha sangrado o dia todo e já eram nove da noite. Estava me sentindo fraca e zonza. Quando levantei, senti uma tontura forte e desmaiei no banheiro. Foi assim que meu pai me encontrou." Me sinto enjoada. "Eu estava deitada numa enorme poça de sangue. Tivemos que trocar o piso do banheiro depois, porque as manchas não saíam."

"Meu Deus."

"Meu pai me levou ao hospital. Não me lembro dessa parte. Só sei que minha visão escureceu no banheiro. E de que acordei no hospital, onde me disseram que eu havia tido um aborto e quase sangrara até morrer."

Jake levanta as sobrancelhas de preocupação. "Isso é normal?"

"Não. Aparentemente, tive um aborto incompleto, que é quando nem todo o tecido fetal é expelido pelo útero. Por isso o sangramento só piorou, em vez de melhorar."

"Merda. Sinto muito."

Assinto, grata. Mas não conto a Jake tudo o que aconteceu no quarto de hospital. Tive um colapso completo na frente do meu pai, gritando histérica e pedindo desculpas de novo e de novo, enquanto ele se mantinha estoico, mal me olhando. Quanto mais eu chorava, mais constrangedor era. Eu sempre tinha sido forte e resiliente, mas de repente me comportei como uma criança na frente dele.

Meu pai nunca mais olhou para mim do mesmo jeito. Sua vergonha não era apenas por eu ter engravidado — acho que era também por ter perdido o controle. Meu pai não respeita gente mole, e naquela noite eu fui pior que isso.

"As coisas nunca mais foram iguais entre a gente. Fui mantida longe da escola por dois meses porque estava emotiva demais. Deprimida, chorando o tempo todo. As pessoas achavam que eu estava com mononucleose. Só Eric sabia a verdade."

"Não consigo acreditar que você continuou com ele", Jake diz, sombrio.

"Ah, eu não continuei." Dou risada, apesar de não achar graça. "Por muitos motivos. Eric se tornou o inimigo público número um aos olhos do meu pai. Ele desprezava o garoto, e quase o encheu de porrada um dia, porque continuava batendo na porta pra falar comigo. Meu pai me proibiu de ver Eric de novo, e por mim estava ótimo. Não podia perdoar meu namorado pela maneira como havia se comportado na noite em que perdi o bebê. Eu chorei e implorei que voltasse, que me levasse ao hospital, e Eric simplesmente não se importou." A raiva sobe pela minha garganta. "Eu podia ter *morrido*. Mas encher a cara e fumar maconha com os amigos era mais importante pra ele do que se certificar de que eu estava bem."

Apoio a cabeça no ombro de Jake, que brinca com meu cabelo. "Meu pai se tornou superprotetor, o que é engraçado, porque ele estava sempre tão ocupado com o trabalho que não conseguia me fazer cumprir as regras que havia criado. Então, na maior parte do tempo, eu fazia o que queria, e ele me dava uma bronca depois. Voltei à escola, comecei o último ano e agi como qualquer outra garota da minha idade tentando chamar a atenção dos pais. Era a baboseira adolescente típica, e quanto mais idiotice eu fazia mais ele reparava em mim. Então, eu ficava fora a noite toda, bebia, ia pra farra, deixava meu pai preocupado de propósito."

É horrível, parando para pensar. Mas adolescentes fazem todo tipo de idiotice. São os hormônios fora de controle.

"Bom, cinco anos se passaram e meu pai ainda me vê como uma decepção, como uma pessoa fraca. Ainda que eu tenha entrado na linha há muito tempo." Dou de ombros, triste. "Mas as coisas são assim, não?"

"Sinto muito que tenha passado por isso." Jake dá um beijo no topo da minha cabeça. "Você não é fraca, Brenna. O treinador Jensen é cego se não vê isso. E considerar a própria filha uma decepção porque ela ficou grávida sem querer é muita babaquice. Você não merece isso. E definitivamente não merece o que o cretino do Eric fez. Nem consigo acreditar que mantém contato com ele, que pode sentir compaixão pelo cara."

Suspiro. "Meu surto depois do aborto espontâneo não foi nada comparado ao de Eric. Me perder jogou o cara numa espiral descendente. Ele perdeu a final por minha causa."

"Não, a responsabilidade foi dele", Jake corrige. "Não se engane, linda: ele teria sido chutado do time em algum momento, mesmo se tivesse jogado. Eric Royce nunca ia conseguir chegar aos profissionais. Ele claramente já tinha um problema grave com abuso de substâncias. Teria sido pego no antidoping, preso por posse ou algo do tipo. Te garanto."

"Talvez. Mas, na época, me sentia responsável por ele. Não queria mais sair com Eric, mas me sentia obrigada a cuidar dele. É tão zoado que nem consigo explicar." Levanto a cabeça do ombro de Jake. "Não pude contar com Eric quando precisei dele, então por que não consegui dar tchauzinho e deixar que o cara se autodestruísse sozinho?"

"Porque você é uma boa pessoa."

"Acho que sim." Hesito. "E você também", digo.

"Que nada."

Um nó quente de emoção se forma na minha garganta. "É, sim", insisto. "Olha só tudo o que fez por mim — você me ajudou a salvar meu ex indigno. Me deu um lugar pra ficar. Ouviu toda a minha história sórdida sem me julgar. Eric era... é a pessoa mais egoísta que já conheci. Mas você não. Você é um cara legal, Jake."

Ele mexe o corpanzil, constrangido, o que eu acho encantador. Seria de imaginar que ficaria animado de ouvir um elogio.

Engulo em seco repetidamente, porque o nó parece estar aumentando. Não costumo ser assim. Não costumo ficar tão sentimental. Mas, apesar da sensação desagradável na barriga, consigo dizer as palavras no meu coração.

"Obrigada por estar aqui por mim."

34

JAKE

Sexo matinal é algo de que não desfruto com muita frequência. O que é uma pena, porque adoro. Não tem nada melhor que um orgasmo assim que o dia começa, para estabelecer o tom do restante dele. Mas, como quase nunca alguém dorme aqui em casa ou eu durmo fora, acabo perdendo uma das minhas atividades favoritas. Mas isso mudou.

Nos últimos três dias, acordei com minha ereção matinal aninhada na bunda firme de Brenna, uma mão segurando um peito quente e o nariz enfiado em seu cabelo. É a melhor sensação do mundo. Não, esquece isso. A melhor sensação do mundo é quando Brenna sobe em mim e senta no meu pau. Temos dormido pelados desde que ela chegou, porque sempre que estamos na cama, acabamos tirando a roupa.

"Não me beija", ela avisa, como fez em todas as manhãs aqui. Ela tem uma regra rígida sobre não beijar com bafo, e acho que concordo. Mas sou impaciente demais para levantar, ir ao banheiro, escovar os dentes e só então trepar até não poder mais. Preferiria começar o dia com o sexo.

Mas tem algo de diferente hoje de manhã. Parece mais do que sexo. Parece mais íntimo.

Talvez seja por causa da confissão dela ontem à noite. Ela se abriu para mim, permitindo que eu vivesse, ainda que indiretamente, os eventos traumáticos que viveu. Brenna ficou tão vulnerável que por um momento me senti quase inadequado. Como se esse relance de sua alma estivesse além do que sou capaz de receber.

Vejo a mesma vulnerabilidade em seus olhos agora, o que faz o sexo parecer...

Não, não são nossos olhos cravados uns nos outros que aumentam a intimidade. É o fato de que meu pau está envolto em calor e umidade.

Não estamos usando camisinha.

"Linda", gemo, e seguro seus quadris para acalmá-la. "A camisinha", lembro.

Brenna parece atordoada por termos esquecido. E sei que é importante para ela, que sempre é muito cuidadosa nesse sentido. E, depois de sua confissão, ficou claro o motivo.

"Tomo pílula", Brenna diz, para me reassegurar. Sua expressão se torna tímida, o que é atípico para ela. "E faço exames duas vezes ao ano. Os últimos não deram nada..." Há uma pergunta não escondida aí.

"Os meus também", digo, rouco.

"Então, talvez devêssemos..." Ela engole em seco. "Continuar?"

Minha pulsação acelera. "Tem certeza de que quer seguir em frente?"

Ela assente, devagar. "Sim. Mas talvez você possa tirar no fim, se não tiver problema."

O fato de permitir que a penetre desse jeito é um belo presente. Minha mãe sempre me disse que a cavalo dado não se olha os dentes.

"Claro que não tem." Me viro para que Brenna fique debaixo de mim, seu cabelo escuro espalhado pelo meu travesseiro. Ela é tão linda.

E, porque não sei quando ou se voltarei a ser abençoado pelos deuses do sexo sem camisinha, prolongo a sensação de outro mundo tanto quanto posso. Eu a como de forma impossivelmente lenta. Meus quadris se movem em um ritmo preguiçoso, assim como minha língua, conforme a deslizo por seus lábios entreabertos. Beijamos e fodemos, fodemos e beijamos, pelo que parece uma eternidade.

É quase demais para suportar. Enterro o rosto em seu pescoço, beijando ali. Ela aperta minha bunda e projeta os quadris para cima, se movimentando comigo a cada estocada. Quando finalmente acelero o ritmo, estamos ambos gemendo, impacientes.

"Droga, Connelly, para de aproveitar e *anda logo*."

Engasgo com uma risada. "Nossa. Que mandona", digo.

"Anda", ela insiste.

Paro por completo. "Não sou seu brinquedinho sexual, Jensen. Não tenho que fazer o que você manda."

"Você é tão infantil. Quer que a gente goze ou não?"

Adoro que fale por nós dois, e não só por ela. Brenna não é egoísta na cama. Não fica só deitada ali, como uma estrela-do-mar, enquanto faço todo o trabalho, como algumas mulheres com quem dormi. Ela é uma participante igualitária, e curto muito isso.

Olho para Brenna com uma seriedade fingida. "Vou deixar a insolência passar. Desta vez", aviso. Então, meto nela até que gozamos os dois.

Depois, ficamos deitados de costas, pelados, e posso dizer sem nem olhar que o humor dela mudou. Seu corpo emana tensão. "Tudo bem?"

"Tudo. Desculpa. Eu estava pensando no meu pai."

"Acabou de rolar sexo e você está pensando no seu pai. Que bom."

"Rolou sexo. Ponto final. Agora estou pensando no meu pai. Ponto final. As duas coisas não estão relacionadas", Brenna me garante.

"E por que está chateada?"

"Quero ir pra casa conversar sobre tudo, mas tenho medo, porque sempre fui péssima em começar conversas sérias com meu pai. É tão difícil falar com ele." O suspiro dela aquece o ar entre nós. "Mas acho que é hora de ter uma conversa de verdade sobre tudo o que venho sentindo. Talvez ele me ouça, pra variar. Talvez eu finalmente consiga convencer meu pai de que não sou a mesma pessoa que era."

Passo os dedos por seus ombros. "Tenho certeza de que você vai conseguir fazer o cara ver a luz, gatinha."

"Pelo menos um de nós tem certeza. Eu não tenho a menor confiança nisso. Como disse, não tenho um bom histórico quando se trata de conversas com Chad Jensen."

Aperto os lábios por um momento. "Tenho uma ideia." Levanto do colchão.

"Aonde vai?", ela pergunta, enquanto saio do quarto.

"Aguenta aí", digo por cima do ombro.

No corredor, abro o armário e pego minha mala com as coisas do hóquei. Abro, ignorando o cheiro de meia velha, e reviro até encontrar o que quero. Quando volto ao quarto, algo incômodo martela na minha cabeça, mas não consigo identificar direito o que é.

"Estou prestes a te fazer um grande favor", digo a Brenna.

"Ah, é?" Ela senta, e minha atenção é imediatamente atraída por seus peitos nus. São redondos e arrebitados, e os mamilos estão rígidos pela exposição ao ar.

Tenho que fazer um esforço para me concentrar antes que o tesão tome conta de mim. "Vou te emprestar meu amuleto", anuncio, mostrando a pulseirinha rosa e roxa.

Ela engasga. "Sério?"

"É."

"Mas como *seu* amuleto vai me ajudar? Achei que o encanto e as boas vibrações dele fossem associados a você."

"Não é assim que funciona, linda."

Ela parece estar se esforçando para não sorrir. "Ah, é? Como funciona então?"

"É um amuleto. Dá sorte a quem quer que o use, não só eu. Meu Deus. Você não sabe nada sobre superstições?"

"Não!", Brenna responde. "Não sei mesmo." Apesar de seu tom sarcástico, seus olhos se abrandam. "Mas posso dar uma chance se acha que vai ajudar."

"Não acho, eu *sei*."

Sento na beirada da cama, completamente nu. Pego a mão dela e ponho a pulseira de contas em seu pulso delicado. Fica um pouco mais larga do que em mim. Quando Brenna levanta o braço para admirá-la, a pulseira escorrega até seu cotovelo.

"Pronto", digo, assentindo satisfeito. "Está resolvido."

"Obrigada. Provavelmente vou lá falar com ele enquanto você..." Ela fica pálida de repente.

Eu também, e o pânico se acumula na minha garganta. Merda. *Merda*. Olho para o relógio, que confirma meu pior medo. São nove e meia, e estou uma hora atrasado para o treino.

O treinador não deixa meu atraso impune. Depois que me troquei no vestiário vazio, corri pelo túnel — de patins — e praticamente me atirei no gelo. Meus colegas de time estão treinando tiro a gol, mas Pedersen apita assim que me vê. Não deixa nem que finalizem o que estão fazendo. Ele os abandona e patina até mim.

Seus olhos escuros queimam, como brasas raivosas. "É melhor ter uma boa desculpa para isso, Connelly. Vamos encarar Michigan em três dias."

Olho para meus patins, envergonhado. Ele está certo. Somos os cabeças de chave número um e vamos jogar contra Michigan, cabeças de chave número quatro. Mas isso não significa que a vitória é certa. Qualquer coisa pode acontecer no nacional.

"Meu alarme não tocou", minto, porque a verdade não é uma oposição. *Eu estava trepando com a filha de Chad Jensen, por quem acho que estou apaixonado.* O treinador ia ter um aneurisma.

"Foi o que Weston disse que devia ter acontecido", Pedersen murmura.

Me seguro para não olhar agradecido na direção de Brooks. Ele não dormiu em casa ontem à noite, ou teria batido na minha porta logo cedo para me lembrar do treino da manhã. Ele sabe que Brenna está ficando em casa, então estou aliviado por ter mantido a boca fechada. Decido que vou parar de chamar o cara de bunda-bolha em casa. Pelo menos por alguns dias.

"Sinto muito. Não vai acontecer de novo. Vou programar três alarmes amanhã." Minha voz é resoluta. O motivo do meu atraso pode ser inventado, mas estou mesmo determinado a não deixar que aconteça de novo.

"É melhor mesmo." O treinador vira e sopra o apito algumas vezes. "McCarthy! Sua vez!"

O treino é particularmente exaustivo, já que me esforço para puxar o saco. Preciso compensar o que aconteceu de manhã, me absolver desse pecado capital.

Só me atrasei para o treino duas vezes em toda a minha carreira esportiva — e, para colocar isso em perspectiva, ela teve início quando eu estava com cinco anos. Ambas as vezes aconteceram no ensino médio. Na primeira, eu estava com uma virose, e ainda assim me arrastei da cama e fui treinar. Cheguei meia hora atrasado e o técnico me mandou voltar para casa assim que pôs os olhos em mim. Na segunda, houve uma nevasca inesperada e, quando acordei, trinta centímetros de neve tinham se acumulado do lado de fora da porta. Passei a maior parte da manhã abrindo caminho com uma pá e tentando desenterrar meu carro. Mesmo assim, só cheguei quarenta minutos atrasado.

Hoje, não tem virose, não tem nevasca. Me atrasei uma hora por causa de uma *garota*.

Não me entenda mal, não estou culpando Brenna. E, apesar de estar muito insatisfeito comigo mesmo, não me arrependo totalmente do que aconteceu hoje de manhã. O sexo foi simplesmente espetacular. Foi nossa primeira vez sem camisinha, e só de lembrar me arrepio. Seu calor apertado me envolvendo... caramba. Foi quente e delicioso.

Estou prestes a sair do gelo quando vejo de relance uma figura familiar acenando para mim da arquibancada. Os fãs podem acompanhar os treinos abertos, como o de hoje.

Dou a volta bruscamente e patino na direção oposta. Hazel desce os degraus, com o cabelo loiro balançando conforme se movimenta. Está usando uma jaqueta leve, e, como de costume, seus dedos estão cheios de anéis, incluindo o que dei a ela no Natal. Sorri para mim do outro lado da proteção de acrílico, e chega à portinha entre as placas ao mesmo tempo que eu.

"Oi. O que está fazendo aqui?", pergunto.

"Não consegui te dar os parabéns direito pela vitória no fim de semana." Sua expressão se torna pesarosa. "Você estava meio ocupado, com aquela ceninha entre o treinador e sua namorada." A última palavra, "namorada", é cortante.

Reprimo um suspiro. "É, foi esquisito. Pra dizer o mínimo."

"Bom, te devo uma comemoração, então pensei em te surpreender com um brunch naquele lugar de que gostamos na Central Square."

"Parece ótimo." Torço para que Hazel não perceba que não estou tão animado quanto de costume com a ideia de comer. Queria encontrar Brenna para descobrir se já falou com o pai. "Vou só passar no vestiário e te encontro na entrada em dez minutos."

Um pouco depois, Hazel e eu estamos sentados de frente um para o outro a uma mesa pequena numa lanchonete que descobrimos no ano passado. Chama Eggggs, e embora todos os pratos tenham nomes bobos e a decoração colorida demais seja um atentado aos olhos, a comida é excelente. Ou eggcelente, como Hazel gosta de dizer.

"Obrigada pela surpresa", digo a ela ao baixar o cardápio. "Só me diz que não chegou às oito e meia, por favor."

Ela parece chocada. "Nossa, não. O mundo não existe antes das nove da manhã, lembra?"

Uma garçonete se aproxima para anotar nosso pedido. Faz tanto tempo que somos amigos que adivinho o que Hazel vai pedir: dois ovos mexidos, torrada e salsicha, porque é a única pessoa no mundo que não gosta de bacon. E café, com dois saquinhos de açúcar, sem leite e sem creme. Tenho certeza de que Hazel sabe o que vou pedir também: a opção mais farta do cardápio, porque sou um porco.

Me pergunto o que Brenna gosta de tomar de café da manhã. Ela tem comido ovo e fruta desde que passou a ficar em casa, mas me pergunto o que pediria num lugar assim. Estou louco para descobrir, ainda que me faça parecer um bobo. Estou gostando de conhecê-la melhor.

Hazel e eu colocamos o assunto em dia enquanto esperamos a comida, mas num nível muito superficial. Falamos das aulas, de hóquei, do novo namorado da mãe dela, de como meus pais não foram à final da conferência. Isso ainda me incomoda. Estou acostumado que não apareçam, mas dessa vez achei mesmo que iam me surpreender, sendo um jogo tão importante.

Já devoramos metade da comida quando Hazel apoia o garfo na mesa e pergunta: "Então, vocês são um casal agora?".

"Quem? Eu e Brenna?"

"De quem mais eu poderia estar falando?"

Dou risada. "Sim. Acho que somos. Ela está na minha casa desde a final."

Hazel parece chocada. "Vocês estão morando juntos?"

"Não", respondo rápido. "Brenna só está ficando lá até poder voltar pra casa dela, que inundou."

Hazel fica quieta por um segundo. Pega a xícara de café. Toma um longo gole. "Isso é muito sério", ela finalmente comenta.

Me mexo no assento, levemente incomodado. "Não é 'muito sério'. Só..." Recorro ao meu lema. "Só é o que é."

"Sim, e o que é, é muito sério, Jake. Acho que você nunca deixou que uma garota dormisse na sua casa, quanto mais várias noites seguidas." Ela me observa, pensativa. "Está apaixonado por ela?"

Cutuco a comida com o garfo, empurrando as batatas no prato. Meu apetite aos poucos me abandona. Não gosto de falar sobre isso. Ou melhor, não gosto de falar sobre isso com Hazel. Já faz um tempo que parece que ela está me julgando, que reprova minhas ações. Nunca tinha me sentido assim desde que nos conhecemos. Não me sentia julgado nem quando eu fazia bobagem como me embebedar numa festa e vomitar nos arbustos dela, ou quando passava uma única noite com uma garota. Mas agora me sinto.

"Tudo bem, não precisa me dizer", ela fala quando permaneço em silêncio.

"Não, é só que... é esquisito pra mim, acho", digo, inocente. "Nunca me apaixonei antes."

Algo que parece dor cruza o seu rosto, e de repente me lembro de Brenna insinuando que Hazel sente alguma coisa por mim. Mas não pode ser verdade. Ela não teria me dado algum sinal em todos esses anos? Antes que Brenna plantasse a ideia na minha cabeça, tal possibilidade nunca tinha me ocorrido, porque Hazel nunca agiu como se estivesse a fim de mim.

"Isso é importante", ela diz, baixo. "Se apaixonar pela primeira vez. A coisa toda é monumental, quer você admita ou não."

"Eu não chamaria de monumental."

"Você está em um relacionamento. Relacionamentos são importantes."

Cara, queria que ela parasse de usar palavras como "importante" e "monumental". "Não é tão absurdo quanto você está fazendo parecer", digo, incomodado. "Só estamos seguindo a onda."

Hazel desdenha. "O mantra dos enrolões em toda parte."

"Não sou enrolão", retruco, com o cenho franzido.

"Exatamente. Você não é. O que significa que não está seguindo a onda. Está envolvido. Está se dedicando a essa garota, e isso é importante, porque nunca teve um relacionamento de verdade." Ela toma outro gole de café e me observa por cima da xícara. "Tem certeza de que está pronto?", Hazel pergunta, em um tom leve.

Minhas mãos estão estranhamente suadas quando pego meu café. "Não sei se está tentando me fazer pirar ou não", digo, seco.

"E tem motivo pra pirar? Só perguntei se está pronto."

"Pronto pra que exatamente?", pergunto, então solto uma risada sem jeito e espero que não note como pareço confuso.

Hazel está certa. Nunca estive num relacionamento. Peguei bastante mulher. Tive alguns casos que duraram algumas semanas ou meses. Mas nunca tive sentimentos fortes por ninguém antes de Brenna. Nunca quis dizer "eu te amo" para alguém antes de Brenna.

"Jake." Tem um toque de pena em sua voz, o que me traz de volta à realidade. "Relacionamentos dão trabalho. Sabe disso, não?"

"Está querendo dizer que sou incapaz de me esforçar por algo?" Reviro os olhos e em seguida aponto para meu próprio peito. "Vou me tornar um jogador de hóquei profissional no ano que vem."

"O que levanta outra questão", Hazel diz. "Como isso vai afetar seu relacionamento? Ela ainda não vai se formar. Tem mais um ano na Briar. E você vai para Edmonton. Como isso vai funcionar?"

"Um monte de gente namora à distância."

"Verdade, mas são relacionamentos ainda mais complicados. Estamos falando do *dobro* de trabalho. Você precisa se esforçar duas vezes mais para que a outra pessoa sinta que ainda é uma prioridade com você em outro país. Então, chegamos a outro problema: como ela poderia ser uma prioridade quando você tem que estar focado em seu novo time?"

Uma sensação incômoda sobe pela minha espinha. Hazel tem bons argumentos.

"O que nos leva à minha última preocupação", ela anuncia, como se apresentasse uma tese com o título *Por que Jake Connelly seria um namorado de merda*. "Hóquei é a sua vida. É tudo com que se importou até agora. Você se matou pra chegar onde está. E ainda tenho minhas reservas quanto à Brenna. Apesar do que pensa, ainda acho que teve outros motivos para ficar com você."

"Está enganada", digo apenas. Pelo menos nesse ponto sei que estou certo. Quanto a todo o resto... nem tanto.

"Tá, talvez esteja. Mas estou enganada quanto ao fato de que você passou o quê, dezessete anos focado no jogo e se preparando para este momento? Você está prestes a estrear como profissional. *Garanto* que um relacionamento à distância vai te distrair e te frustrar. Vai acabar passando um tempo considerável pensando nessa garota, obcecado, prometendo que ainda a ama quando ela ler notícias sobre qualquer fã que tenha se jogado em cima de você naquela semana, ou vir fotos suspeitas em blogs." Hazel dá de ombros, erguendo uma sobrancelha para mim. "Então, repito a pergunta: está pronto pra isso?"

35

BRENNA

Estou pegando o casaco para sair quando Jake entra no apartamento. Eu não sabia que estava voltando, portanto sua aparição súbita me assusta. "Afe!", exclamo, rindo de alívio. "Você me assustou."

Seu olhar se abranda. "Desculpa. Não foi minha intenção."

"E o treino? Pedersen ficou muito puto?" Ainda me sinto mal por Jake ter se atrasado esta manhã. É claro que não foi minha culpa — nós dois participamos do sexo. Mas, se eu tivesse me lembrado do treino pela manhã, teria dado um jeito de tirá-lo da cama.

"É, ele não ficou nem um pouco feliz. Me fez trabalhar em dobro, mas mereci." Jake tira a jaqueta e a pendura. Depois, passa as duas mãos pelo cabelo. "Ainda não foi encontrar seu pai?"

"Não. Estava saindo agora." Mandei uma mensagem para ele avisando que ia, e a resposta que recebi foi: *Estou aqui*. Com meu pai, poderia significar *Estou aqui pronto pra conversar* ou *Estou aqui esperando pra gritar com você*. Não dá pra saber.

"Precisa ir neste instante ou tem um minuto pra uma conversa?"

Evito franzir a testa. Uma conversa? E por que ele não para de passar as mãos pelo cabelo? Jake não costuma ser tão agitado. A ansiedade se acumula no meu estômago. "Claro. Tenho um minuto, sim. O que foi?"

Ele vai para a sala, gesticulando para que eu o siga. Faço isso, mas não ajuda em nada. Porque agora noto seus ombros caídos. A falta de confiança, incomum a Jake, me preocupa.

Externo minha preocupação. "O que aconteceu?", pergunto, baixo.

"Você sabe que me atrasei pro treino hoje", Jake começa.

Não acabamos de falar sobre isso? Avalio sua expressão perturbada. "Sei. Você se atrasou e...?"

"Dei mancada com o time." Ele passa os dedos compridos pelo cabelo de novo. As mechas escuras ficam cada vez mais emaranhadas. "Estamos a um jogo da semi do nacional. Se avançarmos, estaremos a dois jogos da taça." Jake morde o lábio. "Não posso me atrasar para o treino."

Sou inundada pela culpa de novo. "Eu sei. Acho que o que podemos tirar disso é... chega de sexo matinal?", digo, em uma tentativa fracassada de piada.

Jake nem finge sorrir.

Ih.

Sento no braço do sofá. Ele permanece de pé.

"Quando os playoffs começaram, eu disse a todo mundo no time que era preciso fazer sacrifícios. Disse a Brooks que ele não podia farrear. Disse a Potts e Bray que não podiam beber. Estabeleci um limite alcoólico para os outros caras." Ele olha para mim, cheio de intenção. "E forcei McCarthy a terminar com você."

Meu estômago continua se revirando.

"Eles obedeceram sem nem questionar. Colocaram o time em primeiro lugar." Jake balança a cabeça, claramente sofrendo. "Eu costumava colocar o time em primeiro lugar também. Mas perdi completamente a cabeça depois que te conheci."

Começo a me sentir mal. Não preciso ser vidente para adivinhar aonde isso vai. Nem consigo acreditar.

Ontem à noite, me mostrei mais vulnerável a ele do que já tinha me mostrado a qualquer outra pessoa. Contei sobre a gravidez e o aborto espontâneo, sobre o colapso emocional, sobre o relacionamento ruim com meu pai. Me abri completamente e disse: *Olha, aqui está. Aqui estou.*

Pela primeira vez em muito tempo, me permiti não ser dura.

E o resultado é esse?

Meus olhos ardem. Pressiono os lábios. Não digo nada, porque tenho medo de começar a chorar, e me recuso a revelar mais fraqueza.

"Forcei todo mundo a se livrar das distrações. O que me torna um hipócrita total, porque não estava disposto a me livrar da minha."

"Suponho que esteja falando de mim." Fico surpresa — e até orgulhosa — ao ouvir como minha voz sai firme.

"Estou", Jake diz apenas. "Desde que te conheci, só consigo pensar em você. Você me deixa louco."

Meu pobre e confuso coração não sabe como reagir. Vai às alturas porque Jake — um cara que admiro e respeito, por quem estou me apaixonando — diz que o deixo louco? Ou se estilhaça porque ele está agindo como se isso fosse uma coisa ruim?

"É por isso que acho que precisamos dar um tempo."

Ele se estilhaça. Meu coração se parte em mil pedacinhos doloridos.

"Não posso pedir aos outros jogadores que coloquem todo o seu foco, toda a sua energia no time se não estou disposto a fazer o mesmo. Então, quando você for no seu pai hoje..." Jake deixa a frase morrer no ar, então enfia as mãos nos bolsos, desconfortável. "Talvez seja bom..."

Outra dura dose de realidade me atinge.

"... ficar por lá", ele conclui.

"Você quer que eu vá embora?", pergunto, direta.

"Vou passar todas as horas dos próximos três dias me preparando para enfrentar Michigan. Não posso pensar em mais nada, Brenna. Você aqui é uma distração. Vimos bem esta manhã." Sua voz sai torturada. "O time tem que poder contar comigo."

E eu?, quero gritar. *Por que não posso contar com você?*

Mas sou mais esperta que isso. De jeito nenhum vou revelar como estou devastada por causa disso. Eu me abri ontem à noite, e agora estou levando um fora.

Aprendi a lição.

"O hóquei precisa ser prioridade pra mim agora."

E é então que eu ouço um leve toque de desonestidade. Jake está mentindo? Sua expressão é tão sofrida e infeliz. É claro que não está pulando de alegria com a perspectiva de terminar. Mas não vou implorar para que ninguém fique comigo. Vou aceitar seus motivos. Porque sou adulta e não faço joguinhos. Se ele está me dizendo que acabou, então acabou.

"Tá certo. Entendi."

Ele vacila. "É?"

"O hóquei é sua prioridade", repito, dando de ombros. "E deveria ser mesmo. Foi por isso que trabalhou a vida inteira. Não espero que vá jogar tudo pro alto por causa de um relacionamento fadado a terminar."

Ele contorce os lábios de leve. "Acha mesmo isso?"

"Acho", minto. "Já te disse antes: isso não vai a lugar nenhum. Você vai se mudar pra Edmonton. Tenho mais um ano de faculdade. Seria burrice tentar alguma coisa." Levanto do sofá. "Tenho certeza de que meu pai vai me aceitar de volta. E, se não aceitar, posso ficar com Summer. Os proprietários do meu apartamento disseram que logo mais deve estar tudo pronto. Talvez até já esteja pronto e só não conseguiram me ligar ainda."

Jake passa os dedos pelo cabelo pela milionésima vez. "Brenna..." Ele não prossegue. O remorso é inconfundível.

"Está tudo certo, Jakey. Não vamos arrastar isso. Nos divertimos e agora é hora de seguir em frente. Não é nada de mais."

Fingir que não ligo é uma das coisas mais difíceis que já fiz na vida. Mas devo estar sendo muito convincente, porque Jake só assente, triste.

"Bom, já vou pegar minhas coisas, é mais fácil assim. Só tenho que esvaziar uma gaveta, então..." Minha voz falha. Ele me deu uma gaveta e agora está pegando de volta. É como se alguém tivesse pego uma faca enferrujada e enfiado no meu coração uma centena de vezes.

No quarto de Jake, esvazio rapidamente a gaveta e jogo tudo na mala. Então, vou até o banheiro e pego o que deixei ali. Tenho certeza de que esqueci alguma coisa, mas, se Jake entrar em contato a respeito depois, vou dizer para jogar fora. Mesmo sozinha, me forço a não revelar nenhuma emoção. Um deslize e vou chorar. Não vou derrubar uma única lágrima neste apartamento.

Volto à sala com a mala. Vou até Jake e aperto seu braço de leve. O toque me faz querer morrer.

Ele fica tenso por um momento, então levanta a mão e toca minha bochecha. Passa o dedão devagar pelo meu lábio inferior. Quando o tira, está levemente manchado de vermelho.

"De batom vermelho logo cedo, hein?", Jake comenta, rouco.

"É minha marca registrada." *É minha armadura*, penso.

Neste exato momento, a armadura é a única coisa que me impede de me desfazer em lágrimas aos seus pés.

36

BRENNA

Jake terminou comigo.

As míseras três palavras giram na minha mente durante toda a viagem de trem e de ônibus até Hastings. Ainda não chorei. Pensei que choraria, mas acho que exagerei ao enterrar minhas emoções durante a despedida. Agora não sinto nada. Absolutamente nada. Estou entorpecida. Meus olhos estão secos e meu coração é uma pedra.

O Jeep do meu pai está na entrada quando passo pela porta da frente com minha mala. Espero que ele não me mande embora outra vez. Pelo lado positivo, se disser que não posso ficar, só vou precisar achar um lugar para passar a noite. Wendy me ligou quando eu estava no trem para contar que posso voltar para casa amanhã de manhã. Ela e Mark iam a uma loja esta noite comprar alguns móveis. Eu disse que não precisavam fazer isso, mas aparentemente ainda não tiveram resposta do seguro, então insistiram para comprar pelo menos uma cama.

Encontro meu pai na cozinha, colocando a louça na máquina. Está de costas para mim, e por um momento me sobressalto. Ele é alto e largo, com corpo de jogador de hóquei, e desse ângulo pareceria Jake se não fosse pelo cabelo escuro mais curto. Ele irradia força, o que me lembra de que preciso ser forte também. Sempre tenho que ser forte diante do meu pai.

Puxo o ar. "Oi."

Ele vira e oferece um "oi" animado em resposta.

Há um breve silêncio. Olhamos um no olho do outro. De repente, me sinto muito cansada. Já lidei com um confronto emocional hoje, e é apenas uma da tarde. Me pergunto quantas conversas devastadoras ainda vou ter.

"Podemos sentar na sala?", sugiro.

Ele assente.

Quando estamos cada um de um lado do sofá, inspiro devagar, então solto o ar de forma controlada e lenta. "Sei que gosta de gente que vai direto ao ponto, então vou fazer isso." Bato as duas mãos nas coxas. "Sinto muito."

Meu pai abre um leve sorriso. "Vai ter que ser mais específica. Você tem alguns motivos para sentir muito."

Não sorrio de volta, porque me ressinto do golpe. "Não, na verdade não tenho. Não vou pedir desculpas por sair com Jake, por ter amigos, por me divertir de vez em quando. Não vou pedir desculpas por nada disso, porque fiz essas coisas de modo responsável." Exalo depressa. "Só estou pedindo desculpas por ter engravidado."

Ela puxa o ar com força. "O quê?"

É raro pegar meu pai de guarda baixa, mas ele parece surpreso. Mexo nas contas no meu pulso, então percebo que são da pulseira de Jake. Ainda estou usando. O que significa que vou ter que dar um jeito de devolver a ele antes do jogo, sábado.

Agora, no momento, ela me fornece combustível, estranhamente. Não sei se me dá sorte, mas com certeza me dá coragem, o que em geral me falta no trato com meu pai.

"Desculpa por ter engravidado", repito. "E por não ter contado. Se vale alguma coisa, foi um acidente. Eric e eu sempre usávamos proteção. *Sempre*." Balanço a cabeça, amarga. "Então, uma vez, a porcaria da camisinha fura, e meu pai passa a me odiar."

Ele arregala os olhos. Abre a boca para falar, mas eu o corto.

"Sei que decepcionei você e sei que... como é que as pessoas falam nos filmes antigos? Causei a ruína da nossa família?"

Meu pai solta uma risada. "Meu Deus, Brenna..."

Eu o interrompo de novo. "Sei que tem vergonha de mim. E, pode acreditar, também tenho, e de como me comportei. Deveria ter dito que estava grávida e com toda a certeza deveria ter dito que estava tendo um sangramento. Mas tinha tanto medo de como você ia reagir que deixei Eric me convencer de que não era nada importante. Fui idiota, mas não sou mais. Prometo."

Minha garganta se fecha, o que acho que é bom, porque estava prestes a chorar. Pisco repetidas vezes, tentando desesperadamente conter as lágrimas. Sei que, quando afinal vierem, vai ser uma inundação.

"Estou te pedindo uma chance", digo a ele.

"Brenna..."

"Por favor", imploro. "Sei que sempre decepciono você, mas quero consertar isso. Só me diga como" — *fazer você me amar de novo* — "consertar isso, por favor. Não consigo lidar com você com vergonha de mim, então preciso que me diga o que posso fazer para melhorar e como..."

Meu pai começa a chorar.

Fico chocada. Minha boca continua aberta, ainda que eu não diga nada. Por um momento, acho que estou imaginando as lágrimas. Nunca o vi chorar, então me é algo completamente desconhecido. Mas... são lágrimas de verdade, com toda a certeza.

"Pai?", digo, incerta.

Ele tenta enxugar o rosto com os nós dos dedos. "É isso que você acha?" A vergonha é clara em suas lágrimas, mas não é direcionada a mim. Parece que meu pai está com vergonha de si mesmo. "Foi nisso que te fiz acreditar? Que te odeio? Que tenho vergonha de você?"

Enfio os dentes no lábio inferior. Se ele continuar chorando, vou chorar também, e um de nós precisa manter o controle agora. "Não é verdade?"

"Claro que não, meu Deus." Sua voz é mais que rouca. "E nunca te culpei por ter engravidado, princesa."

Não tenho mais como segurar as lágrimas agora. Elas saem e escorrem pelas minhas bochechas. Sinto o gosto salgado em meus lábios.

"Já fui jovem", meu pai murmura. "Sei que fazemos coisas idiotas quando os hormônios estão envolvidos, e sei que acidentes acontecem. Não fiquei feliz, mas não culpei você." Ele esfrega os olhos de novo.

"Você nem conseguia me olhar depois."

"Porque toda vez que te olhava me lembrava de te encontrar no chão do banheiro em uma poça de sangue." Sua respiração é rasa. "Meu Deus, nunca tinha visto tanto sangue na vida. E você estava pálida como um fantasma. Seus lábios estavam azuis. Achei que tivesse morrido. Entrei e achei que tivesse morrido." Ele solta o rosto nas mãos. Seus ombros largos tremulam.

Uma parte de mim quer se aproximar para abraçá-lo, mas faz tanto tempo que nosso relacionamento é contido. Faz tanto tempo que não nos abraçamos que me sentiria meio esquisita fazendo isso. Então só fico ali, vendo meu pai chorar, enquanto lágrimas escorrem por minhas bochechas também.

"Achei que você estava morta." Ele levanta a cabeça, revelando sua expressão devastada. "Foi como tinha acontecido com sua mãe. Quando ligaram para contar do acidente e tive que ir identificar o corpo dela no necrotério."

Solto o ar com força pelas narinas. É a primeira vez que ouço isso.

Sabia que minha mãe tinha morrido quando seu carro bateu em um pedaço de gelo e derrapou para fora da estrada.

Mas não sabia que meu pai tinha precisado identificar o corpo.

"Sua tia Sheryl não está sempre dizendo que você é a cara da sua mãe? Bom, é verdade. Você é igualzinha a ela." Ele grunhe. "Era, quando te encontrei no banheiro, era igualzinha ao cadáver dela."

Fico tão enjoada que tenho medo de vomitar de verdade. Nem consigo imaginar como deve ter sido para ele.

"Eu não conseguia olhar pra você porque estava assustado. Quase te perdi, e você é tudo o que me importa no mundo."

"E o hóquei?", brinco, sem força.

"Hóquei é um jogo. Você é minha vida."

Opa. A enxurrada volta. Devo estar com uma cara horrível, mas não consigo impedir meu nariz de escorrer ou as lágrimas de rolarem. Meu pai tampouco me abraça. Ainda não chegamos lá. É um território totalmente novo para nós... ou melhor, é um território antigo que precisa ser reocupado.

"Quase te perdi, e não sabia como melhorar as coisas pra você", ele admite. "Se sua mãe estivesse viva, saberia exatamente o que fazer. Você só chorava no hospital, e depois todos aqueles meses em casa. Aquilo estava fora da minha zona de conforto. Eu não sabia como encarar, e sempre que te olhava imaginava seu corpo sangrando no chão." Ele estremece. "Nunca vou esquecer a imagem. Vai ficar na minha mente até eu morrer."

"Desculpa se te assustei", sussurro.

"Desculpa se te fiz pensar que tinha vergonha de você." Ele solta o ar de forma entrecortada. "Mas não vou pedir desculpas pelo que aconteceu depois. Pelo castigo, por estabelecer um horário para voltar para casa. Você estava fora de controle."

"Eu sei." Abaixo a cabeça, arrependida. "Mas eu mudei. Cresci e fui para a faculdade. E não estou mais tentando chamar sua atenção. Você estava certo em me proteger na época, mas sou uma pessoa diferente agora. Queria que conseguisse ver isso."

Seus olhos sombrios me avaliam. "Acho que estou começando a ver."

"Ótimo. Porque só assim vamos conseguir seguir em frente." Olho para ele, esperançosa. "Acho que podemos passar uma borracha em tudo? Esquecer o passado e conhecer um ao outro como adultos."

Ele assente depressa. "Acho que podemos fazer isso." Então, assente de novo, mais devagar dessa vez, como se seu cérebro tivesse chegado a uma conclusão. "Na verdade... é uma ótima ideia."

37

BRENNA

Na noite seguinte, vou para a casa de Summer, de tão desesperada que estou para não pensar em Jake. Estou disposta a entrar na cova dos leões, me aproximando de Hollis, Hunter e talvez até Nate, amigos que traí dormindo com o inimigo. Estou disposta a lidar com as palavras raivosas que possam me dirigir, porque é melhor do que ficar obcecada e sofrer com o fato de que Jake não quer ficar comigo.

Ironicamente, ficar com meu pai esta noite teria me deixado perfeitamente satisfeita. Depois de anos evitando ficar no mesmo cômodo que ele, finalmente estou animada para passarmos um tempo juntos. Mas ele tinha uma reunião esta noite. O reitor da universidade queria discutir a possibilidade de estender o contrato do meu pai. Ele merece. Mas isso significa que eu ficaria sozinha em casa. Com meus pensamentos.

Para minha surpresa, não sou açoitada quando passo pela porta da frente. Na verdade, quando ponho a cabeça dentro da sala de estar, Hollis dá uma olhada do sofá e diz apenas: "Oi, Jensen".

"Só isso? Achei que haveria gritos."

"Por que eu gritaria?"

Fico confusa: "Está brincando comigo? Da última vez que nos falamos, você me chamou de traíra".

"Ah, é." Nunca o ouvi tão blasé e desinteressado. Levo um segundo para me dar conta de que ele não está vendo TV. Está encarando a tela preta, enquanto seu celular permanece intocado na mesa de centro.

"O que está acontecendo?", pergunto. "Tudo bem com você? E onde estão Summer e Fitz? Lá em cima?"

"Não, foram pegar a pizza. Summer não pediu mais delivery desde que o garoto da entrega a xingou por ter dado só cinco dólares de gorjeta."

"E cinco dólares não está bom?" Se não estiver, estou fazendo errado há anos.

"Não de acordo com o ricaço do entregador."

Tiro a jaqueta e a penduro antes de me juntar a Hollis no sofá. Seu olhar vago é alarmante, para dizer o mínimo. "Certo. O que está rolando?"

Ele dá de ombros. "Nada. Estou estudando pras provas finais. Rupi me deu um pé, mas tudo bem."

"Espera aí, o quê?" Fico chocada de verdade ao ouvir isso. "Sério? Por que ela fez isso?"

"Tanto faz. Quem se importa?" Ele levanta. "Vou pegar uma cerveja. Quer?"

"Claro. Mas essa conversa ainda não acabou."

"Acabou, sim."

Quando ele volta e me entrega uma Bud Light, me lembro do jogo de boliche com Jake e de como tivemos que engolir a cerveja aguada. Não me surpreende que Hollis beba isso. Ele é exatamente esse tipo de cara.

"Não acredito", digo.

"No quê?"

"Não acredito no que está dizendo sobre não ligar para o que aconteceu com Rupi. Você liga. Gostava dela."

"Gostava nada. A garota era um pé no saco."

"Sério? Então, por que saiu tanto tempo com ela?"

"Porque estava tentando trepar, Brenna. Por favor. Me acompanha."

"Sei. Então, era só isso que você queria?"

"Era. E agora não preciso mais fazer tanto esforço. Tem umas doze outras garotas fazendo fila pra dar pra mim. Rupi já foi tarde." Seu tom não é nada convicto.

"Admite logo, Hollis. Você gosta dela. Gosta da voz estridente, do jeito mandão e do falatório constante."

"Não gosto", ele insiste. "Ela nem é meu tipo."

"Não é mesmo", concordo. "Não é uma interesseira com um corpo deslumbrante, ou uma daquelas garotas artificiais que você xaveca no

Malone's. Rupi é esquisita, pequenininha e dona de uma autoconfiança inexplicável." Sorrio para ele. "E você gosta dela. Admite logo."

As pontas das orelhas dele estão vermelhas. Hollis passa as mãos pelo cabelo, então levanta o queixo. "Eu estava começando a me acostumar", ele finalmente confessa.

"Rá!", digo, vitoriosa. "Eu sabia. Então liga e diz isso pra ela."

"De jeito nenhum. Ela terminou comigo." Ele me olha em desafio. "Se seu namorado de Harvard te desse um pé na bunda, você correria atrás dele?"

Começo a rir, quase histérica. Não consigo evitar. Descanso a cabeça no ombro de Hollis e solto risadinhas descontroladas.

"O que está acontecendo?", ele pergunta, confuso. "Você fumou alguma coisa?"

"Não. É só que..." Rio mais um pouco. "Ele terminou comigo mesmo."

Hollis se endireita, chocado, derrubando minha cabeça de seu ombro. Seus olhos azuis estão arregalados de surpresa. "Está falando sério? *Ele* fumou alguma coisa?"

"Não fumou, e estou falando sério, sim. Jake terminou comigo ontem. Disse que precisava focar no campeonato e no time, que eu era distração demais e blá-blá-blá."

"Quanta merda. Sempre soube que os caras de Harvard eram uns idiotas, mas esse é um nível completamente novo de idiotice. O cara já te viu? Você é a garota mais gostosa do planeta."

Ainda que o elogio venha de Mike Hollis, fico lisonjeada de verdade. "Valeu."

Ele passa o braço por mim. "Isso só confirma tudo o que eu já sabia. Harvard é péssima, e Connelly é pior ainda."

"Apoiado", diz Hunter, entrando na sala com uma cerveja na mão, uma Founders IPA. Espera aí, por que não me deram essa opção?

Contraio o rosto quando noto o gesso em seu pulso esquerdo. Menos mal que ele é destro. E a temporada terminou, de modo que não vai perder mais nenhum jogo. De qualquer maneira, o gesso desperta minha pena.

"Oi", digo, com cuidado. "Como está o pulso?"

"Ah, não dá pra ver?" Ele levanta o braço. "Quebrou." Mas Hunter não soa puto. Está mais para resignado.

"Posso assinar?", provoco.

"Sinto muito, mas Hollis estragou a experiência pra todo mundo", Hunter diz em um tom seco. Então se aproxima do sofá e me mostra o gesso melhor.

Alguém desenhou um pau e duas bolas com caneta preta.

Suspiro. "Quanta maturidade, Hollis. E as bolas estão surpreendentemente detalhadas."

Ele dá de ombros. "Bom, você sabe o que dizem."

Franzo a testa. "Não. O que dizem?"

Hunter se ajeita na poltrona. "Também estou curioso pra saber."

"Porra. Sério? Não tenho mais nada a dizer", Hollis resmunga, irritado. "A maior parte das pessoas deixa pra lá quando alguém fala 'você sabe o que dizem'."

Eu adoraria passar um dia no cérebro de Hollis. Só um, no entanto. Mais que isso e provavelmente ficaria presa num mundo virado do avesso. "Tá. Você já se esquivou o bastante. Por que Rupi terminou com você?"

"Rupi terminou com você?", Hunter pergunta. "Isso quer dizer que não temos mais que ouvir vocês gritando um com o outro no meio da noite? Maravilha!"

"Seja bonzinho, Davenport. Ele está bem chateado."

Hunter inclina a cabeça. "Sério?"

"Não", Hollis diz, firme. "Não estou. Não me incomoda nem um pouco."

"Se não incomoda, então não há motivo para não contar por que ela terminou com você", retruco.

"Foi idiotice. Nem vale a pena repetir."

"O que você fez?", Hunter pergunta, interessado.

Hollis solta o ar devagar. "Ela queria que tivéssemos um apelido e eu não."

Hum. Tá.

Me esforço para não rir.

Hunter não toma o mesmo cuidado, e solta uma gargalhada. "Quais eram os apelidos?"

"Ela nem sabia. Queria que fizéssemos uma lista e..." Hollis range os dentes visivelmente. "E discutíssemos sobre como sentíamos em relação a cada um."

Hunter assente, solene. "Claro. Porque todo mundo faz isso."

Eu o silencio com um olhar. Hollis está se abrindo conosco agora, e não merece ser zombado.

Ah, meu Deus. Quem eu sou? Já estou num mundo do avesso? Desde quando deixo passar oportunidades de tirar sarro de Mike Hollis?

"Você gostou de alguma ideia dela?", pergunto, com cuidado.

Ele me encara. "Nem deixei que ela começasse a pensar a respeito. Quem faz uma lista de apelidos e se senta pra votar como se fosse a porra do *American Idol*? Eu disse que era maluquice e que ela era maluca, então falei que seu apelido talvez devesse ser 'maluca'. Rupi perdeu a cabeça e deu um chilique. Depois me mandou uma mensagem dizendo que não pode ficar com alguém que não está, e uso as palavras dela, 'totalmente investido' na relação."

"Rupi tem razão nesse sentido. É difícil manter um relacionamento em que os dois não estão na mesma pegada." Dou de ombros. "E não posso culpar a garota por terminar. Quem quer ser chamada de maluca o tempo todo? A pessoa fica complexada."

"Mas o complexo dela já tem nome. Chama-se insanidade."

"Hollis", eu o repreendo.

Ele fica devidamente envergonhado.

"Aposto que chamou Rupi de maluca mais vezes do que disse que gostava dela. Na verdade, aposto que nunca disse claramente: 'gosto de você'. Disse?", eu o desafio.

"Disse."

"Hollis."

"Tá. Não disse."

"Seja sincero: você quer continuar saindo com ela?"

Depois de um silêncio longo e constrangedor, Hollis assente.

"Tá. Então, me dá seu telefone."

Apesar da desconfiança em seus olhos, Hollis obedece. Passo pelos contatos até encontrar o nome de Rupi — com um emoji com corações no lugar dos olhos. Ela atende ao primeiro toque, o que indica que ainda há esperança.

"O que você quer, Mike?" Rupi não parece animada como sempre.

"Oi. É a Brenna."

"Brenna? Por que está com o celular do Mike?"

"Vou te colocar no viva-voz, tá? Ele está aqui comigo. Dá oi, Hollis."

"Oi", ele murmura.

"Bom, estávamos aqui conversando", prossigo, "e tem algo que ele quer te falar."

"O quê?", ela pergunta, cautelosa.

"Hollis", eu o incito.

Ele não diz nada.

"Tá, então eu falo. Hollis gosta de você, Rupi. Ele finge que não, mas no fundo gosta. E finge que não gosta das discussões, mas no fundo curte um drama. O programa de TV favorito dele é *Keeping Up with the Kardashians*, pelo amor de Deus."

Hunter dá risada da poltrona e toma um gole de cerveja.

"É, mas a Kardashian favorita dele é a Khloe", Rupi diz, sombria. "Todo mundo sabe que a melhor é a Kourtney."

"Kourtney não está nem entre as três melhores", Mike resmunga.

"Viu? Não tem como dar certo!"

"Não", discordo. "É por isso que *vai* dar certo. Ninguém quer ficar com alguém idêntico a si. Todo mundo quer alguém que o desafie, que o inspire a se abrir depois de uma vida inteira fechada..." Minha voz falha. Ah, não. Estou pensando em Jake de novo. Noto que Hollis me olha de um jeito estranho. Ignoro e continuo falando com a stalker dele. Ou melhor, namorada. "Olha, sei que Hollis sempre te chama de maluca, mas, vindo dele, é um elogio."

Hunter ri de novo.

"Explica isso", Rupi manda.

"Você não conhece o cara? *Ele* é maluco. E, pelo que parece, a família dele também."

"Ei!", Hollis protesta. "Não mete minha família no meio."

"Quem muito quer, nada abstém", digo, convencida, o que cala a boca dele. "Na verdade, Rupi, quando Hollis te chama de louca, é porque está reconhecendo que você é como ele." Pisco para Hollis. "Que é sua alma gêmea."

Ouço um suspiro ofegante do outro lado da linha. "É verdade, Mike?"

Ele faz cara feia pra mim, então passa um dedo pela garganta indicando que vai me matar por ter falado em "alma gêmea". Mas, depois do fiasco com as Kardashian, tive que apelar.

"Mike?", Rupi chama.

"É verdade", ele murmura. "Gosto de você, tá? E não te acho louca. Te acho incrível."

"Então, por que não quer me dar um apelido fofo?", ela quer saber.

"Porque é muito..."

Balanço a cabeça em alerta.

"... importante", ele finaliza, se salvando. "É um passo enorme num relacionamento."

Fico preocupada que Hunter morra de rir. Ele esconde o rosto no braço para abafar o som.

"Mas tudo bem", Hollis diz. "Se quer que a gente se chame por apelidos, vamos fazer isso. Minha sugestão é 'bola de pelo'."

"Bola de pelo!", Hunter repete.

"Não sei se combina comigo", Rupi diz, devagar.

"Não, pra mim. Também acho que... Espera aí, vou te tirar do viva-voz." Ele toca na tela e leva o aparelho à orelha. "Vou subir. Brenna e Hunter não têm direito a opinião nessa história dos apelidos." Ele para de repente, já perto da porta. Então, olha pra mim por cima do ombro e diz "Valeu" sem produzir som.

Meu coração se derrete um pouco. Por causa de *Hollis*. Quem diria?

Sorrio, feliz. Quando ele vai embora, viro para Hunter e digo: "Meu trabalho aqui acabou".

Ele sorri. "Você se saiu muito bem."

Eu o avalio. "Você parece estar de bom humor, considerando... você sabe." Indico o gesso com a cabeça. "E não parece puto comigo."

"Nunca fiquei puto com você."

"Você me mandou uma mensagem antipática pedindo pra agradecer ao meu namorado por você", tenho que lembrá-lo.

"É, um dia depois que o babaca do Hemley quebrou meu pulso. Eu ainda estava chateado com tudo que tinha acontecido no jogo, e você era um alvo fácil."

"Ah, que ótimo."

Ele dá de ombros. "E eu também estava puto com Connelly, mesmo que indiretamente. Mas, na verdade, o cara não fez nada de errado. Até tentou separar a briga." Outro dar de ombros. "Dito isso, ainda acho que, se Nate e eu tivéssemos continuado no jogo, seríamos nós encarando o Michigan este fim de semana."

"Concordo." Solto o ar, melancólica. "Ficamos à frente a maior parte do primeiro período, até vocês serem tirados do jogo. O jogo estava na nossa mão."

"Estava mesmo", ele concorda, antes de tomar um gole apressado de cerveja. "Mas perdemos por minha culpa."

"Que nada. Você não teve culpa de se machucar."

"Não, mas meu comportamento fora do gelo nos custou o jogo. Passei os últimos meses trepando com todo mundo no campus. Então, quando fiquei entediado, comecei a passar pelos bares de Boston pra conhecer gente nova. Olha só no que deu." Ele grunhe. "Parece que a Violet queria dar o troco no Hemley por causa de alguma briga. Ela sabia quem eu era quando nos conhecemos."

"Sério?"

"Sério. A primeira coisa que fez depois que eu saí foi ligar para ele para contar. Quando Hemley entrou no gelo na final, começou a me provocar, e... bom, você sabe o resto."

Hunter balança a cabeça em desgosto. Claramente dirigido a ele mesmo, no entanto.

"Eu não costumava ser assim. Pegava umas garotas, claro, mas não era meu objetivo de vida dormir com qualquer uma que cruzasse meu caminho. Perdi a cabeça, virei um caça-boceta, como Hollis gosta de chamar." Ele abre um sorriso seco. "Preciso me recuperar, deixar de bobagem. Quero levar o time às finais nacionais na próxima temporada. Nate vai se formar, e não sei se quem vai escolher o novo capitão é o treinador, se vamos votar ou sei lá o quê. Mas quero que seja eu."

Assovio. "É uma bela meta."

"Eu sei. E pretendo trabalhar duro pra conseguir isso. Então... chega de vadiagem. Literalmente."

"O que isso significa?"

"Que estou fazendo um voto de castidade."

Solto uma gargalhada. "Hum... Isso não vai dar certo. Te dou uma semana, no máximo."

"Acha que não consigo me segurar por mais de uma semana?" Ele parece ligeiramente ofendido.

"Você é um jogador de hóquei de vinte anos. Não, não acho que consiga se segurar por uma semana."

Hunter sorri. "Então tá. Acho que vou ter que provar que você está errada."

38

BRENNA

"Puta merda!"

Meu pai, que está fazendo o café da manhã, vira para me olhar. É sábado de manhã, e acabei de receber no celular a notícia mais inesperada e chocante do mundo desde que Ryan Wesley, jogador do Toronto, anunciou que é gay.

"Está tudo bem?", meu pai pergunta.

"Puta merda", repito, relendo a mensagem. "Tansy ficou noiva."

Ele pisca. "Sua prima Tansy?"

"É."

"Ficou noiva?"

"É."

"De quem?"

"Lamar, o jogador de basquete com quem vive terminando. De acordo com a mensagem, ele ficou de joelhos em uma casa noturna ontem à noite e a pediu em casamento. Tinha uma aliança e tudo o mais." Viro o celular para que meu pai consiga ver a foto que minha prima mandou. O diamante da aliança não é gigante, mas é muito maior do que seria de esperar considerando o orçamento de um universitário.

Nossa. Acho que ela não estava brincando quando me disse que os dois andavam pensando em ficar noivos.

"Nossa", meu pai diz. "Sheryl vai subir nas tamancas."

Morro de rir, o que faz meu pai rir também. Só tem cinco dias que conversamos, e nosso relacionamento já mudou. Está mais fácil, quase totalmente livre de tensão. É claro que não nos abraçamos a cada dois minutos, mas nossas conversas fluem com muito mais facilidade, e fazemos mais piadas. E piadas de verdade, não comentários sarcásticos cheios de veneno.

Estamos recomeçando.

"Espera aí. Vou responder pra ela."

EU: *Oiê! Não posso falar agora porque estou tomando café com meu pai, mas MEU DEUS!! Parabéns! É uma ótima notícia, e estou feliz por vc. Vai ser a noiva mais linda do mundo!! <3 <3*

Estou sendo sincera? Na verdade, não. Ainda não acredito que um relacionamento com o histórico deles vá durar. Lamar a pediu em casamento em uma casa noturna, pelo amor de Deus. Mas Tansy é minha prima e vou apoiá-la independente de qualquer coisa. Estou feliz que ela esteja feliz. E, se por acaso eu estiver errada e os dois acabarem chegando a se casar de fato, acho mesmo que Tansy vai ser uma noiva linda.

Ela me responde de imediato.

TANSY: *Valeu!! ME LIGA ASSIM QUE ESTIVER LIVRE!!*

Sorrio para a tela e deixo o celular de lado enquanto meu pai coloca dois pratos na mesa. Ovos mexidos, bacons e fatias de pepino. Agradeço pelo café da manhã e começo a comer imediatamente, falando com a boca cheia.

"Nem acredito que ela está noiva. Vai ser um desastre total. Tansy é nova demais. Ou melhor, imatura demais. Quer dizer, até eu estou mais preparada pra casar que ela."

Sua expressão se torna irônica. "Isso quer dizer que devo esperar que você e Connelly anunciem o noivado a qualquer momento?"

Congelo. Então, pego o garfo e espeto os ovos. "Não. Não precisa se preocupar com isso."

"E por que não?"

Mastigo especialmente devagar para retardar a resposta. "Porque a gente terminou."

"E por quê?", ele volta a perguntar.

"Porque sim." Reviro os olhos. "Podemos estar mais ou menos bem agora, mas isso não significa que somos melhores amigos. Não vou revelar todos os meus segredos mais terríveis."

"Em primeiro lugar, não estamos mais ou menos bem. Estamos bem. Ponto final. E, como prometeu nunca mais me matar de susto, não me agrada ouvir que esse término pode ter sido terrível." Há preocupação genuína em seu tom.

"Não foi", garanto a meu pai. "Se quer saber, Jake me deu um pé porque quer focar no hóquei."

Meu pai franze a testa.

"Mas tudo bem. O namoro não ia a lugar nenhum mesmo. Jake vai mudar pra Edmonton, lembra? Relacionamentos à distância nunca funcionam."

"Comigo e com sua mãe funcionou", ele diz.

Levanto os olhos, surpresa. "Quando isso aconteceu?"

"Ela era um ano mais nova", meu pai me lembra. "Quando me formei, sua mãe ainda tinha mais um ano pela frente em Yale. Foi quando o filho da puta deu em cima dela e..."

"Espera aí. Volta. Que filho da puta?" Perco o fôlego de repente. "Está falando de Daryl Pedersen?"

"Isso. Ele estava no mesmo ano que sua mãe. E faziam o mesmo curso: rádio e TV." Meu pai sorri. "Como você. Bom, ele esperou que eu me formasse antes de dar em cima da sua mãe."

Fico horrorizada. "A mamãe...?"

"Nossa, claro que não. Sua mãe era uma mulher doce e comportada da Geórgia. Totalmente fiel."

"Então, Pedersen tentou ficar com a mamãe e ela não quis." Adoro a ideia. É sempre chocante pensar que seus pais viveram uma vida longa e completa antes mesmo que você chegasse ao mundo.

"Daryl usou o velho golpe do 'pode deixar que eu cuido da sua garota enquanto não estiver por perto'", meu pai diz, com desdém. "Não éramos muito próximos. Eu não gostava dele, mas o tolerava. Precisava tolerar, já que éramos colegas de time. Sua mãe tinha uma opinião diferente. Achava que ele era doce e me acusou de ser paranoico por não confiar no cara. Mas eu tinha jogado três anos com o filho da puta, então sabia o tipo de homem que era. Um babaca arrogante, desonesto, sorrateiro. Era um mulherengo, mas perto da sua mãe agia como um santo."

Meu pai leva uma garfada de ovos mexidos à boca, mastiga e engole, então pega a xícara de café. "Não é nem o fato de ter dado em cima da sua mãe que me incomoda, sabe? Ele poderia ter sido honesto quanto às suas intenções. Poderia ter dito: 'Olha, gosto da Marie e vou dizer isso a ela'. Sua mãe teria rido na cara dele, mas eu teria dito: 'Claro. Vá em frente'." Meu pai sorri. "Nunca duvidei do que ela sentia por mim."

Quero dizer que isso deve ser legal. Nunca duvidei do que Jake sentia por mim, mas do nada ele terminou comigo.

"Mas ele foi tão dissimulado. Ninguém tem que amar os colegas de time, mas respeito é importantíssimo. Pedersen se aproximou de sua mãe, de modo que eles estudavam juntos, passeavam juntos. Então, uma noite, depois de saírem com um grupo de amigos, ele a acompanhou de volta pra casa. Chegou a subir e tentou passar a mão nela na porta do apartamento."

"Por favor, me diz que ele parou quando ela disse que não queria."

Meu pai assente. "Ele parou. Não antes de acusar sua mãe de ter incentivado aquilo. De ter se aproveitado dele para estudar. De ter aceitado o tempo e o afeto dele e depois negado o que imagino que Pedersen achasse que fosse direito seu. Então encerrou o discurso dizendo que ela precisava que um homem de verdade a satisfizesse."

"Que nojento."

"Quando descobri, fui até New Haven. Eu estava em Burlington, trabalhando como assistente técnico na Universidade de Vermont. Levei quatro horas pra chegar, mas valeu a pena quando ouvi o som do osso quebrando quando dei um soco no maxilar de Pedersen."

"Boa!"

"Ela era minha namorada. Ele não podia ter feito aquilo." Meu pai dá de ombros. "Pedersen nunca mais se aproximou da sua mãe."

"Isso faz vinte anos e você ainda odeia o cara."

"E?" Ele leva uma fatia de pepino à boca.

"E será que não é hora de enterrar essa história?"

"Posso enterrar Pedersen em vez disso?"

Dou risada. "Eu estava pensando em um enterro mais metafórico. O passado é passado, e ponto final. Você ficou com a mamãe, teve uma filha linda..." Pisco para ele. "Ganhou três vezes o campeonato como técnico. E ele é um babaca amargo. Por que não deixar pra lá?"

"Porque não gosto dele, e isso nunca vai mudar. Às vezes, as pessoas não se gostam, princesa. É melhor se acostumar, porque é um fato. Pessoas vão te odiar porque você as magoou, de propósito ou sem querer. Pessoas vão te odiar porque não gostam da sua personalidade, do jeito que você fala, ou de qualquer besteira superficial que não conseguem deixar passar. Vai ter gente que só vai te odiar na hora, sem nenhum motivo, o que é esquisito." Meu pai toma um gole de café. "Mas, no fim do dia, é como é. Nem todo mundo vai gostar de você, e você não vai gostar de todo mundo. Não gosto do cara. Isso não precisa mudar."

"Justo." Baixo os olhos para o prato quando volto a pensar em Jake.

"Sinto muito por você e Connelly." Acho que minha expressão triste e o motivo dela não são difíceis de decifrar.

"Desde quando? Você me mandou ficar longe dele, lembra? Comparou o cara a Eric."

"Posso ter feito isso em meio à raiva", meu pai grunhe. "Connelly tem uma boa cabeça, até onde sei."

"Eu te disse isso. Foi ele quem me ajudou com Eric."

"Falando nisso, teve notícias de Eric depois?"

"Não, e estou com um pressentimento de que não terei mais."

"Ótimo. Tem como encaminhar todas as ligações dele pro meu celular? Pra que eu possa dizer uma coisinha ou outra a ele?"

"Pai." O brilho assassino em seus olhos é ligeiramente preocupante. "Não quero que aterrorize o cara. Vamos esperar que a mãe dele o tenha convencido a se tratar. Talvez desmaiar nos arbustos de um desconhecido tenha sido o fundo do poço aonde Eric precisava chegar."

"Talvez." Ele não parece convencido.

Nem eu estou. Faz cinco anos que saí da escola, e Eric ainda não reconheceu que tem um problema.

"Mas sinto muito quanto a Connelly", meu pai repete, voltando a conversa para ele.

"Eu também."

Meu pai ergue uma sobrancelha. "Achei que tivesse dito que o namoro não ia a lugar nenhum."

"Eu disse. E disse isso pra ele, aliás. Fingi nem ligar quando Jake terminou comigo", confesso. "Não queria que visse como me magoou. Mas fiquei magoada. Ele é o primeiro cara que conheço em muito tempo que consigo me imaginar namorando. Jake era bondoso comigo, me fazia bem. Tipo, quando estava com medo de vir conversar com você, ele me emprestou seu... *ah, porra!*"

"Olha o palavrão", meu pai me repreende.

Pulo da cadeira. Esqueci a pulseira de Jake. Esqueci de devolvê-la, droga.

Depois da conversa com meu pai na outra noite, subi para tomar um banho e deixei a pulseira no criado-mudo. Então, passei a maior parte da quinta e da sexta na casa da Summer, porque, ainda que meu apartamento esteja pronto, não voltei a ficar lá cem por cento porque não queria ficar sozinha. Tenho medo de pensar em Jake o tempo todo. Consegui tirá-lo da minha cabeça por completo nos últimos dias. E, com isso, também me esqueci por completo do amuleto dele.

Harvard vai jogar contra Michigan hoje. Droga. Por que Jake não me ligou ou escreveu? Não se deu conta de que fiquei com a pulseira?

"Estou com o amuleto dele", solto. "Jake me deu antes de terminarmos, e me esqueci completamente de devolver. E ele vai jogar hoje em Worcester!"

Como treinador de hóquei há mais de vinte anos, meu pai lida com todo tipo de baboseira supersticiosa ou ritualística. Não fico surpresa quando sua expressão fica séria. "Isso não é bom."

"Não é mesmo." Mordo a bochecha por dentro. "O que eu faço?"

"Receio que não tenha escolha." Ele apoia a xícara na mesa e afasta a cadeira.

"O que está fazendo?"

"Não brinque com o ritual de um jogador, Brenna." Meu pai confere o relógio. "Que horas o jogo começa?"

Já estou olhando no celular. "Uma e meia", digo, um momento depois.

São onze. Leva mais ou menos uma hora até Worcester. O alívio enche meu peito. Consigo chegar antes que o jogo comece.

Meu pai confirma isso. "Se sairmos agora, vamos chegar com folga."

"Se *sairmos*?"

"Acha que vou te deixar dirigir o Jeep em pânico? Por favor. Estremeço só de pensar nas caixas de correio derrubadas que deixaria em seu encalço." Meu pai desdenha. "Eu dirijo."

Jake não atende minhas ligações nem responde minhas mensagens. Me ocorre que talvez tenha bloqueado meu número, mas seria muita cretinice. Foi ele quem terminou comigo. Não tem motivo para me bloquear. A menos que achasse que eu seria do tipo que fica ligando quinhentas vezes por dia para implorar por uma segunda chance. Nesse caso, não me conhece nem um pouco.

A alternativa é que está tão focado nos rituais de dia de jogo que nem confere o celular.

Está garoando de leve, e as gotas escorrem preguiçosas pelo para-brisa do Jeep. Do banco do passageiro, me pergunto se há outra maneira de entrar em contato com ele. Não tenho o número de Brooks, e deletei o de McCarthy. Poderia descobrir o perfil de Jake nas redes sociais com um pouco de pesquisa, mas isso exigiria um nível de desespero a que ainda não cheguei.

Temos tempo de sobra, e quando chegarmos vou acabar encontrando algum jogador de Harvard ou alguém que possa se comunicar com um jogador de Harvard. Com sorte, vou conseguir dar a pulseira a alguém que possa entregá-la a Jake sem que eu precise vê-lo. Não sei o que diria se ficasse cara a cara com ele. Além disso, Jake me acusou de ser uma distração. Me ver antes de um jogo crucial poderia mexer com ele.

Quando estacionamos na arena, meu pai passa o estacionamento e segue direto para a entrada. "Desce aqui", ele manda. "Vou estacionar e te encontro lá dentro. Deixa o celular ligado."

Só então me dou conta. "Ah, não", digo, desanimada. "Não temos ingressos."

"Temos, sim. Liguei para Steve Llewellyn enquanto você se trocava e disse que precisava de um favor. Tem dois ingressos pra gente na bilheteria, com o seu nome. Só que vamos ter que assistir ao jogo de pé. Foi tão em cima da hora que ele não conseguiu coisa melhor."

Llewellyn é o treinador de Michigan. Acho que ajuda ter um pai com bons contatos. "Você é incrível."

Salto do carro e corro para a entrada. Enquanto pego os ingressos, ligo outra vez para Jake. Ele não atende.

O jogo só vai começar daqui a quase uma hora e meia, mas um monte de gente já está entrando na arena e ocupando os lugares. Vejo um aglomerado de fãs de Harvard, além do dourado e azul das cores de Michigan. Passo os olhos pela parte carmesim da multidão à procura de qualquer rosto familiar. Nada. Então procuro indicações para o vestiário. Localizo uma placa e sigo na direção indicada.

Estou chegando a um corredor quando finalmente topo com um rosto conhecido.

Hazel, a amiga de Jake.

Ótimo. "Oi", cumprimento. "Estou procurando Jake."

Depois de me avaliar com frieza, um lampejo de repulsa passa por seus olhos. "O que está fazendo aqui?"

"Acabei de te dizer. Estou procurando Jake." Mexo em uma das contas da pulseira dele. Eu a mantenho no pulso para não perder. "O ônibus de Harvard já chegou?"

"Não."

"Sabe quando vai chegar? Falou com Jake hoje?"

"Não." Ela franze a testa levemente. "Ele não está atendendo. Estou com os pais dele..."

Meu estômago se retorce. Não. Não é ciúme. Não estou com ciúme.

"... e nenhum de nós conseguiu falar com Jake hoje. Talvez o telefone dele tenha morrido. Às vezes, quando está focado em um jogo, se esquece de fazer coisas básicas, como carregar o celular."

Odeio essa garota. Não sei se faz isso de propósito, mas é cheia das alfinetadas sugerindo que o conhece melhor. Talvez eu só esteja me sentindo insegura. Ou talvez ela nem se dá conta do que faz. Ou quem sabe só o conheça tão bem que as palavras saem instintivamente.

De qualquer maneira, ainda bem que Jake não está aqui. Agora não preciso vê-lo, e ele não precisa me ver. Quer focar no hóquei? Parabéns, vai ter a chance de fazer isso.

"Quando Jake chegar, pode dar isso a ele?" Tiro a pulseira do pulso, desajeitada. Tirá-la me dá uma pontada de tristeza. É como me despedir da última parte de Jake que tenho comigo.

Os olhos de Hazel se turvam de desconfiança. "Onde conseguiu isso?"

Ergo o queixo. Não gosto da acusação nem tão velada assim. "Se acha que roubei, pode relaxar. Jake me emprestou outro dia. Eu estava nervosa por causa de um negócio e ele disse que ia me dar sorte." Tenho que sorrir, porque algo bom veio disso. Meu pai e eu tivemos um novo começo, afinal de contas. "Me esqueci de devolver, e vim até aqui pra isso, então..." Estendo a mão. "Pode entregar quando Jake chegar, por favor?"

"Jake te emprestou o amuleto dele." O tom dela tem um toque maçante.

"Isso." Estou começando a me irritar. Continuo com o braço esticado, como uma idiota. "Olha, sei que não gosta de mim. E sem motivo, diga-se de passagem. Nem me conhece. Mas me preocupo com Jake, e você também. Isto..." — sacudo a pulseira para ela — "é importante pra ele. Jake vai me odiar pelo resto da vida se não estiver em seu pulso quando o jogo começar. Então pode simplesmente pegar, por favor?"

Após um momento de hesitação, Hazel aceita a pulseira. Ela a coloca no pulso e diz: "Pode deixar que eu entrego".

39

JAKE

Estou sozinho no vestiário, lutando com meus pensamentos. Vozes ecoam do outro lado da porta. Ouço risadas, conversas e o ruído da movimentação, mas sou bom em bloquear tudo. Meu ritual de silêncio não requer silêncio de fato. Só preciso calar meu cérebro. Pensar no que precisa ser feito.

O treinador me deu permissão para vir sozinho para Worcester hoje. É algo inédito, mas acho que ele foi sacudido por meu desempenho indigno de uma estrela nos treinos dos últimos três dias. Pedersen está temendo que eu faça o time perder o jogo. E tem razão para isso. Minha concentração foi abalada. Terminar com Brenna me devastou.

Cometi um erro.

Cometi um erro e percebi isso no momento em que ela deixou meu apartamento. Terminar com Brenna foi a coisa mais idiota que já fiz na vida. Agi por medo, não lógica, e minha atitude teve o efeito oposto ao que pretendia, porque agora minha cabeça está ainda mais longe de onde deveria estar.

É irônico. Toda a bobageira que eu disse sobre precisar me livrar de distrações — o que era a maior mentira, para começar — acabou criando uma perturbação ainda maior no meu cérebro. Brenna não era uma distração, mas nosso término com certeza é.

Então, o treinador me liberou e vim dirigindo sozinho até Worcester. Achei uma lanchonete e me enchi de energia com um café da manhã farto e gorduroso. Em determinado momento, percebi que tinha deixado meu celular em casa, mas nem preciso dele mesmo. Hoje não existe nada além do jogo. Se ganharmos, classificamos para a semi nacional. É pressão o bastante para fazer alguém mais fraco vacilar, mas não sou desse tipo. Posso ter sido fraco em meu relacionamento com Brenna, mas não sou assim quando se trata de hóquei. Nunca fui, nunca serei.

Ouço passos vindo do corredor. Por um segundo, penso que o resto do time chegou mais cedo, até que ouço certo tumulto. Mais passos, um baque e um grito masculino ultrajado.

"Já disse que você não pode entrar!"

"Só precisamos de um minuto. O que acha que vou fazer? Matar o cara?"

Não reconheço a segunda voz, e assumo que a primeira seja de um segurança.

"Sinto muito, mas não posso te deixar entrar."

"Vamos, Hollis", uma terceira voz diz. "A gente fala com ele depois."

Hollis? De Mike Hollis?

Pulo do banco e corro até a porta. "Espera", digo ao abri-la. "Tudo bem. Conheço eles."

Os olhos de falcão do segurança passam por mim. "Ninguém mais pode entrar aqui."

"É rapidinho", garanto. "Dois minutos, no máximo."

Ele abre passagem.

Alguns segundos depois, estou no vestiário com as duas últimas pessoas que esperava ver hoje. Mike Hollis mantém os braços cruzados junto ao amplo peitoral. Colin Fitzgerald está mais relaxado, com os braços soltos ao lado do corpo. Usa uma malha de gola V com as mangas arregaçadas, e dá para ver as tatuagens saindo do colarinho e dos punhos. O cara é totalmente tatuado.

"Como sabiam que eu estava aqui?", pergunto a eles.

"O encrenqueiro contou pra gente", Hollis diz.

"Que encrenqueiro?"

"Weston", Fitzgerald explica, sorrindo. "Minha namorada mandou uma mensagem pra ele."

"Ah."

"Já chega de enrolação?", Hollis pergunta, educado.

Tento não rir. Me pergunto se vão fazer toda a encenação policial bonzinho/policial malvado. "Acho que sim." Gesticulo na direção dele. "Por que estão aqui?"

"Porque queríamos que deixasse de ser tão cabeça-oca."

"Não fala no plural, por favor", Fitzgerald diz. "Eu só te dei uma carona."

Hollis olha para o colega de time. "Está me dizendo que nem liga que esse cara tenha partido o coração da Jensen?"

Perco o fôlego. Parti o coração de Brenna? Ela disse isso a eles?

Hollis volta a se dirigir a mim. "Você é *muito* idiota, Connelly. Cometeu o maior erro da sua vida idiota terminando com Brenna."

"Eu sei."

"Pra começar, ela é linda. É quase revoltante como ela é linda. E é inteligente, e esperta, e engraçada, e... Espera aí, você disse que sabe?"

Dou de ombros e sento no banco. Eles continuam de pé. De repente, me sinto como se fosse uma criança levando bronca dos pais.

"Isso", digo, infeliz. "Foi um grande erro. Mas vou consertar tudo assim que derrotarmos Michigan."

"Se sabe que é um erro, por que não consertou dias atrás?", Hollis pergunta.

"Porque tenho um jogo pela frente."

Porque estou morrendo de medo de encontrá-la.

De jeito nenhum vou admitir isso para esses caras, mas é a verdade. A verdade verdadeira.

Acho que eu poderia escolher o caminho mais fácil e culpar Hazel por minhas ações. Foi ela que me induziu ao pânico fazendo todas aquelas perguntas sobre eu estar pronto, me alertando para como ia ser difícil, para o fato de que relacionamentos à distância não funcionam. Cada ponto levantado por ela pressionava mais e mais meu peito até que eu não conseguia mais respirar. As paredes começaram a se fechar à minha volta, e eu senti que estava sufocando.

Sei que Hazel não fez de propósito. Eu já deveria estar pensando naquelas coisas, deveria ter antecipado os problemas.

Mas não fiz nada disso, porque estava vivendo minha vida sozinho. Naquela vida, eu tinha o direito de ser egoísta. Podia trocar mulheres por hóquei. Me concentrava em detonar na liga profissional. Tinha uma única prioridade: eu mesmo.

Agora, numa relação, se espera que outra pessoa possa contar comigo. Ou melhor, que a pessoa com quem estou possa contar comigo. E a constatação me assustou pra caralho. Nunca fui o porto seguro de ninguém. E se for péssimo nisso? E se decepcionar Brenna de alguma forma? Não posso prometer estar presente a cada segundo de cada dia. Do modo como Hazel falava, parecia que eu nunca mais teria um único momento para mim mesmo.

Não culpo Hazel, de verdade. Mas o ataque de ansiedade que começou na lanchonete me seguiu por todo o caminho até em casa. Quando vi Brenna, projetei todo o meu pânico nela.

Acabei me agarrando à primeira desculpa que me veio à mente, o motivo confiável a que eu recorria quando qualquer garota exigia mais tempo de mim: o hóquei. Disse a Brenna que precisava estar presente para o time, porque no momento estava morrendo de medo da responsabilidade de estar lá para ela.

Levou só uma hora, talvez duas, para que a ansiedade passasse e eu conseguisse processar meus pensamentos com clareza. Sou capaz de estar lá por Brenna. Já não faz mais de um mês que faço isso? Ela pôde contar comigo durante toda a história com Ed Mulder, quando precisou salvar o namorado, e até dei conselhos sobre seus problemas com o pai. Brenna estava na minha casa, e a não ser por ter chegado atrasado em um único treino — totalizando três em *dezessete* anos —, fui perfeitamente capaz de equilibrar o hóquei e o namoro.

Não acho que a próxima temporada vai ser fácil. Vou viajar muito, vou estar sempre cansado de tanto dar duro, não vou conseguir ver Brenna tanto quanto gostaria, nem de perto. Mas é só um ano. Podemos sobreviver a isso. Então, ela vai se formar e talvez considere se mudar para Edmonton, se é que vou continuar lá.

Eeee talvez eu tenha colocado o carro na frente dos bois agora. Primeiro preciso convencê-la a voltar comigo. Depois podemos falar sobre Brenna mudar de país por mim.

"Vai falar com ela depois do jogo?", Hollis pergunta, ansioso. "Ou vamos precisar voltar com uma espingarda e..."

"Relaxa, não precisa me apontar uma arma pra que eu fale com ela", digo, rindo.

"Como assim?" Hollis parece confuso. "Minha ideia era te dar uma coronhada na nuca pra ver se sua cabeça voltava a funcionar."

Viro para Fitzgerald, que dá de ombros e diz: "O cérebro dele opera em um nível que nós, mortais, não conseguimos compreender".

Hollis parece feliz. "Cara, é a coisa mais legal que você já me disse."

A visita inesperada dos jogadores da Briar não é nada comparado a meu choque ao sair do vestiário atrás de uma máquina de venda automática e encontrar meus pais no corredor. Por um momento, acho que estou alucinando, até que minha mãe me chama.

"Jake!" O alívio é claro em seu rosto. "Você já chegou? Rory, ele já chegou."

"Estou vendo", meu pai diz apenas.

Balanço a cabeça, confuso, então vejo Hazel, que está ao lado da minha mãe. Ela abre um sorrisinho, como quem diz: *Olha só quem veio.*

"É, já cheguei. Vim cedo."

"Por que não atende o celular?", minha mãe pergunta.

"Esqueci em casa." Encaro meus pais. "O que estão fazendo aqui?"

"Viemos apoiar você", minha mãe responde.

Meu pai me dá um tapinha no ombro. "É um jogo importante pra você. E, pra ser sincero, sua mãe e eu ficamos nos sentindo mal por não nos esforçarmos mais pra ver seus jogos. Agora que vai virar profissional, vão esperar que a gente apareça de vez em quando, não?"

"Não acho que alguém se importe com a presença dos pais de um novato qualquer no camarote."

"Novato qualquer?", ele repete. "Que bobagem!"

"Você vai ser um astro", minha mãe diz, com um sorriso enorme no rosto. "E estamos muito orgulhosos."

Meus olhos de repente queimam. Droga. Não posso desabar agora. Tenho que me concentrar no jogo.

"Obrigado", digo, com a voz um pouco rouca. Pigarreio. "Sei que vocês não curtem muito hóquei, mas fico feliz que tenham vindo."

"Podemos não ser fãs do esporte, mas somos seus fãs", minha mãe declara.

Hazel ri. "Isso foi péssimo, sra. Connelly."

"É melhor a gente sentar", meu pai diz. "A arquibancada está cheia."

"Boa sorte", minha mãe diz.

De repente, me vejo envolvido em um abraço quente e forte dela, que é seguido por um menos dramático, mas igualmente quente, do meu pai.

"Já encontro vocês", Hazel diz a eles. "Quero falar com Jake antes."

Assim que meus pais vão embora, levanto uma sobrancelha para ela. "Nem acredito que eles vieram. Sabia disso?"

Hazel assente. "Sua mãe me ligou pra comprar os ingressos. Eles queriam que fosse surpresa."

Enfio as mãos nos bolsos e olho para a porta atrás de mim. O time vai chegar logo mais. "Acho que tenho que voltar e começar a me preparar mentalmente."

"Beleza." Hazel parece hesitar.

"Tudo bem?"

"Tudo bem." Mas seu rosto está um pouco pálido, e seus olhos não refletem seu sorriso. "Bom jogo, Jake."

40

JAKE

Volto ao vestiário e me sinto centrado de imediato. Forte. Motivado. Agora que sei que meus pais estão na arquibancada torcendo por mim, me sinto ainda mais determinado a jogar bem.

Vou vencer Michigan hoje, depois vou reconquistar Brenna. Não me importo de me jogar a seus pés e implorar. Vou ter minha garota de volta.

Embora os uniformes e equipamentos do time já tenham sido trazidos, sempre carrego uma mala comigo. É nela que guardo minha fita adesiva e outras coisas, incluindo minha pulseira. Abro o zíper e reviro o conteúdo em busca das contas que me são tão familiares. Mas não encontro nada.

Então lembro, e o medo toma conta de mim em um segundo.

Emprestei a pulseira a Brenna.

Daí terminei com ela e não peguei a pulseira de volta.

Caralho.

Caralho, caralho, caralho.

Uma voz furiosa na minha cabeça quer saber por que Brenna não entrou em contato comigo nos últimos três dias para me lembrar de que estava com a pulseira. Ela sabe como é importante para mim, mas nem se deu ao trabalho de ligar? Brenna nem precisaria me ver. Weston poderia ter ido buscar a pulseira.

Mas Mike Hollis disse que Brenna está de coração partido. E por culpa minha. É claro que ela não ia se desdobrar para me fazer um favor.

O pânico se acumula dentro de mim, e faço uma série de respirações profundas. Me forço a me acalmar. É só a porra de um amuleto. Não preciso de uma pulseira de criança para ganhar o jogo. Não foi isso que nos fez vencer o regional. Não foi isso que me fez ser draftado pelos Oilers. Uma pulseira não...

"Jake."

Viro a cabeça para a porta. Hazel entra, hesitante.

"Você não deveria estar aqui", digo.

"Vou ser rápida, prometo. Eu..." Ela se aproxima, parando a dois passos de mim. Vejo sua garganta se movimentar como se engolisse em seco, várias vezes, pelo visto. Ela tira algo do pulso e entrega para mim.

A onda de alívio que me atinge é quase suficiente para me derrubar. Pego a pulseira dela. Preciso de toda a minha força de vontade para não trazer o amuleto para junto de mim e começar a chamá-lo de *"my precious"*, como Gollum. Mas puta que o pariu. Que susto.

"Eu nem ia te entregar", Hazel diz, e a vergonha em seu tom faz com que eu estreite os olhos pra ela.

"Como assim? E por que está com isso?"

"Brenna apareceu e pediu pra te dar."

"Agora?"

Hazel balança a cabeça devagar. "Há uma meia hora."

"Então foi meia hora *antes* da nossa conversa no corredor?" A raiva me domina e me queima por dentro. "Você está de brincadeira comigo? Estava usando essa pulseira enquanto conversávamos?"

"Sim, mas..."

"E não me devolveu? Me desejou sorte e me deixou ir embora sem me entregar?"

"Me deixa terminar", ela pede. "Por favor."

De novo, preciso de muita força de vontade para calar a boca. Vou deixar que Hazel termine em respeito a dezesseis anos de amizade. Mas estou tão bravo que minhas mãos tremem.

"Eu não ia te dar pra que não ficasse sabendo que Brenna está aqui", Hazel sussurra.

Meu coração bate mais rápido. Não de raiva dessa vez, mas por conta da presença de Brenna. Terminei com ela, e ainda assim veio até aqui para devolver meu amuleto.

"Mas então me dei conta de que isso faria de mim não só a pior amiga do mundo, mas uma merda de pessoa. Atrapalhar seu ritual para tentar manter você longe daquela garota? Porque tenho ciúme dela?" Hazel evita meu olhar incrédulo. "Eu não teria como consertar isso depois."

Meu estômago se revira. Não quero ter essa conversa agora. Pelo menos não com Hazel. Agora que sei que Brenna está em algum lugar nessa arena, é a única pessoa com quem quero falar.

"Sempre gostei de você", Hazel confessa.

Droga. Bom, não posso fugir agora.

E a confissão exige tanta coragem que não posso deixar de admirá-la. "Hazel", começo a dizer, com um tom áspero.

"É besteira, eu sei. Mas é difícil não sentir algo por Jake Connelly, sabe?" Um meio sorriso triste ergue o canto de sua boca. "Sei muito bem que você só me vê como amiga, mas acho que uma parte de mim sempre achou que seria como uma daquelas comédias românticas ridículas, e que um dia você ia acordar e perceber que sempre tinha sido eu. Mas isso não vai acontecer."

Não vai mesmo.

Não digo isso a ela, porque não quero magoá-la ainda mais. Só que Hazel pode ver isso em meus olhos. Não sinto esse tipo de coisa por ela, só a vejo como amiga. Ainda que não estivesse apaixonado por outra pessoa, nunca aconteceria nada entre a gente.

"Sinto muito, Jake." Um remorso genuíno toma conta de sua expressão. "Você tem todo o direito de estar puto comigo. Mas espero que o fato de ter voltado pra devolver a pulseira e contar que Brenna está aqui compense um pouco não ter feito isso antes. Fiz besteira. Fui egoísta, e reconheço isso." Ela olha para o chão. "Não quero perder sua amizade."

"E não vai perder."

Ela levanta os olhos chocados para os meus. "Não vou?"

"Claro que não." Suspiro. "A gente se conhece desde sempre, Hazel. Não vou jogar fora anos de amizade por causa de uma mancada. Aceito suas desculpas."

Ela parece aliviada.

"Mas, se for mesmo minha amiga, vai se esforçar de verdade pra conhecer Brenna. Acho que você vai gostar dela. E, se não gostar, é só fingir que gosta." Inclino a cabeça para desafiá-la. "Se você estivesse com alguém de quem não gosto, eu fingiria. Apoiaria você independente de qualquer coisa."

"Sei disso. Você é uma das melhores pessoas que conheço." Hazel revira a bolsa verde atrás do celular. "Sei que esqueceu o celular, mas posso procurar o perfil nas redes sociais e..."

"Oi?"

"O perfil de Brenna", Hazel diz. "Ela veio até aqui devolver a pulseira e entregou pra mim em vez de vir até você pessoalmente, então imagino que estejam brigados. E você não pode entrar no gelo antes de resolver as coisas." Ela coloca a senha, e o anel prateado do dedão fica batendo contra a capinha do aparelho. "Ela está no Face ou no Insta? Você pode mandar uma mensagem do meu celular."

"Não precisa. Sei o número dela de cor."

"Sério? Você decorou o número dela?"

Assinto.

"Nossa. Não sei nem o número da minha mãe de cor."

Dou de ombros, incomodado. "Achei que era bom decorar caso precisasse."

Hazel fica quieta.

"O que foi?", pergunto, na defensiva.

"É só que..." Ela parece impressionada. "Você está mesmo apaixonado."

"É. Estou."

41

BRENNA

Como é um sacrilégio desperdiçar ingressos de hóquei, meu pai e eu ficamos em Worcester. Estamos na arquibancada sem assentos, que fica perto de uma das câmeras posicionadas no perímetro do rinque para transmitir o jogo. Noto um operador de câmera usando uma jaqueta da HockeyNet e me pergunto quem Mulder mandou para cobrir o jogo. Kip e Trevor não fazem transmissões ao vivo, então provavelmente foi Geoff Magnolia.

Tenho certeza de quem Mulder *não* mandou: Georgia Barnes. Me poupe... Mulheres no esporte? Nunca!

Um homem magro de terno se aproxima do câmera e eu xingo em voz baixa. Mas não baixa o bastante, porque meu pai levanta os olhos do e-mail que está respondendo no celular.

"O que foi?"

"Geoff Magnolia", digo, assentindo discretamente na direção das câmeras. "A HockeyNet mandou esse cara pra cobrir o jogo."

Como eu, meu pai não é muito fã do trabalho do cara. Ele acompanha meu olhar. "Ah. Ele cortou o cabelo. Ficou uma merda."

Dou risada. "Pai! Quando foi que ficou tão sarcástico?"

"Como assim? Ficou uma merda mesmo."

"Uau!"

"Para com isso."

Fico olhando Magnolia conversar com o operador. Ele gesticula demais. Distrai bastante. Ainda bem que nunca faz isso na frente da câmera.

"Quer saber? A HockeyNet que se dane", digo. "Vou me candidatar à ESPN no outono. Eles são muito mais propensos a contratar mulheres. Se estagiar lá, nunca mais vou ter que ver Ed Mulder. Ou aquele tonto ali."

Volto a olhar para Magnolia, e, meu Deus do céu... o cara está tomando café de canudinho. Se não for café, é outra bebida quente, porque está saindo fumaça do copo.

"Argh. E ele não é só tonto. É simplesmente ridículo."

"E o sarcástico aqui sou eu?", meu pai pergunta. "Se olha no espelho, princesa."

"Para com isso, velhote."

Ele gargalha, então volta aos e-mails.

Viro o pescoço tentando encontrar outros rostos familiares na arena. Então, meu celular toca. Quando vejo o número desconhecido na tela, ignoro a chamada.

Três segundos depois, chega uma mensagem.

Oi, aqui é a Hazel, amiga do Jake. Ele me passou seu número. Jake está no vestiário e precisa muito te ver.

Franzo a testa. Não sei por que, mas parece uma armadilha. Como se Hazel estivesse me atraindo para o vestiário só para... o quê? Me bater com um taco de hóquei? Resisto à vontade de revirar os olhos. Estou ficando paranoica.

"Você se importa se eu for falar com Jake um minuto?"

Meu pai levanta os olhos da tela. "Como isso aconteceu?"

Mostro o celular. "Ele disse que quer conversar."

Meu pai pensa a respeito por um segundo, depois dá de ombros. "Acaba com ele."

"É a minha intenção."

"Essa é minha garota." Ele faz uma pausa, então volta a falar de forma brusca. "Se essa conversa terminar com minha filha voltando com um namorado, pode dizer que ele está convidado pro jantar hoje à noite."

Meu queixo cai, mas não comento nada nem discuto o convite inesperado, porque não tenho ideia do motivo de Jake querer me ver.

E por que estou correndo para vê-lo?, me pergunto um minuto depois, ao atravessar outra porta dupla. Meus passos ecoam pelo corredor.

Jake terminou comigo. Eu não deveria estar tão disposta a atender seu chamado. E se só quiser me agradecer por devolver a pulseira? Seria muita humilhação. Não preciso da gratidão dele. Preciso de...

Preciso do quê?

Nem sei dizer. Meu coração certamente sabe o que quer. Ele quer Jake Connelly. Mas meu coração é tolo e descuidado. Não toma conta de si mesmo, o que significa que quem tem que fazer isso sou eu.

Quando chego aos vestiários, não tem nenhum segurança à vista. Não sei atrás de que porta Harvard está, então, como uma idiota, chamo: "Jake?".

Uma das portas à minha esquerda se abre imediatamente. Fico esperando ver Hazel ali, mas não é ela. É Jake, e seus olhos verdes se abrandam ao me ver.

"Você veio. Não tinha certeza se viria." Jake abre mais a porta para que eu entre.

Eu entro. O jogo começa em quarenta e cinco minutos, então é esquisito que o vestiário esteja vazio. Os armários grandes de madeira espalhados pelas paredes estão arrumadinhos, com os uniformes e as proteções pendurados, esperando por Jake e seus colegas de time.

"Cadê sua amiga?", pergunto, voltando a olhá-lo.

"Na arquibancada, imagino. Desculpa a mensagem do celular dela, mas esqueci o meu em casa."

"Ah. Foi por isso que não respondeu minhas mensagens sobre a pulseira." Aponto com a cabeça para seu pulso, aliviada ao ver o amuleto familiar de contas cor-de-rosa e roxas ali. "Mas vejo que o recebeu. Que bom."

"Foi por pouco", ele murmura.

"Como?"

"Nada. Não importa. Não temos muito tempo antes que o resto do time chegue, então melhor não desperdiçar com essa pulseira idiota."

Ergo as sobrancelhas. "Pulseira idiota? Estamos falando do seu amuleto, Jakey. Seja respeitoso."

Um sorriso enorme se abre em seu lindo rosto.

"Por que está com essa cara?", pergunto, desconfiada.

"Desculpa, é que senti falta disso."

"Do quê?"

"De você me chamando de 'Jakey'." Ele dá de ombros, todo fofo. "Me acostumei com isso. Não me importa se é zoeira. Eu curto."

Dou um passo para atrás, sem jeito. "Por que me chamou aqui?"

"Porque..." Ele hesita, passando uma mão pelo cabelo.

Estou começando a perder a paciência. "Você terminou comigo, lembra? Disse que não queria mais me ver, que eu era uma distração. E agora me arrasta até o vestiário antes de um jogo tão importante? Como isso não é uma distração? O que quer de mim?"

"Você", ele solta.

"Eu o quê?"

"É isso que eu quero. Você", ele diz apenas.

Eu o encaro, descrente. "Você me deu um pé na bunda."

"Eu sei, e estou arrependido pra caralho. Fui um idiota. E egoísta. E..." Ele engole em seco. "E um covarde. É isso aí. Sempre fui egoísta, mas nunca fui covarde, e por isso terminei com você. Porque estava morrendo de medo. Nunca estive em um relacionamento de verdade, e comecei a sentir a pressão."

"Que pressão?" Fico confusa por um momento, até me dar conta da verdade sombria. "Ah. Entendi. Contei sobre o aborto e tudo o que aconteceu, então... me tornei um fardo emocional pra você. É isso?"

"Quê? Não, claro que não", ele exclama. "Juro que não foi isso. Fiquei feliz por ter se aberto pra mim. Fazia tempo que eu estava esperando que fizesse isso, e quando finalmente aconteceu foi como..." Seus olhos se abrandam de novo. "Foi muito bom sentir que alguém confiava em mim, ainda mais você. Sei que não confia em muita gente."

"Não", digo, seca. "Não confio mesmo."

"A pressão que senti foi mais quanto ao relacionamento em geral. Fiquei pensando se daria certo comigo em Edmonton, como manteria você como prioridade, como seria a gente ficar muito tempo sem se ver. Poderia listar uma porção de coisas, mas tudo se resume ao fato de que... tive um ataque de pânico." Ele suspira. "Homens são idiotas, lembra?"

Não consigo evitar sorrir.

"Fui um idiota. E agora estou pedindo que me perdoe." Jake hesita. "E que me dê outra chance."

"Por que eu faria isso?"

"Porque te amo."

Meu coração se expande no peito, e por um momento me preocupo que atravesse a caixa torácica. Ouvir isso da boca linda de Jake Connelly desperta uma onda de emoção em mim que tento desesperadamente conter.

"Você me magoou", digo, baixo.

Dessa vez, ele não joga minha vulnerabilidade na minha cara. "Eu sei. E não consigo nem dizer como me sinto péssimo por isso. Mas não tenho como mudar o que fiz. Só posso dizer que sinto muito e que vou fazer tudo o que posso para não te magoar de novo."

Não consigo responder. O nó na minha garganta está apertado demais.

"Se quer que eu implore, posso fazer isso. Se quer que me desdobre por você, também. Vou passar cada hora até ter que me apresentar para a pré-temporada provando o quanto você significa pra mim." Ele morde o lábio inferior. "Provando que sou digno de você."

Sinto meus lábios tremulando e rezo para não chorar. "Caralho, Jake."

"O quê?" A voz dele sai rouca.

"Ninguém nunca me disse nada do tipo." Nem mesmo Eric, em todos os meses e anos em que tentou me reconquistar. Eric usava frases como "Somos almas gêmeas" e "Você não pode fazer isso comigo". Nem uma única vez falou em usar cada fração de segundo em provar que era digno de mim.

"Tudo o que eu disse é verdade", Jake diz apenas. "Estraguei tudo. Mas te amo. E quero você de volta."

Engulo o nó na garganta. "Mesmo que eu ainda tenha um ano de faculdade?"

Ele abre um meio sorriso. "Minha primeira temporada vai ser puxada, linda. Vai tomar todo o meu tempo. Provavelmente, vai ser melhor pra gente se estivermos os dois ocupados."

Jake tem razão.

"Podemos dar um jeito. Se realmente quisermos estar num relacionamento, vamos fazer funcionar. A pergunta é: você quer?" Ele hesita de novo. "Você me quer?"

353

A emoção gritante contida na pergunta me tira o ar. As palavras são tão cruas. *Você me quer?* Não é a confissão de uma hora de duração que fiz na outra noite, mas isso não significa que Jake esteja se expondo menos. Todas as suas inseguranças estão expressas em seus olhos, a esperança, o arrependimento, o medo de que eu o rejeite. Estranhamente, também noto um lampejo da confiança costumeira dele. Connelly consegue ser seguro até quanto à sua insegurança, e isso só me faz amá-lo ainda mais.

"Quero você." Pigarreio, porque minha voz soa como se eu estivesse fumando um cigarro atrás do outro há uma semana. "É claro que quero." Solto o ar depressa. "Eu te amo, Jake."

O último garoto para quem eu disse isso escolheu a si mesmo em vez de mim, repetidas vezes, sem nem parar para pensar.

Mas tenho fé de que o homem para quem estou dizendo isso agora sempre vai me escolher, sempre vai escolher *nós dois*.

"Também te amo", Jake sussurra. Quando percebo, ele já está me beijando, e como senti falta disso...

Só faz alguns dias, mas a impressão é de que Jake não pressiona seus lábios quentes contra os meus há anos. Enlaço seu pescoço, retribuindo seus beijos com voracidade até que ouço seu gemido rouco ecoando pelas paredes do vestiário.

"Opa", Jake diz. "Temos que parar. Agora." Ele olha para a virilha. "Merda. Tarde demais."

Acompanho seu olhar e rio quando noto o volume de seu pau duro sob a calça. "Se controla, Jakey. Você vai jogar daqui a pouco."

"Jogadores de hóquei funcionam à base de agressividade e paixão. Nunca ouviu isso?", ele diz, suave como seda.

"Rá. Verdade. Esqueci completamente." Devo estar com um sorriso grande e bobo no rosto, que se recusa a ceder. Estou transbordando de felicidade, algo que é bem estranho para mim. Não sei se gosto.

É nada.

Meio que adoro.

"É melhor você ir", Jake diz, relutante. "O time vai chegar a qualquer segundo. Você vai ver o jogo?"

Confirmo com a cabeça. "Meu pai também veio."

"Sério? Ah, merda, por que não me contou isso? Agora vou me sentir ainda mais pressionado no gelo."

"Não se preocupa, Jakey. Falo por experiência própria quando digo que confio no seu desempenho."

Ele dá uma piscadela. "Valeu, linda."

"Ah, e não pire ainda mais por conta disso, mas ele quer levar a gente pra jantar depois do jogo."

"*Não pire ainda mais por conta disso?*" Jake passa uma mão pelo rosto. "Meu Deus. É melhor ir embora, linda, antes que o prejuízo seja maior."

"Te amo", cantarolo no caminho para a porta.

"Também te amo." Eu o ouço soltar um suspiro atrás de mim.

O sorriso enorme continua colado no meu rosto quando saio. Atravesso o corredor saltitando com uma alegria repugnante, como se eu fosse uma personagem da Disney. Ah, não. Estou encrencada. A Brenna Jensen durona não se apaixona assim por um cara.

Mas já era. É melhor se acostumar.

Isso aí.

Acho que essa é minha vida agora.

No fim do corredor, viro e meu passo animado vacila quando dou de cara com o peitoral amplo de Daryl Pedersen.

"Opa, calma aí", ele diz, com um sorriso que morre no instante em que me reconhece. "Brenna." Seu tom é cuidadoso agora. "Veio animar o Connelly, imagino."

"É. E meu pai veio comigo." Quando sua expressão se fecha, tento não rir. "Estamos torcendo por você hoje, treinador."

Embora fique sobressaltado de início, ele se recupera rápido e sorri para mim. "Diga a Chad que não preciso do apoio dele. Nunca precisei e nunca vou precisar."

"Ainda não superou, depois de tantos anos?"

A resposta dele é elegante: "Não sei o que está insinuando, mas...".

"Fiquei sabendo que tentou ficar com minha mãe e ela não quis", digo, animada. "Não estou insinuando nada. Estou dizendo, com todas as letras, que você ainda não se conformou de não ter dado certo." Dou de ombros. "Dito isso, ainda vou torcer para Harvard hoje. Mas por causa de Jake, claro. Não sua."

Os olhos de Pedersen se estreitam tanto que parecem duas fendas escuras. "Você é muito diferente da sua mãe", ele diz, lentamente. Não sei se está feliz ou triste com isso. "Marie era doce, uma beldade do Sul. Você... você não tem nada a ver com ela."

Encaro seus olhos perturbados e abro um sorriso fraco. "Acho que puxei ao meu pai."

Então sigo em frente, minhas pernas ainda se movendo daquele jeito irritante que não consigo controlar, porque quem manda agora é meu coração satisfeito, e tudo o que quero fazer é voltar para a arquibancada e gritar até ficar rouca quando o homem que eu amo ganhar o jogo.

Epílogo

BRENNA

St. Paul, Minnesota

Da última vez que vi a final ao vivo, foi acompanhando o time dos sonhos do meu pai: Garrett Graham, Dean, irmão de Summer, e dois Johns, Logan e Tucker. Eles venceram. Fiquei feliz, claro, mas nem de perto tão absorta quanto durante a partida entre Harvard e Ohio State.

Está três a um para Harvard. Faltam cinco minutos. Em um mísero segundo pode sair um gol, então ainda não ganhamos o jogo. A vitória não está garantida, e não vou me gabar antes dela. Mas estou confiante.

Ao meu lado, estão os pais de Jake, Lily e Rory Connelly, torcendo com todo o vigor. É divertido assistir ao jogo com eles — Lily se sobressalta sempre que algo acontece, e pode ser qualquer coisa; depois de cada golpe, Rory faz uma careta e diz: "Isso vai doer amanhã". Dá para perceber que não são fãs do esporte. Não conhecem as regras direito e não parecem se importar. Mas, sempre que Jake está com o disco, eles levantam e gritam até não poder mais.

Queria que meu pai estivesse aqui, mas ele está assistindo em casa. Só que ele conseguiu os ingressos desse camarote para a gente, o que significa que temos os melhores assentos da arena... e privacidade o suficiente para que os pais de Jake conduzam um interrogatório.

As perguntas durante os dois intervalos são rápidas e implacáveis.

Onde vocês se conheceram?

Há quanto tempo estão juntos?

Sabe que ele vai se mudar pra Edmonton, não?

Acha que vai se mudar pra lá também?

Por que não pede transferência da faculdade?, a mãe dele perguntou, com uma cara tão esperançosa que quase dei risada.

Quando voltaram sua atenção ao gelo, virei para Hazel, amiga de Jake, e perguntei: "Eles são sempre assim?".

Ela sorri com ironia e diz: "Isso é importante pra eles. Jake nunca namorou".

Tá, não vou mentir: fico feliz em ser a primeira garota a conhecer os pais de Jake. Hazel não conta, porque eles a tratam como uma filha. Para ser sincera, ela está se esforçando. Me perguntou sobre a faculdade e quis saber do que gosto, como se quisesse mesmo me conhecer.

Mas ela não gosta de hóquei, o que é sempre um ponto negativo comigo. Ainda não consigo acreditar que estou assistindo ao jogo mais importante no hóquei universitário masculino com três pessoas que nem gostam do esporte. Dá para acreditar? Pelo menos meu pai está me mandando mensagens a noite toda comentando o jogo, o que é legal.

Gosto de como está nosso relacionamento agora. Ficou fácil. E não sei de Eric desde aquela noite em que fomos buscá-lo. Na verdade, ele mal me passou pela cabeça. Finalmente, estou deixando essa parte da vida para trás e focando no que tenho à frente.

E o que tenho à frente é incrível. Jake patina como um raio pela superfície brilhante do gelo. Num minuto, está no meio do rinque com o disco; no outro, está diante do gol dando um tiro.

"GOOOOOOOOOL!", soam os alto-falantes.

A arena toda fica ensandecida. Está quatro a um agora. Talvez o jogo esteja mesmo ganho, no fim das contas. Pelo menos é o que parece. Já consigo avistar a vitória em alguns minutos. Está quatro a um, e Harvard tem tudo sob controle. Meu namorado tem tudo sob controle.

Os pais de Jake levantam de novo, gritando. Eu também. Meu celular toca umas dez vezes no bolso. Deve ser meu pai. Ou Summer, que está assistindo ao jogo em casa com Fitz e os outros, incluindo Nate, que está de boa comigo de novo. Cara, poderia até ser uma mensagem de Hollis. Ele está todo amiguinho desde que salvei seu relacionamento com Rupi. Os dois estão oficialmente juntos agora, e ele parece *adorar* contar a todo mundo que tem namorada.

O que me faz pensar se, como Jake, Hollis nunca tinha namorado antes. De qualquer maneira, fico feliz por ele. Rupi é doida, mas no bom sentido.

O tempo corre. Olho para o relógio com felicidade pura entalada na garganta, no peito, no coração. Jake merece isso. Merece encerrar sua carreira universitária com essa vitória. Ele arrasou hoje, e sei que vai arrasar em Edmonton também.

Quando o sinal toca, os colegas de Jake saltam do banco e vão para o gelo. É um pandemônio. Estão todos radiantes. Até Pedersen parece feliz. Não daquele jeito "toma essa!" dele. Por um momento, dá para ver que ama de verdade o jogo e seus jogadores. Pode jogar um pouco mais sujo que a maioria, mas gosta tanto de hóquei quanto o restante de nós.

Meu celular toca de novo. Saio do abraço dos pais de Jake e o pego. Imagino que seja meu pai, mas é um alerta de mensagem de voz. Então a vibração de antes era por conta de uma ligação. Posso estar alucinando, mas o visor diz "ESPN". Deve ser alguém do telemarketing, com um daqueles discursos: "Você já tem acesso a todos os recursos oferecidos pela ESPN?".

Mas pessoas do telemarketing nunca deixam mensagem. Ou deixam?

"Volto em um segundo." Toco o braço de Lily para avisá-la e me afasto alguns passos para ouvir a mensagem.

No momento em que a voz na gravação diz meu nome, quase desmaio.

"Brenna, oi. Aqui é a Georgia Barnes. Desculpa ligar num sábado, mas estou aqui organizando meu novo escritório. Queria falar com você agora porque, a partir de segunda, vou estar atolada de coisas. Peguei seu número com Mischa Yanikov, gerente de palco na HockeyNet. Mas vamos manter isso entre nós, porque não sei se pegar seu telefone do currículo e passar à concorrência é muito correto. Vai ser nosso segredinho."

Meu coração dispara. Por que Georgia Barnes está me ligando? O que ela quer dizer com "novo escritório"? E na ESPN? Ela vai começar a trabalhar lá?

A próxima frase soluciona o mistério.

"Bom, ainda não liberaram o comunicado à imprensa, mas saí da HockeyNet. A ESPN me fez uma oferta que eu seria idiota em recusar. Vou poder contratar um assistente, e adoraria que você viesse fazer uma entrevista. Sei que ainda está na faculdade, então, se conseguir o emprego, vamos ter que chegar a um horário adequado a você para quando as aulas voltarem. Pode ser uma vaga fixa, então... Bom, mas estou me adiantando. Até onde sei, Ed Mulder não te contratou porque você não se saiu bem na entrevista. Mas tenho a impressão de que não é o caso."

A risada confiante dela me faz sorrir.

"Bom, me liga quando vir esta mensagem." Ela passa o número. "Adoraria marcar uma entrevista. Acho que você seria ótima para o cargo. Bom, então nos falamos logo. Tchau."

A mensagem termina e olho para meu celular em choque.

"Tudo bem?" Hazel vem até mim.

"Tudo." Balanço a cabeça algumas vezes. "Tudo ótimo."

Tudo ótimo? Não. É ainda melhor do que eu poderia imaginar. Tenho uma entrevista na ESPN para trabalhar como assistente de Georgia Barnes. Jake acabou de ganhar o torneio nacional. É o melhor dia da minha vida.

Tudo o que quero fazer agora é descer para que o primeiro rosto que Jake veja ao sair do vestiário seja o meu. Sou a maior fã dele. E tudo bem, porque ele é meu maior fã. Torcemos um pelo outro. Somos bons um para o outro. E mal posso esperar para descobrir o que o futuro nos reserva.

Nota da autora

Me diverti muito escrevendo este livro! A última vez que tive tanto prazer em trabalhar numa história foi em *O acordo* (que escrevi por puro prazer, e não para publicação). Brenna e Jake ganharam vida, e sua jornada me levou a uma viagem emotiva e desenfreada.

Devo dizer que tomei várias liberdades com a temporada de hóquei universitário neste livro, estendendo-a um pouco. Sei quando os times da primeira divisão jogam e como a temporada é organizada, de modo que o que parecem erros são escolhas minhas. :)

Como sempre, este livro não estaria nas suas mãos agora se não fosse por algumas pessoas incríveis.

Edie Danford, que não é apenas um editor de primeira, mas também me mata de rir.

Sarina e Nikki, por serem as primeiras leitoras e me presentearem com comentários incríveis.

Aquila Editing, por revisar o livro (peço desculpas pelos erros de digitação!!).

Connor McCarthy, jogador de hóquei universitário que compartilhou seus conhecimentos comigo uma vez mais.

Nicole e Natasha, sem quem eu não sobreviveria. Sem exagero.

Nina, minha relações-públicas, amiga e esposinha. Ou seja, a melhor!

Damonza.com, pela capa absolutamente estonteante da edição original!

Todos os meus amigos autores que compartilharam o lançamento e ofereceram seu amor e apoio — vocês são incríveis!

E, como sempre, blogueiros, resenhistas e leitores que continuam a divulgar meus livros. Sou muito grata por seu amor e sua bondade. Vocês são o motivo pelo qual continuo escrevendo essas histórias malucas. <3

Com amor,
Elle

TIPOGRAFIA Adriane por Marconi Lima
DIAGRAMAÇÃO Verba Editorial
PAPEL Pólen Soft, Suzano S.A.
IMPRESSÃO Gráfica Bartira, abril de 2022

A marca FSC® é a garantia de que a madeira utilizada na fabricação do papel deste livro provém de florestas que foram gerenciadas de maneira ambientalmente correta, socialmente justa e economicamente viável, além de outras fontes de origem controlada.